U0850379

狂流

二湘 著

北京出版集团公司
北京十月文艺出版社

目录

CONTENTS

狂流

目录

CONTENTS

狂流

第一章 遇见

chapter 01

所有的结局都已写好

所有的泪水也都已启程

却忽然忘了是怎么样的一个开始

在那个古老的不再回来的夏日

——席慕蓉，《青春》

怡敏有时候会梦见她在荒野的小火车站等火车，一个人的车站，到处弥漫着薄薄的雾气，冷清。她坐在月台的长凳上等，然后火车就来了，老式的火车，冒着白烟，缓缓而来，停在她身边，怡敏不知道该不该上。她有时候选择上，有时候选择等，有时候心里还在犹豫就醒了过来。那种细微的焦虑和思忖特别真实，都好像不在梦里，就跟真的似的，怡敏醒来后，总庆幸还好是个梦。

那是大三上学期快到年底的一天，怡敏又做了这个梦。她还在梦里挣扎着该不该上车，下铺的林晚就把她拍醒了，“起床了！要跑步了！”怡敏迷迷糊糊听见外面动静特大，这才想起还要跑步，她半天才从床上爬起来。学校规定本科生早上都要跑步，从小南门开始跑，绕着校园一圈，再回到小南门盖个章。

“这是哪个缺德鬼出的馊主意，这么大冷的天也不让人好好睡觉！”怡敏和林晚一边跑一边抱怨。跑到颐和园路快到西门那一块，突然从墙上跳下来两个男生，原来他们是抄近路的。再一看，这不是他们班的真胖子和假胖子吗？真胖子叫曾刚，脸圆乎乎的，像个泰迪熊，是名副其实的真胖子。假胖子叫贾云成，高高瘦瘦，是个不折不扣的假胖子。偏偏两个人又走得近乎，怡敏就给他们俩起了这么个外号，结果倒成班上公认的了，大家都这么叫。

“哇塞，你们真是天才啊！我怎么没想到！”怡敏大呼。她刚赞叹完，就从后面不远处跑来一个保安，对着两个胖子喊：“两位同学，站住，哪个系的？叫什么名字？跳墙抄近道，可让我抓住了。”

“嗯，我们是生物系的。我叫……”假胖子一边说，一边朝怡敏她们挤眼睛，怡敏一下子就心领神会了。

等保安走远，怡敏开口了：“好啊！你们不仅抄近道，还谎报系名姓名，胆子也忒大了。”

“两位同学多包涵。都是一个系的兄弟姐妹。”假胖子一咧嘴笑了。

“那怎么也得请我们吃个煎饼果子吧。”怡敏笑了。

“煎饼果子？太便宜他们了，怎么都得请吃鸡腿。”林晚一本正经地说。

“没问题，没问题。”真胖子一脸的笑。

怡敏和林晚相视一笑，“赚了。”

第二天是周末，怡敏还在床上睡觉，宿舍里的小喇叭发声了：“电话，342的张怡敏！”是传达室小辫子阿姨的声音。“谁啊，大周末的也不让人睡。”怡敏老大不高兴地跑下楼，是老桂的电话。老桂是她高中的哥们儿，在隔壁五道口那所著名的理工大学念书。

“怎么还在学校？干吗呢？”老桂问。

“还能干吗，睡觉。放心，和自己睡啊。”怡敏和他说起话来没个正经。

“我操这个心，我又不是你男朋友。你周末也不回家了？”

“我这不是在准备 GRE 吗，回一趟家，路上两个小时就没了。”怡敏是北京人，最近好久没回家了。

“准备投奔美帝啊。说正经的，我生日你忘了吧？”老桂开门见山。

“还真没。你的生日礼物都准备好了。”怡敏记性挺好。

“不错，够哥们儿。要不明晚上一起吃饭？”

“好啊，哪儿呢？”

“老地方，学院路的小四川。”

怡敏到了小四川才知道老桂图省事，把他的两拨朋友整一起了。一拨是老桂高中的同学，一拨是他后来认识的一些狐朋狗友，看起来都是些不太靠谱的闲人。怡敏那晚算是知道什么叫鸡兔同笼了。两拨朋友，各说各的，高中同学这拨在说留学，说这同学干吗，那同学去哪儿了。那拨人倒似很清高的样子，偶尔高中同学中有想圆场的抛了个问题给那拨闲人，他们也全无反应，“反应迟钝。”高中同学做出这样的结论。最后就是两拨人各说各话。怡敏正好坐在中间，右边是个高高瘦瘦的男生，他也是那拨闲人之一。他不经意地看了怡敏几回。怡敏觉察到了，也不作声。

一场并不融洽的晚饭算是吃完了，高中同学这边要散了回家，那拨人意犹未尽，要去 K 歌。那个高高瘦瘦的男生突然问怡敏，“你要一起去吗？”怡敏喜欢唱歌，她好像也喜欢这个男生的样子，尤其是他眼光中的那一丝挑衅，迎着他的目光，她居然不由自主地答应了。后来她想如果那天她没有答应，会不会就没有后来了呢？但是那天晚上，怡敏就跟着了魔似的。怡敏跟着这拨人和老桂去了一家 KTV。一开唱，怡敏才知道这拨人唱歌高手多着呢，那个高高瘦瘦的，怡敏后来知道叫久柯的，唱了一首齐秦的《狂流》：

没有人能挽回时间的狂流
没有人能了解聚散之间的定义
太多遗憾　太多伤感
留在心中　像一道狂流

久柯一张嘴唱第一句，怡敏就有点儿犯花痴，他声音特别好听，有磁性。怡敏后来听过好多个版本，但是她总觉得久柯那晚唱的是最好的，不知道是不是因为有私心，还是因为她听的是现场版。很多年后，她还记得第一次听到他声音的那种心动，她也记得久柯唱“没有人能誓言相许永不分离”时看着她的样子。她记得空气里有柔情在旋转。

久柯放下话筒，坐在了怡敏身边。

“你叫什么名字？”

“叫我怡敏吧。”

“我叫梁久柯，梁山伯与祝英台的梁。认识一下吧。”久柯说话的语气中有一丝小小的戏谑，是和帅气的脸庞不太和谐的那种戏谑。

他说着就伸出了手，怡敏条件反射似的伸出手和他握了一下，跟个懵懂的孩子似的。她觉得有一种细细麻麻的小虫子从他的五指爬到了她的手上。

“你要唱一首吗？”久柯放下手，笑着问怡敏。

“不要了。”

“来吧，哪首，我帮你选？”

“那……就王菲的那首《执迷不悔》吧。”

怡敏其实不怯场的，但是那天她好像都不太敢看久柯，就盯着屏幕跟唱：

就算是深陷　我不顾一切

就算是执迷　我也执迷不悔

久柯听得很专注。“你唱得真好。”等怡敏唱完了，回到座位时，他跟怡敏说。

“是吗？”怡敏反问。

“我不说假话的。”久柯挺认真地说。

怡敏微笑。

那晚怡敏要回家时久柯问她要电话号码，怡敏没有推辞，写在纸上，给了他。

“你不要我的吗？”久柯盯着她笑问。

“那你说吧。”

“83124522，记住了？”

“嗯，记住了。”

“嗬，那你重复一遍。”

“83124522。”

“记性这么好，学什么的啊？”久柯有点儿吃惊。这次是怡敏笑了，“学物理的。”怡敏平日记性好，可这次也是用了心，不过她可没告诉久柯。

那晚回到宿舍，怡敏辗转反侧好久才睡着，她心里有一种隐隐的细细的天上要出幺蛾子的感觉。

果然久柯第二天就打电话过来：“哎，有男朋友吗你？”他一上来就开门见山。

“以前有，将来会有，现在断档。”怡敏也不知道为什么和他说话就跟老朋友似的，耍起嘴皮子。

“那我来拯救你，一起过新年夜吧。”久柯半真半假地说。

怡敏早和林晚约好新年夜那晚一起吃饭，心里有点儿犹豫，这边久柯又发话了，“一年就一次，别犹豫了。”

“那好吧，我带上一个朋友行吗？”怡敏问。

“男的女的？”

“女的。”

“那就没问题，不如我也叫上老桂。正好两男两女。”

“这样好。”怡敏还挺怕单独和他在一起。

那天四个人去了后海一家叫小木屋的酒吧。怡敏很少来酒吧，觉得挺新鲜。久柯是个自来熟，他跟林晚马上也熟络了起来。林晚是怡敏大学死党。物理系女生少，上一届是和尚班，一个女生也没有。这一届还好，有三个女生。怡敏、林晚和另外一个叫王海婷的女生。王海婷不爱说话，经常独来独往。林晚其实话也不多，但是说起来字字珠玑。久柯和老桂是没一点正经的人，在一起就是斗嘴。那天晚上四个人倒像是在说群口相声了。怡敏慢慢知道了一些久柯的情况，他在东北财经学院学商科，毕业分在老家大连中山区税务局，天天做报表，很快就厌倦了，没多久就从机关辞职，跑到北京，现在和几个朋友在筹划一个乐队。

“怡敏，哪个怡字？”久柯突然问怡敏。

“怡然自乐的怡。黄发垂髫，并怡然自乐。《桃花源记》里的一句。”

“怡是快乐的意思吧。你爹娘真是有学问。”久柯说。

“其实你爹娘更有学问，久柯，joke 吗，你爹你娘真幽默。”怡敏笑了。

“还真是，我还真从来没往这儿想。只希望自己不要成为一个笑话。”久柯眉头稍微皱了一下。

“敏是赵敏的敏吧。”久柯又问。

“是啊，不过是取自《论语》里的‘敏而好学’。我爹妈可没看过金庸。”

“遗憾，将来和他们套磁少了个共同话题了。”久柯说着夸张地叹了口气。

“嗯嗯，好热啊。”老桂插话了，“我们两个大灯泡还在这儿发光发热呢。”

“没事没事，我就喜欢做大灯泡，自带光芒，一千瓦的。”林晚笑着和老桂说，“为什么叫你老桂？”

“我名字里有个贵字。人长得黑，像桂皮。还是怡敏高中给我起的外号。”老桂笑了，“你们大学同学估计都有外号了吧？”

“还真是。”林晚想起了真胖子和假胖子。

“来来来，今天新年，咱们干一杯，一愿国泰民安，二愿考试都不挂科，三愿想追的姑娘都到手！”老桂说完会心地看了一眼久柯。

“还‘国泰民安’呢，你可真是喝着劣质酒的命，操着中南海的心。”久柯故意没接过老桂的话头。

大家都喝得有点高，怡敏兴致上来了，说：“要不我来变个魔术？不过没有扑克。”

久柯说：“这个容易，我认识这里老板，我问他借。”说着就去吧台那儿跟服务生说了几句，看样子他是这里常客。

怡敏就玩了个变四同花的小魔术，其实很雕虫小技，不过她手法快，四个同花顺翻出来的时候，大家都拍手。久柯看着怡敏头埋在一袭披肩的长发下，嘴角上翘的样子，不由说：“你确信你是学物理的？倒像个小巫女。”

怡敏粲然一笑：“我可以给你讲一讲薛定谔的猫是怎么回事，条件是把林晚赶走，这样我讲错了也是天知、地知、你不知。”

久柯看着怡敏，在她抬头粲然而笑的那一瞬间，他觉得心里有一种古怪的东西往外冒。他发呆了半晌，说，“我可以给两位姑娘唱首歌吗？”

林晚是个心底明亮的人，立即笑着说：“拜托，给怡敏献歌，不要扯上我。”

久柯也不回话，去后台和几个人商量了一下，拿着把吉他就出来了，站在小舞台上，他开始唱那首《在水一方》：

绿草苍苍，白雾茫茫，
有位佳人，在水一方。

他的眼神很深情，向着怡敏的方向。怡敏有点儿发窘，但是她真心喜欢那首歌，喜欢他唱歌的样子。那天到了十二点，四个人都跑出去看烟花，新年夜的烟花美得让人心醉。那一年，唱过《在水一方》的邓丽君还差两年就要去世，怡敏、林晚和老桂都是21岁，久柯也才25岁。黑漆漆的夜空划过的光亮，青春灿烂无忧的笑脸，都成了记忆的碎片。怡敏很多年后回想起来，每个人年轻的样子都模糊了，却还记得烟花的绚丽，虽然那一刻是如此短暂。可年轻的她又怎么知道美丽的东西都是短暂的呢？譬如烟花，譬如爱情。

第二章 秋天的银杏树

chapter02

在劈开了我的秋天

在劈开了我的骨头的秋天

我爱你，花楸树

——海子，《幸福一日——致秋天的花楸树》

天断黑的时候，林晚站在三楼的窗前往下看，她又看见了那个熟悉的身影，中等个子，戴着眼镜。她心里又是一跳。

还是大二上学期的事。林晚选了一门光学的课。这是个大课，在第一教学楼的阶梯教室，他是这门课的老师。他提前到，站在阶梯教室外面的银杏树下抽烟。正是初秋，细碎的阳光在叶子里斑斓摇晃，照在他身上有一种温润的光泽。他的神情特别安然，好像周围的一切都和他无关。那一瞬间，林晚心里突然就起了小小的波澜。

上课了，他走了进来，“同学们好，我叫周鸿飞。”“鸿飞……”林晚默念了一遍，心里一颤。那堂课林晚听得辛苦。她其实一直都在仔细地听，听他的每一个字，但是那些词和句都像是孤单单飘在那儿，她没有办法把它们组合在一起。

下课了，他夹着讲义走了。林晚坐在那儿。

“走了！”怡敏也选了这门课，“发什么呆啊你？”

“噢，你去哪儿？”林晚回过神来。

“我去图书馆自习，你呢？”

“我也去。离吃饭还有一阵时间。”

两个人一起往图书馆的方向去。

“哎，跟你说件正经事，我准备毕业了去美国留学。”怡敏说。

“好啊！好像要拿全奖挺不容易的。”

“没那么难吧。我高中有几个同学大一就转学去美国了。”

“你们大城市的孩子目标都特明确。”林晚叹了口气。

“你要不要也考虑一下啊。你知道新东方吗？刚开没多久，专门辅导 GRE、TOEFL。我在那儿上课。”怡敏认真地说。

“嗯，谢谢，你真是没心眼，不怕我和你竞争啊？”林晚逗怡敏。

“嗨，美国那么多学校呢，不多你一个竞争者。再说我想找个伴一起去上补习课。要不要报名啊？”

“我再想想啊。”林晚说着，心里突然闪过周鸿飞的影子。

进了图书馆，怡敏一眼看到王海婷的背影。她坐着，头埋在书里。怡敏心想她动作真快，正经好好念书的人，不像自己，每天晃荡的时候多。

光学课每周上两次，林晚盼着上他的课。到了周四了。林晚破天荒坐在前几排，她平常都是找一个谁也看不到的角落坐。她这回仔细看他的穿着，浅蓝色衬衣，牛仔裤，很简单，但是很整齐。他的板书也非常工整。他讲课的时候笑了两次，有点自顾自笑的意思。

林晚住 29 楼，后面就是个小商店。晚上她去商店里买香波，看到柜台上的一本笔记本，封面是个卡通人物，一个小女孩，一个小男孩，牵着手，坐在那儿，小男孩轻轻地凑过去，像是要和小女孩说悄悄话。林晚觉得特别可爱，顺手买了。

晚上她打开笔记本。她中学的语文老师要求每个同学每天都记日记。那时候都是图完成任务，她从来没有真正地喜欢过写日记。但是今天，她突然觉得有好多东西要写。

> 那天上课前他站在教室门前，好像对周围的事物都没有一点察觉，只是静静地抽烟。教学楼的飞檐走瓦嵌了一个极好的背景。秋天的阳光懒懒地照着他，风里弥漫着淡淡的香烟味。他像是思考着什么，又像是在欣赏这美景，金灿灿的银杏和绿极了的樟叶，悠闲且自在，竟不知自己成了风景的一部分。

林晚不是个胆子大的人，一学期下来，她都没敢找机会和周鸿飞说话。她的日记倒是记得厚厚的。

大二下半年的一天，她去学生二食堂吃饭，猛然抬头看到了周鸿飞，他对她微微一笑，想来虽然没有说过话，但还知道是他的学生。他的眼神很亲切，又很疏远，林晚心里突突的。她对他回笑了一下。眼睛跟着他，他排队，到了窗口，买饭，他打了两份饭。林晚心里咯噔。他拿了饭坐在食堂的一角，坐在那儿，看着门外。然后，林晚看到门口进来了一个女子，和他年纪相仿，向他的方向走去。她坐在他旁边，他把一份饭推到她面前，两个人说了些什么就开始吃饭。他们两个是背对着林晚的，林晚可以大着胆子看他们。

"她是个爱笑的人。她的眼睛特别大。我想我能给他的，他都有了。就这样吧，傻姑娘，你醒醒吧。"林晚那天记了很长的日记。

昨日如新。转眼就是一年。

林晚还站在窗前，直到那个背影从她的视线里消失。

“哎,你在看什么啊？有小情侣在外面搂搂抱抱？”怡敏往窗外看。

“抱你个头，大冬天的。看风景呢，北京的冬天很耐人寻味，你不觉得啊？”林晚转过头。

“得,林妹妹又开始泛酸了。”怡敏笑着说。林晚平时喜欢写东西,不过她只给怡敏看。

“到饭点了吧？咱们吃饭去。”林晚提议，她心里有个小九九，她知道周鸿飞大概是去学三食堂。两个人便拿了饭盆，出了宿舍楼，往学生三食堂的方向走。

食堂里人很多,熙熙攘攘的,不过林晚一眼就看见了周鸿飞的身影。这次他是一个人。林晚心里暗自高兴，没猜错，果然是来这儿吃饭了。

她特意挑了个离周鸿飞不远的地方坐下，还是对着他的背影。怡敏打了饭也坐了过来。

“问你啊，你觉得那个久柯唱歌唱得如何？”怡敏开口，她是个心里藏不住东西的人,其实和林晚非常不一样,两个人居然走得这么近。

“终于憋不住了吧，喜欢上了他，是不是？”林晚笑着说。

“我有那么滥情吗，就是……感觉有一点点不一样。”

“这就对了，都是从感觉开始的啊，不过我觉得这些搞艺术的都是些多情的人，不太靠得住啊。”

“拜托，林同学，咱们才二十出头。又不是要和他过日子。”怡敏笑了。

“他的歌唱得还真是不错。”

“他这周六邀我打乒乓球。我要不要去？”

“你自己拿主意。”

“最烦你了，那要你这样的朋友做什么？”怡敏说。

“你其实早就想好要去，问我只不过是走个过场，是这样吗？”

林晚微微一笑。

“那你陪我去吗？”怡敏倒是干脆。

“哎，那不是真胖子和假胖子吗？”林晚还没回话，怡敏突然转了个话题。林晚顺着她的目光一看，果然是那一对活宝，跑步抄近道的那两位同学。林晚开始还以为他们两个也是碰巧到这个食堂吃饭，没想到两人径直就过来了。

“两位同学，周末一起去紫竹院玩吗？”真胖子俨然是鼓足了勇气才开的口，一边看着林晚。假胖子在一旁偷偷地笑。

“不好意思啊，我们周末约好了要去打乒乓球啊。”林晚忙开口说。

“这样啊，那下次吧。”真胖子颇受打击。两个胖子走远了，怡敏开口，“这可是你说的，周六去打乒乓球！”

“好吧。”林晚看着周鸿飞的背影，答得心不在焉。

周六一大早久柯就跑到29楼，守门的老太太还没开工呢，他跑到楼后面，团了个泥团，扔到怡敏宿舍的窗户上。

怡敏还窝在被窝里呢，她睡上铺，一下子就看见了久柯。“哎，你要把保安大部队引过来吗？”

“保安这会儿都还在睡觉呢！”久柯说，“快点下来吧。”

“等着啊！”怡敏下了床。她在两件衣服之间犹豫了两分钟，终于挑了其中一件浅蓝色的。然后又去水房磨叽了半天，用平常不太用的黄瓜洗面奶仔细地洗了脸。回到宿舍，林晚还在睡觉。

“你还不起床，你不是答应去吗？”怡敏说。

“你可没说这么早，好不容易周末睡个懒觉。你自己去吧，正好给你制造机会啊。”林晚嘟囔了一句，接着又睡了。

“太不够哥们儿了！回头你请我吃小炒！”怡敏甩下一句

话，正要出门，斜对铺的王海婷说话了，“跟你朋友说，下次不要再扔泥团了，玻璃砸碎了怎么办？”

“还有啊，下次不要这么早，影响别人休息。”王海婷又加了一句。

“噢，我跟他说。”怡敏心里咯了一下，答应一句就急急地下了楼。

冬天的早晨还带着寒，天空是瓦蓝的，透着清洌。门前的银杏早就掉光了叶子，灰色的枝丫齐整整地站了一排，倒有一种简洁粗犷的美。怡敏出了楼门，一眼看见“民主顶个球”雕塑前的久柯。久柯坐在自行车上，他个子高，双脚支着地。他穿了件黑色的夹克，袖子有点短，手便下意识地抱在胸前。他一直盯着楼门，看见怡敏就笑了，露出一排整齐的牙齿。怡敏前两次都是夜里见的他，又不敢仔细瞧，这次是白天，他轮廓清晰，比起之前两次那一点点的颓废，更多了几分英气，怡敏心里又有点乱了。

“不好意思，林晚这家伙临阵脱逃。”怡敏说，“她要睡懒觉。”

“没事，她大概也不想当灯泡吧。”久柯笑说。怡敏没想到他这么直接，有一点羞涩，忙岔了个话题：“你这么早，还没吃饭吧？”

“没有啊，听说你们学校的冬菜包子好吃。不如你请客，下次我一定回请。”

“瞧你这如意算盘打的，好吧，今天我尽地主之谊。”

“上车吧！”久柯说。怡敏原来想说要骑自己的自行车，可一抬头看见他帅气的面庞，居然也就不作声地坐在车后，心想，这可不就是鬼迷心窍吗？

“抓稳了啊。”久柯车子骑得快，怡敏赶紧扯住他的衣角。

“拜托慢一点好吗？我可不想还没打球就摔一跤。”怡敏说。

“那你就抓紧一点啊！”久柯却是一点也不减速。怡敏暗暗地骂了一句臭小子，不再去抓他的衣角，只使劲抓着车座。

学生二食堂人还不多，两个人买了饭找了个向阳的地方，阳光照进来，空气暖暖的。

“你辞职做乐队，你爸妈不反对吗？”怡敏问他。

“当然反对。正式工作不要，一个人跑到北京，没亲没故没工作。这不是抽风吗？可是机关的工作太枯燥，我都忍了好几年了。”

“你其实真的很有唱歌天分，反正年轻，就折腾几年再说吧。”

“嗯，还是我们阿敏贴心。冬菜包子真好吃，以后我要经常来蹭你的饭吃了。”

“阿敏？你可真会套近乎。”怡敏一咧嘴，“下次来就要收费了，不然我要破产了。”

“那也得打个折吧。或者我卖唱。”久柯笑。

“对了，严肃地问你个问题，你喜欢金庸吗？”怡敏一本正经地问。

“喜欢啊。”久柯毫不迟疑地说。

“太好了。”怡敏笑了。怡敏是个金庸迷，她觉得周围的人基本可以分成两类，喜欢金庸的和不喜欢金庸的，她发现跟她合得来的基本都是第一类的。

怡敏梳了个马尾巴，满脸阳光，久柯看着她不说话，只是笑。怡敏有点窘，她和林晚经常在食堂里点评一对一对的情侣，从穿着、长相到身高，给情侣们一一打分。想想他们俩在别人眼里肯定也是一对，不由得有点发慌。她快快地把早饭吃完，两人出了食堂，往未名湖边第二体育馆的方向走。

久柯的球技并不是很出色。两人打了几个回合，倒是平分秋色。邻桌也是一对男女，休息的时候大家一合计，打混合双打，久柯怡敏一拨，那两个人一拨。怡敏没想到她和久柯第一次配合，就这么默契，怡敏擅长扣杀，久柯擅长迂回，那一对也不弱，双方咬得很紧，最后还是怡敏、久柯赢了。两个人高兴地击掌。

怡敏下午要上GRE的课，打了一阵要回去了。久柯心里有些不舍，但也只好送她回去。到了楼前，怡敏要进去了，久柯笑说："我今天给你当司机，你还没有犒劳我呢。"

"你要怎样？"怡敏两手叉在胸前，笑着问。

"就给司机大哥一个温暖的拥抱吧。"久柯还坐在自行车上，双脚支地，张开了双手，像一只大鸟。怡敏还没作声，久柯就用一只手把她搂了过来，怡敏又羞又急，急忙挣脱，往后退了一步。"过分啊，我上去了！"一边说着转身就走，连再见也没说。

下午怡敏匆匆赶到GRE的课堂上。俞敏洪又在台上涮自己，"知道为什么大家叫我牛人吗？就是一半当牛用，一半当人用。"

怡敏平时还挺喜欢听"玉米糊"瞎掰，今天却怎么也听不进。她脑海里一直回放着久柯的那一抱，有些霸道，有些戏谑，但是她好像一点也不反感。"简直不可救药。"怡敏小声地自言自语，"难道自己喜欢上他了吗？"

第三章
命运的节点
chapter03

而命运溶解了在它古旧的旅途，

分流进两岸拭着疲弱的老根，

这样的圆珠！滋润，嬉笑，随它上升，

于是世界充满了千万个机缘，

桃树，李树，在消失的命运里吸饮

——穆旦，《春底降临》

晚上宿舍就怡敏和林晚两个人，怡敏躺在床上看俞敏洪编的GRE词汇“红宝书”，书翻得飞快。

“小姐，你是在看书吗？”林晚问她。

“看不进，怎么办？”怡敏叹气。

“哎，其实我知道你的感受。”林晚突然幽幽地说。

“啊，你也有情况。”怡敏把书一扔，跳下床，坐到林晚床头，“老实交代，是谁？”

“你发誓谁也不说啊。”林晚认真地说。

“发誓，我说了就是小狗。”怡敏忙不迭地说。

“唉，其实你见过他。”林晚还是有点犹豫要不要说。

“谁啊！拜托不要兜圈子了，我真服了你们处女座的人。”怡敏最好奇，性子又急。

“唉，是给我们上光学课的那个老师。”林晚终于还是说了出来。

“啊，那个叫什么周鸿飞的。样子不错的。”怡敏说，“不过，我听说他其实不是老师，是博士生，给他导师代课。他可是结了婚的人。我听说他老婆是他同学，你可别蹚这浑水。”

“噢，原来是师兄。你怎么知道的？”林晚说。

“你忘了大一时我们上《普通物理》，那个助教就是个博士生，也住24楼。”怡敏说。林晚想起了那个课，老师是个脾气拧的老先生。每堂课都要点名，偏偏物理系的神人多，大家经常旷课。有一次点了个名，底下两个人同时答到。老先生很生气，期末考试出的题特别难，最后有一半同学挂科。大家都跑到助教那儿求情。

“敢情你也去求情了。”林晚笑了，“不对，我记得那门课你及格了啊。”

“那不是假胖子说要用美人计嘛。我就去帮忙说情了。”怡敏笑了，“对了，那话怎么说的，防火防盗防师兄。”

“唉，我也不想啊，可是这都有一年多了，我老是想着他，怎么办？”林晚叹气。

“都有一年了，现在才跟我说！我真服了你了，真憋得住。要我早就憋出毛病来了。”怡敏眼睛睁大了。

“你说喜欢一个人是不是就是一瞬间的事？”林晚想起第一次见到周鸿飞，阳光照在他身上的那一瞬间。

“大概是吧。情这个字谁能说得清，我自己现在也糊涂着呢。”怡敏想起第一次遇见久柯的那一刻。

“唉，我也是觉得糊涂，我还是走远点吧。我决定考GRE出国。”林晚叹气。她想想她这种情况的，家不在北京，又没有背景，留京很难，大概也只有出国了。

两人从出国留学的事，聊到纽约城，又从百老汇聊到费翔，一气儿地瞎聊。正说着，王海婷回来了，她每天几乎都是掐着点，快熄灯了才回宿舍。今天还算回来得早的。

“又快十一点了。”怡敏一看王海婷回来了，直喊糟糕，“下周要模拟考试，据说是GRE的真题，我可怎么办？”

“今天是谁打水？”王海婷拿起空水壶。宿舍几个女生轮流去开水房打开水。

“糟糕，是我，今天真是彻底短路，什么都没做成。”怡敏很不好意思。

“那我现在去吧。”王海婷说着就匆匆跑下楼。她在熄灯前一刻跑进了楼，进了宿舍门还在大喘气。怡敏心里很过意不去，但是好像也不知道说什么好。林晚直夸海婷动作快。海婷笑笑，也不再说什么，拿了热水就去水房了。

再说久柯那天看着怡敏进了楼门后，突然有点懊恼自己太大胆。但是好像这就是他，从不掩饰自己的感情，心里想的马上就流露在行动上。他第一眼看见怡敏就喜欢她的模样。她穿件蓝白相间的套头衫，紧身牛仔裤，清清爽爽。他喜欢她唱歌时生涩的样子。到了第二次吃新年饭的时候，他们彼此熟悉了一些，她又像是变了个人，全身上下有一种活泼泼的生命力，特别真，又有那么一丝的慧黠，和他以前好过的女孩子不太一样。她像是块磁体，吸引着他靠近。

到了下一个周六，他又跑过来了。怡敏下了楼，他脸上还是那样的笑容，带着一点不在乎的神情问怡敏：“想去滑冰吗？”似乎他不是来约她，而是来满足她的愿望。

“这话问的，那得看是和谁去。招人烦的我就不想去。”怡敏其实是盼着他来，可是嘴里还是不饶人。

“好吧，怡敏同学可否赏脸和我去滑冰？”

“我是准备下午回家的，我都好几个星期没回家了。”怡敏口气松了下来。

“就一两个小时，下午我就送你回家。”

“嗯，那好吧。我做一次雷锋吧。”怡敏心里其实也想去。

两个人就奔了未名湖去。冬天的未名湖成了滑冰的好去处。两个人去第二体育馆租了冰鞋，就下了湖。久柯不经意就拉了怡敏的手，怡敏本来想躲闪，但是想想是隔着手套，也就罢了。久柯技术好，拉着怡敏飞快地滑。怡敏不是特别熟练，两个人一快一慢。正好前面有两个同学在慢慢地滑，眼看着就要撞上了，久柯忙拉着怡敏往旁边闪。没承想旁边还有一个人，久柯一下子就撞了上去，他忙松了怡敏的手，自己却给甩了老远。怡敏滑过去一看，他躺在地上直咧嘴。看看他的右手腕，歪到一边了。原来他被甩出去的时候，右手一撑地就崴了手腕。周围的几个同学帮忙把他送到校医院，一照X光，骨折加脱臼。

怡敏一直陪着他忙上忙下，好不容易打了石膏，久柯颓丧得很：“我原来说送你回家，倒是你照顾我了。”

“那有啥，只可惜没能欣赏到你滑冰的英姿，听老桂说你滑冰技术很好。”怡敏说。

“下次啊，只是我这石膏要等一个月才能拆，恐怕我这样没法挤火车回家过春节了。”久柯叹气。

“小可怜的。看看谁能收容你了。”

“没事，我一个人过年也挺好。”久柯强做笑颜。

怡敏本来是要下午回家的，看久柯这样，就打算先送他回去。两个人出了校门，在小南门打了个出租车，没多久就到了久柯的住处。他在圆明园附近的画家村和人合租了一个民房。房间里光线不好，打开灯，有一股隐隐的潮气。房间很小，放了两张单人床和一张桌子，基本上就没有转身的地方了。久柯脸上有一丝尴尬：“这里条件不好。”怡敏倒是觉得蛮新鲜的：“这可真是陋室，你可吟唱刘禹锡的《陋室铭》了，斯是陋室，惟吾德馨。”

“可惜却是无德无馨。”久柯神情变得黯淡，“不知道这样漂着的日子还要熬多久。”

“面包会有的，牛奶会有的，都会好起来的。”怡敏看着他帅气的面容在小房子里黯然失色，心里突然升起了一种怜惜，声音也变得温柔起来。久柯伸出左手将她搂过来：“谢谢你，好姑娘。”他在她的耳边轻轻地说。怡敏犹豫了一下，轻轻地抱住了他，他们靠得很近，互相都能听到对方的心跳了。

“哎，你知道今天是什么日子吗？”怡敏突然心里一动。

“是我们初拥的日子。”久柯打趣。

“什么乱七八糟的，今天是我生日。”

“真的啊。”久柯有点吃惊。

“是啊，我不骗人。本来我妈做了好多吃的，要我回家，但是我却答应你去滑冰了。结果现在你摔了一跤，我回去都晚了。”

“对不起，好姑娘。都没什么生日礼物送你。”

“不必了，你记得我生日就好。”怡敏笑了。

怡敏周日晚上回到宿舍。王海婷也在，怡敏冲她一笑。

“能借你的电炉子用一下吗？”海婷问怡敏。

“当然可以。”怡敏有一个电炉子，晚上经常和林晚在宿舍里煮方便面吃。王海婷煮了一锅西红柿鸡蛋汤，香气四溢。怡敏坐在上铺，忍不住看了好几眼。

“你也来一碗吧。”海婷说。

“真的啊！那我不客气了。”怡敏平常和海婷关系有点疙瘩，今天海婷这么主动，她还有点吃惊，但她是个馋嘴的，实在受不了诱惑。

“这是我吃过的最好吃的西红柿鸡蛋汤。”怡敏说。

“我今天去海淀旁边的小市场，看到西红柿这么便宜，忍不住买了。谢谢你的炉子。”海婷说。

放寒假了，过年了。

久柯没有回家。年三十的晚上，他一个人在小屋子里发呆。老桂喊他去他家过年，他没有去，他不想打搅别人一家人的团圆饭。天色已经黑了，隐约能听到鞭炮声。

他听到敲门声的时候，实在想不出来谁会在这个时候来他这儿。门开了，怡敏站在门外，手里提了个袋子。

“快趁热吃吧，手工三鲜饺子。”怡敏满脸的笑，她一进门就从袋子里拿出一盘饺子。

“天哪，这是哪里蹦出来的田螺姑娘。”久柯不敢相信自己的眼睛。

“是田螺大妈，我妈做的。”怡敏笑了。

“你妈这么好，让你送饺子给我？我感动得都要流鼻血了。”

“得，先止血吧。我妈都不知道有你这个人，我骗她说我宿舍的一个女生没回家过年，我是来给同学送饺子的。”怡敏带着点调皮。

“谢谢你，还是你主意多。”久柯看着她，“古灵精怪的小东西。”

饺子放在桌上，一缕缕热气升起，小小的房间里便有了一丝丝暖意，远处的炮竹更响更热烈了。

他捧起了她的小脸，“可爱的田螺姑娘。”他轻轻地说。

他低下头，她闭上了眼。她听到了山茶花一点点绽放的声音，空气里有一种湿湿的香甜……

寒假过完年初三林晚就回学校了，一来还没到春运回流大潮，火车票好买，二来她决定开始准备GRE。

进了宿舍，林晚第一眼就看见王海婷。林晚诧异，随便问了句她怎么这么早就返校了，王海婷含含糊糊地应了一句，也不直接回答。两个人都是话不多的人，各自行动，倒也相安无事。

因为学生不多，只有学生三食堂是开的。这天林晚进门一眼就看见了周鸿飞在那儿吃饭，而且，他是一个人坐在一个角落。林晚打了饭，忍不住朝他走过去："周老师好。"话音一落，她自己都吓了一跳，她居然主动开口和他说话。周鸿飞正埋头吃饭，听到声音，抬起头看见林晚带着点拘谨站在那儿。他想起她选过他的光学课，很可爱的小女生，他微笑着回话："你好。"他看她是一个人，就招呼她："你坐啊。"

"好。"林晚坐在他斜对面。

"你怎么这么早就返校了？"周鸿飞问。

"我早点回来准备GRE。"林晚回说。

"噢，要出国，好啊。"周鸿飞点头。

"你一个人吃饭？"林晚忍不住还是问了这个问题。

"我妻子出国去做访问学者了。"

"噢。"林晚想，怪不得说起出国，他若有所思。她想接着找个话题，但是脑子里好像一片空白，什么话也想不起来。

"我吃完了，先走了。"周鸿飞笑说，林晚忙说好，心里松了口气，但是又有些不舍。他从她身边经过的时候，她闻到了一股淡淡的香烟味。她突然又想起了那个初秋的下午，他站在教室门前吸烟的样子。

第二天周鸿飞进了食堂，第一眼看到的就是林晚，她坐在对着门的一个地方，很显眼。周鸿飞其实记得这个小女生。他记得她经常穿一件浅灰色的毛衣，坐在前几排，但是不发言。她听课很认真，总是盯着黑板。她期末也考得不错。她看到他像是眼前一亮，对着他开心一笑。周鸿飞也不自主地回了一个笑。他打了饭回来，又碰上了她的目光，他心里突然一动，走过去，坐在了林晚对面。林晚满脸的惊喜。

“这么巧又碰上了。”周鸿飞微笑。

“嗯……”林晚不作声，她暗想，哪有那么巧，食堂一开门她就坐在这儿等了。

“你太太在哪里做访问学者？”林晚问。

“美国，纽约州的一个私立大学，叫 RPI。”周鸿飞说，“那儿有一个台湾来的教授，对大陆学生挺友善的。”

“噢，你为什么不去？”林晚问。

“只有一个名额，而且和我做的方向不一样。”周鸿飞说。

“噢……”林晚想问她几时回国，想想又觉得不妥，就问，“你下学期教什么课？”

“噢，下学期我要抓紧弄我的博士论文，不做助教了。”

两个人又闲聊了几句，说再见的时候林晚心里有些不舍。

那几日两个人几乎天天都打照面，有时候凑在一起吃饭，有时候就是打个招呼。林晚觉得只要和他在一起，什么都不说也很好了。

开学了，系里的几个实验室都在本科生里宣传，要找本科生去各个实验室帮忙。这实在是一个双赢的事情。对于实验室来说，一来有人免费干活，二来也是想拉本科生考研的时候报考自己的方向。本科生也愿意去，因为可以在申请出国的时候加上做科研的经验，即便不出国，对考研也是有帮助的。周鸿飞导师的光学实验室不算特别热门，但是也有好几个人申请。周鸿飞一眼看到林晚的申请信，他拿了起来，仔细地看。照说她是合格的，学习不错，做事认真，该选她吗？他心里有点隐隐的担忧——他似乎也知道自己担忧什么，他犹豫了好一阵，最后还是挑了她。

他不知道他这样一个小小的决定的意义，但是又有谁会知道呢？命运之神诡秘地布下所有的节点，无知的我们触摸着那一个个节点，却只有等到最后，才会发现那些节点最终构成了怎样的一幅人生轨迹拓扑图。

第四章
苹果树之吻
c h a p t e r 0 4

我们把书包涂成透明的颜色

每个人都看得见里面的故事

那时候，我们有爱情

苹果树，以及发黄的饭票

——二湘旧作，《那时候，我们有爱情》

林晚得知她的申请被批准了，心里高兴。她跑到三角地旁边的小商店买了一瓶酸奶。她捧着白瓷瓶子喝了一口酸奶，抬头看见天空是清凌凌的蓝。林晚觉得酸奶的味道和今天的天气非常合拍，都让人清爽舒坦。她想起第一次喝北京酸奶，才喝一口就吐了，以为是坏了。没想到现在却爱喝得很，不由笑了。喝完酸奶，退了瓶子，她一转头看到怡敏坐在久柯的自行车后面，手很自然地搭在他的腰上。

怡敏晚自习回来还不到十点，宿舍里热闹得很。连王海婷也早早回来了，大家在叽叽喳喳说着话。林晚看到怡敏回来，跟她说："出去走走？"两个人就跑到北新商店里买了两根冰棍，一边吃，一边在校园里逛。冬天的风吹在她们年轻的脸上，有些微微的凉。

"大冬天的吃冰棍，真是吃个透心凉。"怡敏说，"咱俩这不有病吗？"

"爱情可不就是生病。快说，你现在是名花有主了吧？下午我可都看见了。"林晚笑着说。

"什么啊，就是朋友。"怡敏有点羞涩。

"这可不是你啊。老实交代吧。"林晚笑了。

“唉，要不是他摔断了手，我们大概什么都没有。”

“那你们有什么了？”林晚追着问。

“其实也没什么。”怡敏笑了。

怡敏其实全然没有想到自己和久柯进展得这么快。年末的时候他们还是陌生人，几个月的工夫，已经形影不离了。久柯本也没有什么正经的职业，晚上在酒吧唱歌，白天无事，就常常到学校来找怡敏。怡敏也不怎么好好上课，基本都是逃课在图书馆看英语。久柯就陪着她看书，然后两人一起去食堂吃饭，俨然校园里又一对小情侣了。

春天到了。四月的一天，久柯邀请怡敏去看他的乐队表演。那是他们乐队第一次正式演出，久柯连着熬了好几个夜晚彩排。

那个酒吧比小木屋大不少，有一个正式的舞台，音响也很好。那天来了好多人，酒吧里挤得满满的。怡敏有点晕，但是她看见久柯的乐队走出来的时候，一下子情绪也调动起来了。他们第一首唱的是Beyond的《海阔天空》，久柯是主唱和贝斯手。他个子瘦削，头发有点长，样子很酷很有范儿。他唱得非常投入，声音有一种穿透力。台下的好几个小姑娘跟着尖叫。怡敏仰着头看他，他的样子清俊帅气，他弹贝斯时头发飞扬，他的嘴角带着些不羁，他的眼里有一丝迷惘。她看着他，好像全世界只有他一个人，那一刻，她的眼里只有他。

那天久柯喝了不少酒，凌晨的时候怡敏打的送他回到圆明园的小房子。房子是黑的，他的同屋不在。久柯一进门就抱住了怡敏，他急切地寻找她的脸，她的唇，她的身体，她的每一寸肌肤。怡敏很慌很慌，但是那天的空气里有酒精，有荷尔蒙，还有爱情。她沉浸在他的气息里，终于不再挣扎。

那是一个春风沉醉的夜晚。

林晚一个人落了单。好在她现在有周鸿飞的实验室可以去，能经常见到周鸿飞。他们有过好些愉快的交谈，有好多次会心的微笑。有时候，他从她身边过，她会闻到那股熟悉的香烟味，她心里会微微一颤。但是，好像也就是如此了。

一个周五的晚上，宿舍里除了她没有别的人，估计大家都有自己的安排。她想起白天有个激光实验做了一半放在那儿，不知道结果如何，决定去实验室看看。物理楼在东门外，她的自行车前几天被偷了，只好走路去。

实验室里也没人，激光机在黑暗里发出一点暗红的颜色。林晚打开灯，开始继续调激光器。忙活了一个多小时，她一回头，突然看到周鸿飞站在门口。

周鸿飞是来实验室拿一本资料的，他正在赶一篇论文，要查一个数据，想起那本资料在实验室，就骑了车过来。没想到实验室灯火通明。他打开门看到林晚，心里有一点小小的诧异："林晚，这么晚你还在这儿啊？"

"我白天实验做了一半，晚上正好没事，就过来了。"林晚看见他，心里很高兴。

"这么认真，真是好学生。"周鸿飞看见她一脸的笑容，心里有些感动。

"不是啊，就是不喜欢拖着，想早点做完。"林晚有一丝羞涩。

"调得怎么样了？"鸿飞问。

"挺好的，结果我都记下来了。"

"这么晚了，你也该回去了。"鸿飞看看表，都十点多了。

两个人一起下了楼。周鸿飞是骑自行车来的，林晚没有。他想让林晚坐他的车后座，又觉得不妥，又不好让她一个人回去，就推着自行车，两个人一起往学校的方向走。

春天的晚上，微风拂面，像一双温柔的手。天空是灰黑色的底，涌动着一种既纯净又隐晦的气息。天上的月亮不说话，静悄悄地把清辉洒了一地。一排排的槐树散发着清幽的味道，草丛里有窸窸窣窣的声音。这个点的校园很安静，安静得能听到呼吸。鸿飞和林晚隔得不远不近，林晚静静地看着月光里两个人重叠的影子。

周鸿飞也不知道说什么好，只好问："你是哪里人？"

"四川，眉山。"

"噢，就是古时候的眉州吧，好地方，苏轼就是那里人。"

"是啊。"

"我小时侯父亲常让我背他的诗词。"

"噢，你父亲一定也是读过很多书的人吧。"

"算是吧。"鸿飞想起父亲，有些黯然，他十多岁的时候父亲便过世了。母亲一个人把他拉扯大。

"你父亲现在做什么？"

"他过世了。"周鸿飞顿了一下，还是说了出来。

"对不起……"林晚没有料到。她的脸沉静下来，有一丝忧愁掠过。

"没事。"鸿飞心里突然被一种柔软的东西击中，他觉得林晚身上有一种东西吸引着他继续说下去，"我父亲最喜欢苏东坡的诗词，尤其喜欢苏东坡那首'人生到处知何似，应似飞鸿踏雪泥。泥上偶然留指爪，鸿飞那复计东西。'所以给我取名鸿飞。”

林晚差点就脱口而出，想说她也最喜欢苏东坡了。她还记得第一次看见他在黑板上写下“周鸿飞”三个字的时候，就想起了苏东坡的那首诗。但是她到底没有说。两个人默默地走了一段，到了柿子林了。鸿飞住24楼，要往前走，林晚住29楼，向右。林晚停住了脚，开口说：“那么，再见。”她心里好期待鸿飞会送她到楼下，但是她知道他不会。鸿飞迟疑了一下，说：“好，再见。”

林晚就往前走，不敢回头。鸿飞盯着她的背影看了一会儿，骑了车往南门的方向走。

周五的晚上不熄灯，林晚躺在床上看书，怎么也看不进。她心里一直回味着和他一起走过的那一段路，他的每一丝笑容，他说过的每一个字。

林晚去实验室去得更勤了。她几乎一有空就去，她知道鸿飞经常在那儿。

鸿飞心里喜欢这个模样温婉的小姑娘。他觉得她身上有一种淡淡的忧伤，他不知道那从何而来，就像那一晚他不知道为什么会和她说起自己的父亲，还说起了他名字的来历。他知道她是喜欢他的，虽然她什么也没说。他心里有点发怯，那次两个人一起走路回来之后，他一直有一些躲着她。

夏天快到了。

怡敏这几天有点像没头的苍蝇。久柯有好几天没来校园找她了。最近他租住的地方电话坏了，唯一能做的就是去他画家村的住处找他。那天下午她在图书馆背单词，背得头晕，心里又牵挂着久柯，干脆就跑了出去，骑了车子就往他的住处奔去。满心期待见到他，跑到那儿却没有人。怡敏心里恼丧，骑了车子回到宿舍，却看见林晚也在宿舍里发呆。

“你怎么也在这儿？”怡敏问。

“我怎么不能在这儿？”林晚笑了，“我就住这宿舍啊。”

“我是说，你不是都泡在实验室吗？”怡敏也笑了。

“唉，我觉得好难受，他好像都在躲着我。”林晚叹气。

“为什么，你跟他说什么了吗？”怡敏问。

“你还不了解我，我会说什么。”林晚说，“但是，他大概也察觉到了吧。我总往实验室跑。”

“唉，你还是算了吧，不明不白的。”

“不过，恋爱里的人都是傻子。”怡敏又开口了，她想起自己这几天的失魂落魄。

“你和久柯怎样？”林晚绕开自己，把话题岔开。

“不怎么样。男人是不是对到手的东西都不珍惜了。”怡敏想说，自己如果没有和久柯好过，他是不是就不会如此，但是她到底没好意思跟林晚说。

好在林晚也没有细究：“我也不知道，从生物的本性来说，男性都喜欢刺激，喜欢征服吧。如果没有挑战，自然会倦怠。”

正说着，传声器里说有人找怡敏。怡敏马上冲到楼下，果然是久柯。怡敏看到他，心里高兴，脸上却没一丝笑：“你这几天跑哪儿去了，我都要报警了。”

“我在跑乐队的事啊，想趁热打铁，签个长期的合同。”久柯没说他现在都快交不起房租了，他知道像怡敏这样家境优越的孩子，是不会想到生存这个字眼的。

“那你也要跟我说一声啊，你以前可不是这样。”怡敏还是没消气。

“以前，什么以前？”久柯不解。

怡敏想说就是他们没好以前，他天天跑学校找她，还会带上她喜欢吃的零食。但是她也没好意思说出口。

“你以后这么久不来要和我事先说一声。”怡敏的脸还是绷着的。

久柯是个自由散漫惯了的人，心下不太高兴，但是也没说什么，只是说：“好了，别闹了，我们吃饭去。”

“这怎么算闹呢？”怡敏却是个犟脾气，她想到自己辛辛苦苦跑到他的住处找他，他却这么不冷不热的。

两个人闷闷地吃了饭，久柯说晚上还有演出，得走了。怡敏还想和他多待一会儿，但是她心气高，也说不出口，两个人就说了再见，连个拥抱都没有。怡敏上了楼，坐在宿舍里生闷气。

初夏的校园一片青葱，女孩子穿上了美丽的裙子。晚上怡敏和林晚买了个西瓜，两个人坐在 29 楼前小花园的路沿上，边吃边看进进出出的女孩子。快熄灯了，29 楼门前是一道特别的风景线。小情侣们在交换明天碰头的时间地点，又趁着夜色送上小别的拥吻。爱学习的女孩子总是行色匆匆，掐点进门。

林晚说：“真好看，女孩子穿裙子最别致。”

“你心思真细，还注意这个。下星期是久柯的生日，我要不要送他礼物啊。”

“为什么不呢，如果你喜欢他的话。”

“可我现在还在生他的气，我总觉得他不如以前那么喜欢我了。”

“你看过茨威格的《一个陌生女人的来信》吗？那个女人一心一意爱着男主角，还生了一个孩子，尽管他都不知道，爱情是一个人的事情。”林晚眼睛闪亮。

“唉，小姐，那是小说，我可做不到。我就是这么小心眼，我会衡量爱情的多少，如果我爱得多，我会不平衡。”怡敏叹气，“那么，你能做到吗？”

“我也不知道，不过我一直觉得爱情是一种信仰，你足够诚心，它就会来。”林晚认真地说。晚风吹起她的发梢，她的脸在夜色里更加白皙，黑色的眼眸在闪烁。

“真喜欢你，你和别人不一样。”怡敏看着她，由衷地说。

“我也喜欢你啊，不装，心思也单纯。”林晚笑了。

“好了，咱们别互捧了。这回听你的，帮我想想送他什么礼物。”怡敏也笑了。

“不如买块手表，他天天戴着，就会想起你。”林晚提议。

“好主意！”怡敏大赞。

怡敏特意跑到西单商场。售货员问清了她是给男朋友买，就建议她买合金的，因为合金最硬，象征爱情的牢固。怡敏一看，合金的比钢的要贵好几百块钱呢，心下犹豫，又想想，觉得售货员虽然是促销，但那个说法挺好的，就同意了。她花了不少功夫，最后挑了块黑底的进口手表，西铁城的牌子，用太阳能的，不用电池。

久柯其实没想到怡敏知道他的生日。那天晚上他特意没有安排演出，跑到学校找怡敏。怡敏说，“我带你去个地方。”两个人到了南北阁附近，那儿有棵挺大的银杏树，枝叶繁茂，和近旁古色古香的屋檐相依相应。怡敏每次经过，都要仰望那一树的浓荫。

“你敢爬上去吗？”

“那有啥不敢。”久柯笑了。他身手矫捷，一下子就爬上去了。

“等着，我也上来了。”怡敏说着，也利利索索地爬了上去。

“闭上眼睛。”怡敏从牛仔裤后袋里掏出那块手表，手表是带荧光的，黑暗里发着光。

“好了，现在睁开。”怡敏说。久柯一睁眼看见了亮闪闪的那块表。

“生日快乐！”怡敏笑意盈盈。

“啊，顽皮的小家伙，你怎么知道我生日？”久柯眼睛都亮了。

“我有心啊！我偷偷问了老桂、你的同屋，还偷看了你的日记。”怡敏露出了狡黠的笑，“不过你的日记记得太少。”

“好家伙，你啥时候偷看的。”久柯心里感动，“我这阵子比较忙，你不生气了吧？”

“谁说我不生气，你要补偿。”怡敏故意噘着嘴。

“好，等我有钱了，我带你去巴黎玩，去看巴黎圣母院，那是我最喜欢的城市。”久柯靠在一根树枝上，把她拉近，深深地一吻。树叶在唰唰地响，初夏的风，初夏的树，初夏的吻。怡敏觉得这一刻是如此可爱纯静，就像月光里的马蹄莲一样皎洁。

第五章
红罂粟的诱惑
chapter05

走吧，

路呵路，

飘满了红罂粟。

——北岛，《走吧》

快放暑假了。

因为经费问题，周鸿飞实验室的这个项目资金砍半，做了这一学期，几个本科生就都不要了。放暑假前一天的晚上，林晚跑到实验室去拿她的一些书籍。实验室灯火通明，只有周鸿飞一个人。林晚看着鸿飞，想到马上就不能这样经常见面，好不难过。鸿飞看见她那样子，忍不住问她："你怎么了？"

这一问，硬生生地把林晚的眼泪问了出来。

周鸿飞一看有点慌："你没事吧？"一边从抽屉里找出一包纸巾递给她。

林晚接过纸巾，却哭得更厉害了。一边哭，一边抽噎着说："我……我喜欢你，从第一眼看到你就喜欢你。每次看到你，心里就高兴。想到再见你不容易了，心里真难过。"

话音一落，林晚自己都吓了一跳。她平素是个内敛的人，此时却一口气都说了出来。说完了，林晚顿时心里轻松了好多，压抑在心头两年的话终于说出了口，她突然就释然了。

周鸿飞是知道她喜欢他的，但是这么明明白白地表白，他还是很震惊。他不知道说什么好，只轻轻地抱了一下林晚，林晚却如汪洋中的人抓住了一块木板，抱着鸿飞一个劲地又哭了起来。鸿飞不好推开她，他抱着林晚，酷夏的湿热和林晚女孩子的清新混在一起，迎面而来，他有些呼吸困难了。

好一阵的工夫，他终于清醒过来，推开她，走到桌子旁边，倒了杯水递给她。

那晚回到宿舍，周鸿飞第一次失眠了。他在床上翻来覆去。他非常害怕地意识到，他渴望她的气息，渴望她的身体。妻子庄晓岩去美国这半年来，他从来没有像今晚这么难受，这么难以自持。

林晚坐了第二天的火车回家了。窗外的树木和房屋迅速后退，她也在脑海里一次次回放昨晚的那一幕。她细细地回味着他的眼神，他的拥抱，他身上淡淡的香烟味。她觉得，那一刻，至少是拥抱的那一刻，他也是喜欢着她的。林晚喜欢在流动的火车上沉思，喜欢坐在火车上记日记，那天，她一直在写。

那是周鸿飞记忆里最漫长的夏天。那个夏天特别地热，空气里有一种黏稠。周鸿飞有几次到勺园附近的一个小澡堂冲凉，凉水冲下来的时候，一泻千里，仿佛把什么都冲走了。

他住的24楼离学生五食堂最近，但是他有好几次特意跑到学生三食堂，因为去那个食堂要从29楼过。他暗想林晚会不会提前返校了，会不会在食堂碰到她。就像寒假那样，他总能碰到她。其实那个寒假，他每次进学二也会不由自主地期待她小巧的身影。但是这个暑假周鸿飞一次也没碰上林晚，她仿佛突然从他的世界里消失了。他回想起林晚在他实验室的那段时光，他们常见面，他高兴看到她，高兴和她说话。她说话总会在最后加一句“是这样吗？”像是问别人，更像是问自己。那晚和她单独走路回宿舍后，他会不时地想起她，想起她说话的样子。她笑起来好看，有一对小小的酒窝。他有些恐慌，他决定躲着她。

但是命运的安排太精巧，他像是绕不开她了。她像一个放蛊的人，把爱恋一点点埋下来，然后在那一晚引出来，就如万千个小虫子撕咬着他，诱惑着他。周鸿飞突然意识到自己对林晚的思念居然比对庄晓岩的思念来得更强烈，他被这个念头吓了一跳。

暑假终于结束了。开学了。

周鸿飞那天傍晚在宿舍看书。他听到轻轻的敲门声，他起身打开门。门开了，他看见林晚站在门口低着头。他把她拉了进来。

她眼睛里含着泪，思念太苦，这个夏天对她而言是同样的煎熬。他抱住了她，他等了一个夏天，他等得太难受了。他的呼吸变得急促，他是个男人，是个快三十岁的男人。他已经有半年没碰女人了，眼前的这个人喜欢了他整整两年。她的皮肤白皙，她的脖子纤长。他吻了她，她的唇柔软温润。他想停留在亲吻，但是他像一支离弦的箭，一发不可收拾。他心里叹气，双手在她的身体上继续探索。而林晚竟像是下了必死的决心，她柔软得像一池春水。她爱这个男人，在她年轻的信念里，她愿意把自己的一切给他。

周鸿飞没有想到这是她的第一次。“对不起。”他内疚地说。

“为什么这么说，是我自愿的。”林晚笑了，她的手指在他的身上滑过，她觉得这一切像梦一般不真实。他的吻那么炙热，仿佛要把一切都烧成灰。她呼吸着他的味道，她要自己记住这味道。她只没想到还会那么痛，痛得她眼泪都要掉下来了。那种痛，像是刻在了她身体里，打了个印记，她要自己记住这痛。后来的日子，她在想，大概就是因为如此的痛，才会那么刻骨铭心。

林晚那个晚上以后心里就有了一种异样的感觉，她觉得自己完成了一个女孩到女人的蜕变。她终于成了他的女人，那是种让人心颤的感觉。她觉得自己终于拥有了一份完整的感情。其实那天晚上她在楼下等了好久，犹豫了很久才鼓足勇气去敲他的门。她喜欢他，他说话的声音，他抽烟的样子，喜欢他的一切。她没有想更多，她只想天天见到他，虽然有一个声音在告诉她，这是不属于她的东西。

第二天晚上，她又跑到他住的24楼楼下，他的房间是黑的。她心里一沉，他是故意躲着她吗？她回到不远的文史楼复习英语，坐了不到半个小时，又回到24楼前，他的房间还是黑的。快到十一点了，林晚终于失望，她怏怏地走回宿舍，一个晚上都提不起劲。

周鸿飞觉得那一晚自己像是着了魔，那个夜晚之后他不知道该如何面对林晚，也不知道如何面对国外的妻子。过了几天，庄晓岩居然打电话回来了，平常没什么事她也不会打电话。他心里一惊，好在她只是急需一份文件，催他快点寄过去。

“你快回来吧。”周鸿飞在电话里说，他真心希望她快点回来。他觉得自己已经滑进了一条黑色的隧道，他自身是没有力量把自己拽回来的，他需要外力来阻止他下滑。

他只能躲，他不敢在宿舍待着，他整晚上都待在实验室。

他的房间连着几晚上都是黑的。林晚终于失望，她强迫自己读书。她得申请出国，离开这个伤心地。

怡敏比起来倒没有林晚这么认真了。“我要是出国了，久柯怎么办？”她问林晚。

“要么你们结婚，把他F2签证办出去，要么你们分手，你说怎么办呢？”林晚心里想着自己，如果真的出了国，和周鸿飞就真的分手了，可是他们之间又算什么啊？从来就没有光明正大地开始过，又何言分手？

“唉，他恐怕不会愿意出国。算了，想那么多干吗，反正我的GRE、TOEFL 都考了，先申请学校吧。”怡敏觉得她和久柯时好时坏，她心里也没底。

林晚英语准备得晚，秋天才考 TOEFL、GRE。怡敏帮她准备英语，两个人一起去新东方咨询，一起准备申请信。那个秋天，怡敏倒是和林晚在一起的时间多。

一个月过去了，两个月过去了。

林晚决定去实验室找周鸿飞。她跟自己说，自己不过是想找他写推荐信，因为她在他的实验室做过研究助理，这样的研究经历对申请出国大有帮助。

周鸿飞看见她进来的时候眼睛是发亮的，林晚看见了那一束光，心里一动。她原以为他已经忘了她，她不过是他一次偶然的冲动，但他的目光是如此柔情，她便明白他也是惦记着她的。

“推荐信过几天来我宿舍拿吧。”实验室里其实只有他们两个人，但是周鸿飞的声音低得只有他自己听见。

林晚看见了 24 楼久违的灯光。她和他又一次陷入了温柔乡。那么多的柔情，那么多的渴望。周鸿飞觉得她就是他的罂粟，这几个月，比那个夏天更难熬。他一次次想起那个夜晚，想起她的身体。她是那么温顺，像一块碧玉，散发着少女的清香。他回味着她，身体里的肾上腺在堆积。那积攒了几个月的激情，再一次在空气里回荡。

“我的妈妈其实不是我的亲生妈妈。”那天晚上，两个人躺在那儿，林晚突然开口，“我妈在我八岁的时候病逝，我爸过了几年就娶了我的继母。继母人不坏，但我一直没有办法和她亲近。”

周鸿飞心里一颤，原来她和他经历如此相似，怪不得他总觉得她看起来似曾相识，觉得她身上有一种忧郁的气质。

“他们后来就生了我弟弟。我是个敏感的人，总觉得自己被冷落，其实也许并没有。我总觉得我爸爸对我不好。有一天，我在学校写黑板报，很晚才回去，他们都没有来学校找我。我一个人走黑路回家，怕得要死。”林晚说着，眼泪不觉流了下来。

“可怜的孩子……”周鸿飞喃喃地说，他在黑夜里抱紧了林晚。

“我第一次看见你的时候，你在吸烟，那种忧郁的神情让我觉得似曾相识。”林晚继续说。

“小晚……”周鸿飞轻声地说。他的手滑过她的脸，轻轻地擦干了她的眼泪：“其实，你长得有一点像我妈妈，我第一次看见你就小小地吓了一跳。”

“原来我们都是故人。”林晚笑。

“也许吧，这种事谁说得清楚呢。”周鸿飞脸上露出了淡淡的微笑。

在那之前，他一直以为自己不过是喜欢，不过是一时冲动，但是那天他突然发现，他原来也是爱她的。

那些天，他宿舍的灯总是亮着。

周鸿飞好像从来没有对一个女人这么着迷过。他是个内向的人，念本科的时候风气没有这么开放，他也不会追女孩子。念研究生的时候晓岩向他示好，他觉得她性格活泼，和自己互补，慢慢地就走到了一起。这么些年，他和晓岩的感情也越来越深，虽然两个人性格不一样，总有这样那样的小矛盾。他好像从来没有像这一次这么疯狂过，他像是从林晚身上看到了自己。他们越来越像熟悉的老友，越来越默契。一次一次，他在她温柔的陷阱里越陷越深。但是潜意识里，他觉得他还是会留在晓岩身边，放弃往往比坚持更需要勇气。他不觉得自己有那样的勇气，何况还有周围那么多的压力。更何况，如果没有林晚，他和晓岩也算是和满的一对。晓岩也是个出色聪明的人，而且性格也好。

林晚似乎也是知道的，到了年底，他妻子一回来，他们就要结束。一次一次，她看见了他眼里的迷恋，也看见了他眼底的迷惘。她知道，这一切，都如烟火一般，稍纵即逝。她告诉自己，只要这一刻，在这一刻，他们是互相爱着的，也许这样就足矣。但是她也知道，她没有办法付出却无一点所求，她不要做《一个陌生女人的来信》的女主角，她是多么渴望长长久久地和他在一起。

快到年底了，还有几天，晓岩就要回来了。

那天晚上，林晚在他的小房间里哭了。她什么也没说，她什么也不用说。鸿飞起来，站在窗户旁边抽烟，他抽的是玉溪牌的烟。“我尝一口。”林晚不知什么时候站在了他身后。他把烟递给她，她吸了一口，就呛了起来，呛得眼泪都出来了。

周鸿飞看着她，心里有一丝丝怜惜。他心里第一次有了离婚的念头，他被自己这个念头吓了一跳。

晓岩回来的前一天晚上，他又一次失眠了。明天就要去接机，他该如何面对妻子晓岩呢？

第六章 北京，北京

chapter 06

沉默的雪，严禁你说出

这城市的名称和历史

它全部的秘密被你收藏心中

它全部的秘密将自行消亡

——西川，《大雪十四行》

庄晓岩乘坐的飞机如期降落在首都机场。

她坐在首都机场的候客室，眼睛一直盯着门口。门口出现了周鸿飞熟悉的身影，他好似有一点点憔悴。晓岩站起来："鸿飞！"她高兴地喊他的名字。

"晓岩。"鸿飞对她微笑，她还是那个开开心心的她，大眼睛清亮如水，只是皮肤黑了一点。

"怎么晒黑了一些啊？"鸿飞突然想起林晚白皙的皮肤，心里暗暗骂自己。

"美国人都崇尚黑呢，那些人大夏天就在游泳池旁边晒。"

晓岩带的箱子塞得满满的。"这个是给你的，一个单放机，我知道你喜欢听音乐。"晓岩忙不迭地把给鸿飞的礼物递给他。鸿飞心里一动，她还是那样，什么都想着他，他心里内疚。

晓岩和鸿飞坐出租车回到 24 楼的宿舍。博士生住的筒子间，她和鸿飞结了婚一直住在这儿。门外有一个小小的煤气炉，偶尔做做饭，大多数时候都在学生食堂吃，倒是和单身的时候没有太大区别。

晓岩进了门，她觉得这个房间看起来有点陌生，甚至有一点点不熟悉的气息。她有些狐疑地看着鸿飞。

“才离开一年，怎么觉得好陌生？”

“是我把房子收拾得太干净了吧。”

“你是间接说我不爱收拾，家里乱吗？”晓岩笑了。

“还是喜欢瞎推论，一点没改。”

“是啊，我一点没变，你呢？”晓岩看着鸿飞的脸，他并没有她想象的那么激动，她有些小小的失望。他们都分开整整一年了。

“你不想我吗？”晓岩抱着鸿飞。

“嗯，想。”鸿飞摸摸她的头发。

她把窗帘拉了下来。

她不知道她还是那个她，他却不是原来那个他了。

怡敏没想到她的生日居然不是和久柯度过的。她自尊心强，也不会提醒他周四是她的生日。去年她生日，正好他手摔断，那么大一件事，她觉得他该记得自己生日的。

生日那天一大早，她就期待久柯来找她去吃早饭，然后给她一个惊喜，送她一件礼物，带她去一个地方玩。他早上没有来，中午也没有，天快黑了，他依然没来。她甚至有冲动跑到他的住处，但是她怕他会过来，两个人跑岔了，就待在宿舍里等。天黑透了，快七点了，怡敏终于绝望。好在林晚知道是她的生日，一直在宿舍里等着她。

“小姐，生日快乐，我请你去艺园吃小炒吧。”

“嗯。走吧。”怡敏蹦下床。

“连老桂也忘了我生日。”怡敏心里着实难受，她想起还是老桂那次生日认识久柯的。

“男人他妈的都靠不住，最后还是女人靠得住。”怡敏在路上大声说，对面几个男生都回过头来看她。

“好了，他也许事情多，走不开身。”林晚劝她，“你别跟吃了火药似的。”

两个人要了一瓶啤酒。林晚心里也难受。自从庄晓岩回国，林晚就一直没有见过周鸿飞。她经常会跑到24楼，看着那灯是亮着的，自己却不能再去了，心里难过万分，但是又能怎样？两个人都喝了不少酒，吃了饭，怡敏坚持要去圆明园画家村久柯的住处找他。林晚不放心她一个人，就陪着她去了。他的房间没人，灯是黑的，怡敏好不失望。

“走，我们到圆明园里面去看看。”怡敏提议。林晚心里也闷，就说好。两个人从圆明园西边的一处地方翻墙进了园子。大冬天的晚上，里面萧瑟得很，没几个人，怡敏对着圆明园的残垣断壁大喊：“梁久柯，我讨厌你！”林晚也想喊几嗓子，但是她没有，只是默默地看着怡敏和那些破旧的柱子。她想，许多年前这里曾经是何等金碧辉煌，如今也败了，这世上可有一样东西是永恒的？

两个人回到29楼，都快十一点了。进门的时候，传达室的小辫子阿姨说有个男生来找过怡敏。

“不会是久柯吧。”怡敏心里懊悔，她想要是早知道就早点回来了。

一进宿舍门，两个人就闻到方便面的香气。王海婷看到她们就说：“怡敏今天生日吧，我给你煮了包方便面，里面加了个鸡蛋。正好当消夜吃。”

怡敏一时感动得说不出话，半天才说：“太谢谢了，你怎么知道我生日啊？”

“早知道就拉上你一起去吃饭了。”林晚也特别不好意思。

“其实也是林晚前几天无意中提起，我正好听到的。”王海婷说，“我们老家的习俗，过生日就是吃长寿面加一个荷包蛋。”

“唉，平常你都是独来独往，我们有活动也没怎么喊你。真是太对不住了。”怡敏突然觉得特别过意不去。她平常和林晚走得近，和王海婷关系有一点点别扭。大一的时候，她一开始睡在王海婷上铺，结果王海婷抱怨怡敏动静太大，影响她休息，两个人关系很僵。好在林晚后来和王海婷换了一个床，问题才解决。怡敏觉得她是喜欢独来独往的人，也不刻意和她走近，想来她其实心里很寂寞的吧。

“也不怪你们。我是农村来的，九岁才第一次穿裙子，和你们城市生的生活差距太远。你们两个城市生走得近，我也不敢掺和。”王海婷说。

“唉，马上就要毕业了，咱们三个好像都没有好好说过话。”林晚语气里有些歉意。

“对了，你毕业怎么个打算？也准备出国吗？”怡敏问海婷。

“唉，其实我也想出国。也去考了 TOEFL、GRE。可是分数太低。我的英语底子太差。我还是先在系里念研究生吧。”王海婷叹了口气。林晚才想起去年她提前返校，王海婷也回来了，原来她也是在准备英语考试。

“没事，不急，回头我的那些复习资料都给你。”怡敏忙不迭地说。

王海婷平常都不怎么说话的，那天三个人倒是掏心掏肺说了好些话。怡敏突然觉得人和人之间，远和近都是非常容易转换的。

上了床，怡敏又想起了久柯，她心里暗自寻思晚上是不是他来宿舍找过她呢。

久柯现在没有以前来得那么勤了，但周末他还是会来。好不容易熬到周末，他可算是来了。

“星期四你去哪儿了？”怡敏下了楼第一句话就带着怨气。

“我一直在酒吧里唱歌啊。”久柯承认自己的确没有刚开始追怡敏那阵那么有劲了，可是他得交房租，交水费电费，得吃饭。上个月房东又涨了一次房租，他现在有时候一个晚上得去好几个酒吧串场。

“那么你没来学校找过我了。”怡敏心里失望，她生日找她的男生不是他。

“周四是什么日子？”久柯还是没有想起来。

“你不记得就什么也不是。”怡敏是个倔脾气，她的话里带着一丝冷。久柯觉得她像是变了脸，平日那么热情活泼的脸，一下就冷若冰霜。

“怡敏，别这样，我得先谋生，有时候根本就没有心情和你谈情说爱。”久柯拉住她的手。

怡敏听到这话心里一软，她好似从来没有考虑过生存这个现实的问题。她太想当然了，她就是觉得久柯不如以前那么喜欢她了。

“那天是我生日。”她开口说。

“我真是糊涂了。”久柯一拍脑袋，“把这么重要的事情忘了。今晚我们补上。”

“那我喊上林晚，她最近心情不好。对了，还有我们班的另一个女生王海婷。”

那天还是一个愉快的晚上，怡敏好似又找回了他们最初在一起聊天斗嘴的快乐。他们找了一家小馆子，水煮牛肉放的是便宜一点的白菜，而不是生菜，但是一样好吃。久柯要了生啤酒，大家喝得开心。吃了饭，几个人又跑到静园，那里经常有校园歌手弹着吉他坐在草地上唱歌。久柯唱了一首《爱的代价》：

那些为爱所付出的代价
是永远都难忘的啊
所有真心的痴心的话
在我心中虽然已没有他

几个人听着歌，心里都在想着自己的事。王海婷听着那歌，心里越发难受。大一大二她看着周围的人渐渐地成双成对，自己却孑然一身，心里总有些哀怨。大三放假回家碰到高中同学陈迪，现在在上海交大念书。原来个子矮小的陈迪好像在一夜之间蹿成一个大高个。她回到学校就给他写了封信，两个人一来二往就开始了异地恋。但是最近海婷写的好几封信，陈迪都没有回。海婷心里着急，心想，他再不来信，她就要打个长途电话。海婷平常节俭，长途电话费又贵，两个人也极少通电话。

久柯马上又投入了生存的重压里。那天后海的一家老板告诉他最后还是不能和他签长期合约的时候，他笑了，嘴角带着他常有的那种戏谑。从那家酒吧出来，已是凌晨两点，外面不知什么时候飘起了雪。他一个人走在清冷的街头，雪花在他身边沉默地下坠、飘落。酒吧拐角处有一个喝醉的人靠着墙在吐，久柯走过的时候闻到了一种令人难受的酸味。不远处的高楼，偶尔有一两盏灯熄灭，那一小块玻璃的墙就黯淡了下来。他凝神看着那一块块正方形从亮变成暗，像一个个被掐灭的火种。

这是个庞大的城市，庞大到他找不到一个温暖的角落。城市的夜空是黑漆漆的，黑夜笼罩了一切的污秽，也笼罩了一切的光芒。城市，这个北方的城市是不属于他的。他只不过是万千个在这里挣扎的如蚂蚁一样的影子。他看着这个城市，心里突然涌起一种悲凉。

他在北京什么也没有，连最基本的生存都快成问题。怡敏是个好孩子，她从来没有想过这些。可是自己却不能不想，然而他什么都没有。久柯伸出手，天空里的雪花落在他手心，一眨眼，就化了。他在北京凌晨的黑夜里深吸了一口凉气。这一个冬天，格外地漫长，格外地冷。

怡敏还是有些怨气，久柯后来就没有补上给她的生日礼物了。她想自己那么用心，跑那么远给久柯挑手表，还特意安排爬到树上给他惊喜。他却什么礼物也没有给她。她并不是要什么贵重的礼物，可是他没有这份心思，她不开心，虽然从未对久柯提起。

生日以后，久柯来得越来越少了。从原来几乎每天都来宿舍找怡敏，到每周一次，到现在两周才来，怡敏很难受，但是她憋着劲，也不去找久柯。奇怪的是憋了一阵，也习惯了，不似原来，一天不见都难受。

那天久柯终于来了。“好久都不见了。你也不来找我。”他笑着说。

“你如果想着我，自然会来找我，如果不是，我又何必自讨无趣。”怡敏板着个脸。

“瞧把你明白的。”久柯心下也有点不悦。

“我不在乎你没有钱，可是你连时间都那么吝啬。你对我早就过了劲了。”怡敏接着说。她心里想说，如果不是我和你好了，你可能也不会这么早就没了兴趣。但是她忍住没有说。

久柯不再言语，他诚实地想，他们认识一年多了，最初的热情也的确退了。那时候，一天看不到她都难受。可是他还是爱着她的，她是他一直想找的姑娘，率性，纯真，虽然也爱耍些小性子。他想打拼出一片天地，给她一个更爱自己的理由。他更要先维持自己的生计。

他和她说过一次，但是她显然没有把这当个事，他还能说什么呢。他现在白天在一家五金店打零工，他都没好意思告诉她。

“唉，我们现在见一次面也不易，非要闹得不欢而散吗？”久柯终于开口。

“……”怡敏梗着脖子不说话。

“好了，你看你送我的手表，我天天戴着，都成表叔了。”

怡敏一下子就笑了，她喜欢他耍嘴皮子。

“好了，我们吃饭去吧。”久柯伸过手，“上车吧。”

怡敏坐在他车后，头靠在他背上，突然就有些感动。是啊，两个人能有缘在一起就不易。像林晚，天天自己窝在宿舍，相爱的人近在咫尺，却不能相见。这样想着，怡敏心里又舒坦多了。

二月底的一天，林晚一个人在学五吃饭，她突然看见了周鸿飞的身影。

第七章

命运的选择

c h a p t e r 0 7

在三月和四月之间——

一旦越过那奇妙的边界，

犹疑的夏天就像天堂一样，

几乎伸手便可采撷。

——艾米莉·狄金森，《最凄凉的声音，最甜蜜的声音》

自从晓岩回来后，林晚就没有见过周鸿飞。这回看到他，她心里怦怦地跳。鸿飞看见她，却是径直走过来，坐在她旁边。

“你也在这儿吃饭。”他轻声说。

“嗯。”林晚放下筷子，再吃不下去。

“对不起。”鸿飞压低了声音。他想说他其实一直都想着她，但是他实在说不出口，而且周围还有那么多人。

“没有什么的，是我自找的。”林晚听他这么说，心里一酸，眼泪差点掉下来。

“我博士毕业留校，现在搬家了，搬到玉泉路青年教师宿舍了。”鸿飞接着说。

“噢。”林晚想，怪不得自己这么久都没有见到他了。前一阵她跑到24楼，灯都是黑的。她想到自己再见他就更难了，心里更是黯然。

“这是一本日记本，我知道你喜欢写字，难过的时候就多写写吧。”周鸿飞递给她一本精致的日记本。

“谢谢。”林晚没想到周鸿飞还有这份心，心里一热，但是想想这都好几个月了他现在才露面，又觉得特别委屈。她心里万般滋味，就像有一根细藤，绕着，扭着。

鸿飞没坐多久就走了，林晚坐在那儿，兀自发呆。

鸿飞心里也难受得很，这些天他也想着林晚，那么近，却那么远。而他能做的不过是去挑一本日记本送给她。可是晓岩也没做错什么啊，她喜欢唱歌，做什么事都哼着个小曲。他看到她那样子，心里的天平又倾斜过来了。一天一天，他觉得自己都要被折磨得发疯了。从学五回玉泉路宿舍的路上，他想，无论如何，要做个了断。也许他该鼓足勇气和晓岩坦白，也许林晚才是他命中注定的那个人。

回到玉泉路的家里，庄晓岩坐在床上，看见周鸿飞就蹦了起来。“鸿飞，有情况，我这次例假推迟好些天了。我一般都很准的。”

周鸿飞愣在那儿。他和晓岩结婚也有年头了，现在都快三十了，还一直没怀上，他母亲经常一打电话就催他，他头疼。两个人看了不少医生，也没查出什么名堂，这次回来没多久，就有情况，难道是天意？

鸿飞陪着她去一家药店买了早早孕。书上说一般早上查最准，两个人早早地就上床休息了。鸿飞看着天花板，翻过来覆过去睡不着。晓岩也是，一大早天还没亮，她就起来了。

她打开早早孕的盒子，拿出试条，按指示在样本里浸湿，然后两个人目不转睛地盯着试条。

早早孕上显示两条线，尽管有一条不是那么明显。

晓岩高兴地跳了起来，她盼这个孩子盼了太久了，没想到这一下这么容易就怀上了。她激动地抱着鸿飞：“还是这个地方好，如果是女孩，就叫玉泉，如果是男孩，就金泉，好不好？”

“好，好。”周鸿飞心情复杂，他心里真心高兴，为晓岩，也为自己，然而他想起林晚，心底又掠过一丝凄凉。他抱着晓岩，看看窗外的远方，又看看家里的大彩电——那是晓岩特意从国外带回来的。他叹了口气，也许，眼前的这个人才是他真正命中注定的人。

三月初的一个周末，久柯去了深圳。深圳有家酒吧的老板在北京看了久柯他们乐队的演出，很喜欢，邀请他们南下去演出。

他走得匆忙，头一天晚上才告诉怡敏。怡敏很不高兴："后天周六，我还想和你去看场电影呢。我们都好久没有聚在一起了。"

"这个也是临时通知。我也不知道啊。"

怡敏不再作声。

周六她本想回家，又寻思着晚上可以给久柯打个电话，回到家打电话不方便，就决定待在学校。到了晚上她一个人百无聊赖决定自己去看电影。

电影已经开演了，她一进去，大讲堂里面一片黑。她正有点发怯，旁边一个人喊她："怡敏。"她一看，原来是假胖子。

"坐吧。"假胖子说。她就坐在了他旁边。

"是那个《东北偏北》吗？"怡敏小声问。

"方向性错误，《西北偏北》。"假胖子一本正经地回答。怡敏不觉一笑。

不愧是希区柯克的经典片，情节惊悚曲折。散了场，假胖子问怡敏："你怎么一个人啊？"

"什么意思？"怡敏问他，心想难道他也是间谍，知道她和久柯的事情？

"嘿嘿。"假胖子打着哈哈，不再说什么。

怡敏要去电教后面的电话楼给久柯打长途电话，就匆匆和他说了再见。

电话楼要打电话的人很多，怡敏排了好久的队才进了格子小单间。她拨了久柯旅馆的电话。总机转到了久柯的房间，一声，两声，响了好多声都没人接。怡敏心里好不失望。久柯是昨天到的深圳，一直都没和她联系呢。她胡思乱想，久柯该不是碰上什么漂亮姑娘了吧。她拨了几次他都不在，只好放弃。她出了单间，却看到旁边单间里坐着王海婷，隔着玻璃门，她听不见海婷在说什么，只看到她满脸的高兴。

怡敏闷闷不乐地回到宿舍，看到林晚已经躺下了，就坐在她旁边说："一狼假寐于前。"没想到林晚还没睡着，立马回了怡敏一句："一狼犬坐于后。"两个人相视大笑，怡敏顿觉心情好多了。过了一阵，海婷也回来了。

"你回来啦。我今天在电话楼看到你了。"怡敏笑着说，"跟谁打电话啊？一脸的幸福。"

"啊，你看到了。"王海婷脸上掠过一丝羞怯。

那次怡敏生日之后没多久，王海婷就给陈迪打了个长途电话。电话是陈迪的一个室友接的，他招呼陈迪的时候说："陈迪，又是找你的。"海婷听到了。"又是？"她心里一咯噔。

"为什么这么久没回信了。"等陈迪接了电话，海婷平静地问他。她知道这时候质问陈迪肯定不合时宜。她了解他的性格，是个吃软不吃硬的人。

"嗯……最近有点忙。"陈迪没想到海婷会来电话。

"忙可不是个好的借口，你跟我直说吧。"海婷是个直性子。

"……"陈迪不作声，过了半晌说了一句，"我们分手吧。"

"为什么？"海婷虽然心里有所预料，但还是震惊。

“……”陈迪这头又是沉默，过了一阵，他开口说，“不为什么。”

海婷是个镇静的人，她不再追问，只是沉默地把电话挂掉。

她马上买了周末去上海的火车票。

当她站在陈迪宿舍门口的时候，陈迪又吃惊又感动。他们是农村出来的孩子，平常都省吃俭用。她来上海一趟，要花不少钱。坐落在繁华喧闹的徐汇区的这个有着一百多年历史的校园闹中取静，颇有中西合璧之风。并肩走在红太阳广场大草坪旁的林荫道上，陈迪终于说了实情，他们班上有个女孩子喜欢他，他好像也喜欢她。她是个上海姑娘，叫叶倩倩。

“你觉得你真的适合和上海姑娘在一起？”海婷看着他的眼睛。

“……”陈迪又不作声了。

海婷叹了口气，不再说什么。

“我陪你到上海逛逛吧。”陈迪心里内疚。

周日两个人在豫园和外滩一带逛了一圈。海婷是第一次到上海。她没有办法喜欢这个洋派拥挤的大都市——大概多半是因为她的心情。

周一上午陈迪有课。“你去上课吧，我在你宿舍坐坐，晚上我就回北京。”海婷平静地说。

“那……好吧。下午我就回来，晚上我送你到车站。”

下午陈迪回到宿舍，海婷已经不在了。他看到自己的衣服洗得干干净净挂在一角，床铺也被整理得清清爽爽。海婷回北京了，她留了张条：“我去找过叶倩倩了。我跟她说了你家的情况。我觉得，你和她不是一路人。”他站在那儿，心里五味杂陈。

过了几天，叶倩倩来找陈迪："我不知道你已经有女朋友了。好在我们也没开始。她找过我，她对你很好，你好好珍惜她吧。"叶倩倩没告诉陈迪的是王海婷还把他湖南农村老家土坯房子的照片给她看了。还告诉她陈迪下面有三个弟妹，家里都指望陈迪毕业补贴家用呢。陈迪苦笑了，他和叶倩倩真的不是一路人。

从上海回来以后，陈迪和她又恢复了往常的通信。见字如面，他们都喜欢这种交流的方式。他们都是不善于表达自己的人，而在文字里他们可以遇见最本真、最朴素的彼此。自打叶倩倩的事以后，王海婷也一直反省自己做得不好的地方。她想还好这次碰到个怕事的主儿，如果是那种不管不顾，爱得晕了头的主儿，陈迪可就抢不回来了。陈迪经过这事以后，也知道了海婷对自己的一片真心，心里也定下来了。相似的家庭背景、相同的成长经历让他们彼此走得更近。

不过海婷也不敢马虎，过一阵就打个电话过去。今天两个人用家乡话聊天，又是亲切又是痛快。

再说久柯那天到了深圳，有些累，早早就休息了，也没去找个地方给怡敏打电话。久柯是第一次到这个南国的城市。不知道为什么，他还挺有些喜欢。北京是皇城，他时不时觉得有一种压迫感。而深圳是个移民城市，每个人都是外来客，但似乎每个人又都可以在这个城市扎根。到了周六的晚上，久柯在酒吧待到很晚。老板是长春人，和他是东北老乡。大家相见甚欢，谈得很开心，回到旅馆已经凌晨。看看太晚，他又没给怡敏打电话。

怡敏难受。她不明白久柯为什么不打个电话过来，而自己却一心一意记挂着他。她自认为不是个矫情的人，可是他让她失望的次数太多了，多得她有些灰心。

到了周一，久柯给怡敏宿舍打了个电话。

“你到底心里还有没有我？”怡敏一接电话，就是一腔火，“我都打了好多次电话给你。”

“我怎么知道，你又不留言。我周五那天刚到，太累。周六回旅馆太晚，就没打。”

“那周日呢？”

“我想你大概回家了。”

“大概，你为什么不试试？我周六没回家，就是想给你打电话。周日也一直等在宿舍呢。你要是真想着我，就会早早给我打电话。”怡敏倒豆子似的说了一串。

久柯有些答不上，他觉得怡敏说的好像都在理，可是他不喜欢她指责的语气。他有些机械地说：“相信我，我真的心里一直想着你。”

“……”怡敏不再说话，她丧气地挂了电话。她在想，从什么时候开始，他们之间变成了这种模式？她需要他不停地证明他还爱着她。是什么时候开始他们之间的爱情天平开始倾斜？又是什么时候开始她在这一段感情里渐渐丧失了自信？

三月底的一天，林晚和怡敏都待在宿舍。到了大四，大家也不好好学习了。楼里有卖方便面、火腿肠的，还有出租金庸和琼瑶小说的，足不出户就可丰衣足食。隔壁宿舍化学系的一个姑娘在宿舍卖黛安芬的内衣，热闹得很。王海婷也不怎么去教室自习了，她保送研究生的事定了下来，准备接着念研究生。传声器里说有怡敏和林晚的快件。怡敏心里一跳，飞速下楼，传达室的小辫子阿姨递给她两个快件。怡敏一看，给她的是加州大学伯克利分校，给林晚的是加州大学洛杉矶分校。怡敏拿了两封快件，高兴地一步并作两步冲上楼。两个人各自拆了信，都是全奖，怡敏和林晚高兴地抱在一起。

“可是，久柯怎么办？”怡敏自言自语。

下午怡敏就跑到久柯的住处，凑巧久柯在房间里待着。

“我拿到伯克利的全奖了。”怡敏一进门，就把录取通知信递给他。

“我们阿敏真能干。”

“我该怎么办？你该怎么办？”怡敏喃喃地说。

“你想怎么办？”

“我先出去，再把你办出来？”怡敏其实从来没有认认真真地想过这个问题。她也不知道久柯到底怎么想的。

“我出去能干吗，搞音乐的，在国外生存都是问题。再说，你父母同意我们结婚吗？”

怡敏不说话了。她其实一直都没有跟父母提起过久柯。她虽然懊丧久柯对她淡漠了许多，却一直爱着他。只是她也从未认真想过结婚这个事，结婚对于22岁的她来说好像有点遥远。可是要她就这么离开久柯也没那么容易。她心里纠结极了。

林晚同样纠结。如果她去留学，也许就和周鸿飞一辈子都分开了，再没有一点纠葛了。她心里很痛。她该怎么选择呢？怡敏又该怎么选择呢？

第八章
告别的季节
chapter08

吸收冬天的寒冷，倾听云的遥远的运动

北方的树，站在二月的风里

离别，也站在那里

在玻璃窗上映得又远又清晰

——多多，《北方的记忆》

到了晚上林晚鼓足了勇气，跑到周鸿飞的实验室，谢天谢地，他在。

“我拿到 UCLA 的全奖了。”林晚进来后，跟周鸿飞说。

“恭喜你。”周鸿飞听了，心里竟有一种释然，但是伴随而来的是一丝丝的失落。

“你一个人在外面要多多保重。”周鸿飞机械地说着这些，像是有意无意地提起，“我妻子怀孕了。”

林晚站在那儿，半天都说不出话来。他的侧影还是那么好看，和那个秋天的下午她第一次看到他时一样的轮廓分明，但是他的眼光游离在房间的另一个角落。几分钟之前，她还想鼓足勇气说：“鸿飞，跟我走吧。我们一起走得远远的。”幸而他先说了这话，她也不必自取其辱了。

过了好一阵，她开了口：“恭喜你。”

“对不起，小晚。”周鸿飞真想再一次拥她入怀，但是他眼里又浮现出晓岩雀跃的样子，他别无选择。

林晚从物理楼出来进了东门，右拐走到未名湖边，一个人在湖边的长凳上坐了半天，和周鸿飞在一起的那些时光一点点浮现心头，她只觉得刺骨地痛。

4 月 15 日是最后答复加州大学的日子，林晚早早就回了信跟 UCLA 说她会去。怡敏却难受得很，她把几个不如伯克利的学校都拒了，单留着个伯克利。

“也许我早早念个硕士，马上回国？”她问林晚，“或者，我先在国内念研究生，过几年再出国。”

“你别傻了，你不是说男人靠不住的吗？”林晚劝她。

“是啊，就是靠不住，我真不知道我这一走，久柯会不会马上找别的姑娘。”怡敏皱了眉头。

“再说，我妈身体不好，她也希望我待在北京。”怡敏好像在劝自己。

“反正你们水瓶座的姑娘不会按常理出牌的。你做什么决定我都不奇怪。”林晚耸耸肩。

怡敏果然决定还是先留在国内读研究生，物理系一半的本科生出国，她在的材料实验室又很缺人，她觉得可以保送接着念研究生。她把拒绝信寄出去的时候也心疼得很：“我的美国梦啊。”但她又是个生性乐观的人，她觉得他们现在会给她全奖，过几年也会的。

林晚叹气，她原来还想着两个人一个北加州，一个南加州，开车就能到。看来她一个人又落单了。

久柯其实也很纠结，内心深处，他有一些自卑。没有钱，前途又渺茫，当初他爱上怡敏也从未想过将来。而现在，何去何从，这么现实的问题突然摆在他面前，他也难受得很。上次去深圳表演后，酒吧老板很满意，邀请他们去深圳，有长期合同，还说会提供住宿。乐队的吉他手张林早就说要南下，这次有了这个机会，更是一直在他耳边磨叽。久柯一直下不了决心，知道怡敏拿了伯克利的全奖后，他又想了很久，他不想耽误怡敏。也许他该成全她的梦想，那之后不久他就答应了深圳的老板。

怡敏拒绝伯克利后回家待了一阵，久柯来学校找过她，正好不在。两个人再见面居然是四月底了。

怡敏一听久柯要去深圳，差点没背过气："我放弃了伯克利就是为了待在北京和你在一起！你去深圳，我在北京读研，和我出国有什么区别！"

"我真的不知道你把伯克利拒了。不是三月底才来的信吗？"久柯真的没想到会是如此。

"我知道，你是为了你自己的前途吧，觉得那边发展好。"怡敏嘴角露出了鄙夷的神色。

"我……"久柯想说没有，但却说不出口，他也的确有这个想法。他在北京漂够了，一直没有出头之日。北京的乐队太多，竞争太激烈，他也想走一下捷径，去南方闯闯。

"果然男人都靠不住。"怡敏眼里有了泪，返身就进了29楼。

"怡敏！"久柯知道她是个犟脾气，况且的确也是自己负了她，在门口站了半天就先回去了。他想，也许他该和深圳老板说说，辞了这个机会。他回去一说，吉他手张林不高兴了。他连房子都没续约，铁了心要南下。久柯又觉得对不住哥们儿，觉得不如再想几天再说。本来一个简单的关系、简单的事，怎么会弄得这么复杂呢？久柯觉得头都大了。

怡敏负气回了宿舍，心里一直希望久柯再来找她。但久柯一直没来。她越发生气了，想想这半年两个人关系一直都有些冷淡，心里更凉了。他和她毕竟还是不一样的人，虽然一开始这不同如此地吸引着彼此。

她想想自己也是傻，为了他连伯克利都放弃了，又想想他大概还是没有那么喜欢她，不然也不会奔了深圳去。再看看自己在这段关系里，虽是久柯主动追她，倒是她付出得多，心里又生出了一些不平。过了几天她写信问伯克利那份全奖还在吗。伯克利的招生室说早就给了别人。怡敏心下颓丧得很。

过了一个星期，怡敏收到一封信，是从巴黎来的。她好不诧异，打开一看，原来是巴黎综合理工学院的一个老教授写来的。怡敏想起上个月系里来了两个巴黎综合理工学院的教授到北大参观。怡敏大二选修过法语，懂一点点，系里就安排她去接待这两个教授。怡敏就带着他们参观。除了长城、故宫这样的名胜，怡敏还带他俩看了老北京的胡同、琉璃厂。两个老头高兴得很，感激不尽，对这个聪明的姑娘印象深刻。其中的一位爱德蒙教授写了这封信，一是感谢她，二是询问她是否想去法国留学，他的实验室正好要一个研究助教。

怡敏问林晚要不要去法国。

“巴黎，欧洲，那么美的地方，到了那儿你还会好好念书吗？”林晚笑了。

“你什么时候才能直截了当地回答一个问题啊？”怡敏说，“我真服了你们A型血的人。”

“嗯，其实你是想去的，是吗？但还是想着久柯。可是他都要去深圳了。他做选择的时候可没有问你的意见。”林晚说，“我们都年轻，也许应该到处走走看看。”

“谢谢你。”怡敏轻轻地说，“头一回听你这么明明白白地说出你的意见。”

最后一根稻草是保研的事，怡敏原以为没有什么大问题，结果系里说报得太晚，名额都定了，不行。

晚上，怡敏又做了那个梦。这次她是在一家小酒吧的门口等火车，天上的云朵跟她说你好，对面的街上还跑出了一只小兔子。它问她，你在等什么啊？怡敏不作声。然后火车就从天边飘了过来，歪歪扭扭的。她心里没底，她不知道到底要不要爬上这辆飘在天上的火车。怡敏心里一急，就醒了过来。怡敏在夜色里想起了她和久柯的那些美好的日子，那新年的烟花和银杏树上的亲吻，他小房子里的每一个第一次，她眼里有了泪。

第二天一早，她还是狠了心把寄给法国教授接受助教的回信扔在邮筒里，头也不回地走了。

久柯知道怡敏要去法国，什么也没说。他没有说他其实已经和深圳的老板谈了，可以推迟一年再南下。他也不知道当初那么多的爱，怎么就一点点淡了。阴差阳错，相爱的两个人就要各奔东西了。也许，在他内心深处，他也一直没有想过会和她长长久久。他们都太年轻，不知道错过了一次，也许就错过了一辈子。

七月，告别的季节。空气里散发着细细的离愁。

晚上怡敏在洗衣房洗漱，那间光线永远昏暗的房间还是灰暗如昨。女生们似乎都不如以往那么叽叽喳喳了。往日，这里每晚都热闹得很，各种八卦、各种牢骚，都在这里交换。怡敏注意地看着那些不同系却天天碰面的女生，一张张熟悉却从未交谈过的脸，不知道在世界的哪个角落还会再一次遇见？

每一个角落都有回忆。

怡敏那天经过大讲堂的时候想起以前挤在门口看蔡国庆唱歌，大家集体嘘他。经过柿子林的时候想起和林晚偷摘树上的青柿子。去学三吃饭的时候想起学生食堂里油腻地板上的周末舞会。那些年少轻狂的日子啊！离别的时候谁也不曾想到，后来，那些青葱的岁月连带着这个古老的校园会一次次从记忆深处翻腾出来。

毕业饭吃了好几茬，最后一次聚餐是在燕春园，平常不太说话的男生也过来和系里仅有的三个女生说话，拍照合影。物理系几个拿了奥赛金牌的也来了，怡敏觉得他们平常特高冷，没想到其实也还挺和气。真胖子和假胖子也来了，他们两个都要去美国留学。怡敏突然觉得他们都挺可爱，以前怎么没注意到呢？那天大家都喝高了，连王海婷也喝了好几杯啤酒。

真胖子喝得脸通红，他突然走到林晚旁边："林晚，来，今天干了这一杯。"说着就把手里的啤酒一口气喝了。林晚默不作声地也把酒杯里的酒一饮而尽。真胖子喜欢林晚，也知道林晚喜欢别的人。他很想跟林晚说："我喜欢你。"他知道今天不说，大概以后也不会有机会说这样的话了。但是那天晚上，他的眼睛一直看着林晚，可是他到底什么都没有说。

"A 喜欢 B，B 喜欢 C，C 他妈看着远方的接龙游戏永远在进行着。"假胖子坐在怡敏旁边，看着真胖子说。怡敏注意地看了他一眼，又看看真胖子和林晚。

旁边的一桌，有人在吼《爱的代价》：

那些为爱所付出的代价
是永远都难忘的啊
所有真心的痴心的话
在我心中虽然已没有他

怡敏想起她生日那晚久柯也唱了这首歌，又想起他在后海的小酒吧里给她唱《在水一方》，那么含情脉脉，眼里只有她。她突然想哭，她使劲忍着，眼泪才没有掉下来。林晚坐在那儿，眼里不知道什么时候含了泪。

王海婷准备提前离校去上海。陈迪保送交大念研究生，她准备去上海找他。

那天下午，怡敏和林晚一起把她送到楼底。海婷背着重重的行李，转过身，微笑着和她们道别。盛夏的阳光透过茂盛的绿叶缝隙洒在她身上，她身上就有了一层模糊的光影。怡敏和林晚一直看着光影里纤瘦的她消失在银杏路的尽头，心头有一点发酸。此去经年，这一别，又是何日相见？

离校前一天怡敏和林晚两个人躺在宿舍的床上，黄昏的阳光从树叶的细缝里一点点洒进来，照着这似水的流年，也照着桌子上几个从学三买回来的冬菜包子。

“爱情来了又去，唯有冬菜包子是永恒的。”怡敏看着包子，脸上有一丝苦笑。

“可不是。爱情就是一杯茶，隔了夜就不能喝了。”林晚躺在那儿说。

“还记得那次我们在三角地改广告的事吗？”怡敏问。还是大一的时候，两个人贪玩，在一起就是穷开心。把三角地广告栏的一个小广告“欲约两诗意女孩共游泰山”改成“欲约两失意女孩共游泰山”。

“当然记得，那个时候多好，没有一点牵挂，现在我们两个都成了失意女孩了。”林晚苦笑。

“下一次我们再相聚是什么时候啊？”怡敏心里难受，“法国和美国有几个小时时差？”

“我更想知道美国和中国有几个小时时差。”林晚幽幽地说，“而你更想知道法国和中国差几个小时吧。”

怡敏不说话。

“你知道吗？我其实和久柯好过。”她突然说。

“我知道。”林晚答。

“你怎么知道。”怡敏好奇，“我又没和你说过。”

“就是知道。”林晚不说话了。怡敏也不说话了。

“女人是不会忘记跟她好过的男人的。”过了好久，怡敏像是自言自语，“男人呢？”

“你还爱他吗？”林晚问。

“大概是吧。因为想起来心里会难受。”怡敏看着天花板。

林晚沉默。

“那么你还爱他吗？”怡敏问。

“爱。”林晚在黑暗里说了一个字。

第九章 巴黎的咖啡

chapter09

我的爱和我之间就要垒起
三百个夜晚如同三百垛墙，
而大海就像魔法阻隔于你我之间。

——博尔赫斯，《分离》

初到巴黎的日子忙乱又寂寞，物理系的课程繁重也罢了，最糟糕的是巴黎综合理工学院对人文和社会科学要求颇高，要求学生有必修的人文课。怡敏连语言都不通，还要修这些人文课，简直头都大了。都说法语是世界上最浪漫的语言，可是，那时候，怡敏听着和鸟语并无区别。她每天白天上课，晚上赶作业。她甚至周末还要去打工，因为埃德蒙给的奖学金不多，付了房租就没多少钱吃饭了。怡敏想，我这不是自己找罪受吗？当初去美国，至少语言上好一点，还有全奖，不需要打工，为什么要折腾到欧洲？

有时候，在寂寞的黑夜，久柯的身影会在她眼前浮现。思念如潮水涌来，她终于还是忍不住问老桂要了久柯的地址，给他写了封信，寄到他在深圳的酒吧。怡敏每天回家第一件事就是去查看邮箱。一个月、两个月，她一直没有收到他的回信，失望压得她难受。他们曾经是那么相爱的人，在一起就有说不完的话，斗嘴，闲聊，那么开心。可是为什么会一点一点就疏远了呢，慢慢地又变成了陌生人。怡敏想起来，心里难过。她于是努力不去想，好在事情多，多得没有时间伤心。

忙乱了一个学期，怡敏才想起她知道的巴黎，不过就是学校和她的公寓，以及她打工的那家叫香满楼的川菜馆。期末考完了最后一课，她决定去塞纳河畔走走。总是听别人说起左岸咖啡厅，她想去尝一尝。

怡敏到了塞纳河畔，用她蹩脚的法语询问“左岸咖啡厅”在哪儿，却没一个人知道。总算最后有个人跟她解释了一通，“左岸咖啡厅”不过是统称塞纳河左岸所有的咖啡厅，并推荐她去一家花神咖啡馆。

怡敏走进这家花神咖啡馆，心里很喜欢。这家咖啡馆有很多的透明天窗，非常敞亮。绿色台面的咖啡桌，小小的、圆圆的，配上暗红色的小藤椅。最妙的是藤椅边沿都是和桌面一样的绿色，相互映衬着，素朴又不失雅致，整个气氛明亮素淡，全不似那些阴晦的咖啡馆。怡敏只没想到人这么多，她四处张望了半天，也没找到一张空桌。

“你好！”居然是中文，怡敏顺着声音一看，是坐在近旁的一个法国青年，他独自坐在一张小圆桌旁。她还没确定他是不是跟她打招呼，他又开口了：“如果你不介意，可以坐到我这一桌。”他看着她，声音很柔和。

他有一张典型的法国青年的脸，高挺的鼻子，眼睛闪亮。他的笑像四月的天，很纯洁，很温和，他穿着件黑夹克——就像久柯常穿的那件夹克一样。怡敏心里一动：“那么，谢谢了。”她坐了下来。

“太荣幸了。”他脸上带着笑，“我叫皮埃尔，很高兴认识你。”皮埃尔很自然地伸出手，怡敏也只好伸出右手和他握了一下。

“皮埃尔，是和得诺贝尔物理学奖的皮埃尔·居里一个名字吗？”怡敏笑问。

“正是。你从哪里来？”

“北京，中国。”

“啊，我姐姐在中国留学，她在人民大学，你知道人民大学吗？”

“知道的，离我的学校只有一站地呢。”怡敏想，怪不得他会一点点中文，对东方姑娘又这么热情。

“你知道人民大学附近有咖啡店吗？我担心姐姐在那儿喝不到好的咖啡。”皮埃尔很认真地说。怡敏想，这倒是个细心的人。

“我不知道，我平常不怎么喝咖啡的。”怡敏有一些抱歉。

皮埃尔眼里有一丝小小的失望，不过他马上转换了话题：“你是留学生？”

“是的。”

“哈哈，我猜对了。在哪儿念书？”

“巴黎综合理工学院。”

“这是个非常好的大学。”皮埃尔由衷地说，“对，都忘了，你要喝一杯什么咖啡？”

“对咖啡我真的是一窍不通，要不你推荐一下？”

“不然我请你吧。”皮埃尔热情地说。

“那怎么好。”怡敏忙推辞。

“没关系，下次你请我好了，你们中国人不是有一个说法叫礼尚往来吗？”

“你连这个都知道啊。”怡敏一下就轻松了，“好吧，谢谢了。”

两个人一个是蹩脚的中文，一个是蹩脚的法语，中法夹杂，交流起来倒还畅快。皮埃尔给她点了一杯欧蕾咖啡。咖啡端上来了，小小的白瓷杯子，配套的白色底盘，浓棕色的咖啡，上面是一层浅浅的泡沫。怡敏抿了一小口，很香，且并没有她想象中咖啡的苦涩。

“我特意挑这一款，不是很苦。欧蕾咖啡的特点是牛奶和咖啡在第一时间相遇，碰撞出一种闲适自由的心情。”皮埃尔说起咖啡头头是道。

“你喝的是什么？”怡敏注意到他的杯子是玻璃高脚杯，而不是瓷杯子，里面的咖啡是浓黑色的，上面是一层厚厚的奶油。

“爱尔兰咖啡。”皮埃尔笑了，“这里面有一个美丽的爱情故事。一个爱尔兰的酒保特意为他暗恋的姑娘调制了一种咖啡。他等了一整年，姑娘才注意到这个品种。你仔细看，我的这个杯子上有三条线，第一条之下是威士忌，第二条下面是咖啡，最上面是奶油。”

怡敏仔细一看，果然杯子上有两条细线。“原来咖啡还有这么多美丽的故事和学问。今天真的长知识了。”

“中国的茶也有好多的讲究和文化吧？”

“可惜我也是一点也不知道。我是个典型的书虫。”怡敏觉得自己真是露怯。

“好学生，很好啊。我现在很后悔自己没有好好念书。”皮埃尔觉得面前的这个女孩子像普罗旺斯的薰衣草一样，淡远而又真实。

两杯咖啡都见了底。

“不如我们沿着塞纳河走走？”皮埃尔提议。

怡敏答应了，她正想看看巴黎的风光。

两人便沿着塞纳河走。天空不是那种纯粹的蓝，有浅灰的、大团的云朵在飘。塞纳河平静得没有一丝波澜。水是浅绿的，像一匹尚未裁剪品质上乘的绿绸缎。河上有游船慢慢开过，橘红色的座椅，像一丝亮色挑染了整幅画面。那船过处，河水闪闪烁烁，又成了碎金。

河岸有好多旧书摊，怡敏觉得那些书摊的主人比书更有意思。他们坐在那儿，并不特意和你打招呼，只微微笑看着你。冬日的阳光有一丝清冷，河水是安静的，书摊是沉默的，这一切揉在一起就有了一种静谧的美。

“如果是夏天，这里的梧桐树绿荫成片，到处散发着书香，真是妙不可言。”皮埃尔说。

“可是这样我已经很喜欢了。”

“看，那边就是巴黎圣母院了。”皮埃尔指着河对岸。

“啊！”怡敏有点小激动，那是久柯曾说过要带她来看的地方。远远地她只看到那座尖塔，那是雨果的《巴黎圣母院》里敲钟人住的地方。

经过那座有名的爱情锁桥的时候，正好有一对情侣在亲吻，旁若无人。夕阳温柔地照着他们，他们逆光的脸上便有了一种光芒。怡敏看着不由心动。再走就看到了埃菲尔铁塔，当在书报上看到过无数次的铁塔高高地矗立在眼前的时候，怡敏还是颇为震惊了一下。

“好看吧。”皮埃尔颇有些骄傲。

“的确。”怡敏道，她看看天色不早了，就说，“我也该回去了。今天真是麻烦你了，花费你好多时间。”

“哪里，我喜欢从你的眼里重新看这个城市，这是我最喜欢的城市。”皮埃尔笑着说。

怡敏心里一颤，她想起久柯那次在银杏树上说过巴黎是他最喜欢的城市。原来一个人的最爱也会成为另外一个陌生人的最爱。

临走，皮埃尔问怡敏要了电话：“下次我带你去看博物馆。”

“你不要我的吗？”皮埃尔笑了。怡敏猛然想起那一次久柯也是这么问她，突然有点时光重现的感觉。

“好吧，你写下来。”怡敏想，自己大概不会有以前那么好的记性了，能记住一个刚认识不久的人的电话号码。怡敏突然意识到，这个城市，她可以打电话的人多么少。她好想找林晚聊聊天，可是国际长途多贵啊。怡敏想，林晚过得怎么样啊？她又想起了王海婷，也不知道她和陈迪怎么样了。

林晚没有想到忘记一个人是这么困难的一件事。

南加州的天空是一种清澈的蓝，但是那飘来的风里有一丝海的味道，那是从太平洋来的风，那样的风里有太多的寂寞。物理系的课也不轻松，但她都还能对付，她又有全奖，不需要辛辛苦苦打工，可是那些空白怎么填补？初到异国他乡，满腹的惆怅何处倾诉。也许唯一能做的就是写日记。她拿出鸿飞送给她的那本日记，轻轻地摩挲着缎面的封壳，手心触摸之处有一种细细的柔滑和一些粗粝，就像曾经她的手指穿过他黑发的感觉。

很快就是中秋。中秋节的那天晚上，林晚要去系里做实验。校车上人很少，她一个人坐在后排。天上的月亮真的好圆，黄融融地挂在枝头，仔细看，连月亮上浅浅的沟壑都能看见。她看着这月色清辉，心里又添了几分孤寂。不远处突然传来火车的鸣笛，林晚便想起夏天出国前，父亲送她到家乡的小火车站——她执意不要父亲送她去北京。火车鸣笛，要开了，父亲跑到窗户旁边握住她的手，跟她说：“一定要注意安全。记得给家里写信啊。”火车慢慢地开出小站，林晚回头看到父亲跟着火车跑了好几步，又停在那儿，呆呆地不动。父亲这几年身体不如以前，上次医生说他心脏有杂音，要多注意休息。林晚眼泪忍不住就流了下来。这么多年，她和父亲的关系一直很冷淡，但是那一刻，她知道父亲也是牵挂着她的。而现在，人在天涯，她听到那熟悉的火车鸣笛声，心里的那根弦一下子就触动了。林晚独自坐在车上看着月亮就哭了。好在车上人少，没人注意到她。

到了实验室，林晚心里还是难受，她忍不住给周鸿飞发了一封电子邮件。互联网刚刚开始，国内还只有极少数人有电子邮箱，周鸿飞是少数几人之一。他们是在现代物理中心的机房里上网。林晚在鸿飞实验室干活的时候就留了心，记下了他的电子邮箱。她没说什么，只是转了一个很简单的用数字拼出来的“中秋快乐”的字样，是昨天真胖子发给她的。

林晚第二天去系里的机房，第一件事就是查看电子邮箱。邮箱里只有一封怡敏的信，向她问候中秋，并说她在巴黎忙得四脚朝天。林晚心里也是盼着怡敏的消息的，两个人在北京道别，这还是头一回联系上。可是她心底还是大大地失望，那失望压得她难受。

第三天还是毫无音讯，林晚跟自己说，明天如果还是收不到他的来信，就下决心再也不去想他。

到了第四天早晨，她看到了鸿飞的邮件回复。乍一看到那粗体黑字，林晚心里猛一跳。来信人显示 Hongfei Zhou，她急忙忙打开。只是很简单的几句问候，还是英文的，但是她看了一遍又一遍。她和他自从四月份在鸿飞的实验室见过一面后，一直都没有说过话。她去美国的时候从北京出发，狠狠心也没有去学校看看。看了也无用，他都搬到玉泉路了。而现在，两根断了的线又接了上来。

自那以后，林晚每天早上到实验室第一件事情就是查看电子邮箱。她觉得日子突然又有了盼头。她每天最期待的就是收到周鸿飞的电子邮件。她给鸿飞写了好多邮件，她跟他说她的留学生活，她刚到美国各种新鲜的感受。比如这边的陌生人在路上碰到都会跟你打招呼。比如这边一开水龙头就有热水，好方便。她跟他说这些琐碎的事，分享她的思绪。她每次都写好长的邮件。在他的面前，她是可爱的小姑娘，她话那么多，全然不是她平时给大家的印象。她心思细，又敏感，平日看到的一点点东西都能激起一堆堆感想。她又不习惯和别人交谈，便都写在电邮里。唯一遗憾的是没有中文输入，不能写中文。那一阵，林晚觉得她英语写作能力都突飞猛进了。

而鸿飞又写些什么呢？

第十章
白天不懂夜的黑
chapter10

云，灰灰的，

再也洗不干净。

我们打开布伞，

索性涂黑了天空。

——顾城，《雨行》

鸿飞回的信不长。他不太提他自己的事，总是要林晚注意身体。过去的这几个月，他时常想起她，想起她说话的样子，想起她可爱的小酒窝，想起他们曾经那些愉快的交谈。他是个内向安静的人，平常话不多，不知道为什么和林晚总有话说，可是他却只能努力地不去想她。他很努力地想把她变成平行线。那天他收到来自 wanlin 的电子邮件，心里又惊又喜又有些惶恐。他不知道该不该回她的邮件。他写好了，还是删了。第二天他没有回，但是他一天都在想着这个事。到了第三天，晚上离开实验室，他一个人骑车在路上，突然想起了那个晚上他和林晚一起推着自行车走回宿舍，他跟她说起他的父亲和自己名字的来历。周鸿飞心里一颤，他仿佛听到遥远的夜空里有林晚的呼唤，他突然不可抑制地想她，他不由自主地拐到现代物理中心。

鸿飞打开电邮，匆匆回复了林晚。

鸿飞不长的回信，林晚总是反反复复来回看。林晚的室友叫索菲娅，是个 ABC。索菲娅的妹妹去了斯坦福大学，她自己上了 UCLA，她原本也是可以去普林斯顿的。她的父母说差不多的，而且上州立学校可以省好多学费，她就听了爸妈的话。可是她的妹妹就不听，执意要上私立学校。“还是不一样。”室友这么说。“是的，还是不一样。”林晚心想这就是鸿飞给她的感觉。他身上有一种特别的气质，沉郁，内敛，又带着些她说不清道不明的东西，像一种引力波，在扭曲的时空中泛着涟漪，一波又一波冲击着她。

林晚很快又发现了计算机邮件系统的另外一项功能：Talk，实时交谈。她马上告诉周鸿飞如何使用。她和他约好了一个时间，她的早上七点，正好是他的晚上十点。她早上起了个大早赶到系里的机房——好在机房二十四小时开放。她从DOS操作系统里进入邮箱系统，打出Talk IP Address的字样，然后她就盯着屏幕一动不动地看着。过了一小会儿，那边回复了“Hi，xiaowan”。林晚看着那字样，差点眼泪都出来了。她和他终于又说上话了，虽然是以这种无声的方式。

她快速地回了“Hi，hongfei”。

“How are you?”鸿飞敲打的暗绿色字体在黑色屏幕上闪。

“Fine，and you?”林晚一打出这行字，就笑了，这不是中学英语教科书里的经典对话吗？她可真是个好学生。

他们说了好一阵话，林晚担心他那边太晚，就提醒他该下线了。鸿飞打了个“take care”就撤了。林晚坐在机房里，还在回味着那激动，那温情。他还是记挂着她的，虽然言语含蓄。她觉得她像是汪洋中的一条船，终于又看到了岸。

他们时不时会talk一次，她的白天，他的黑夜。她在海的那一边，她的此岸是他的彼岸。Talk把他们又拉得很近，她喜欢他们交谈的轻松和甜蜜。两个人都似变得活泼调皮了，总有说不完的话。那些可爱的小昵称让她雀跃不已，尽管用英语交流总有些意犹未尽。

快到感恩节的时候，林晚发了好几封电邮鸿飞都没有回，她发的talk，他也没有回应。林晚着急，好似风筝又断了线。她不停地刷新电子邮箱。可是，他那边像是一个深深的黑洞，丢进去一块石头，没有一丝回音。

前几天林晚正好收到王海婷写给她的一封信。寄到了UCLA物理系，里面问一些申请学校的事，还附上了海婷在现代物理中心的电子邮箱。林晚就给王海婷发了一封电邮，第二天就收了海婷的回信。林晚想，现代物理中心的服务器没有问题啊。她原先还担心是不是服务器有问题，所以收不到周鸿飞的回信。

王海婷在国内念研究生，学业上其实还是比较轻松的。只是和陈迪异地，经常要跑来跑去。陈迪不太想出国，他是学材料的，出国也不好申请。海婷原来是想出国的，这下也犹豫了。

王海婷家里还有一个妹妹在念大学，一个弟弟在念高中。弟弟念书不用功，第一年没考上大学。她爸爸王厚仁给她写了好几封信，说她当年高中教语文的陈老师调到县城里的教委了，要她去找她老师帮忙，看能不能帮弟弟安排进个电大或者成人教育，好歹能念个书。

海婷又无奈又为难，心里也怜惜这个小弟，只好连夜赶火车回湖南老家，硬着头皮跑到陈老师的府上送了礼。好在陈老师也念及师生情谊，海婷当年是班里的尖子生，他也一直引以为荣，就帮了这个忙，给海婷的弟弟弄了个指标去念电大。海婷经了这一次折腾，更坚定了要出国的念头。她想问问林晚申请学校的事，就给她写了封信。林晚倒是很热心，还说可以帮她出申请费。海婷心下着实感动。

巴黎的冬天总是在下雨。那雨也不是连绵不断，而是悄然而至的，然后又悄然而逝。下了雨，如果不是瓢泼大雨，街上的行人也不打伞，只照旧不疾不徐地在雨中走。只要天气不是特别冷，街上的时尚女子就穿着裙子。薄薄的深色大衣下裙裾翻飞。怡敏想，这可真是一个沉得住气的城市。

过几天就是怡敏的生日了，这几天她都在想，会收到久柯的生日祝福吗？这么久都没有收到他的一丁点信息，她觉得生日收到他来信的概率太小。但是即便知道如此，她还是每天一大早就去查看邮箱，哪怕是张明信片也好啊。但是直到生日那天，除了父母的一封家信，她都没有收到一封带中文的信，倒是林晚给她发了个电邮祝她生日快乐。她心里失落，走出了公寓。外面又下雨了，风还有点大，吹得她的头发有点乱。拐角是家小小的面包店（Boulangerie），在巴黎每隔一两个街区就会见到的那种小店，她走了进去。

房间里面暖和多了，面包和小甜点的香味弥漫在空气里，暖烘烘的。怡敏喜欢这个地方，有时候早上来不及做饭她会来这儿买一个羊角面包或者是法式面包。早上新鲜出炉的法式面包长长的，外面有些硬，里面却温热香软，怡敏总吃不够。面包店的主人是个八十多岁的老太太，叫苏珊娜，一头银发，却认认真真地盘在后面，一丝一缕都不乱，看起来总是那么让人心安。

“亲爱的敏，你要什么？”她笑眯眯地问怡敏。

“就这个吧。”怡敏挑了一个小小的圆圆的布列塔尼蛋糕，“对了，你这里有蜡烛吗？”

“生日蜡烛吗？”苏珊娜问，“过生日吗？这个蛋糕太小了一点。”

“没关系，就我一个人吃。”怡敏一说出这句话，神色黯淡，鼻子突然有点发酸。

苏珊娜默默地看着她不作声，找了几根蜡烛出来。结完账，她递给怡敏一小袋玛德琳娜蛋糕：“这个是送给你的，生日快乐，可爱的姑娘。”

怡敏吃惊地看着她：“太谢谢了！”

回到小小的公寓，怡敏一个人坐在桌前，她在黑暗里点燃了蜡烛，许了个愿。她打开了那袋玛德琳娜蛋糕，眼泪不争气地掉了下来。

电话响了。

“Bonjour!”是皮埃尔打来的电话，怡敏听到小小地怔了一下。她到法国这么久了，每次听到“Bonjour”总还是想着“绑猪”这两个对应的中文字。上次塞纳河畔偶遇之后，怡敏把他的电话随手一放，都不知道放哪儿去了。没想到他真的打电话过来了。

“上次我说带你去博物馆呢。你可有空？”怡敏的确有空，还没开学。而现在，她一个人待在异乡的一个角落，孤孤单单地过生日。她答应了。皮埃尔是个有趣的人，她是个好奇的人，她还挺喜欢他讲的爱尔兰咖啡的故事。

“那么我来接你吧。”皮埃尔很高兴。

“不如你就在我公寓的楼下等我吧。”怡敏告诉了他地址，她不太想让他到她家里来。他对她而言还是个陌生人呢，尽管他看起来像是个值得信任的人。

怡敏住的公寓在五楼，有个小小的阳台对着街。怡敏下了楼，上了车，皮埃尔说：“我猜那个开满了鲜花的阳台一定是你家。”

“是的。是月季花。猜得蛮准嘛。”怡敏问，“说说为什么。”

“没有为什么，直觉，这个区房租低，住在这里的人都疲于生计，能有这份心思种花的人不多，你一定是个热爱生活的人。”

“如果我告诉你这是我的一个师姐留给我的，你还会这么想吗？她要回中国，我不忍心花扔掉了，就都拿回来了。”怡敏笑了。

“那么你是个有爱心的人。”皮埃尔笑了。

“你们法国的男人都这么嘴甜吗？”怡敏笑了，她不由想起了久柯，除了刚开始追她，夸过她记性好，他都极少夸她。

那几天他们去了不少好地方，卢浮宫、现代艺术博物馆、莫奈博物馆。怡敏是外行，就是看热闹。好在皮埃尔懂得很多，倒是讲了不少怡敏从来不知道的小逸事。怡敏最喜欢的还是莫奈博物馆，它坐落在巴黎十六区布隆尼森林旁边一个不怎么起眼的地方，很多的树，很多的静谧。里面人也不多，无须排长队。

莫奈博物馆里有很多幅睡莲，各种各样的，据说莫奈一共画了二百五十多幅不同的莲花。浅粉的、纯白的、嫩黄的，甚至是绿色的莲，每一幅都有不同的情绪和风格。怡敏最喜欢那幅蓝色为底的莲，水是蓝的，天是蓝的，天和水交融在一起。月亮是昏黄的，一切都似乎是混沌的。然而又在那混沌中升出一缕清明——碧绿的莲叶和紫红的莲花绽放在那一大片蓝色之中，旋转，沉淀，永不凋零。不知道为什么，怡敏想起了许巍那首《蓝莲花》。

怡敏在那幅《撑阳伞的卡米尔》面前停了下来。画里的女人穿着一袭白衣，天上的云朵、地上淡黄的雏菊花和她的头发都在风中轻旋。

“你知道吗，这是莫奈的妻子卡米尔，莫奈一生只画过一个女人，就是他的妻子。”皮埃尔在旁边说，“她死后，他就只画风景了。”

“这么深情的爱。”怡敏久久地看着画中的女人，她的脸上有一丝忧郁，仿佛一转身就会被风吹散。

他们从博物馆出来。拐角不远的地方是个小公园，长凳上有老人在看书，不远处有一个时尚的女子在抽烟。

“巴黎是个好地方。”皮埃尔说，“好地方的标准是：书店多，博物馆多，好酒多，动物多，抽烟的女人多。”

“我的一个朋友，他最喜欢的城市就是巴黎。”怡敏想起了久柯。

“你的朋友太正确了。再没有比巴黎更好的地方。”皮埃尔笑着说。

可是，久柯在哪儿呢？为什么不回信呢？两个人真的就这么结束了吗？怡敏抬头看着巴黎的天空。灰霭的天空上有云朵在不停地流动，但是在这流转中，偶尔能看到一角蓝天，巴黎人管这叫“云隙中的一角蓝天”。然而只是几分钟的工夫，那蓝天就消失了。巴黎的冬天黑得早，很快，天空就变成铅笔素描画里的淡灰，连一丝云彩都看不见了。

地球的那一端，林晚一直在等待，一个星期，两个星期，一个月，两个月。她终于知道什么叫度日如年了，她又难受又担心，他出什么事了吗？他不想再和她这么纠缠了吗？

到了一月底，林晚终于收到了周鸿飞的电子邮件。她急忙打开。

第十一章
众神的食堂
chapter 11

就是这样，用牙齿、用刺，

用一个工具挖掘一生的问题；

用回忆消愁，用前途截断退路，

用春天的枝叶遮住眼中的耻辱。

——黄灿然，《一生就是这样在泪水中》

周鸿飞的电子邮件很短。他告诉林晚他妻子刚生了一个女儿，取名叫玉泉。林晚明白了，她想，自己真的不应该再和他联系了。他们一家三口，一个幸福的小家。收到电子邮件那天她一个人跑到 Malibu 海滩。那首 ***Hotel California*** 就是在 Malibu 海滩创作的。她的耳边不停回响着那几句熟悉的曲调：

This could be Heaven or this could be Hell
Then she lit up a candle and she showed me the way
There were voices down the corridor,
I thought I heard them say...
Welcome to the Hotel California
Such a lovely place,
Such a lovely face

她坐在那儿看落日，看晚霞满天。太阳慢慢地沉下去，白天结束了，夜晚到来了。她的夜晚，他的白天，中间隔着深深的太平洋。冬天的南加州入了夜就特别冷，又是海边，寒风吹过来，林晚感觉到一阵阵刺骨的冷。

北京的这个冬天倒是个暖冬，第一场初雪刚刚下过。

周鸿飞初为人父的日子温馨暖人。小婴儿递到他手里时，他甚至有一点点害怕。那么小小的一个东西，可是那一个生命，是他和妻子晓岩生命的延续。她闭着眼嘤嘤地哭，声音小而清脆，她的五个手指紧紧地拽着他的无名指。他把她抱在手里，她哭了一小会儿就不哭了，小手也握得不如刚才那么紧了，他心里一动。晓岩本来是准备自然产，但是后来开到7指就不开了，只好临时改成剖腹产。正赶上她生产前感冒咳嗽，生了孩子还在咳，一咳，伤口就生疼，火辣辣地疼。晓岩是个能吃苦的人，平常都不喊疼的，这次却忍不住叫疼。鸿飞摸着她的手："你受苦了。"

"值得的。"晓岩看着孩子红润的脸庞，"你闻，还带着奶香呢。"

周鸿飞凑过去："可不是。"两个人说着话，小婴儿睁开了眼。

"哎呀，睁开眼了。"晓岩很兴奋，"长得多像你。都是单眼皮呢。"

"是啊，要像你就好了，大眼睛多好。"鸿飞说。

他看着身边这对母女，心里充满了温情。林晚给他写了几封信，但是他一直没有回复。一个星期、两个星期，过了两个月，他回了一条简单的信息："我做父亲了。女儿叫玉泉。"

林晚那夜在海边受了凉，回去后就病了一场，发烧，咳嗽，咳起来撕心裂肺地疼。"就这样散了吧，就这样算了吧。"她跟自己说。她恨自己一次又一次不能控制自己的感情，一次又一次往泥淖里走。只是爱如潮水，又怎么是她能挡得住的呢。林晚也是个心气高的人，自那以后，她都没有主动给周鸿飞发邮件。两个人之间是原始森林一般的静默。到了春节，周鸿飞发了一个“春节快乐”的问候。林晚看了，心里一跳，不过她也只是中规中矩地回了个“春节快乐”。这之后，他们之间是更长久的静默，这静默让林晚难受。她一篇一篇翻看他们以前的通信，一点点回味他每一个句子里的温情。有时候，她会一大早赶到机房，想给他发 talk 的请求，但终于没有。她坐在那儿，周围一个人也没有，她觉得自己是漂在深海里的孤舟，到处都是雾，怎么也走不出去了。

好在那一阵她在忙着转系的事，忙是治愈一切心疾的良药。人一忙，心里的苦水就翻腾不出来。真胖子和她一直有 email 联系，他一来美国就开始倒腾申请转系的事，他准备转到波士顿大学商学院的金融系。“物理系出来就是去做博士后，要熬好多年呢。”

林晚对这个也很敏感，她觉得自己对做物理研究好像也没有十分感兴趣，知道真胖子在申请，她也动了心思。她比较保守，觉得金融转行太大，而且没有奖学金，最后还是准备选和物理相关的电子系。其实 GRE 和 TOEFL 都是现成的，不用再考，只要再写个自我陈述和几封推荐信。林晚想想这几个月和鸿飞通信，自己英文倒是长进不少，写起自我陈述比上一次在国内写不知道要顺溜多少，心里苦笑，这算是爱情的副产品吗？

王海婷的这个冬天也难熬。

那天她回到 45 楼宿舍，却看到父亲王厚仁和母亲黄淑英坐在楼下传达室。脚边是两个大包还有一个蛇皮口袋。

“怎么回事？”王海婷好不诧异。前几年，海婷的父母亲跑到他们老家的县城开了个肉制品加工小作坊，生意还差强人意。

“你爸爸和我开的那个肉制品加工小店，工商局说没有执照，违反了规矩，被取缔了。你爸爸一生气，就来北京找你了。也是不知道在老家还能干啥。”黄淑英说，王厚仁坐在那儿还黑着脸，估计心里还在生气。王海婷一看这情形，心里为难，再看看周围打量的眼光，更是尴尬。她把两个人带进宿舍，放下行李，先带他们去学三吃饭。两个人显然是饿了，一下子就吃完了。海婷又去打了一份饭。看他们两个吃得香，王海婷心里发愁，晚上安排他们住哪儿啊？她父母亲总以为她在北京念研究生，算是能干人。当年她考上北大，县里的报纸还登了喜报。可是海婷知道在这皇城根下，她一个小小的研究生什么都不是，什么也做不了。

晚上她带着父母在海淀附近一家一家找旅馆。好几家都是客满，好不容易找到一家，王厚仁又嫌贵。最后总算在海淀菜市场后面找到一家小旅馆，有十个床连排的大房间，按床算价，价格还算公道，老两口也满意。海婷看床铺也还干净，想想也只能先这么凑合一下了。

安排好两个人，她一个人走在回45楼的路上。天都黑透了，她在北京的冬夜里踽踽独行。她心里头又酸楚又委屈，眼睛里却一滴泪也流不出来。她恨自己没本事给父母找更好的地方住，又有些怨父母不懂事。她突然就特别羡慕怡敏，父母都是高校的老师，哪里会有她这样一摊子一摊子的事？可是一个人的出身又怎么能是自己选择的呢？

法国的学校开学了，怡敏马上又投入了紧张的学习。一眨眼几个月过去了，那次回到家给阳台上的月季花浇水时，她想起了皮埃尔。那个夸她爱花的人去哪儿了啊？为什么她生命里的人就像“云隙中的一角蓝天”，来去都是一瞬间的事？她于是知道自己又在想久柯了，她心里有些难受。

快到夏天了，怡敏接到皮埃尔的一个电话，他的口气听起来好似从来没有走远：“怡敏姑娘要尝尝法国大餐吗？”怡敏早就听说法国菜好吃，可是她一个穷学生哪吃得起？她答应了，她是个嘴馋的人。而且她挺好奇这几个月他都去哪儿了。

“不过要等啊，我带你去的这个地方叫众神的食堂，要提前一个月预约呢。”

“要等这么久啊。”怡敏吃惊。

“世上的好东西都是要等的，如果你不愿意将就。”

差不多又过了一个半月的工夫，皮埃尔终于打电话过来说订到了：“我开车来接你吧。”

众神的食堂位于浮日广场。“这是巴黎最美的广场。”皮埃尔指着广场中心树下的雕像说，“那是路易十三的雕像，他就是在这个广场大婚的。”怡敏顺着他指的方向看过去，果然风景那边独好，一丛丛的树挺拔高耸，树的轮廓有着圆润的弧度，大片大片的绿色草地中间是精致的喷泉。周围的房子也典雅大气，和这景致呼应，非常融洽地糅合在一起。

众神的食堂安静地躲在一个角落。外面并不起眼，只有两盆树，进去了怡敏就觉出它的与众不同。暗灰色的壁纸和壁画，厚重的手工地毯和古旧斑驳的木板，水晶的吊顶打在上面，又添了一丝暖色，整个给人一种低调奢华的氛围。侍从礼貌周到地带他们入座，他们的对面正好是一幅巨大的壁画。

“传说希腊诸神的国度中有一个地方美酒饮之不尽，美食享之不绝，这幅画就是众神一起欢歌饮酒的场面。”皮埃尔道。

“原来这个餐厅名字来源如此，真是妙。”怡敏看着那幅画。

怡敏一看菜单，居然没有价格。皮埃尔说：“男士的有，女士的没有。”

“这样的地方一定很贵吧。”怡敏很不好意思。

“不必担心，我这次去墨西哥做了一笔大生意，而且今天是我生日，有好多的理由要祝贺呢。”皮埃尔笑说。

“生日快乐！怪不得好久没见你了。原来你跑到墨西哥去了。”

“谢谢！原来怡敏姑娘还记挂着我啊。”皮埃尔说，“可是你都没有打电话给我。”

“我其实也想打，但是号码弄丢了。”怡敏诚实地说。

“谢谢，你这么说我心里好高兴。我在墨西哥总想起你，回来第一件事就是给你打电话。”

怡敏有点尴尬，忙换了个话题：“你是做什么的？”怡敏想起自己还从来没问过他是干什么的。

“我应该算是个倒爷吧。”皮埃尔笑了，“我上大学的时候对艺术品格外着迷，大二就退了学，跑到墨西哥买古董、艺术品，然后运回到欧洲卖。”

“噢，有意思，怪不得你对艺术品说起来头头是道。”怡敏觉得有趣。

“我眼光不错，其实这个市场不大，是个Niche。但是做的人少，收益还不错。”

开胃菜是鱼子酱、芦笋和蛋的三重奏。“这是他们的招牌菜。”皮埃尔说。这道菜一部分装在精致的碟子里，白色透明的芦笋，上面浇着碧绿的沙拉汁，旁边是一勺黑黑的鱼子。另外一部分装在蛋壳里，里面有蛋液做的酱汁，还掺杂了细微的芦笋和鱼子，像是第一部分的微缩版。怡敏从来没吃过鱼子酱，一入口是鱼子的鲜咸和奶油的香甜，她不由赞叹。她突然想起在宿舍里喝王海婷做的西红柿鸡蛋汤，那时候她觉得是人间美味，就像现在的鱼子酱一样好吃。

“这家是米其林三星餐馆，名不虚传吧。”皮埃尔问。

怡敏想问什么是米其林餐馆，又怕露怯，没好意思问。

头菜是鸭肝配烤香梨，圆润扎实的鸭肝，隔远看像扇贝，旁边配了烤熟的黄得透明的香梨，闪亮亮的青瓜和淡黄色的茴香花儿，看着真是赏心悦目。鸭肝的味道特别细腻浓香，回味无穷。

接着才是主菜，菜一上来，怡敏又是眼前一亮，怡敏的是龙虾焗马铃薯，红的龙虾，黄的马铃薯，上面还浇了一层棕黄的海鲜汁，色泽鲜艳迷人。那龙虾看着是有壳，其实早已分开，轻轻用叉子一拨弄就掉了。龙虾肉肥厚弹牙，怡敏吃得好不过瘾，完了还拿了块面包蘸了盘子上的海鲜汁吃。

皮埃尔点的是白松露小牛肉，旁边还配了海盐烤芹菜根。切得薄薄的小牛肉上毫不吝啬地放了大片大片的松露，那蒜香和浓烈独特的奶酪香，再加上芹菜根强烈的青鲜气味扑鼻而来，怡敏忍不住看了好几眼。

最后收官的是甜点。怡敏的是鲜奶油杧果杏仁脆皮糖球，奶油里面的杧果块好吃得要死，奶油入嘴即化，妙不可言。皮埃尔点的是覆盆子蛋白霜，红色的覆盆子看着也是美丽诱人。

怡敏感叹：“今天真是来对了。太美妙的视觉和味觉盛宴了。人生唯爱和美食不可辜负。如今既已辜负了爱，再辜负了美食岂不罪过。”

“噢，辜负了谁的爱？男朋友？”皮埃尔饶有兴趣地看着怡敏。

“嗯，怎么说呢，也许我们彼此都辜负了对方。”怡敏想起了久柯，想起他们一起在海淀的小馆子里吃水煮牛肉，才一年的工夫，却仿佛好久远的事情了。

“不要再辜负巴黎的好时光了，下次我带你去巴黎的农贸市场，我给你做法国的家常菜。”

皮埃尔送怡敏回家，站在她公寓楼下分别的时候，他拥抱了她。怡敏只当是西方人的惯例，也礼貌地轻轻抱着他。他们靠得很近，他蓝色的眼睛格外幽深，异域男性的气息迎面袭来，怡敏有一点迷乱。突然，他低下了头。

第十二章 穿过你的黑发的我的手

chapter12

我们的头颅使我们相遇

危险的雪不存在距离

像两片星光下驰过同一座山峰的马

被一枚埋入夏夜的钉子扎着

——杨炼，《无人称的雪》

皮埃尔低头那一刻，怡敏一下子就闪开了。

“唉，多么美好的夜晚，不该以一个甜蜜的kiss结束吗？”皮埃尔笑了。

“对不起……”她突然想起了久柯。她觉得心里还没有放下久柯，而她好像做不到同时处理两份感情。她回到小小的公寓里，心里有点燥热。她打开了窗，一阵清爽的风吹进来。她站在那儿，看着深蓝色的星空。天上的星星如水钻，每一颗都牵引着另一颗，在丝绒布一般的夜空里闪啊闪，晃着她的眼。她便觉得整个星空都在旋转，就像凡·高的画一样。

六月到了。

怡敏一直记着久柯的生日。他是双子座的，怡敏发现周围双子座的人特别多才多艺。虽然久柯一直没有回信，怡敏还是忍不住问北京的老桂要了他的电话。久柯生日那天晚上，她鬼使神差地拨了久柯的电话。

电话铃响了好几下，终于被接了起来。“喂，哪位？”是久柯的声音，带着点磁性。她的心一颤，刚想说话，她听到了背景里一个女人的声音："亲爱的，这么晚，谁的电话啊？"一个甜腻的带着南方口音的声音。

怡敏默默地把电话挂了。不知道为什么，她想起了第一次和久柯遇见时他唱的那首《狂流》：

没有人能挽回时间的狂流
没有人能誓言相许永不分离
是我的错
是你错过
……

真的就这么错过了吗？她躺在床上，一直盯着天花板看，心里头又闷又痛。

王海婷的父母是冬天到的北京，她也不知道该怎么安顿父母，只好硬着头皮跑到中关村的公司挨个问了一圈。好像也没有什么适合她父亲的工作。好在多数公司的人还算客气，可是有几家前台小姐看着她就是一副不耐烦的样子。海婷觉得脸发烫，心里又尴尬又生气。她觉得自己就是墙角的小草，怎么努力也站不直。

"要不你去找你导师说说安排个守门的活儿什么的。"王厚仁总觉得女儿是名校里念研究生的，总能找个门道吧。

"我导师就是个普通教授，哪有什么门路。"王海婷心里烦躁，可是她也不好说重话。

好在她母亲黄淑英那天在五道口附近转，碰上清华的一个老教授，正好想找个人帮忙做饭，做点家务活。黄淑英说她还有个老头，可不可以一起去。钱可以少给点，主要有个住处。老教授心好，又听说他们的孩子在北大念研究生，就答应了。王厚仁夫妇就开始给他做保姆，钱没多少，好歹有个住处，不用再住旅馆了。海婷那天帮他们把行李搬到老教授家，看看老教授人还面善，心里才安定一些。

这样子一晃也过来几个月了，她暗自庆幸还算无事。这天她回到45楼的宿舍，看到父母亲又坐在传达室门口，旁边是那两只大行李袋和那个蛇皮口袋。她心里一沉，这又闹的是哪一出？

原来那个老教授的女儿暑假从外地回北京了。那个老教授其实对海婷父母还是客客气气的，可是这女儿一看家里有两个保姆，就变着法子使唤他们做这做那。王厚仁血气冲上来，一生气，就辞了事，又来找王海婷了。

王海婷也没辙。她想起半年前受的委屈，怎么也不肯再去帮他找事做了。

“这点事情也搞不定，亏你念了这么多书！”王厚仁又不高兴了。

“我看要不还是先回湖南老家吧，好歹乡下有老屋可以住。”黄淑英不想为难女儿，就劝王厚仁。

王厚仁想想在北京这么耗着也的确不是事，只好同意了。那天在火车站送走了父母，王海婷站在月台上，看着来来往往的绿皮火车发呆。回学校的路上，她打定主意这个暑假不回老家，去中关村的公司打工赚点钱，她太需要钱了。她给上海的陈迪打了个电话，陈迪说要不他也来北京，找个公司打点零工。海婷说好，心想，至少身边还有个肩膀可以靠一靠，虽然她知道陈迪家也是一摊子的事。他们这样清贫的家庭出来的孩子，除了自己，又能靠谁呢？

北美的学校也放暑假了，林晚因为不在物理系了，也不需要去实验室天天做实验。留学生的日子都是省吃俭用，除了吃住，她也没有什么大花销，也就偷了懒，没去打工，天天待在家里，看看书，写写字。她想，这样的日子也不错。

六月底的一天，她正在做饭，电话突然响了，她顺手去接，电话就断了。挂了电话，还没多久，电话又响了，她正要接，电话又断了。

林晚等到第三次电话响了又断，马上就给家里打电话。她和家里人约好了，有什么紧急的事，他们从国内拨电话过来，马上再挂了，连响三次，这样不会收费又给了信。国际电话实在是太贵了，尤其是从国内打过来。

果然家里有事。

林晚的继母慌慌忙忙告诉林晚，她父亲林国强晚上突然晕倒在地，不省人事，已经送到市人民医院了。

林晚心里一紧，眼泪差点流下来，口里却在安慰继母，这边马上联系旅行社买票。她已经失去了母亲，她无法想象还要失去父亲。

机票很贵，林晚也顾不了这么多了，买了两天后的机票，就匆匆回了国。飞机在北京转机停留两个小时，她站在机场，看这个城市，这个曾经陌生，慢慢熟悉，又变得陌生的城市。这个城市的一个角落里有她的爱人。他们的距离近了很多，然而现在的他们又和隔了太平洋有什么区别呢？

林国强昏迷了一天一夜，林晚赶到医院的时候，他已经醒过来了。医生说是脑溢血，幸亏送医院送得及时。林国强看到林晚又惊又喜："这么远你也赶回来了？"

“是啊，我正好放暑假。”

他们之间好像也没有太多的话说。林晚和父亲从小关系就冷淡，尤其是母亲去世后一年多他就娶了继母，林晚更觉得和他有隔阂。但是出国这一年，她发现自己其实特别挂念他和同父异母的弟弟。到底还是血浓于水。林晚觉得久违了的亲情在隔了万水千山之后反而变得亲近了。可是为什么走近了，又是无话可说呢？

那些天，她天天在医院的病床前守着父亲，有时候扶他下地到处走走。林国强的动作还很迟缓，大概还需要一些时间恢复。不过总的来说并无大碍，林晚心里放松了很多，又有些心疼机票钱，不该这么急忙忙地赶回来，自己好几个月的伙食费呢。

她待了几周，看父亲一天天好起来，就决定按原来买的票回美国。她买的是连票，但是因为她返美的机票是上午的，得提前一天飞到北京。

林晚突然就很想见见周鸿飞，谁知道下次见面会是什么时候呢，至少他们还可以做朋友吧。出发前一天，她给周鸿飞的实验室打了个电话，她是个细心的人，她小小的电话簿上还写着周鸿飞实验室的电话。她暗想，如果他接不到这个电话，那么他们就是无缘了。

一声、两声，林晚从来没觉得电话铃声可以这样漫长。

第三声的时候电话被接起来了。

“喂？哪位？”周鸿飞接的电话。

“……”林晚听到他的声音，站在那儿，心里一阵阵发麻，眼睛竟然已经湿润。

“好久没听到你的声音了。”过了好一会儿，她终于开了口。

“是小晚吗？”周鸿飞心中有一阵暖流流过。

“是。”林晚轻声地说。

“你在美国？”周鸿飞问。

“不，我在中国。我父亲生病了。我回国看他。”

“真的啊？你在北京？”周鸿飞很诧异。

“我在老家，明天到北京，后天回美国。”

“……”周鸿飞停顿了一下，过了好一阵，他开了口，“要不要一起吃个饭？”

“如果你方便的话，我下午到北京，可以吃个晚饭。”

“噢，好，机场有人接吗？”周鸿飞又问。

“没有，我自己坐机场大巴就好。”

“你行李多吗？”

“不多，我一早查好了，从机场坐机场大巴1号线，下了车，走两步就到我订的旅馆。”林晚特意找了家机场大巴附近的旅馆，她觉得就一个晚上，凑合一下就好。

“那我们就找你旅馆附近的一家饭店吧。”周鸿飞提议。

“好啊。”

周鸿飞也觉得去机场接她不妥，便不再说什么。

林晚那天抵达北京，坐了大巴到旅馆，拿了房间钥匙，把行李放下来，时间也不早了，她便一个人慢慢地往饭店走去。北京的夏天热得邪门，快六点了，街上还有一阵阵的热气。她只觉得闷，压在心头，难受得紧。她都不知道是天气还是这些日子在医院待得太久，又或许是思念得太久，在日子里一点点沉积，一点点变成坚硬的内质，压在最底层。

她坐在那儿。饭店里放着罗大佑那首《穿过你的黑发的我的手》：

穿过你的黑发的我的手

穿过你的心情的我的眼

如此这般的深情若飘逝转眼成云烟

搞不懂为什么沧海会变成桑田

她轻轻地叹口气，沧海桑田，那个曾经在她梦里萦绕的身影马上就要出现了，她突然有些紧张。

六点了，她从玻璃窗看到周鸿飞走了过来。他穿了件短袖，下面还是一条牛仔裤，他的脸还是一如既往的平静。是的，是他，那个不动声色的他。他的侧影熟悉又陌生，还是好看的轮廓。她心里就有了一种温柔，那温柔可以把最坚硬的内核融化。

鸿飞站在了她的面前，她站起来，朝他笑。鸿飞心里一动，那对好看的酒窝，真要命。他没有握她的手，也没有拥抱，但是空气中的柔情一丝也不减，他们都感觉到了彼此的气息，那久违了的甜蜜而又温情的气息。周鸿飞突然特别后悔来赴这个晚餐，他太高估自己了。

"你父亲好些了吗？"周鸿飞好不容易定下神，坐到了她对面。

"好多了，你呢？你怎么样？"林晚看着他的脸，她曾经好几次在梦里梦到那张脸。

"还好。"周鸿飞回道，末了又加上一句，"女儿八个月了，很可爱。"

"真好，她叫玉泉，是因为你们住在玉泉路吗？"

"是啊。"

"好听的名字。我喜欢玉，你知道吗？我上中学那阵差点儿把自己改名林玉。但是觉得和林黛玉只差一个字，就作罢了。我喜欢那句‘停车坐爱枫林晚’，就改成林晚。”

“我也喜欢玉。‘洛阳亲友如相问，一片冰心在玉壶。’”周鸿飞说完，突然觉得很讽刺，不觉有点儿尴尬。

好在林晚并没在意，一句话就带了过去。他们聊得很开心，林晚觉得好似又回到了电脑上两个人隔着重洋在键盘上talk的时光，只是这一次，活色生香的人就在眼前。两个人聊到了九点，一晃就是三个小时，却都舍不得说再见。这家饭店不大，客人都走得差不多了，服务员有意无意在他们这一桌晃来晃去。周鸿飞开了口：“恐怕我们得说再见了。”

两个人结了账，站在饭店门口。想到又要天各一方，从此天涯，林晚不觉眼泪就掉了下来。周鸿飞轻轻地拥住她：“傻丫头，别哭啊。”她穿着淡青色的连衣裙，袖口露出一截藕一般的手臂。周鸿飞的手轻轻地穿过她的黑发，心里生出了万般流连。林晚心里难过，也轻轻地抱着他，两个人一时无语，又舍不得分开。半晌，周鸿飞开了口：“我送你回旅馆。”他的声音那么轻，他的呼吸充满了蛊惑。林晚心里的柔情像柳絮，一丝一丝、一片一片在夜色里飞扬。

在暗处没有路灯的墙角下，他低下头吻了她。有一刻，晓岩的脸在他面前拂过，但是，只是那么一刻。他们一路相拥着走回旅馆，他们之间是等待了太久的渴望。

第十三章
沉醉
chapter 13

你是黑黏土造的小马，是黑泥

造的吻，我的爱，是黏土造的罂粟，

是黄昏的鸽子在路上拍着翅膀，

是箱子装满我们童年的眼泪。

——聂鲁达，《爱情的十四行诗》

从饭店到旅馆，不过十分钟的路，周鸿飞却觉得好漫长。一进旅馆的房间，两个人就紧紧相拥在一起。他搂着她的腰，她像柳枝一样在暗夜里摇曳，他急切地寻找她的唇。她勾着他的脖子，热情地回应着，两个人都恨不得把对方揉进身体里。他们都太想念彼此的身体了。他把她的连衣裙拉链打开，她精致美丽的身体在他面前一览无余。他抚摸着那一片羊脂一般的肌肤，那么好看，那么细腻。他贪婪地亲吻着她每一寸肌肤，每一个高地。他们看着彼此的眼睛，他们都看到了彼此深深的爱意。那一刻，这个世界只有他们两个人。他无法抗拒这眼前的尤物，而她早已融化成雪山上的清泉，他顺着这溪流一点点行进，那是这世上最舒服的路。她轻轻地嘤咛着，一点一点，他和她终于到达那雪山之巅。他听到了美妙的声音像瀑布以千里之势跌入谷底，再一点点沉寂，又化作了溪流缓缓前行。

然后，两个人在黑夜里都不再言语，他和她都沉醉在彼此的臂弯里。

过了好一阵，他摸着她的脸："让我好好看看你。"

她有点羞涩，把脸埋下去。

"你瘦了。"周鸿飞说。

“其实没有，美国的东西养人，我还长肉了。只是这次回国，家里事杂，倒是瘦了些。”她躺在他身边，像一只小兽，她只想时间就停留在这一刻。

“明天早上几点的飞机？”

“十一点。”

“我恐怕又没有办法送你。”周鸿飞心里有一丝怆然掠过。

“没关系。我本来只是想见你一面……”林晚喃喃地说。

“你在美国那边一个人，要注意安全啊。”

“你怎么跟我爸似的。”林晚不觉笑了。

“其实现在觉得你就是我的一个亲人。我以前总是努力想忘掉你，而这一次，又碰到一起，我才发现忘掉一个人太难了。”鸿飞脸上有一丝黯然。也许注定他们只能把彼此牵挂。也许爱情这个东西就是出疹子，挡是挡不住的，能做的就是让它痛痛快快地发出来，发出来就免疫了。

“这个世界上有一个人会一直一直思念着你的。”林晚轻轻地说。

“真希望和你一起跑到一个远离世事尘嚣的地方。”周鸿飞抚摸着她的肌肤。

“一起去一个世外桃源，看书，听雨。”林晚紧紧地靠着他。

周鸿飞更紧地抱住了她，两个人就这么相拥着，不觉就快到十二点了。

“对不起，小晚，我得回去了。”

“嗯，我知道。”林晚心里有万般的不舍，“不知道下次见到你是什么时候了。”

“是啊，看天意了。”周鸿飞叹息。

周鸿飞走到门口，回头又看了林晚一眼，她站在那儿，眼里噙着泪。他忍不住又转过来，拥她入怀："你好好的，小丫头。"

"嗯，你走吧。"林晚又闻到了他身上熟悉的淡淡的香烟味。她用劲呼吸着，想把这味道留得再久一点。

周鸿飞开门走了，林晚呆呆地站在那儿半晌，终于坐在了床沿上，脑子里想的是苏轼那句"人似秋鸿来有信，事如春梦了无痕"。她觉得这一切就像童话故事《灰姑娘》，到了十二点，所有美丽精致的礼服和马车就变回了旧衣服和南瓜。而她现在，正是那个灰头土脸的灰姑娘，坐在地下室的厨房里，找不到方向。

第二天林晚一个人坐机场大巴去了机场，飞机起飞的时候，她从窗口看窗外的北京城。她努力想找到海淀，找到玉泉路，可是那几乎是不可能的。她终于放弃，把窗户门拉下来，把七月北京的酷热挡在了窗外。

陈迪一到北京有点不适应这里的酷热。上海的热是湿热，但是北京的热是暴晒，日头明晃晃的，晃得人心里发慌。他一放暑假就来了。他的专业冷门，也没有什么相关的事情可做。王海婷倒是认识中关村一家小公司技术部门的头儿，叫张智，正好在开发一个检测软件。他把其中的一部分外包给王海婷，说好给五千块。王海婷就拉上陈迪一起做。陈迪一开始还有点犹豫，觉得自己又不是做计算机的。海婷说不都是现学吗，又不是课堂上闭卷考试，反正可以查资料。陈迪想想也是。

两个人白天就跑到现代物理中心的机房用那边的电脑写程序，用的还是很底层的汇编语言。好在两个人脑子都灵光，一边讨论，一边翻书，一边调程序。一个月的功夫下来，程序的架子也搭了起来，剩下的就是各种微调了。

这天晚上两个人从机房里出来，往研究生宿舍楼走。海婷托了个男同学，陈迪晚上就住在46楼男生宿舍，倒是省了住旅馆的钱。

“我还是准备申请去美国念书。”海婷说了自己的想法，“咱们两家都是需要钱的。恐怕出国赚钱才快。”

“可是我的专业不好申请。”陈迪皱了下眉头。

“那我们就结婚，你F2出来以后再申请学校，不必拿全奖就可以念书。”

“嗯，再说吧。”陈迪心里有一点不舒服。海婷看他那样子，不再说什么。两个人一路无话回到宿舍。

两个人没日没夜地又忙了半个月，总算把程序调好了。海婷把程序用磁盘复制下来，一张磁盘内存只有1.44M，海婷用了两张才拷下来，交给了张智。张智说：“好，我先跑一遍这个程序。”海婷想开口问他要钱，却没好意思。谁料等了一个星期，还没有收到钱，也没个信。她就给张智打了个电话。

“哎哟，我这几天忙，还没跑那个程序呢。回头跑一遍没问题，我就把钱给你。”张智这么说。

海婷一听就觉得别扭，但是也不好说什么。过了几天她又打电话过去，这回前台小姐直接就说他不在。

海婷回去一跟陈迪说，陈迪就生气了：“他妈的怎么碰上这种无赖。”

海婷也生气，可是一看自己当初也是傻，居然连个合同都没有，就凭口头上一句话，这不是明摆着要吃哑巴亏吗？自己到底还是年轻，脸皮又薄，哪想到人心隔肚皮，知人知面不知心呢？

“那我们去他公司要钱。”陈迪愤愤地说，“不能就这么给他耍了。”

“他们都是一伙的，哪里能把钱要回来。”

海婷突然想起张智那时顺口说了一句这个产品的买家其实就是中关村一家知名的电脑公司，她想起自己导师以前的一个学生正好在那家公司做高管。她跑到实验室把这事跟导师说了，又把自己写的程序复制了一份，算是证据。导师也为她鸣不平，就拜托了自己的学生把这事摆平。最后费了好大周折，总算把钱给讨回来了。海婷也给折腾得要命。她心里感慨，她这样的人，在这个大京城，做点什么事都太不容易了。

巴黎的夏天总是姗姗来迟，也不像北京的夏天那么热。巴黎综合理工学院古老的校园沉浸在夏天的浓郁里。这是个闹中取静的地方，离市中心也不远。怡敏最喜欢的是那个人工湖，总让她想起未名湖，夏天的微风从湖面吹过来，怡敏感觉到一阵阵清爽。考试结束了，这个学期过去了。怡敏觉得像一个不停旋转的陀螺，突然就停了下来，都有点不习惯。过了几天，皮埃尔打电话过来：“我答应陪你去逛巴黎的农贸市场的。没去过那儿就不算在巴黎真正生活过。”

到了约定好那天，皮埃尔先到怡敏的公寓，然后两个人坐了地铁 8 号线，出地铁站没多久就到了位于巴黎 12 区的这个叫 Marchéd'Aligre 的农贸市场，它是巴黎数一数二的大市场。

到了那儿，怡敏才明白皮埃尔为什么不开车，的确不好停车。几个街区，望过去都是人潮和各式各样的农贸小摊。皮埃尔带了辆折叠小车，两个人推着车就进了这绚丽多彩的街市。

最先看到的是时令蔬菜铺，仿佛是谁不小心打翻了调色盘，红彤形的胡萝卜，鲜绿得能掐出水来的菠菜，乳白色的花菜，还有淡黄色的马铃薯，拼出了最美味的色彩。水果铺更是色泽迷人，香气萦绕，怡敏忍不住买了几盒红艳艳的覆盆子。接下来的肉铺更是馋人，怡敏买了几节熏香肠。皮埃尔推着小车笑盈盈地跟在后面，眼看小车里的东西越堆越高，怡敏赞叹皮埃尔想得周到，带了这辆小车，不然可真是拿不动。走了几步就是海鲜铺，怡敏又想掏钱买，突然发现钱包丢了，想想大概是刚才鲜肉铺子人多，她挤在里面全然没有防备。怡敏早听说巴黎小偷多，今天算是领教了。她心下有点沮丧。

“唉，不好意思。”皮埃尔脸上有点挂不住。

“这可和你没关系。”怡敏赶紧安慰他，“回去就得挂失。”

皮埃尔不作声，拉着怡敏就到了鲜花铺，那么多五彩斑斓的鲜花堆在一起，整个铺子都泛着一种纯美。

“请给我一束玫瑰。”皮埃尔买了一束玫瑰。

“送给你。”皮埃尔把花递给怡敏。

怡敏有点犹豫。

“如果你不要，我就把它送给你的花瓶。”皮埃尔笑了，“算是对你丢钱包的补偿吧。请接受一个巴黎人的歉意。”

怡敏看他说得诚恳，微微一笑，接过那束粉红的玫瑰花。

再走几步，就是卖各种工艺品的地方，各式各样的小手工编织品和各种名画仿品，怡敏看得喜欢。她突然听到一阵悠扬的小提琴声，原来是个年轻的艺人在拉琴，怡敏也不知道曲子的名字，只是觉得忧伤浸透在空气里。她手里拿着那束玫瑰，听着那忧伤的曲调，心里也有忧愁漫过。她想扔几个法郎，才想起钱包掉了，便从那束玫瑰里抽出一朵放在他面前的小铁桶里，继续往前走。“Merci。”她听见那个小伙子说。

皮埃尔又买了一瓶红葡萄酒和一瓶粉红酒。两个人依旧坐了地铁回到怡敏公寓。

皮埃尔先找了一个玻璃花瓶，把玫瑰花插进去，放在怡敏小小的早餐桌上。怡敏顿时觉得整个房间都充满了一种纯净浪漫的气息。

皮埃尔自告奋勇做一个法式洋葱汤。

“有白兰地吗？”他问。

“没有哎，只有中国的料酒。”

“那就只能做中国风味的洋葱汤了。”皮埃尔又笑了。

他动作熟练地把洋葱切成细丝，锅里先放黄油，洋葱炒出香味后倒入料酒，大火煮滚，出锅时再放入法式面包，最后放入盐及胡椒粉调味。怡敏站在那儿，使劲闻着那香气。

怡敏做了个熏香肠炒青椒，皮埃尔又做了个焗烤肉末马铃薯，其实就是牛肉末加上马铃薯再加了点洋葱一起在烤箱里烤上，不过看起来真不错，卖相一点也不比上次众神的食堂里的那道龙虾焗马铃薯逊色。

“可惜你这里没有玻璃酒杯。只能用喝咖啡的杯子替代了。”皮埃尔倒了两杯红酒。

“你可真是个精致的人。”怡敏微笑。

“难道不应该如此吗？”

“是。可是，我好像都没有什么心思考虑这些精细的事。”

“其实那只是个托词，问题是你没有觉得它有多重要。生活就是一种态度。精致的生活是一种很可取的态度。”皮埃尔摆弄着手里的酒杯。

“嗯，是一种法兰西态度。”怡敏笑着点头称是。

吃完饭皮埃尔就告辞了，他这次倒只是老老实实地给怡敏一个拥抱：“暑假我带你去普罗旺斯看薰衣草吧。你总是让我想起薰衣草。”怡敏微笑不作答。她站在窗口，看着街头他远去的背影，心里有一丝莫名的失落和惆怅。她以前可不是这样善感，心也没这么细。难道人是会一点一点地改变的吗？

放暑假，怡敏去中餐馆去得更勤了，她想趁着放假多赚点钱。这家叫香满楼的川菜馆离她公寓比较远，好在就在地铁11号线旁边，交通还算方便。这天她从中餐馆打工回来，站了一天，腰都要断了，回到家一点劲都没有了。衣服也没换，倒在床上就睡了。

刚睡了一会儿，电话就响了，怡敏实在太困，躺在那儿迷迷糊糊也不想接。

过了一会儿，电话又顽强地响了起来，“会是谁啊？”怡敏口里嘟囔着，挣扎着起来接了电话。

第十四章 少有人走的路

chapter14

沿十月之水，你和她行走于一根琴弦

你从那天起就开始揣测这个意义

十月之水边，初秋第一次听到落叶

——张枣，《十月之水》

怡敏接起电话，顺口说了句："Bonjour。"

"……"那边停顿了一下，"是我，林晚。"

"怎么是你，太稀罕了。"怡敏诧异，她和林晚上次通电话还是春节的时候，是怡敏打给林晚的，两个人一接上电话就聊了快一个小时，怡敏大呼破产，以后就不太敢给她打电话，好在两个人都有电子邮件，联系还算方便。

"嗯，失望了吧，不是你的法国小情。"林晚道。

"他怎么能跟你比，咱们什么交情。再说我和他可是纯洁的友谊啊。"怡敏笑了。

"男女之间有纯洁的友谊吗？"

"有的，越丑越纯洁。"怡敏一本正经地说。林晚在电话那头忍不住笑了。

"跟你说正经事啊。"笑过之后，林晚开口。

"说吧。"怡敏知道林晚一准有事。

"我怀孕了。"林晚在电话那头说。

"什么，你说什么？"

“我怀孕了。I am pregnant。听明白了吗？”

“乖乖，什么时候的事，谁运气这么好，把咱们林美人搞定了。”

“这个时候你还耍嘴皮子。”林晚笑，这就是怡敏。

“还说我，你不要太镇定啊。一上来就开我的玩笑。”怡敏想想林晚语气还真是出奇地镇定。

“我暑假回国见了周鸿飞，就一个晚上，太 dramatic 了。”

“什么，你跟他还没完？我早说要你跟他断了。”怡敏生气。

“好在不是在国内，不然你怎么过下去。口水就把你淹死了。”怡敏想想这就是林晚，和自己一样，都是个犟脾气，太有主意了。

“你打算怎么办？”怡敏心里替林晚着急。

“想找你商量。”

“一个晚上就中标了，小概率事件啊。”怡敏在电话那头叹息，“大概你们两个真的有缘，天意啊。”

“真的是天意。我和他纠缠这么久，看着看着要断了，又接了上来。现在还有了他的孩子。真是人生如戏。”林晚叹气。

“量子纠缠。”怡敏也叹气，又问，“几个月了？”

“一个多月了，我自己做了早早孕，下周去做超声波。”

“你告诉周鸿飞了吗？”

“我还没告诉他。我自己都没想清楚，也不想给他添乱。”

“好吧，那我什么也不说了，你自己决定吧。你要想清楚啊，一个人带孩子，还是未婚，一辈子的事。”怡敏想，她能说的也就是这些了。

“嗯，谢谢。我过一阵再告诉你我的决定吧。”林晚挂了电话，怡敏好半天还没缓过劲，看着阳台上的月季花发呆。

林晚去做超声波的房间很小，摆了一张医疗床、一台仪器和一张凳子就再也放不下别的东西。做B超的是一个年轻的白人女子，很和善，手上还戴着几串佛珠。

“你是佛教徒吗？”林晚想起她母亲在世的时候曾经带她去庙里拜佛，不由问。

“还不是，但是我很喜欢它的理念。我在看这方面的书。”她见林晚是一个人，又问，“还要等什么人吗？”

“不必等，我一个人。”

“好，那我开始了。”白人女子就开始寻找baby的位置。

“你看，这是baby，现在还看不清各个器官，但是让我找找心跳。”她手里的仪器熟练地转来转去，“看，这个有X的地方就是baby的心脏。”

林晚躺在床上，看到小baby的轮廓，清晰生动，屏幕上那个小点一闪一闪，小baby的心跳也被放大。她能清楚地听到那跳动，怦、怦、怦，非常有力。她内心最柔软的地方被触动了。那是她的孩子啊，那是一个活生生的生命啊。Ta长大了，就会叫妈妈，会要她抱，要她牵着手。她的心柔软如水。

下午上VLSI电路设计课的时候，林晚又有点不舒服，她索性从教室退出来，回到公寓躺在床上休息。看着天花板和小小的房间，她又发愁了。她还是个留学生，一个人，条件这么差，她会不会委屈了baby。何况，自己念书，又要照顾孩子，这是多么巨大的一项工程。林晚是个果断的人，可是她从来没有像现在这么纠结过。而看了B超只是让她更纠结。留还是不留，那几个夜晚，她一直都没有睡好，再加上早孕反应，她觉得自己疲惫无比。

林晚的妇产科医生是个胖胖的白人妇女，她一眼看到了林晚眼中的困惑。“先不要着急做决定，你知道大概有百分之十的怀孕最后都会流产的。”

林晚吓了一跳，百分之十，这个比例可不小。她以前都是想当然，以为怀上了就会有一个孩子。原来一个孩子是这么来之不易。她决定先不想这件事。

过了两个星期，林晚早孕反应更重了，她在上课的时候就想吐，从教室跑到洗手间，吐了好一阵才好受点。她那么年轻，没想到怀孕是这样一件苦差事，她又犹豫了。

她决定投硬币。正面就是生，反面就是不生。她扔了硬币在地上，半天才睁开眼。

硬币停了下来。是正面。

林晚笑了，其实要是不是正面，她还会抛三次，一直抛到是为止。原来她舍不得不要，这是她最爱的人的孩子，那一夜是那么销魂，那么美妙，她怎么舍得。

她给怡敏发了个邮件，“如果这个孩子是女孩，就叫玉溪，如果是男孩，就叫玉成。”

怡敏收到林晚 email 那天，正在系里的电脑房。她知道林晚大抵会这么做，心里感慨万千，不由想起那句话“林中有两条路，我选择了人烟稀少的那条”。是的，林晚选择了这条少有人走的路，一条许多年后她不知道是对还是错的路。

那天晚上怡敏还接到皮埃尔的一个电话，“八月是薰衣草盛开的季节。要去普罗旺斯看薰衣草吗？”

怡敏心里闷，她想出去散散心也是好的。

隔好远，他们就闻到了那香气，像女人晚礼服的裙裾，袅袅婷婷，轻悠悠地飘过来。走近了，满眼满眼一垄一垄的紫色翩翩而至，地上和空气里都好似结了一层紫色的薄雾。

“你知道吗？薰衣草的花语是等待爱情。你用力呼吸，就能看见奇迹。”皮埃尔吸了口气。

“是吗？”怡敏靠近，深吸了一口。

“很好闻的味道，我喜欢。”她的手轻轻拂过那花。

“喜欢薰衣草的人一定是内心非常丰富、感情强烈的人。对什么都有依恋。”皮埃尔说起来头头是道。

“是吗？”怡敏心里喜欢，嘴上却不置可否。为什么西方男人嘴这么甜？她心里叹了口气。

他们晚上住在离薰衣草园很近的一个乡村旅馆。怡敏没想到他只订了一间房。

她和他进到不大的房间，她放下行李，他抱住了她。她用力想挣脱他。但是夏天的风把不远处的薰衣草香气带了过来，那样的香气在风中若有若无，或羞涩轻巧或狂野撩人地飘在他们之间。怡敏觉得那香气都似有了颜色，白色、紫色、玫瑰色，在她眼前不停地旋转，她最本能的欲望被那香气撩了出来。那样的香气太诱人。那样的夜晚太迷人。

“你知道吗？在巴黎，你接受一个陌生男人的咖啡就意味着你同意和他上床。”他轻声说。

“我可真不知道。”

“太晚了……”皮埃尔的动作特别轻柔，像山谷里的风，一点点落在怡敏的脸颊上、脖子上，向下向下，每一寸肌肤，每一个细节……

林晚发现原来一个人的潜力是可以无限度开发的，她没想到自己原来也这么能吃苦。头五个月她都在吐，吐得苦水都出来了。她不止一次问自己，为什么要吃这个苦。转念一想，如果不是现在生，将来生，照样还是得受这个苦，天下的女人都得受这个苦。好在她年轻，除了早孕反应，没有别的什么事，按部就班，先是一个月一次常规检查，再是两个星期一次，最后是一个星期一次。

UCLA 是 quarter 制，有秋季、冬季、春季和夏季。林晚秋季和冬季一直坚持上课，做助教。日子一忙就过得快，冬季学制三月中结束的时候，林晚已有八个月的身孕了。好在美国是个自由的国度，她每天挺着个大肚子上课，大家也见怪不怪。倒是有几个半熟不熟的中国人问起怎么没看到孩子的爸爸，林晚就撒了谎，说孩子的爸爸在外州。她倒是和室友索菲娅说了孩子的爸爸在中国，索菲娅也不多问。她心里也喜欢索菲娅，只是她不得不搬家。她和索菲娅租的是两居室的公寓，一人一个卧室，共用厨房。她生了孩子，安排父母来带孩子，就不能再在这儿住了。她一早就看中了一套一居室的公寓，虽然有点老，但是客厅宽敞，她想可以安排父母住卧室，她和宝宝住客厅。最重要的是公寓不远处有个小小孩玩耍的地方，有沙子，有滑梯，有秋千。她准备冬季 quarter 期末考试一结束就搬家。

那天她考完冬季最后一门电路设计的课，开始收拾东西。肚子里的她转了个身——林晚已经知道是个小女孩了。她想，再没有比玉溪更适合的名字了。她的姐姐叫玉泉，共了一个玉字，玉又是她特别喜欢的一个字，何况周鸿飞最常抽的就是玉溪牌的烟。

她轻轻地抚摸着肚子，心想，这孩子还算配合，总算熬过了冬季这个 quarter，没有提前出来。

到了四月，林晚花钱找了两个墨西哥人搬家。尽管别的留学生搬家都是自己加朋友动手，她不愿意找熟人，两个老墨能干，一上午就搬完了。她其实也就几个箱子，一张床，一张桌子，加上一个沙发，沙发还是原来住客留下来的。

她又去买了个床，是给父母的。她上个月去moving sale，买了个二手的婴儿床，也搬了过来，摆在客厅。她心里有点愧疚，觉得有些委屈还未出生的女儿，但是自己一个留学生，钱少得可怜，可不就得省吃俭用。收拾停当，过了几天父亲和继母就到了洛杉矶。林晚的父亲林国强在机场看到女儿，想到去年回国还是个窈窕的姑娘，现在却挺着个大肚子，不由心酸。

林晚那时候跟他们说怀孕了，要生孩子了，林国强差点没背过气，当场就把电话摔了。未婚先孕，孩子的父亲都不明不白，这算什么事。他实在想不通这个安静懂事的女儿怎么一下子就堕落了。

等过了气头，他马上写了一封长信劝林晚把这个孩子打了。从她自己的前途到孩子的将来，从单亲母亲的难处到周围左邻右舍的闲话一一罗列。如果孩子真的生出来，林晚将来的日子得多苦，他自己的脸面又往哪儿放啊。她曾经是他的骄傲，学业上一直优异，什么事都不用他操心，怎么会突然做出这么出格的事情？

林晚没有回信，也没有说什么。她想，如果父母不来，她就把孩子送出去，她看到周围有探亲的父母来帮孩子带孙子孙女，还可以捎带一个别家的孩子，比正式的幼儿园便宜不少。

林国强何尝不知道林晚是个性子倔的人，一条路走到头，九头牛也拽不回来。当年还在上初中的时候她就自作主张改了名字，把林婉改成林晚。他心里到底还是担心她一个人在异国他乡生孩子，身边一个亲人也没有，自己嘴就软了。林晚的继母是棉纺厂女工，早就买断下了岗，在家没事，想去美国看新鲜，总在林国强耳边唠叨。林国强上次生病后，单位里退居二线，有名无实，自己干着也不痛快，想想不如请个长假，帮林晚过了最难的这一关。林晚从小母亲去世得早，自己的确有愧于她。上次他急病，林晚回来，两个人也说了不少话，感情上沟通了好多，不像上中学那一阵，她总是冷着个脸。

“你这样还能开车？”出了洛杉矶机场，林国强坐在车上，看着女儿腆着个大肚子，心里担心。

“还好，就是安全带压着有点紧。还有半个月就要生了。最后一星期我找了个朋友，自己不开了。”

没承想他们到洛杉矶的第三天晚上，林晚就觉得肚子一阵接一阵地剧痛。凭着本能，她觉得就要生了。她马上给朋友打电话，哪知朋友正好不在家。林晚这状态不敢自己开车，她心里着急，这可怎么办？她心里暗暗祈祷，可千万别在这最后关头出岔子啊。

第十五章 法兰西的背面

chapter 15

雪睡了，夜有一个白色的枕头

寒风吹亮了月光

十二月默默地站在街上

有些甜蜜有些辛酸有些茫然

——于坚，《作品第16号》

林晚突然想起以前的室友索菲娅，想想也只有向她求助了。林晚马上给她打了个电话。两个人虽然不是特别熟，索菲娅却马上赶了过来。到了医院没几个小时羊水就破了，第二天清早就生了。大概是她这些天实在太累了，又是搬家，又是买这买那，动了胎气。

还好孩子是顺产，医生把裹在一个小包单里的小小娃抱到林晚手里时，林晚眼泪一下就流了下来。她突然就想起了母亲，她有一张五岁时候和母亲的合影，还是在照相馆照的。母亲的手扶在她肩上，脸上带着笑，她靠在母亲身边，神情严肃。这么多年，她一直随身带着这张相片。她拿出这张相片，痴痴地看着。她从小就没了母亲，而现在自己也做了母亲，只是孩子生下来，父亲都不在旁边。她心一酸，眼泪又流了下来。她想起中学时候，街头摆摊的算命先生给她算过一命，说她是“劳劳碌碌苦中求”。她有些凄然，她是个信命的人，原来还真是如此。以前是仗着那股劲，执意要把孩子生下来。现在孩子活生生地摆在眼前，她心里又生出了惶然。自己娘俩将来的路该怎么走啊。她看着小娃娃粉扑扑的小脸，闻着她的奶香，心里像种了一根刺，扎着人疼，又从那疼的地方开出了花，活生生的，晃着眼。她看不清楚前面的路了，她决定什么也不想，抱着孩子昏昏沉沉又睡了。

住了两天院，他们就回家了。林晚只给怡敏发了个邮件，说孩子生了。怡敏一直也不回信，林晚有点难过，这孩子生出来，收到的祝福就这么少。可是，又能怪谁呢，连孩子的爸爸都不知道他多了个女儿。

林晚又查看了一下邮箱，发现邮件里有一封来自pku.edu.cn的信，是海婷的。她现在在准备留学，GRE和TOEFL考得都不错，想问问林晚申请学校的事。林晚刚生完孩子，没力气，但还是马上回了海婷的信。她把自己当年申请哪几个学校告诉她，还告诉她一个办法，可以给系里发封信，说自己经济状况不好，可不可以免交申请费。

海婷收到林晚的信挺高兴，她这边申请学校的事都还算顺利。她学习用功，做事认真，导师对她很满意，一直想留她念博士。但她还是铁了心拿了硕士就出国留学。她唯一担心的就是那一大笔培养费，教育部规定每个出国的学生都得交这么一笔费用，这对海婷来说是笔不小的金额。她现在每个周末都在做家教，给一个中学生辅导数学、物理。那家的妈妈对她很客气，总是叫她王老师。只是那个小姑娘实在脑子不开窍，她教得有点辛苦。每次晚上回宿舍，看校园里对对双双，心里总是寂寞，又羡慕人家有条件谈情说爱，自己却为钱奔波。她想她上辈子一定是开钱庄、放高利贷的，得罪了人，这辈子来填这个坑。

怡敏接到林晚生了孩子的消息已经是两周以后。她和皮埃尔出去旅游了，回家才看到电邮。她马上打了个电话过去。

“对不起，我刚回家，才看到你的电邮。不是四月二十号的预产期吗？怎么提前了？”

“提前了两周，大概是动了胎气。怡敏，你打电话过来我好高兴。”林晚心想，怡敏原来还是挂念着她的，她心里觉得怡敏就跟娘家人一样亲。

“提前了啊，我出去旅游了。”

“我们两个现在是两个世界的人了，你的日子过得那么浪漫、潇洒，我现在天天就是洗尿布喂奶。”林晚叹了口气。

“这不都是你自找的吗？”怡敏心直口快，“后悔了？”

“没有什么好后悔的，都是命运的安排。”林晚幽幽地说。

“小 baby 一定很可爱吧。”怡敏听到林晚口气里的怅然，马上转了话题。

“软乎乎的，天天就是哭，但是真惹人怜。”

“叫玉溪？好听的名字。”

“是的，孩子跟我姓，林玉溪。”

“你多多保重啊。”怡敏放下电话，马上给林晚寄了一张支票。她想林晚现在最需要的大概就是这个了。无奈她人隔得远，别的也的确帮不上什么了。怡敏打开旅行包，开始把东西往外拿，但是她一直想着林晚的事，她觉得林晚成了妈妈这件事对她来说还是太不真实。

怡敏和皮埃尔刚从德国度假回来。

皮埃尔在法国的时候，只要她功课不忙，周末或者假期两个人就会出外旅游。他们几乎把法国周边的地方都玩遍了，德国、瑞士、西班牙、比利时……有一次他们去了瑞士的一个小村庄，那个村庄有一个中国名字，叫“芳”。火车到达那个小镇的时候，阳光从云层里洒下一缕缕金辉，火车小站不远处的教堂恰恰在这时候敲响了钟声，悠长，清远。那一刻，怡敏觉得就会有天使从云端下来迎接她的到来。

怡敏也喜欢德国。慕尼黑的街头到处都是古老的啤酒屋和散发着香气的熟肉铺子。香肠一串一串的，挂在案头，红亮亮的猪肘子一个一个排成行。慕尼黑街头还有很多古老的树。那些树从粗朴的枝干上发出了新叶，沧桑里透着新鲜的生命力。她喜欢坐在树荫里，要上一大杯生啤。周围都是大口喝酒、大块吃肉的人们，爽朗的笑声，好客又健谈。他们扎扎实实地坐在那儿，就和周围的树一样，扎在大地上，稳健又深厚。

让怡敏印象深刻的还有比利时的布鲁塞尔。这是个多元包容的城市，既有浓郁中世纪风格的欧洲古建筑，又有新艺术风格的后现代城市建筑。这个城市到处能看到整幅画在墙上的巨大漫画，俏皮，幽默。怡敏觉得这个城市有一种特别的底蕴，兼容并蓄，轻松有趣，一点也不端着。

和皮埃尔在一起的日子是轻松快乐的。皮埃尔大概一半多的时间在法国，剩下的时间在墨西哥。在一起的时间，皮埃尔总能给她好多新鲜感和惊喜。

她有时候想问问他长久的打算，但是他不提，她也就不问。怡敏一直是个好强的人，心里总拧着股劲。她其实也没有想很远，她还在念书呢。只是她心中隐隐觉得有点不踏实，她不知道是因为这样的日子，还是因为皮埃尔本人。

女人的直觉大概是世界上最准确的东西了。

又到了秋天，怡敏那天在给阳台的月季花浇水，算一算自己到法国都两年了。皮埃尔又去了墨西哥，都快有一个星期没给她打电话了，她觉得有一点点不对劲。她听到电话响，就放下水壶，来电显示皮埃尔。她高兴地拿起电话，“Cher，Bonjour。”她用法语说。电话那头沉默了一阵，然后她听到了一个女人的声音，她说着蹩脚的法语。怡敏没有太听明白她说什么。最后两个人干脆用英语对话，这回怡敏听懂了。

这个女人叫马丁娜。她说她是皮埃尔在墨西哥的女朋友，她不知道皮埃尔在法国还有一个女朋友，正如怡敏不知道她的存在。他一直很谨慎，两边都包得紧。但是他这次去美国有些事务，让马丁娜发现了蛛丝马迹，她找出了这个他经常打的电话。她没有想到他在法国的女友不是法国人，而是一个中国人。他大概就是喜欢异域的女子，给他新鲜感。

那些日子，怡敏过得恍惚。她觉得自己不是失恋了，而是整个上下颠倒，失去了重心，失去了平衡。她觉得自己都没有资格去质问皮埃尔，她和他从来没有正式意义上说过什么。她算是他的什么人呢？她都没有见过他的父母。他也从来没有和她说起过未来，他大概也从来没有打算过给她未来。

她唯一不明白的是，皮埃尔为什么肯在她身上花那么多功夫，那么多金钱，那么多时间。他那么辛苦地寻找或者是培养他们之间精神上的共鸣。她心里发麻发痛，头都要炸了。

皮埃尔提前从墨西哥回来了。他在她小小的房间里坐了下来。

“相信我，我是爱你的。”他的蓝眼睛真蓝啊，像大西洋一样蓝，怡敏看着他的眼睛想。

“相信，怎么相信？”

“你不需要去求证，你只需要去信。”

“那么，你也是爱马丁娜的吗？”怡敏嘴角露出了鄙夷的神色。

皮埃尔不作声，过了一阵，才说：“如果我说是，你是不是也不相信。我在认识你之前先认识的她。”

“你不过是寻找身体上的伴侣罢了。为什么要说得那么好听？”

“也许是吧，男人喜欢性，这是天性。”皮埃尔很认真地说，“但是我也在寻找心灵的契合。没有心灵契合不可能有完美的sex。”

“如果一次完美的sex比一次心灵的交谈更能让男人难以忘怀，那么心灵的契合还有什么意义？”

“意义就在于合为一体。精神的意义在于深度。”皮埃尔还是那么认真。

“那么，精神的意义是在sex之前更能激起性欲，还是在以后长久的日子里更能保持性欲？”

“都有吧。没有精神，欲念衰减得快。”

怡敏突然非常迷惘，她觉得他们不像是一般的恋人在谈分手，倒像两个老朋友在探讨肉体和精神的意义。她突然发现，她其实是不了解皮埃尔的，他们之间还是隔了一层。怡敏不知道那是因为文化的隔阂，还是因为价值观的差异，或许两者都有。他于她似乎是蒙娜丽莎的微笑，她捉摸不透。

“那么，你更喜欢她还是我？”怡敏最后问了一个问题。

“我喜欢的是美好。你和她其实非常像，我喜欢的都是这一类的女孩，本能强烈，精神丰富，都充满了活力。而我没有办法停止对美好的追求。”

怡敏觉得都不能用可耻这么简单的一个词来形容他。他是个浪漫多情的人，多情的人自然不会专情。她深知自己绝对无法接受这样的现状。“对不起，我们分手吧，请你以后再也不要来找我。”

怡敏是个决绝的人，她迅速地换了电话，又迅速地决定去考GMAT。在巴黎综合理工学院的这两年，她发现自己其实并不适合做科研。她知道自己的长处是脑子好使，学新东西快，但缺点是不够严谨，有几次实验都疏忽了几个特别细微又关键的现象。她现在拿了个物理的硕士，不想再接着念博士了。她觉得自己还是更喜欢和人打交道，她决定申请美国的MBA。她申请了伯克利的商学院。

大概人都是这样，没有实现的东西就是一个念头，那小芽一旦起来过，就再也断不了。怡敏觉得她的美国梦就是如此，当初离得那么近，一个差错就失之交臂，她得把它再找回来。

那段时间，怡敏整天忙得昏头昏脑，忙得没有时间琢磨皮埃尔的心思和态度。但是再忙，她每天都要去拐角的面包店买那种五颜六色的马卡龙吃，金黄、浅绿、深棕、大红，每一个颜色都是不同的口味。她大概也只有把自己的胃和空当都填满才能不去想这件事。她得使蛮力气把自己从这段感情里打捞出来。她觉得这一切就像一场梦，一场不真实的梦。而她一直是站在云端的，现在梦醒了，从云端跌下来的她只想逃得远远的。

可是到了四月她还没有收到伯克利的一点信息。她忍不住给伯克利商学院发信询问。

商学院回信说刚寄了信给她，怡敏在waiting list上，还得等一阵。如果有人不来，才轮到她。她其实也清楚自己的短板，GMAT和GPA虽然高，可是没有工作经验，而这个，是商学院非常看重的一点。过了几天，她收到王海婷的一封电邮，说收到了伯克利物理系的全奖，准备八月底就去。怡敏心里为海婷高兴，可是想想自己的伯克利还悬着呢，心里又添了一丝酸。

第十六章 最冷的冬天是旧金山的夏天

c h a p t e r 1 6

向往的钟

一直

不响

音阶如鸟入林

你的一生有许多细密的啁啾

——舒婷，《眠钟》

那一阵日子真是煎熬。怡敏每天起来第一件事情就是去看电邮，可总是失望。如果拿不到 MBA 录取信，也许试图在欧洲找个工作，回到皮埃尔身边？那样的日子实在也是简单快乐——除了名分不明不白。怡敏马上对自己的这个想法呸了一声。她接着又想，或者干脆回国？也许还能再碰上久柯？她一下子被这个想法击中了，马上就给家里打电话问爸妈的意见。

怡敏的父亲是南方人，在北京念的大学，毕业就留在北京的高校教书。他们住的院子里，子弟中五个倒有两个在国外。怡敏说要回国，怡敏的妈妈有点着急，劝她念个博士再回来，或者工作几年再回来，拿个硕士就回来好像用处不大。怡敏的爸爸倒是挺开通，说随便她自己。怡敏觉得跟没问差不多。

春天过得只剩下个小尾巴的时候，她收到了加州大学伯克利分校 Haas 商学院的录取信。不知道是不是等得太久了，还是有回国的打算，她倒没有想象中那么高兴了。她长长地叹了口气，一来这录取书来得太辛苦，二来她也发愁学费怎么搞定。MBA 的学费贵得要死。她给家里打了电话，家里勉强能凑出一万美元。至少还要再凑一万美元才能凑足第一学年的学费。另外还有一万美元的生活费没着落呢。

林晚倒是给她想了个办法，她和真胖子有联系。据真胖子说，假胖子一早念了个硕士就工作了，好像他手头还有点闲钱。林晚跟真胖子一说，真胖子立马就联系上了假胖子。假胖子一点也不含糊，很快就把钱汇给了怡敏。怡敏心下感激连连，到头来还是老同学靠得住。

初夏的一天，她坐在离别的飞机上，俯首看云朵下的巴黎城，那座阳光之城，到处郁郁葱葱。她看到了塞纳河，像一条碧绿的带子，温柔地绕在那些古老的传说里。她便想起和皮埃尔去过的那些美丽的地方，那些只有他们才知道的地方，心里便有一丝一丝的疼。他总是有那么多有趣的故事，似乎永远都说不完。大约她以后再无机会倾听那样的故事了。“au revoir，la France。”她轻轻地说。这一次，算是命运的选择还是她自己的选择呢？

恍惚中，怡敏走进了一大片薰衣草田，那些一垄一垄的薰衣草突然开始疯长，立刻长得高过了她的头，又迅速移动，薰衣草田成了一个迷宫，怡敏怎么也走不出去。旁边开来了一辆中世纪的马车，车夫问她：“要上车吗？”怡敏看着他陌生的脸，摇了摇头。车子从她身边绝尘而去。怡敏站在薰衣草迷宫，左看右看，到处都没有路。她出了一身冷汗，头一偏，就醒了过来。她拉起飞机窗口的隔板，飞机还在浩瀚缥缈的大西洋上空。海那边，是一片新大陆。

旧金山国际机场，怡敏拖着两个蓝色的大箱子走出旋转门，一眼就看到一张中文写的牌子“张 Yi 敏”。中间的怡字是拼音。然后，她看到牌子后面的那个人，皮肤有些黑，身上的短袖 T

恤上画着个熊。怡敏后来知道那是伯克利的吉祥物，加州金熊。

怡敏还在巴黎的时候就加入了伯克利的中国学生学者联合会的email list。这个email平常信息也不多，到每个学期结束的时候就有消息了。这个要卖车，那个要找室友。怡敏就是从那个email list上看到范健找室友的消息。范健本科是中科大的，他的房子离学校近，走路就能到。价格也便宜——因为他的房间是短期出租。他的室友去外地做实习生，空出三个月。巴黎综合理工学院是六月放的暑假，怡敏和他联系，他很快就答应了。怡敏也没有太多选择，她可没想到伯克利房子这么难找，据说一个房子出来就有十几二十几个人带着简历去抢，而且很多房子要到秋天才空出来出租。她开始还有点担心男女不便，后来想想反正是临时，也就罢了。

怡敏向那个牌子走过去，“你是范健吧。我是张怡敏。谢谢你来接我。”

“是，我是范健。你的敏是这个敏吧，赵敏的敏？”范健指着牌子问。

怡敏有点诧异范健一开口就问她的名字，“是啊，是赵敏的敏。”

“啊，我猜对了。跟《倚天屠龙记》的赵敏同一个敏字。”范健开口笑了，“yi是哪个字？”

“怡人的怡。你喜欢看金庸啊。”怡敏心想，这倒是个可以做朋友的人。

“是啊，我上次在洗衣房捡到一套《倚天屠龙记》，估计是哪个老中不要了，扔在那儿的，可惜是竖体，我眼睛都看直了。”范健一说起金庸眼睛就发亮。怡敏想，真是个可爱的人。

“你的jian是哪个jian字？”

“健康的健。”

“噢。”怡敏不再言语，凝神看着窗外的旧金山城。不知道为什么，从未到过的这个城市却让她怀旧。尤其是过 Bay Bridge 的时候，白色的斜拉索在蓝天上划出一道道痕迹，怡敏想起了中学那个胖胖的几何老师在黑板上画的几何图。桥两边的海是深邃闪亮的蓝，像小时候写钢笔字用的英雄牌蓝黑墨水。宽阔的水域，竟然有望不到边的感觉，不似塞纳河，左岸到右岸只是短短的一程。

“你知道吗？这座桥是世界上最宽的桥。吉尼斯上记录了的。”

怡敏看车外果然都是好几个车道，和欧洲真是不一样的感觉。

“旧金山天气变化大，早晚都凉，中午热，像一个善变的女人。”范健看了一眼怡敏。怡敏听到后面一句忍不住笑了。

怡敏没想到房间实在乱得可以。其实应该想到的啊，两个理工男。公寓里东西丢得到处都是，洗碗池里还有几个碗筷，估计还是昨夜的。范健一面说对不起，一面把自己的几件脏衣服从地上捡起来。怡敏有些后悔自己不该为了省这几个钱，租二手房。但是商学院的学费那么贵，自己可不是处处得省着点。怡敏把自己住的房间好一顿收拾，总算是能下脚了才躺在床上。有时差，人疲乏得很，就是睡不着。怡敏听到范健出了门，他那辆二手老丰田发动的时候声音有点大。

天快黑的时候，范健回来了，买了些肉菜，还买了把锁。原来怡敏的房间是没有锁的，现在就可以从里面反锁了。怡敏暗想，这倒和皮埃尔一致，都是细心的人。他做了几个菜，西红柿炒鸡蛋、香干肉丝，还有个油麦菜。怡敏和他就着个小桌子吃了她到美国的第一顿晚饭，怡敏感觉跟回到了当年的大学宿舍似的，跟林晚、王海婷一起吃方便面和西红柿鸡蛋汤。

范健觉得这个公寓第一次有了点家的感觉。他和室友莫念衡都是学计算机的，经常熬夜调程序。他们合租这套公寓就是看重离学校近。房子本来就老旧，他们两个又从来不收拾，家具也没几件，就拿了几个纸箱子装东西，堆在墙边，更显得局促狭小。范健本来不是个勤快人，看到亭亭玉立的怡敏一下子就有了动力。平常他吃饭都是凑合，有时候就是方便面，今天下午特意跑到这边的一个中国连锁店大华买了些肉菜，自己还动手做了几个菜。他看怡敏吃得香，心里居然有一种暖意。

怡敏第二天傍晚就去校园里走了一圈。伯克利的校园好看，绿树成荫，更有溪水潺潺。建筑物也颇有古风，工程系的主楼是复古的石柱，灰白的底色。商学院几座浅灰色的楼围在一起，像是个围城，而围城中间是一个小庭院，有几个学生坐在那儿讨论着什么。校园里的张贴栏广告云集，让怡敏想起了三角地。伯克利在一个小山头上，到了晚上风大得出奇，带着丝丝冷意。怡敏想，怪不得说最冷的冬天是旧金山的夏天。

很快夏季课就开始了。校园里人多，到处都能看到亚洲人的面孔。怡敏觉得亲切，在巴黎能见到一个黑眼睛的人多么难得。怡敏喜欢伯克利的校园。一天清晨她走到山顶，俯首山下的海湾，正有一层薄雾升起。她走到劳伦斯实验室的时候，正好听到山下的Sather Tower的钟声低沉地响起。怡敏猛然想起在瑞士那个叫“芳”的小镇听到的教堂钟声，心里不由一颤。如果不是当年和久柯的那些纠缠，她也许一早就到这个校园了。现在兜兜转转还是来了，中间却是两段搁浅了的感情。她觉得自己到底还是和这个学校有缘，拧着劲就是要靠过来。她又想起久柯和皮埃尔，曾经都是那么熟悉亲密的人，现在都成了陌路，全无联系，心里又不由有些酸楚。

安顿下来不久，怡敏就给林晚打了个电话。

“咱们终于到了同一个时区！”怡敏高兴地跟林晚说。

“是啊，那时候我就是这么想的，一个北加，一个南加，多好！”林晚也高兴得很，两个人终于隔得这么近了，开车只要七个小时。

“玉溪有一岁多了吧？”

“是啊，她现在开始喊妈妈了，可爱得不得了。家里每个抽屉都翻了个遍。”大概所有的女人说起自己的孩子就成了话痨。

“你一个人又念书又带孩子，行吗？”

“唉，也都这么过来了。”林晚回说。林晚的父母在这儿帮忙带了一年，一开始的签证是六个月，后来又续了半年。玉溪过了一岁，林晚就把她送到别人家带。

“周鸿飞知道了吗？”怡敏又问。

“我一直没告诉他。他秋天来洛杉矶开个会，我准备那时候告诉他。这么大的一件事，在电话和电邮里都不好说，他一定好震惊。”

“你太沉得住气了，我真服了你。也是，口说无凭，活生生的小丫头摆在他面前，他就没法赖账了。”

“你的逻辑不通，他都不知道这个孩子，怎么会想赖账？”林晚分辩。

“还跟我较劲了，你逻辑这么清晰，怎么做这么非理性的事情？”怡敏反问。

“还说我，当年是谁把伯克利的全奖给拒了？”林晚立马回了一句。

怡敏一听就笑了，心想她俩还真是一路货，不然也不会做朋友了。

林晚也笑了，她和怡敏，外头看起来不一样，本质上还真是像。

七月的北大校园里，白发的先生和穿着毕业袍的学生在合影，又是毕业季。

但是这一次却有个比毕业更大的事：香港回归。7月1日那天晚上，王海婷和一大帮人在天安门广场一起见证了那个激动人心的时刻。广场上万人欢腾，成了欢乐的海洋，大家都穿着印着北大字样的白色T恤衫。海婷看着广场上空的烟花，心里感慨万千。过几天她就要离开北京了。她在这个城市生活了七年。王城如海，对于这个城市，她怀揣着一种复杂的情愫。这个城市像一个巨大的八爪鱼，吸引着人们靠近它，甘愿被它的汁液吞噬。它那么高，那么大，高远得让她惶惑自己属不属于这个城市。她生活在这个热闹的大都市的一角，城市阴影里一个孤独寂寞的角落。尽管今夜，她站在这个城市最中心最具标志性的地方。

王海婷早早就定下来准备去伯克利，可是陈迪一直没拿到全奖，虽然收到了好几个学校的录取通知书。而没有全奖是很难拿到去美国的签证的。海婷又提出了结婚的建议。

“先F2出去吧，咱们两个总是异地。”

“再等等吧。”陈迪心里不太乐意，他总觉得那样有些掉价，他是有些大男子主义的。

到了五月中，他终于收到了南卡大学的全奖。两个人看来还是要异地，王海婷深深地叹了口气。

第十七章 她的名字叫玉溪

chapter 17

我的爱，那个秋天的臂弯

也许是所有秋天的去处

我见过你，像一棵绿菠菜

从土里长到我面前

——蓝蓝，《那个秋天》

八月初的一天，范健带怡敏去大华买菜。怡敏看到有月季花卖，突然就想起了在巴黎的岁月。她忍不住买了一盆月季放在小公寓里。她回想起在巴黎的日子，美得像肥皂泡——可惜只是肥皂泡，一戳就破。只是那破碎的泡泡在空气里还回荡着，一点一点的痕迹不是一下子就能去掉的。她忍不住回想起皮埃尔好看的蓝眼睛，那么纯粹的蓝，蓝得像大西洋。她觉得大西洋的蓝和太平洋的蓝是不一样的蓝，大西洋的蓝似乎更浅，海水都带着通透，而太平洋的蓝更深沉，就像她对于皮埃尔和久柯的感觉。但是，那都是她深深眷念过的人，他们在她心里结结实实地划下了痕迹，时不时会刺得她疼。

她回到住处把月季花摆在吃饭的小桌子上，房间突然就有了一丝亮色。怪不得西方人都喜欢买鲜花，家里摆了花，感觉就添了一丝轻盈和浪漫。

“好看。这房子自从你住进来就变得舒服多了。”范健由衷地说。

“你们男生当然不注意这些。不过的确是比我刚来那阵整洁一些了。”怡敏笑着说。她接着告诉他已经找好了另外一个长期的住处，下个月初就搬。怡敏知道王海婷要来，两个人一商量，合租了一个两居室，正好又做室友。

“这么快。”范健突然心里有点发慌。

“可不是，就快三个月了，这几个月来还多亏你的照顾。带我买这个买那个。看来我得买辆车，没车还是不方便。”

“没事，你要用车喊我就好了。”

“可能还真要麻烦你一下，我的室友马上要来了。你能帮忙接一下她吗？”怡敏问。

“当然没问题，你的朋友就是我的朋友。”

“太谢谢你了，你太客气了。”怡敏礼貌地说。人一客气，就有了距离。范健站在那儿一时不知说什么好。

王海婷的飞机如期而至，这是她第一次坐飞机。

旧金山机场，怡敏一看到海婷的两个大箱子就笑了，和她的两个箱子简直如出一辙。她那两个箱子还是出国前和林晚在海淀商城买的。售货员一听是要出国的，直接就要她们买这个型号的，说是国际航班允许托运的最大尺寸，大家买的都是这种。老同学见面，自是高兴得很。怡敏一上去就给了海婷一个拥抱，海婷有点拘谨，她还有点不习惯。

范健帮怡敏搬的家，其实就是两个箱子。怡敏看到桌子上的月季，开得正盛。

“这盆月季就留下来，可以吗？”范健问。

“当然可以，我只是怕你们男生不细心，到时候忘了浇水。”

“不会的，我一定会记得的。”

“那就好。”怡敏笑了。

那天范健的室友莫念衡也在。他本科是台大电机系，暑假去微软做实习生了。他戴着个眼镜，很斯文的样子。怡敏第一次见到他，两个人随便聊了几句。莫念衡说起他是外省人，老家是湖南的。

“我的室友也是湖南的，她刚到美国。”怡敏说。

“真的啊。我特别想找个湖南人说说话。回头要请你们来聚一下。”莫念衡特别高兴。

开学后没多久，范健和莫念衡邀请怡敏和海婷吃了一顿饭，就在他们的小公寓里。几个家常小菜，王海婷还特意做了个西红柿鸡蛋汤，怡敏喝了好多。四个年轻人吃得高兴，聊得也开心。莫念衡的父母祖籍是湖南衡阳的，很小就随父母去了台湾。

“真的啊，我也是衡阳人。”海婷说，“没想到在这儿碰到一个老乡。”

“太巧了！可惜我从来没去过衡阳。我小时候父亲总是说起衡阳城。所以我的名字里有个衡字。我姐姐叫莫雁南。取自那首‘塞下秋来风景异，衡阳雁去无留意’。”莫念衡一口气说了许多话。

“是啊，衡阳也称雁城。”海婷点头。

“那么衡阳城里有很多大雁吗？”莫念衡问。

“我还真不记得。我倒是记得小时候家里的屋檐下经常有燕子来做窝。”海婷笑了。

“你平常话没这么多啊。”范健笑着跟莫念衡说。怡敏心里也觉得海婷今天特别健谈，她看了她一眼。那顿饭大家吃了好久。

吃完饭，范健开车送怡敏和海婷回公寓。三个人上了车，收音机里正在播放戴安娜王妃在巴黎出车祸的新闻。“阿尔玛桥下的隧道！”怡敏不由心里一颤，那座桥，她和皮埃尔常去，就在塞纳河上，站在那儿远远地能看到埃菲尔铁塔。桥头还有一个自由之火的雕塑，据说是和纽约自由女神像的火炬同样尺寸的复制品。

“红颜薄命。”王海婷坐在后排感慨。怡敏不作声，看着窗外的车水马龙。巴黎，塞纳河，皮埃尔，那些并不遥远的迷惘的岁月，在后视镜里一点点倒退。

怡敏她们的新房子离学校远了点，但是房间比范健他们的要新很多。两个人一人一个卫生间，共用一个厨房，新换的地毯，看着还挺舒服。

海婷对房间很满意，“咱们那时候六个人住一个宿舍，现在一个人住一间，太奢侈了。”

“从俭入奢易，马上你就会嫌房间小的。”怡敏笑了。

怡敏又带着海婷去伯克利校园里转了一圈。那天凑巧还看到有人在草地弹吉他。怪不得说伯克利是最像北大的北美校园，自由，有艺术范儿。清风徐来，入目之处都是青翠欲滴的绿，两个人都觉得新生活又开始了。

秋天来了，周鸿飞来洛杉矶开一个会。这个光学的会议正好是在 UCLA 开。

那一夜在北京和林晚告别，周鸿飞走在北京仲夏之夜，全然不知道他已经在她的怀里埋下一颗种子。回到家，妻子晓岩和女儿玉泉已经睡了。他悄悄地进了门，躺在那儿，半天不能平息，那美妙的感觉和离别的酸楚交织在一起，他完全无法入睡。第二天，他甚至冲动地想跑到首都机场。他终究没有。他抬起头看天上有飞机飞过，暗想，林晚可在这架飞机之上。

林晚回到美国之后，他们之间又沉默了许久。也许那一夜太美，周鸿飞好长一段都没有回过劲，他一次一次在脑海里回放那一夜的柔情。

然后慢慢地两个人恢复了电子邮件的交往，都是比较散淡的话题。思念虽苦，隔了重洋，摸不到，碰不着，也只能一点点排遣。身边的玉泉也一天天长大，会走路了，会叫爸爸了，会拉着他的手去找吃的，他觉得这才是真实的生活。一切都还好，除了妻子晓岩和他妈妈关系不好。

晓岩一开始坐月子是她的父母来帮忙，晓岩父母都是勤快人，家里做饭、洗衣、卫生一概都包了。晓岩只需要给孩子喂奶，别的全不用操心，日子过得舒服。但是她爸妈待了五个月要回老家，换了周鸿飞的妈妈何佳蓉来。

何佳蓉是个能干人。晓岩父母两个人干的活，她一个人就干了。晓岩一开始觉得也挺舒服的。

玉泉七个月的时候出疹子，身上都是红点，医生怀疑是过敏，要孩子过一阵去查一下。到看医生的那天早上何佳蓉抱着玉泉不放手。

"这个查过敏我知道，要扎好多针，孩子这么小，不能让她受罪。"

晓岩可没想到会有这一出，好声好气说了半天，何佳蓉就是不松手。鸿飞那天有课，走得早，就她们两个在家。两个人在那儿僵持了半天，晓岩下午还有课，心里又上火又着急。"这不就是先看看吗？要是真有什么过敏，以后就不能吃这个东西，不然更糟糕。你这不是害宝宝吗？"说着，一把就把玉泉抱过来走了。

看了病回来，何佳蓉不在家。晓岩本来打算把玉泉放下，自己接着去上班，这下不能走了，心里又急又气，顺手就给鸿飞打了个电话，跟鸿飞说话也没好气，要鸿飞赶紧回来。鸿飞刚上完课，只好马上回来顶班。

何佳蓉其实就在小区里晃荡，气不过儿媳妇说她害宝宝，想想自己一个人把鸿飞拉扯大，现在来帮他带孙女还要遭媳妇骂，又气又难过。到下午想到要做晚饭了，还是忍不住回了家，看见鸿飞就抹眼泪，把晓岩好一顿数落。鸿飞本来要去实验室，没人带孩子，只好在家待着，孩子哭，他手忙脚乱，心里也生气他妈耍脾气，现在一看她哭了，也不好说什么。

晓岩奶不足，只够早晚喂一次，中间就吃奶粉，她上完课待在办公室看看天色不早了才回家。晚上那顿饭，饭桌上气氛就不对，她吃了饭，就躲在卧室里不出来。

“吃了饭，自己碗筷都不收拾。”何佳蓉一边干活，一边跟鸿飞发牢骚。

“算了，妈，她今天心情不好。”

“以后我做饭，就得有人收拾，我是来伺候孩子的，不是伺候大人的。”何佳蓉故意说得很大声。

晓岩在里屋听了烦躁，手里的书，怎么也看不下去。

婆媳关系自那以后就疙疙瘩瘩。鸿飞夹在中间，两头为难，心里不舒服，家里房子也小，他有时候就在实验室待到很晚才回，有时候就忍不住和林晚在电脑上聊天。两个人交谈的时候，平常日子里的鸡毛蒜皮一下子就都被扫到了屋角。鸿飞也知道这不是长久的事，觉得自己是个鸵鸟，要在另一个女人、另一个世界里寻找什么。但是那样的感觉又那么好，他好似以前都没有过这么好的感觉，又或者，那样的美好的感觉太遥远，遥远得让他以为都不曾有过。

鸿飞告诉林晚秋天会去洛杉矶开会的时候，林晚说了一句：“也是时候见面了。”他没细想。

那天他走进林晚小小的公寓时，迎面看到一个小娃娃。地上是塑料字母拼成的地毯，她坐在那一片五颜六色里，白皙的皮肤，清亮亮的眼睛一动不动地看着他，像一个瓷娃娃。他震惊得一时无语，竟以为自己进了北京的家，地上坐着的孩子像极了玉泉，只是小了一号。

“她的名字叫玉溪。姓林，随我姓。”林晚站在他旁边说，眼睛看着玉溪。

鸿飞看着那孩子，再看看林晚，他的声音有一丝颤抖：“是我们的孩子？”

“是的，就是北京的那一夜。”林晚好不容易忍着差点没把眼泪掉下来。

鸿飞蹲下来，仔细地看着玉溪。是的，是他的眼睛、他的鼻子。从那个瓷娃娃脸上，他看到了自己。

“傻孩子，为什么不告诉我？”他看着林晚。

“告诉你会有不同吗？”林晚问。

是啊，会有不同吗？周鸿飞想，孩子的留舍，他大概是会尊重林晚的意见的。而孩子生出来后，除了遥远的问候，又能做些什么？又能改变什么呢？他一时无语，好半天，终于开了口，“孩子生日是哪天？”

“4月6日。”

鸿飞把玉溪抱起来，玉溪有点怕生，口里叫着妈妈，小手也伸向林晚，林晚便抱过玉溪。鸿飞把母女俩抱在怀里，心里万般滋味，“小晚，你受苦了。”

那天晚上，鸿飞就留在了林晚的公寓。入夜了，他久久无法入睡，看着身边的母女，恍惚得犹如做了一场大梦。他脑子里塞满了乱麻，又惊又喜又惶惑。心里好像有一波一波的冲击波，震得他有些发晕。

周鸿飞第二天开会的时候，眼睛看着台上的演讲者，满脑子却都是玉溪。他下午的讲座也不听了，马上又跑到林晚的公寓。他们推着婴儿车走到附近的一个小公园。公园的一角长满了紫藤，他们坐在紫藤树下，紫藤花清淡的香气飘过来，阳光也从那缝隙里飘进来，仿佛是从紫色的滤布里过了一遍，也带了淡淡的紫，那浅紫色的秋阳照在玉溪脸上，添了几分不真实。鸿飞看着林晚怀里的玉溪，心绪飘忽，命运到底给了他一件什么样的礼物？

第十八章 爱的代价

chapter 18

你把窗户推开

你把关了一屋的梦

全都轰到空中

你把昨晚欢乐抖落的羽毛

打扫干净

——芒克，《一夜之后》

周鸿飞倒是给林晚准备了一个礼物，一个翡翠玉制的小老鼠项链，是林晚的属相。还是他在昆明开一个学术会议时买的。他给晓岩、玉泉和林晚各买了一个，都是依照她们的属相。

“这个是给你的。我不知道有玉溪，下次给玉溪也买一个。”他把装在锦缎盒子里的玉递给林晚。

“谢谢。好看呢。”林晚接过来摩挲着，心里暗暗欢喜，他还记得她是喜欢玉的。

“玉溪，喊爸爸。”林晚对怀里的玉溪说。

“爸爸。”玉溪牙牙学语，眼睛却并不看着鸿飞。鸿飞还是很高兴，轻轻地在玉溪脸上亲了一口。

“这样的好时光。”林晚轻轻地说。

“是啊，倒像是天堂的一隅。”周鸿飞呼吸着南加州秋天清新的空气。

“真希望时间就停在这一刻。”林晚看着玉溪，想起北京的那一夜他们曾说起要去一个像天堂一样美的地方。

鸿飞没有说话，他把林晚的手拿过来，放在手心。她的手有点凉，他紧紧地握着，想给她一点温暖。他看着对面的母女，想到了遥远的玉泉路的另一对母女。还是几天前，他在玉泉路的家里，全然不知海这边还有另一对母女在等着他。此岸彼岸，世事恍惚，他不由叹了口气。

林晚提议照张相片，他们便找了一个老美。

“Nice family. Look at me，cheese！”老美给他们三个合了张影，照片里玉溪看着镜头神情严肃，林晚和周鸿飞在微微笑。

周鸿飞回程的票是三天之后的，林晚带着玉溪送他到洛杉矶机场。这一去又不知道什么时候再见了。“人生到处知何似，应似飞鸿踏雪泥。”林晚想起那一年他们在燕园的夜色里并肩行走，他说起这句诗和他名字的来历，不由得又是难过。

“小晚，对不起。我得先回去好好想想，这一切太突然了。我真的没想到。”看到林晚黯然，周鸿飞心里一软，但是他马上又想到了玉泉路的家，那个家里有他的妻子，他的另一个刚刚三岁的女儿和他的老母。他知道自己没有办法割舍那一切。

“嗯，你想清楚吧。我一直在这儿呢。”林晚想起《桃花扇》里面有一句，“便等他三年，便等他十年，便等他一百年。”

“我愿意等。”林晚说，这一句是说给周鸿飞的，也是说给她自己的。

“唉。”鸿飞叹气，他再一次拥抱玉溪和林晚，然后和她们挥手作别。

周鸿飞那日在飞机上一直处在半恍惚的状态，天上突然掉下个林妹妹，只是这个林妹妹是他的亲生女儿。

首都机场，老远，他就看到晓岩和玉泉在接机的地方向他招手。

“爸爸，爸爸！”三岁的玉泉口齿伶俐，远远地就在呼唤他。他走近她们，把玉泉和晓岩紧紧拥住，心里那种不真实更添了几分。

“才出去几天，就学得这么洋派了。”晓岩笑话他。鸿飞不语，只是看着玉泉，他注意到玉泉的嘴角添了一条小疤痕。

“都是我不好，她摔了一跤。我做饭的时候没看住她。”晓岩自责地说。

“爸爸，没事，不疼。”玉泉拉着鸿飞的手。鸿飞怜惜地抱着她看，他看到了玉溪的影子，心里一紧。

伯克利商学院的课程多，怡敏一开始还在为皮埃尔的事伤心，可是一开课全无时间悲悲切切，整天做这个作业、那个项目。尤其是商学院的课，好多的分组讨论，动不动就是几百页的案例分析，要熬夜读完赶着第二天课堂讨论。要么就是写商业计划。怡敏英语口语不过关，经常看着别人滔滔不绝，自己却怯场，不敢说。

好不容易熬过了第一个学期，很快就到圣诞节了。海婷决定去南卡看陈迪，怡敏想去南加州看林晚。可是怡敏还不会开车，看看机票，圣诞节的机票都老贵，要四百多美金。她上商学院，自己付学费，钱少，平时是能省则省，心下有点舍不得，可是又特别想去看看林晚。她突然就想出个主意，不如坐灰狗巴士去。她主意一定，马上就给林晚打电话。

“坐灰狗，多不方便，不如我开车过来。”林晚提议。

“你算了吧，你带着个小娃娃，才不方便。你到灰狗站接我就好了。”怡敏立马回道，“又要见到你了，咱们三年多没见了！”

两天后，怡敏到达洛杉矶的灰狗站。南加州的冬天非常的舒服，冬阳暖暖地照在她的身上。她背着个双肩包，下了车，一眼就看见林晚，旁边还拉着个小小孩。

“林晚！”怡敏高兴地给了她一个大大的拥抱。

“怡敏！”林晚也高兴，“你怎么跟大学那阵一模一样。真的一点都没变。”

“是啊，看来资本主义的花花世界还不够腐朽，俺们没有被腐化。”怡敏笑了，“这是玉溪吧。”怡敏抱起那个小丫头。

“长得真标致。好看，像妈妈。”怡敏从包里拿出一个泰迪熊和一包饼干，“看看阿姨给你带什么了。”话一落下来，怡敏就又笑了：“瞧，我都成了阿姨了，本来还觉得自己挺年轻的呢。都怪你把我的辈分变老了。”玉溪张着眼睛看着怡敏，高兴地接过了泰迪熊和饼干。

“唉，我有时候也挺恍惚的，怎么突然就当妈了呢。”林晚叹气。

去林晚公寓的路上，怡敏一路看着窗外，外面的房子有些破旧，都是方块的，矮小，单一，很有些破落的感觉。

“怎么洛杉矶跟城乡接合部似的，比旧金山差远了，跟欧洲更没法比。”

“嗯，洛杉矶不是一个让人一见钟情的地方。但是住久了，你又会喜欢上它。它有一种黏性，让人离不开。”林晚也看了一眼窗外。

晚上玉溪睡了，两个人坐在林晚公寓里的小破沙发上聊天。

“你这沙发是捡的吧，坐起来硌得慌。估计弹簧都坏了。”怡敏一坐下就说。

“还真不是，是前任租客留下来的。”

“你怎么能保证前任房客不是捡的，逻辑不够缜密啊。”怡敏笑着说。

“厉害，怪不得当年 GRE 逻辑考满分。”林晚也笑了。

“那是。”怡敏得意地一扬头。

“嗬，一表扬你就翘尾巴，一点都没变。”林晚觉得好似又回到上大学那阵，两个人还是爱斗嘴的女学生，“真的，你太够意思了，特意跑过来。我知道你也忙。”

“忙从来都是个托词，对于你在乎的人，你永远能腾出时间来。”

“没瞧出来你现在这么长进，说起话来一套一套的。你这趟欧洲没白去。”

“欧洲真是个好地方，一辈子一定要去一次的地方。”怡敏想起了巴黎的日子，浪漫柔情的日子，“可惜太短暂。”她若有所思。

房间里玉溪突然哭了。

“是不是做噩梦了，我去看看。”林晚走到里屋，安慰了她好半天才出来。

“唉，你打算怎么办？就准备一个人把孩子带大？”

“我其实也不知道，走一步是一步，我现在的打算是念个硕士就毕业工作，早点赚钱，我太需要钱了。这样玉溪的环境也能好一些。”

“那你就放弃博士了？”怡敏睁大了眼。

“是的。下学期我就能毕业了。”

“爱的代价。”怡敏叹气。

“什么都有代价。”林晚也叹气。

“我们到美国的代价是什么？为什么要来美国？”怡敏问了一句，林晚没有回答，两个人都陷入了沉思。那个时候，周围的同学都在准备出国，她们或多或少随了大流——时代的狂流。

圣诞节那天，林晚买了只火鸡，两个人照着 MITBBS 上一个留学生的方法烤了一回中国式火鸡，鸡腹中塞的是板栗，一出炉，黄灿灿的，满屋子都是香气。

“照说该是感恩节吃火鸡的。可是我一个大人加个小不点哪吃得了那么多。”林晚一边忙活一边和怡敏说着话。

“咱们不讲究那个，不过，该有美酒的。”怡敏四处看了看，“家里有葡萄酒吗？”

“没有，咱们穷学生谁讲究那个。”

“圣诞就是过年。美食必得配上美酒，这个可少不了。”怡敏说，“是不是有点矫情？”

“你就是个完美主义者。好吧，我去买一瓶。”

“完美主义是你们处女座。”怡敏又加了一句，“记得不要买太便宜的啊。”

林晚笑着摇头，“还说你没被资本主义腐化。”

红酒买回来，怡敏倒了两杯，将杯子举到双眼的高度，晃了晃，又仔细地看：“这酒还不错，颜色很正，透明度也高。”她说着又把酒杯凑到鼻子前闻了一下：“香气也浓郁。”

“你都成红酒专家了。从哪儿学来的？”林晚赞叹。

“还不是皮埃尔，我在法国的前男朋友。他懂的可不少，红酒、咖啡、艺术品，还有女人。”

“你和他彻底分手了吗？”林晚问。

“是，我不是拖泥带水的人。我实在不理解他可以同时爱着两个女人。对我而言，爱情是自私的。我没有办法和另外一个女人共用同一个男人。说真的，我没法理解你。”怡敏直视着林晚。

“爱情是自私的，爱情也是不理性的。”林晚叹了口气。

“这世上有多少男男女女在红尘里迷失啊。”怡敏也叹了口气。

“迷失才美呀，老那么理性，那么精神，不得精神病呀。”林晚带着戏谑的口气说。

“你的脑子一定是进水了。我居然会和你做朋友，咱们爱情观差这么远。”怡敏也笑了。

怡敏过了圣诞节就要回北加州了，林晚也不留她，知道怡敏是真忙。林晚把吃剩的火鸡打了包，连带着喝剩的那瓶红酒都塞给了怡敏。“你留着慢慢喝。”

“到底是好姐妹。这几天真开心。唉，你自己多保重啊。”怡敏抱了抱玉溪，跟林晚挥手。

“你也是。”林晚心想，下一次相见又不知是什么时候了。人生为什么有那么多别离？她一直看着灰狗车子开出站，站在那儿，不知道什么时候眼睛里居然带了泪。

怡敏早早回来是准备去餐厅打工赚钱，那天晚上她从那家粤菜自助餐馆回来，看见海婷坐在客厅里发呆。

“怡敏，我要去打工，你去的那家中餐馆还要人吗？”她抬起头问怡敏。

“你不是有全奖吗？还要打工？”怡敏很诧异。

“嗯……”海婷支吾着没说什么。怡敏看她那样子，就不再问。她答应明天去问问老板看是否还要人。

海婷从南卡回来刚收到家里的来信。王厚仁正在老家修房子。在他们那儿，房子是最光宗耀祖、最显排场的东西了。王厚仁早就想把土坯房子拆了修新房，可是一直没钱。现在看海婷出了国，嚷着要开始修房子。海婷着急，她的奖学金也不多，付了房租，吃饭，所剩无几，她出国培养费的钱还是东借西凑，一直都没还，现在又有这么个大口子要填。

王厚仁也不听，急着就开工了，钱是从这个亲戚、那个朋友那儿借来的。他跟他们说闺女在美国念书，钱马上就能还上。海婷看了信，又烦又急，想想也只有自己打工来填了。

新年夜那天晚上，怡敏和海婷两个人都穿了白衬衣、黑裤子，这是餐馆的着装要求。她们两个打共产，就是两个人同时照看好几桌，到时候小费平摊。海婷心里特别不好意思，见了客人都不敢大声说话。怡敏悄悄跟她说："在这儿你就得放下身段。脸上要带笑啊。"

海婷勉强做出笑，大了胆子上去招呼客人。那头怡敏碰到一大家子，是美国人，带了个小娃娃，餐馆规定三岁以下儿童免费。

那个美国爸爸问小孩子可不可以免费。怡敏看看小姑娘个头不小，心里头犹豫了一下，还是说好，可以免费。美国爸爸很高兴。最后他们结账的时候给了怡敏好多小费。怡敏特别高兴，跟海婷说，今天咱们运气不错。

晚上她们帮忙收拾好厨房和桌椅板凳已经晚上十点多了。两个人走出餐馆，有一丝寒气扑面而来。天上是满满的星辰，闪亮着，清冷冷地照着人间。"今天是新年夜呢。"怡敏想起了几年前的新年夜，她、林晚、久柯、老桂在后海的小酒吧看烟花。绚丽灿烂的烟花划过夜空，那么美好的新年夜，那么年轻无忧的日子。怡敏在北加州冷清的新年夜里默默地叹了口气。

开学了，那天怡敏回来得早，她拿了一筐衣服去洗衣房。突然，她看见不远处有一个熟悉的身影，是王海婷，她从一辆车上下来，而开车的正是莫念衡。

第十九章

错过的月虹

chapter 19

凉风吹得我苍白寂寞

玉米地在这种时刻精神抖擞

我来到这里，听到双鱼星的哞叫

又听见敏感的夜抖动不已

——翟永明，《静安庄》

王海婷跟莫念衡挥挥手，他的车子开走了。海婷看了一眼那车子，往公寓方向走去。怡敏赶紧躲在楼后面，还好，海婷没有看见端着一筐衣服的怡敏。怡敏在洗衣房磨蹭了好久才回到公寓。王海婷的房间关着门，亮着灯，怡敏走进自己房间。

王海婷在房间里心绪起伏。

那次在莫念衡的公寓吃饭，王海婷就注意到他对她的好感。也许是因为来自同一片故土，也许是因为他特别的台湾人气质，她觉得她也被他吸引着。计算机系和物理系隔得不远，他们有几次在校园里碰上，都会停下来说说话。今天她要回家，路上正好碰到莫念衡，他主动提出开车送她回来。

“我上大学时是篮球队的，大学毕业在金门服兵役。我想找人打篮球，却被告知不可以。整个金门岛上一个球也找不到。”莫念衡一边开车一边说。

“为什么？”

“因为怕人偷了球当救生圈游到对岸逃共。”莫念衡笑了。

“有意思。知道吗？我也当了一年兵，在信阳陆军学院。”

“这样子啊。那你也动过枪？”莫念衡的话带着点台湾腔。

“可不是，我射击成绩是十分。还戴大红花呢。”海婷笑着说。

两个人一路聊得开心。车子里的空间封闭狭小，有一种特别的情愫在空气里荡来荡去，海婷似乎都能感觉到他的气息。她下车前，他很随意地拍了一下她的肩说：“再见！”她没说什么，只是笑笑。回到房间，躺在床上，海婷回想起刚才和他在车里的情形和他轻轻的一拍，心里有一丝丝的悸动。“难道自己喜欢上了他？”她心里发慌。好在现在开学了，海婷忙忙碌碌，强迫自己不去想这个事。

冬季一开学，林晚也忙得团团转。上课，毕业，面试，找工作，还要照顾玉溪。好在找工作还顺利。那时候正是克林顿时代，科技公司欣欣向荣，很多公司都来学校招人。学校在体育馆办的招聘会，一个展台接一个展台。林晚一圈走下来，就有好几个公司要给她电话面试。甚至有个公司要她直接去公司面试。

林晚已经拿了好几个offer，可是那天她突然就动了回国工作的念头。她这样想着，马上给周鸿飞发了一个邮件，非常委婉地问起国内的就业市场。

鸿飞回了信：“国内的芯片设计行业还很落后，是契机也是挑战。”

鸿飞说的是实情，林晚心里却有一丝酸楚，她知道鸿飞的意思了。她认真想想积累一些工作经验也的确是必要的，何况她这样的情况，一个单身母亲带着个私生的孩子，恐怕还是待在美国比较合适。她便定了心先留在美国工作。

她最想去的是洛杉矶以南一个小时的尔湾的这家半导体公

司。这家公司面试出了名的难，题目技术性很强，而且据说要每个面试的人都同意才能通过。她在面试之前狠K了一阵书，每晚把玉溪哄睡了就开始看书做题，认认真真地复习了两个星期。面试有七个人，从早到晚，林晚不慌，答得好。做芯片设计的女生少，模拟设计的更少，大家对她印象都很好，面试后不到一个星期就给了她书面offer。

春天的时候，林晚搬了家。她最后锁上那间小小的公寓时，心里有点不舍，但更多的是欣慰。她想，自己终于可以给玉溪提供一个大一些的住处了。

她只没想到尔湾的幼儿园要排大长队。那几家最受欢迎的蒙台梭利学校都要排两年，好多人刚怀上就去排队了。林晚只好把玉溪临时送到一个中国人开的家庭幼儿园，好在碰到的那家河南阿姨还算和气。玉溪怕生，前几天都紧紧拽着林晚的衣角，不肯进去。林晚一狠心把她扔给阿姨，自己开了车就走，听到玉溪在后面大声地哭也不管了。

怡敏也忙得一塌糊涂。伯克利Hass商学院课程多，时间紧，假期短。怡敏好像才刚刚适应过来，第一年就飞逝而过了。夏天的时候，她去硅谷一家高科技公司实习。实习经验对毕业找工作至关重要，为了这个实习的位置，怡敏可没少费劲，春季的时候一直在面试公司。海婷则准备在夏天选修几门计算机的课。计算机热门，好找工作，不少同学都转学计算机了，她要不要也走这个捷径呢？她准备先选几门课看看。

独立日前一个星期怡敏接到范健的电话，他和莫念衡在优胜美地租了个大房子，有好些人一起去。

“你和海婷要不要去？”

“噢。”怡敏倒没什么安排。原来就准备待在公寓里看看书。她一听是好几个人，心里就松了一下。她这一年和范健交往甚少。既然自己没有喜欢上他，就不必给他错误的信息。

“你知道优胜美地里面的房间有多难订吗？好多人是提前一年就开始订了。”范健又在鼓动。

“这样啊。住几个晚上？”怡敏觉得出去看看也不错。自己到伯克利这一年哪儿都没去呢。

“三个晚上，周五下午出发，周五、周六、周日三个晚上。周一回来。”

“那我问问海婷。”怡敏其实是个好玩的人，在欧洲的那几年，她几乎把周围几个地方玩遍了。海婷一口就答应了，怡敏想想也同意了，反正他们什么都安排好了，倒是省事。

怡敏和海婷周五下午赶到范健他们的住处。范健刚从出租公司租了辆 minivan，能坐八个人。正好四个女生，四个男生。大家一路聊天，很快就到了优胜美地。到了才发现这个大房子其实还不在优胜美地里面。不过离国家公园的大门很近，但开到公园里的各处景点还有个把小时，好处是比公园里的旅馆便宜了将近一半。好在屋子里面还算干净。两居室的房子，四个女生分住两个卧室，四个男生就在客厅打地铺。租车和住宿的费用都是八个人平摊。少一个人每个人摊得就多。怨不得范健使劲要找满八个人。留学生都是靠着微薄的奖学金过日子，恨不得一分钱掰成两分钱用。怡敏想起那时候和皮埃尔出去玩，住的都是高级旅馆，两个人一辆车，宽敞得很。不由有点留恋那时候舒服的日子，又觉得自己太庸俗，心里暗暗鄙视了一下自己。

大家一路穷玩，倒是开心得很。那天去看了优胜美地的瀑布，大家就在附近一个野餐的地方停了下来。范健跟变戏法似的变出了一个小煤气炉子和一大包方便面。大家煮了方便面，就着带的四川榨菜，几个年轻人都吃得香。怡敏看到路边的两头鹿，亮汪汪的眼睛看着人，仿佛是老友。怡敏兴奋地跑过去，范健也跟着过去给她和小鹿合影。怡敏心里一动，他倒真会照顾人呢。

晚上大家一起去看月虹。所谓月虹，就是月亮照在瀑布上形成的彩虹。几个人在路上就唱起了罗大佑的《闪亮的日子》：

你我为了理想　历尽了艰苦
我们曾经哭泣　也曾共同欢笑
但愿你会记得　永远地记着
我们曾经拥有闪亮的日子

怡敏心情也好得很，原来快乐真的不是和金钱成正比的。

“还记得咱们在信阳军训拉练路上唱的也是这首歌呢。”海婷感慨。

“可不，转眼就快十年了。”怡敏也感慨万千。

远远地就听到水声。走近了，月光照在褐色的峭壁上，再加上水花的反射，那轮廓格外地清晰。水从高高的崖壁上下坠，在月光下散落，竟如电影 ***Matrix*** 里的慢镜头一般，一滴滴水珠都慢慢绽开，缥缈的水气渲染得一切有如仙境。此时月是皎洁如水，水是飞扬如柳絮。那一水的月光洒在大家身上，每一个人都银光闪闪。白天的喧嚣散去了，周围一切静谧祥和，山是静的，树是静的，连水都是静的，怡敏觉得犹如爱丽丝漫游世界一般奇妙。

大家一边等月虹出现，一边坐在空地上聊。其中有一哥们儿是个能侃的主。“我一个哥们儿有个朋友，女的，号称两个人是纯洁的友谊。

依我看，那姑娘就是把他当备胎。和男朋友生气了，就把他当一垃圾桶，发发牢骚。可是你别说，备胎还真要转正了。就要领证了。不容易，等了四年呢。”

“我奶奶说，世界上一定有那么个人是为你准备的，你只要舍得等。”怡敏说了一句。

“可是，你怎么知道哪个人是正确的人呢？”王海婷问。

“这个也不难，数学里有个经典的波斯王子找王妃的题目。100个美女，怎么才能找到最美的那一个。最佳选法是pass掉一开始100/e个，大概是37个。记录下这37个里最漂亮的一个。之后的人，找到比这个漂亮的就可以了。所以关键是先要有足够的样本。”莫念衡到底是台大的高才生。

“可是咱们哪有那么多样本啊。”同行的一个姑娘发话。

“是啊，还不是碰上谁就是谁。”另一个姑娘也应和着。

“其实碰到了又如何，人家都不正眼瞧你。”范健一直不吭声，突然插了一句。

“是啊，或者，两个人对上眼了，但是已经不available了。”怡敏想起了林晚。

“没办法，都是缘分。”莫念衡说着，眼睛却看着王海婷，海婷却一直低着头。

可惜那天能见度不高，月虹一直也没有出来。大家便都往回走。海婷和莫念衡两个人并肩走着。

“看来这次时机不好，错过月虹了。”海婷开口说。

“其实错过的好东西又何止是月虹。”莫念衡叹了口气说，海婷默不作声。

范健和怡敏两个人走在后面。

“问你一句，你需要备胎吗？”范健突然开了口。

“备胎？我连辆车子都没买上呢。”怡敏笑嘻嘻地说。

“真够滑的啊你。”范健叹气，这个丫头脑子就是快，自己一拳就打虚了。

“莫念衡是单身？”怡敏看着并肩走在前头的海婷和莫念衡，不由问范健。

“是啊。”范健回答，他也看到前面那两个人了，“王海婷呢？”

“她有个很多年的男朋友在南卡。”

从优胜美地回来后不久，怡敏打工的粤菜馆老板把餐馆卖给了一个大陆来的老板，自己回香港养老了。新老板抠门，怡敏就另找了个地方。这次是个川菜馆，台湾来的老板开的，生意还不错，但是有点远。怡敏觉得无论如何要买辆车了。

她从学生会的 email list 看到一个老中要卖车，便宜得很，才六百美金，是辆福特车。怡敏对车子完全不懂，想找个懂车的人陪着一起去。她发现自己还真没有什么够交情的朋友可以找，想来想去就是范健了。范健接到怡敏电话挺高兴，从优胜美地回来，他给怡敏打了几次电话，怡敏总说忙。他也是个薄脸皮的人，也就不好意思再打。这次怡敏主动给他打电话，他觉得那点小火苗又有希望了。

卖车的是个生物系的博士后，做了好多年千老，总算找到了个终身教职，要搬家了。这辆车子他也是从别人手里买的。

“你看，这是保养修车的单子，我都留着呢。我自己懂车，其实车子买全新的最不划算了，第一年就折旧 50%。”

“那你以后有钱了也买二手车？”怡敏笑问。

“是啊！比买新车划算。反正都是会开旧的嘛。”博士后讪讪地笑了。

怡敏和范健试着开了一下，除了发动的时候声音响一点，好像也还好。怡敏悄悄问范健能买吗。

“我觉得行，主要这个人自己是懂车的。车子就是要保养。”

怡敏就听了范健的话，买了这辆车。还真是，后来在伯克利的一年，怡敏都开着这辆小破车。这辆车还真不错，一直没怎么熄过火。虽然老旧，但是还蛮靠得住。

晚上怡敏要请范健在馆子里吃饭答谢。

“不如就去我家吧。莫念衡不在，我们一起做几个菜。”范健提议。

“这样不太好吧。”怡敏有点犹豫。

“挺好的，你钱也不多，能省一点是一点。”

“那好吧。”怡敏想，总不会是鸿门宴吧。

第二十章 我们结婚吧

chapter 20

当你老了，白发苍苍，睡意蒙眬，

在炉前打盹，请取下这本诗篇，

慢慢吟诵，梦见你当年的双眼，

那柔美的光芒与青幽的晕影。

——叶芝，《当你老了》

范健还住在老地方。公寓门一打开，怡敏第一眼看到的就是那盆月季，开得鲜艳，而且又长出了几朵花苞。

“没想到你还真浇水呢。”怡敏惊叹。

“是啊，因为是你买的花。”范健看着她。

怡敏讪然，忙躲开他的目光。她其实也是知道范健喜欢她的。他人很单纯，做事认真，一板一眼，靠得住。她心里对他有好感，但是好像找不到那种心动的感觉。那是什么样的感觉呢？

晚饭两个人吃得有点别扭。吃了饭，范健送怡敏回她的住处。

分别的时候，范健说：“唉，好像没找到我们两个第一次吃饭的感觉。”

“噢，那是什么感觉？”怡敏笑问。

“就是，很熟悉，好像有一点家的感觉。”范健有点黯然，“其实，你该知道，我其实是……”范健好像不太说得出口“喜欢”那两个字。他话题一转：“好了，你现在有车了，需要一个备胎了吧？”

“我……”怡敏这次不知道该如何避重就轻。她突然不知道说什么好，“也许我们都给彼此一点时间吧。”怡敏刚从那段感情里走出来，一段让人不愿回首的感情，她实在不想这么快又掉进另一段感情。况且，她好像没找到那种感觉，那种久柯或者皮埃尔给她的感觉。一种她自己也说不上来，但又是那么真实的感觉。

“没事，你有什么事尽管给我打电话。”范健平静地说。

两个人挥手作别，怡敏看着范健开着他那辆丰田皇冠消失在黑夜里，好像一阵风一样，怡敏有些恍然。她想，范健真是个老实的孩子，他好像都没有拉过她的手。怡敏想起当年的久柯，第一次见面就握了她的手。再有，范健个子不太高。怡敏觉得自己怎么成了外貌协会的，这么看重男生的长相、身高，真是俗气。更糟糕的是她为什么老要拿别人和久柯比呢。

怡敏回到公寓，海婷在家。

“怡敏，能跟你说件事吗？”海婷开了口。

“耳朵洗了，赶紧说吧。”怡敏笑了，海婷也笑了。她把自己这一阵的纠结和心路历程一五一十跟怡敏说了。莫念衡前几天向她表白了。她很纠结。

“从来都是我照顾别人，头一回有人这么照顾我，心里头特别温暖。他心细，特别有绅士风度。我该怎么办？”海婷看着怡敏。怡敏一时也无话了，她知道海婷是个独立内向也有主意的人，愿意说出来，那得多纠结多犹豫啊。

“唉，感情的事还真不好说。我没见过陈迪，莫念衡看起来人不错。但是，这可真得问你自己啊。你和陈迪扯结婚证了吗？”

“没有。”

“你自己再想想。总之有选择总比没选择好吧。”

“我宁愿没有选择。”海婷叹气。

秋季开学了。陈迪给海婷打了个电话，他不想念材料的博士了，准备念个计算机。他开始着手准备转专业的事，打算申请硅谷的学校。硅谷高科技公司多，机会也多。

“再说我们住在一起可以省一半房租。”陈迪说，“海婷，我们结婚吧。”

海婷在电话的那头，沉默了。曾几何时，她是多么盼望陈迪说这句话，她多么渴望两个人天天在一起的日子。莫念衡是个细致温暖的人，家境也好，他让她感受到一种从未体验过的温馨暖人。可是海婷又怎么能割舍和陈迪在一起的时光呢？那个闷热的北京的夏天，两个人天天在一起调程序讨钱回来的苦日子。还有他们之前异地写的信，每一封海婷都好好收着。一大匣子的信，海婷认认真真收好带出了国，想着将来会有那么一天，当他们老去的时候还可以一起重温。那时候，她在每一封信里都夹上一个别致的小书签。写信，等信，读信，是她每天的盼望，每一封都来来回回读了好多遍。他是她的初恋，是她曾经倾力付出不计回报的青春，她不舍得让他难过。

“好。”等了好一阵，她说了一句话。这样也好，这样就没有选择了。她觉得有一滴泪慢慢从眼里流了下来。她放下电话，坐在那儿兀自哭了起来。她哭了好一阵，然后，觉得心里有一种释然，心里头好像有块大石头给搬走了，那种久违的轻松感又回来了。

陈迪冬天的时候就搬过来了。他也申请了伯克利，可惜没有被录取，但是被圣何塞州立大学录取了，准备冬季入学。海婷则打定主意继续念物理的博士。她虽然需要钱，但是觉得比起计算机，自己还是更喜欢做物理研究。

海婷和陈迪是在旧金山市政厅领的结婚证，需要两个证婚人，就找了怡敏和范健。登记好了，有一个专门主持婚礼的工作人员给他们举行了一个简短的结婚仪式，那是个很和蔼的墨西哥裔人。

“我叫路易斯，太荣幸给你们两位异国的年轻人举行这个仪式。你们从哪里来？”

“中国。”海婷回答。

“啊，那是个古老而神奇的地方。可惜我一直也学不会用筷子。”路易斯笑着说。然后他开始读结婚誓约书。海婷和陈迪举起右臂宣誓。

“现在你们可以交换戒指了。”读完誓言，路易斯说。海婷和陈迪掏出从沃尔玛买的戒指，给彼此戴上。那次在沃尔玛挑戒指的时候，海婷执意挑了个便宜的。陈迪有点歉意，跟海婷说等以后有钱了，买个大的。海婷倒是觉得这个一点都不重要。

最后，路易斯宣布，“现在，我宣布王海婷和陈迪成为夫妻。”两个人微笑着相拥在一起。海婷抱着陈迪，心里是欢喜的，是的，这是她一直爱着的人，尽管她心里曾有波澜万丈。

“祝福你们。”怡敏心里莫名地感动，她上去拥抱了海婷。

“祝福你们。”范健也是第一次参加这样的仪式，而且是和他喜欢的人一起。只是她近在咫尺，心却不在他这里。他心里又感动又酸楚，上去拍了拍陈迪的肩膀，“好好珍惜。”整个过程，他的余光一直看着怡敏。如果有一天，那宣誓的人换成他和怡敏，他会不会是世界上最幸福的人？

海婷和陈迪在伯克利附近一家叫168的台湾餐馆请了几个要好的朋友，算是一个简简单单的婚礼。怡敏、范健，还有几个陈迪在硅谷的同学。海婷问过林晚要不要来。林晚说是刚开始工作，忙得一塌糊涂，没有来。怡敏知道林晚也是因为有玉溪的事，不知道怎么面对老同学，心里叹了口气。

莫念衡没有来，他托范健送了海婷一套精致的餐具。后来，海婷想，他可真是会送东西，因为海婷家里一开大 party，就会拿出这套餐具，她就免不了想起他。但是，那也不过是一套精致的餐具，海婷觉得有点太精致了。她平常的日子是不太用得着的，大多数时候只能放在房子的一个角落，一个安安静静的角落。

海婷和陈迪结婚以后不久就搬到了专门给已婚学生提供的公寓，UC Village。本来这种公寓要排好长的队，大概因为他们申请的时间是淡季，大多数学生要等到秋季开学才搬过来。

怡敏上一期居然拿了个 B，估计是因为口语不过关。她生性好强，海婷一走，就专门找了个美国姑娘伊娃做室友。每天找机会和她说话，天天听 Public Radio。慢慢地，口语和听力都好了不少。

伊娃是混血，爸爸是美国人，妈妈是希腊人。她一头棕色的长发，闪亮的暗绿色眼睛，身材婀娜，无比诱人。怡敏想，魔鬼的身材，天使的脸，说的就是伊娃这样的吧。周末是个叫大卫的小伙子约她去 17miles 玩。

“上个星期还是那个叫马克的小伙子吧。”怡敏笑着说，“换得可真勤。”

“没有换，我和他们都只是 hang out。在真正的 date 之前是可以同时和几个人 hang out 的。”伊娃认真地说。

“噢，hang out 和 date 之间的区别是什么？”怡敏非常好奇。

伊娃解释说hang out是普通朋友或者说试试看有没有感觉的阶段。比较严肃的会正式进入date阶段，date感觉非常好了，才会正式确认男女朋友。

“那么date期间会要求专一忠诚吗？”怡敏突然想起了皮埃尔。

“在我们的文化里，没有正式确认男女朋友之前，即使date了，上了床也不觉得需要专一。”伊娃笑着说。

怡敏目瞪口呆，“那么怎么才算正式确认男女朋友？”

“正式确认男女朋友的标志是带对方认识我们的朋友，然后见父母。”伊娃说着就走了。留下怡敏痴坐在那儿发呆。是的，皮埃尔从来没带她见过他的父母和朋友，原来，他一直都没有把她当作正式女朋友，她还一厢情愿地以为自己算是他的女朋友。但是，他长期在墨西哥也有一个女友，这不算欺骗吗？等等，数据样本太小，伊娃说的情形是典型的西方人的做法吗？怡敏思前想后，想得头皮发麻。

不过怡敏实在没有太多时间想这个问题，商学院的功课紧，她又要打工。接着又是马不停蹄地开始找工作，面试，把她忙个四脚朝天。彼时是1999年，美国经济大好，怡敏找工作还算顺利。有一个专门做金融软件的科技公司派来面试的是个中年白男，叫威尔逊，傲气得很。怡敏进来，他头都不抬，还在那儿打电话，挂了电话就给怡敏出了道brain teaser的题目。怡敏脑子转得快，马上就给出答案，威尔逊很吃惊，“这道题一上午就没人答对过呢。”

怡敏笑了：“你喜欢brain teaser的题目，不如我给你也来一道。”她把白纸拿过来，唰唰唰地写了道题。威尔逊半天没想出来，心里对怡敏服了气。他马上安排她去纽约正式面试。怡敏表现很不错。他是招人的老板，有决定权，面试完了当天就告诉怡敏会给她offer。

怡敏也是陶醉了，这可真是个性情中人。回到伯克利没几天就收到了正式 offer，工作是做技术销售。怡敏早听说最难的就是销售。但是这个工作比她其他几个 offer 工资待遇都好不少，还可以办绿卡，她又很向往纽约那个地方，就准备回复威尔逊接受 offer。

那天晚上她在 MITBBS 上逛，突然看到一个晒工资的，是一个东岸的常春藤 MBA 毕业的，工作性质和她差不多。正好也是她要去的这家公司，但是工资却高了近一万美金。怡敏本来还挺高兴的，一下子就不平衡了。凭什么那个人工资高了那么多。她回到公寓忍不住和伊娃说起这事。

“那你跟招人的老板说啊。”伊娃说。

“可是他会不会觉得我贪得无厌？甚至取消我的 offer？”

“你的这个思维不对，工资谈判是很正常的环节。再说你去做销售，谈判是家常便饭。你自己切身的利益都不好好去争取，他怎么会相信你能做好一个销售人员？”

怡敏顿时有一种醍醐灌顶的感觉。她想起第二学期学的那门非常热门的课“Negotiation”。那时候因为太多同学想选，她花了八百多选课点才选中这门课。她认真翻看了以前的笔记，决定打电话是最合适的方式。她挑了一个下午的时间，这样的时间一般没有上午那么忙。他们在电话里寒暄了几句，怡敏实话实说，提到一个和她情况相似的人，工资比她高了近一万美金。她理解每个公司不同部门工资有差异，但是不知道他可不可以考虑酌情给她涨一些工资？如果涨工资确实有问题，签约奖金是不是可以涨一点？电话那头的威尔逊稍微沉默了一会儿，说他会去和老板再商量商量。还要怡敏把那个 offer 的具体情况写个 email 给他。怡敏挂了电话，脸上露出了微笑。

过了一周，威尔逊发了个 email，把新的 offer 发过来，工资涨了五千美金，签约奖金也涨了五千美金。虽然没有完全和网上那个 offer 一样，怡敏已经很高兴了。过了两天，她就回复接受了。

怡敏搬去纽约之前回了一趟国。怡敏主要是想看看爸爸妈妈。她妈妈有冠心病，身体一直不太好。五月初，美国准确无误地“误炸”了南斯拉夫的中国使馆，中美关系陷入低谷。怡敏之前听说过几次留学生回国滞留在国内的事，心里不敢大意。她事先跑到 ElPaso，再去墨西哥签了证。因为一次签证可以两次进入美国，这样就不必担心回美的签证了。

近乡情怯。飞机上，怡敏看着云朵下无边无涯的太平洋，心里就想起了那首《漂洋过海来看你》，她想看的人在哪儿呢？

第二十一章 啊，纽约

chapter 21

把你的阴影置于日晷上，

让风吹过牧场。

让枝头最后的果实饱满。

再给两天南方的好天气，

催它们成熟，把最后的甘甜压进浓酒。

——里尔克，《秋日》

五年不见，北京已经变了样。怡敏觉得突然之间这个城市就从二维向三维甚至是N维延展了。到处都在拆迁改造，修高层，修环路。那么高的楼，怡敏使劲仰着头，都看不到最高层。怡敏的父母也搬到了单位福利房，一座高层的十二楼。怡敏站在阳台上看下面的人都小小的，看不清脸。她记得小时候家住在四楼，院子里的小朋友在楼下喊她，她一下子就听见了。

老桂听说她回来了特别高兴，特意约了几个高中同学，请怡敏在中关村的一家川菜馆吃饭。老桂在川菜馆楼上包了一间单间。怡敏没想到餐馆里人那么多，一路走过来，每一桌都满满的，红辣辣的香气飘荡在每一个饭桌上。

老桂样子变化不大，还是那张娃娃脸。他是清华建筑系毕业的，毕业就进了一家房地产公司。一开始还做设计，后来就干脆做地产开发和管理了。他日子过得不错，一个人逍遥得很。

“你以前不是要做著名的设计师吗？”怡敏问。

“画图纸实在太辛苦。你知道我们大学同学好几个得了胃溃疡，都是因为经常熬夜画图，不好好吃饭犯下了病根。”老桂夹了一块松鼠鳜鱼放到嘴里。

“最近有什么楼盘？”一个老同学问。

“我们最近在五道口新开了个楼盘五千六一平，怡敏你要买一套吗？”老桂问。

“你开什么玩笑，这么贵，我现在可是负债累累。”怡敏笑了。

同学见面，分外眼红。大家聊起高中时候的事，几分怀念，几分惆怅。分别的时候，老桂送怡敏去打出租车。

“嗯，那谁，想知道久柯的情况吗？”他像是特别不经意地问了一句。

“别卖关子了，说吧。”怡敏心里跳了一下。

“久柯结婚了。是和他唱歌那个酒吧老板的女儿。”

怡敏半天没说话，过了半晌，她说了一句，“挺好的。”

幸而出租车很快来了，怡敏匆匆和老桂道别，上了车。

“姑娘您去哪儿啊？”司机带着熟悉的北京腔问。

“去北大。”

今天是久柯的生日。她苦笑，她想起那一年他的生日，她和他爬到银杏树上，她把那块西铁城手表送给他，他一脸的惊喜。曾经爱恋的人，如今却都行驶在各自的单行道上，越行越远，远得甚至看不到彼此的背影。在北京初夏的夜里，她有些模糊的双眼静静地看着这座她生活了二十多年，如今却有一些陌生的城市。车子开过西门，门前除了保安，一个人也没有。车子继续往前开，北大远远地留在了她的背后。灯火阑珊处，她的眼泪终于流了下来。

回到旧金山不久，怡敏着手搬家去纽约。她的东西也不多，原来的两个大箱子，再加上一个新买的箱子，就都装满了。公司给了一笔搬迁费，她其实都没怎么用，因为没有什么大物件。

离开旧金山的前两天，怡敏一个人开着那辆福特车到旧金山城里游荡。九曲花街、艺术宫、联合广场，她穿行在这个依然陌生的城市那些熟悉的角落里。她在渔人码头买了一份装在面包碗里的蛤蜊巧达汤，坐在那儿一边吃，一边看水中央的恶魔岛和海湾对面的Sausalito。Sausalito有许多临海而栖的餐馆和充满艺术风情的画廊，她去过一次，很喜欢那份散淡。天快黑的时候，她开车绕到双子峰上，这是旧金山的最高点，远远地，她看到高高耸立的金门大桥和海湾大桥。她俯首脚下的城市，此时华灯渐起，灯火像海一般蔓延。这是个浪漫的城市，也是个适合发呆的地方，婀娜，温柔，摇曳……像一个美丽的女人，一个让人捉摸不透的女人。她一直在那儿，等着你造访，然而当你靠近她，她又蒙起了一层神秘的面纱，就像海湾上常有的层层迷雾。两年了，怡敏已经慢慢适应了它多变的气温，甚至喜欢上了夜幕降临之后的阵阵凉意，那凉意似乎要把所有的焦躁都带走。只是，她在这儿的两年太匆匆，匆匆得好像什么都未曾发生，又似乎一切皆有可能。

怡敏唯一值钱一点的也就是那辆小破车。她本来是准备送给海婷的。海婷不好意思，硬是塞给了她三百美元。怡敏走的前一天，海婷去她那儿取车，两个人说了好多话。

“其实范健人不错的。”

“嗯，我知道，不过我好像没找到感觉。”怡敏笑了。

“你别每天跟着感觉走，你也老大不小了。”海婷也笑了。

“本性如此，改不了了。”

“唉，其实我挺羡慕你的，有自信的人才有勇气拒绝。我从小就很自卑，大概因为是农村出来的孩子。”海婷叹气，怡敏想不到海婷还有这一层心思，忙拍拍她的肩。

“真舍不得你离开。”海婷这么一说，怡敏鼻子也有些发酸。她觉得这两年和海婷在一起，两个人的情谊又深了好多。

范健送怡敏去的机场。他本来还想停下车，把怡敏送进去。怡敏说把她扔到机场就好了。范健就把车停在候机大厅路沿，帮她拿了行李下来。又去找了辆小推车，把行李放在车上。

“不知道还有没有机会再见到你。”他看着她，心里有些难过。

“每一次离别都是下一次相聚的起点。”怡敏笑着说，“有缘自会再见。”

怡敏推着车子就要走。

“等等。”范健开了口，然后，迟疑了片刻，他换了英语说，“How about a hug?”他说着，夸张地把两臂张开，站在那儿，脸上带着笑。

怡敏笑，她走过去，双手抱住了他。范健用的力气很大，怡敏能感受到他的呼吸。这是她第一次和他有身体上的接触。有一刻，她心里有一丝颤，头有一点眩晕，但是那时间很短，她松开了手。

“那么，再见了。”怡敏推着小车往前走。他一直看着她的背影消失在旋转玻璃门的背后。

她没有回头。

飞机到纽约的时候正好在下雨。怡敏想，真是奇怪了，她那次来面试，也是下着小雨。她从飞机上看这个陌生的大都市，湿蒙蒙的，带着暗色调，像是结满了忧愁。一大片青黑色的城市高楼浮在一大团的水汽里，像是科幻小说里被催眠了的外星球。和几个小时前有着灿烂千阳的加州一比，俨然两个世界。后来，怡敏想，她对于纽约城的回忆总是带着阴郁，大概因为第一次就是和它在雨中相遇。如果是在晴日与它初相识，日后必是另一番心绪吧。

纽约有不少老同学，假胖子贾云成就在纽约。她到旧金山曾经给他打过一次电话，谢谢他借钱给她。他的语气却客气得很，和她记忆中那个调皮的假胖子俨然两个人了。这一次到纽约她没有事先通知他，其实也不需要他帮什么忙。公司都安排好了临时公寓。

公司找的临时公寓，就在布鲁克林的 Park Slope，离她上班的曼哈顿不远，坐地铁 R 线二十分钟就到。

安顿好没几天，怡敏就开始上班了。公司大楼隔世贸双子塔就一条街。怡敏第一次上班，出了地铁，一抬眼就看见双子塔高高耸立在云端，那么高，似乎就要触摸到天堂。华尔街就在眼前，到处都是钢筋水泥的高楼，天空被分隔成一小格一小格的，压得人有些喘不过气来。

第一天是新员工入职培训，公司管人力资源的指导每个新员工把 email 账号建好，把公司的条款、注意事项、职业道德讲了讲。下午还请了个退休了的 VP 给大家打鸡血，描绘了一番美好前程。

第二天就到部门里报到了。威尔逊见到怡敏非常高兴，“你可来了。我们非常需要人手。”他把她带到一个小小的隔间，里面有电脑桌，一台电脑和一个转椅。他又带着她转了一圈，把她介绍给组里的几个人。大家都客客气气，不咸不淡地和怡敏打了招呼，估计公司招人太多，大家都有些习以为常了。

“你先看看，熟悉一下这个产品。我们的产品是大数据分析的软件，客户就是华尔街的这些投资银行。目的就是要把钱从他们手里撬出来。”他扔了几份资料给她。

接下来的几天怡敏可没闲着，威尔逊要她做一份数据表，分析一下几个老客户的反馈。这个软件怡敏还不太熟，威尔逊只给了她两天时间，她在小隔间里忙得都没时间看玻璃窗外的风景。她原先还天真地以为他是个性情中人，那么快就决定给她 offer，原来他是着急抓人干活。好在威尔逊告诉她不明白的地方可以 google。“这家公司的搜索引擎特别好用。”怡敏还是头一回听说这个网站，不过打那以后她几乎天天都得用它——的确好用。

没过多久，中秋节到了。北大校友会在布鲁克林有个派对。怡敏本来对这种派对也不感兴趣，但是实在是离得近，地铁就几站路，那天周末又无聊，晃晃荡荡，就过去了。她没想到一进门居然一眼就看到假胖子。他似乎稍微胖了一点点，原来高高瘦瘦的一个麻秆，现在倒是长了些肉，更结实了。

“怡敏！”他高兴地喊她的名字。

“假胖子！”怡敏也很高兴。

“你什么时候来纽约了？怎么连老同学都没通知，过分啊。”假胖子很认真地说。

“搬家忙得一塌糊涂，接着就上班，我想着过一阵再和老同学联系呢。”

“再说，你可是我的债主，我可不得躲着点你。”怡敏又加了一句，脸上绽开了一个大大的笑容。

“我这么仁慈的债主可是一千年才出一个，我可催过你的债？”假胖子一本正经地说。

怡敏笑了，又问他：“你怎么到花街来了？”

“其实也是误打误撞。”原来他在 UT Austin 念书的时候有个师兄在这家 private equity 投行公司工作，介绍他暑假来做实习。他们对他的工作满意，给了他 offer，他硕士毕业就过来了。

最后是舞会。慢慢地，场地上人多了起来。音乐响起，是那首《最爱你的人是我，你怎么舍得我难过》。

“可以赏脸和千年债主跳个舞吗？”假胖子问怡敏。

“岂敢违命。”怡敏笑了。她的手搭在了他的肩头，他的手轻轻扶在了她的腰间。怡敏看着他，他的眼睛闪闪发亮，她突然觉得又找回了那个爱开玩笑、鬼点子多的假胖子。

“还记得我们系在学三的新年舞会吗？”假胖子问。

“记得啊。”怡敏想起还是大一那年的新年舞会，他们班负责组织一系列的游园游戏。一个游戏一个台子，在舞池旁边一字排开。假胖子找她一起主持一个套圈圈的游戏。那天来了好多人，两个人忙得晕头转向招呼大家玩游戏，直到最后一曲大家都跑到舞池旁边，怡敏才闲下来。她刚走到舞池边，就有一个高年级的男生邀请她跳舞，她同意了。她记得假胖子没有跳，一直站在舞池边。

“那一次最后一曲，我本来是想邀请你跳的，可惜被别的男生占了先。”假胖子笑着说。

“这样啊。”怡敏心里突然小小地颤抖了一下。

假胖子住 newport。派对结束他送她回家。“顺路呢。”他说。车子里两个人聊起一些旧人旧事，怡敏觉得特别亲切。她偷偷看了一眼开车的假胖子，高鼻子，嘴角的线条硬朗——是她喜欢的样子。她突然就找到了一种久违的心动。那种心动隔了那么久，久得她甚至都怀疑是否还能找到。

“回见啊！”到了怡敏的公寓门口，假胖子坐在车里和她挥手说再见。怡敏也挥挥手。她原先还犹豫是不是要邀请他上去坐坐，这样也好，省了尴尬。只是她看着他的车消失在纽约的黑夜里，心里突然起了好多惆怅。

第二十二章 情到深处人孤独

chapter22

带着沉默的嘴唇和崩聋的耳朵

你要只身前往

你四十万公里长度的灿烂日珥中

汹涌在你心头的

必是伟大的爱情

——骆一禾，《蜜——献给太阳和灿烂的液体》

秋天的时候玉溪三岁半了，终于可以进那家口碑不错的蒙台梭利学校。每次林晚接玉溪回家，玉溪就会跟她说说话。

“妈妈，今天 Ms.Pam 问我 how to pronounce my name。”玉溪说话是一半英文，一半中文的。

“你跟她说叫玉溪啊。”

“可是她好像念得不对。你为什么给我取一个这么难念的名字？”

“因为你是中国人啊！这是个中国名字。”

“可是 Maggie 为什么叫 Maggie？”

Maggie 是邻居家的孩子，她也是黑眼睛黑头发的中国人。这个社区中国人不少，林晚当初买房，就是想着父母来了周围有中国邻居说话。林晚攒钱，平时也没太多花销。她运气不错，正好是公司 IPO 之前进去的，分了不少股票，攒的钱足够首付——其实首付要得不多，甚至可以零首付买房。她买了一套两居室的小房子，是连排的，觉得比租房子划算。

“嗯，那你要问她的爸爸妈妈。你不觉得你的名字很特别吗？玉的意思是 Jade，溪的意思是 creek。A creek full of Jade，多美。”

"Really, I don't think so." 玉溪坐在后排的车座，像个小大人一样回答。林晚心里一惊，这孩子还真有自己主意。

周末林晚带着玉溪去一个果园摘苹果，开车一个多小时。路上轮子居然爆胎了，她赶紧减速把车停在路边。林晚不会换轮胎，又没有手机，最近的电话站估计都在一英里之外，想想要拉着小玉溪大日头里走那么远，林晚就发怵。两个人只好站在路边傻等，好在一个好心的美国人下了车，帮她换上备用轮胎。林晚在一边看着，心想，下次自己可得学会怎么换。换好备胎，她把车开到轮胎店换了轮胎，又是好一阵等。她心里再无一点兴趣去摘苹果，架不住玉溪央求，还是继续开到了苹果园。南加州的秋天是秋老虎，那天天气反常地热。日头晒得她外面热，里头闷。晚上回到家又累又乏，怎么也睡不着。

林晚突然就很想鸿飞，要是他在身边，自己好歹有个肩头可以靠。一个家没个男人，真是难。最近很有一段时间没有收到鸿飞的来信了。他刚回国那阵还不时发 email 过来，要她发玉溪的相片。那时候还没有电子相片呢，照片洗出来，林晚再把它们一张张扫描，发电子邮件给鸿飞。鸿飞后来就用了一个新浪的电子邮箱。再后来林晚找了个中文软件，可以输中文了，他们的邮件好像就变成了玉溪的成长史。一点一点，孩子怎么长得那么快呢。周鸿飞从未提起过要和林晚在一起的话，林晚也不问。他是个谨慎的人，口风紧，做事也是要有绝对把握才说。林晚知道他没有想清楚，而她一开始决定生玉溪，不是也没指望他会离开原来的家吗？

夜很深了，林晚还枯坐在那儿，看月亮细细地挂在天边，淡白的颜色，几分孤独，几分清冷，她只觉得自己和天上的月亮一般单薄。

怡敏这天正准备下班回家，威尔逊抓差要她帮忙做一个报表分析。威尔逊是个工作狂，他第二天要做一个customer briefing。怡敏交了差已经九点多了，出了地铁口，街对面就是一家中餐馆，名字叫天虹。她走了进去，一个年轻的瓜子脸姑娘把她领到座位边。店里灯光比较暗，也没有几个人。

纽约地道的中餐馆都聚集在法拉盛，这家餐馆走的是美国化了的中餐路线。怡敏随便点了两个菜，“快一点好吗？真饿了。”

“好的！”那姑娘带着笑，一脸的热情，吃完饭，还主动把剩菜打好包递给怡敏。怡敏像是从她身上看到了自己。她走的时候放了二十美金在桌上做小费。

怡敏走出店门的时候，听到有人在后面喊她，是那个瓜子脸姑娘：“姐，谢谢你留这么多小费。”

“我以前也打过工。不容易的。”怡敏笑了。

“姐，你真好。我叫阿芳，你以后常来啊。”

“好啊，我住得离这儿不远。”怡敏应着。不知道为什么，她觉得这个称呼特别亲近。阿芳在黑暗里笑了，转身进了店门。怡敏走在秋天的纽约街头，心里头有一丝暖。

新的一周开始了，怡敏这周是强化训练。公司专门给这些新入门的技术销售人员安排的。有如何沟通，如何商谈，如何合作，如何面对挑战，如何做演讲。讲课的人都是从专门的培训公司请来的，讲起来一套是一套。怡敏印象深刻的是如何做演讲的那门课。

教课的那个白人老师特别强调身体语言的重要性。“你站在那儿，是弯着个腰，还是身板挺直，给人印象截然不同。后者会给人

powerful 的感觉。演讲的时候，张开你的双臂，大的动作，会让人觉得你特别自信。”怡敏不住点头，她平常说话顺溜得很，一到公共场合演讲就找不到北。

怡敏刚培训完，威尔逊就给了她一项任务，要她打 cold call，就是给素未谋面的潜在客户打电话。这样的工作是给一般的销售人员做的，技术销售一般不需要做这些。但是威尔逊要求严格，他觉得这能锻炼口才以及和客户沟通的能力。

她打了一个星期 cold call，天天口干舌燥，却没有谈成一个客户，心里不由丧气。

她这一阵经常去天虹吃饭，和阿芳一来二去就熟了起来。慢慢地也了解了阿芳的一些情况。阿芳老家是广东的，她父亲是个赌徒，欠了很多钱。她老家乡下邻居叫阿章的早年偷渡到香港，香港回归之前又移民到了纽约。阿章老婆前几年去世了，他那年回国，见了阿芳，心里喜欢。他答应给阿芳的父亲填赌债，只要阿芳肯嫁给他。阿芳才二十几岁，阿章面相老，说是五十几，看起来像六十岁的人，阿芳哪里肯。阿芳的父亲软硬兼施，又是哭，又是骂，阿芳只是不依。直到那天几个讨债的人拿着刀子逼着阿芳的父亲，阿芳的母亲也在一旁哭，阿芳心里软了，一边哭一边就答应嫁给阿章。

阿芳就这样来了纽约。

阿章原来说得好好的，说是阿芳到了美国就让她上学。其实他心里怕阿芳学了技术，翅膀硬了，就飞了，所以一直拖着。阿芳一生气，就出来打工赚钱。

这天晚上怡敏又去天虹吃饭。阿芳看她心情不太好，顺便问起，怡敏不免发了几句牢骚。

“姐，你想想我，每天起早贪黑打工，多辛苦。我这还算好的，有身份。我们店里那个阿峰是打黑工的，不知道哪天就被警察带走了呢。你比我们不是好太多了吗？”阿芳认真地说。

怡敏想，可不是，心里顿时敞亮了许多。

“是，你说得在理，每个人都有每个人的难处，这有我的一张名片，你有什么事给我打电话吧。”怡敏递给阿芳一张名片。

“姐，我就知道你人好。”阿芳笑了。

没过几周，威尔逊手下的一个白人女销售叫 Fiona 的跳槽走了。她正在着手打交道的一个客户是雷曼兄弟，这可是个大客户。威尔逊一直没找到合适的人接手，威尔逊的老板那天暗示如果他还找不到人接手，就要把客户转给他手下另一个经理了。威尔逊有点着急，他手下有一些经验的员工手里都已经有客户忙不过来了，看来看去，也只好找怡敏。

“你这几天把雷曼兄弟的资料好好研究研究，我们这个数据分析的软件你也好好学习一下，一定要趁着雷曼这次换软件的机会把咱们的东西推出去。”

怡敏不敢大意，她那几天仔细研究这个软件，自己先试着用。她发现公司这个软件的特点是背后的算法很强，分析出来的结果分类很细，很深入。缺点就是图形界面做得不够好，不是很直观，不太好用。过两天就要去见客户做现场演示了，怡敏那几个晚上一点一点地细改幻灯片，一遍一遍地对着镜子练习。做演示头一天晚上她一直都没睡踏实。

雷曼兄弟在世贸中心 1 号楼第三十九层。怡敏和威尔逊坐电梯上去的时候，怡敏只觉得有一阵阵眩晕。会议室坐了几个人，还有一个华人脸孔的女生，看起来和怡敏差不多大。

怡敏开始做客户现场演示，她脸上一直带着笑，演示怎么使用。她特别强调最后结果的独到和高超之处，对于界面不够直观的地方，她轻轻地带了一笔。

“你们投行的员工都非常聪明，这个界面用不了多久就会非常顺手的。”她注意到那个华人女生的脸上露出了笑容。最后，怡敏把双臂伸开，“这个软件就在这儿，我们的客户支持也就在街对面，哪里出了岔子，我们的客服马上就过来。希望我们合作愉快！”

怡敏看到大家严肃的脸上都松弛了下来，威尔逊的脸上也有赞许之意。分手的时候，大家互换名片。那个华人女生的名片上写着“Catharine Chen，Associate Analyst，Lehman Brothers”。

但是过了两周，怡敏公司这边还没有接到那边的单子。怡敏忍不住给Catharine打了个电话，约她喝咖啡。

Catharine是沃顿毕业的MBA，毕业进雷曼兄弟有几年了。一开始也是从最底层做起。

“唉，说是投行，其实我们这些中国人也是做跟技术相关的辛苦活。每天晚上干到好晚。”Catharine跟怡敏发牢骚。怡敏想这倒是和自己一个脾气的人，说话不藏着掖着。

“你们这个软件，我们也觉得不错，关键是真的不是特别好用。还有就是我们现在这个软件凑合着也能用。”Catharine说了实话。

怡敏谢谢她坦言，回去和威尔逊说了。威尔逊知道了情况，马上要部门压了价，又和雷曼那边联系。

转眼就到了十一月，怡敏那天开车去一个客户那儿，手机响了。

“你在开车吗？”是威尔逊的电话。

“是的。”

“你把车停在路边，我跟你说个事情。”威尔逊的语气带着一丝强硬。

“雷曼给我们下单了。也是我们运气好，他们原来那个软件的公司决定不再做新一代产品。雷曼于是决定转用我们的软件。”

“太好了！”怡敏高兴地说。

“公司给你的抽成是，”威尔逊顿了一下，“五万美金！”

“真的啊！”怡敏高呼。

“知道我为什么要你停下车了吧。怕把你吓着。”威尔逊笑了，“其实 Fiona 做了不少前期工作，不过她走了，抽成就都是你的了。”

怡敏到家就给假胖子打了个电话。

“哎，冤有头，债有主。今天我赚了一大笔佣金，等钱一到手我就能把钱还清了。我请你吃饭吧。”怡敏得意地说。

“能干，怡敏同学太能干了。”假胖子赞许。

两个人约在了中国城的一家叫“鹿鸣春”的中餐馆吃饭。假胖子在华尔街一家 private equity 公司做数据分析的矿工，开发公司的 Value at Risk 模型，做风险评估。他刚从公司下班过来，还穿着西装。灰色的西装平整笔挺，穿在他身上说不出的合身，里面是件白衬衫，没有打领带，端正里有几分随意。怡敏坐在那儿，看着对面的假胖子，心想，什么时候，他从大学时候的毛头小伙长成今天的样子了，还蛮有男人的味道嘛。

“帅嘛，贾同学现在是一表人才啊。”怡敏心里这么想着，嘴里就说了出来。

“Where，where，人模狗样吧。人靠衣装啊。”假胖子笑着说。

“我记得你上大学那阵整天穿一件李宁牌的校服。”怡敏也笑了。

“不容易，你还记得我啊。怡敏同学那时候迷恋的不是长头发的艺术家吗？”

“嗯。你怎么知道？”怡敏有点不好意思。

“还记得有一次看电影，你正好坐我旁边。”

“对，是《西北偏北》，谍战片。”怡敏笑。

“我那天还纳闷你怎么一个人看电影。”

“那时候你就知道我的事了。难道你一直在监视我？”怡敏看着假胖子，脸上的笑容一直在那儿。

“嗯，没办法，那时候真胖子老要我跟他去找林晚。偏偏你又跟林晚走得近，顺带着就监视了。”假胖子也笑了。

“年少轻狂的日子啊。”怡敏想起燕园的岁月，不觉有几丝惆怅。

“唉，可惜……”假胖子眉头皱了起来。

“可惜什么？”怡敏笑问。

“没什么。”假胖子笑了，“我们今天吃个痛快。再来一屉小笼包吧！”

两个人这顿饭吃了好久。饭后，假胖子送怡敏回家。公寓楼门口，两个人相对而立，秋风温柔地在他们之间荡来荡去，他轻轻地抱住了她。

第二十三章 同是天涯沦落人

c h a p t e r 2 3

你必须经历那条你不在其中的道路。

你所不了解的正是你所唯一了解的，

而你所拥有的正是你所并不拥有的，

而你所在的地方也正是你所不在的地方。

——**艾略特，《东科克》**

怡敏感觉到了一阵阵心跳。但是那个拥抱那么短，她还没来得及回味，他就松开了手。

“再见了。”假胖子打开车门。

怡敏看着他的车子消失在黑幽幽的夜色里。那天晚上，她翻来覆去想的都是假胖子。

“真没出息。”她暗暗骂自己。

过了几天怡敏在公司接到了阿芳的一个电话。

“姐，我们店里的阿峰给抓起来了。现在关在移民局，你认识什么律师吗？”阿芳特别着急，都要哭了。

怡敏见过那个阿峰，名字叫张海峰，二十几岁，样子很顺眼，身板儿结实，在厨房里帮厨。

“为什么？”怡敏问。

“没有身份啊。他是福建长乐人，偷渡过来的。”

可是怡敏刚到纽约，也想不起什么人可以帮忙，想想也只有假胖子了。她给假胖子打了个电话。假胖子认识一个移民的律师，叫冯春和。南大毕业的，以前也是学物理的，还是

CASPEA 出来的，物理也不学了，改行做移民律师。

冯春和处理过很多类似的案件。

“先要把人保释出来。移民监狱哪是人待的地方。二十几号人一个房间。”他很有经验地说。保释要的钱倒是不多，但是保释人要有正式身份。

怡敏刚工作，还是用的 OPT。阿芳倒是有绿卡，可是阿章把她的证件管得紧紧的，看来只有假胖子了。

假胖子倒是个爽快人，答应做保释人。几个人去移民局把这事办了，说是过两天能放人。

“接下来得做政治庇护，要不然可要遣返回国啊。”冯春和说。阿芳说回头跟阿峰商量。几个人就先散了。

假胖子跟她们说再见，怡敏看着他高高的背影，心里生出了几分不舍。

“姐，这是你男朋友吗？今天亏得他帮忙。你喜欢他吧？”阿芳问怡敏。

“什么男朋友，他是我的债主，我还欠着他钱呢。”怡敏说。她暗想，自己的那点小心思是不是都写在脸上啊，别人一眼就瞧出自己想什么。

“债主啊，我看你们两个挺般配的，在一起，那笔债一笔勾销。”阿芳笑着说。

“别乱讲啊。”怡敏笑，“哎，你对阿峰的事这么上心。”

“同是天涯沦落人啊。”阿芳沉下脸，叹气说。怡敏拍拍她的肩，不再说什么。

林晚工作上还算顺心。她老板是个白人女的，很和气，叫 Monica Best。Monica 四十来岁，老公也在同一个公司。林晚做事认真，

Monica 给她什么，她都马上利利索索地做好，晚上也不太要加班。公司的午餐都免费，晚餐也极便宜。她住得又近，经常接了玉溪直接就在公司餐厅吃，回去也不用做饭了，倒是省心。她觉得比起上学那阵反倒轻松了些。

那天她看到公司有个新员工技术大赛，想想自己反正没什么事，就想了个计划书。周末和玉溪跑到 office depot 买了海报板，花了一个周末做好了海报。她觉得自己的想法还是不错的，不过比赛那天几个评委过来的时候，她慌了神，问题回答得不是很好。最后也没得什么名次，心里有些失落。

那天接了玉溪回家，玉溪看到她不太高兴，就问她，"Mom，你看起来有一点不高兴。"

"嗯，妈妈今天有个比赛没得奖。"林晚说了实话，她也是找不到人说话。

"Mom，it's ok，下次再来嘛。"小玉溪奶声奶气地说。林晚在开车，她看了一眼后座的玉溪，"玉溪真乖。"她心里暖暖的，怪不得说女儿是小棉袄呢。又想起自己孤单单好几年了，安慰她的只能是个三岁的孩子，心里又不由生出些酸楚。

十月底北大校友会组织去纽约的 Catskill Mountains 看红叶。Catskill Mountains 离纽约市区大概两个小时车程，是看红叶的好去处。一进山区，怡敏就被眼前的景色迷住了。大红、金黄、浅紫、墨绿，那么多绚丽的颜色凑在一起，缤纷灿烂，每一片树叶都在阳光下露出自己的欢颜。大家决定先徒步爬到山顶，再坐缆车下来。上山的时候大家一路欢声笑语。路边清澈见底的溪水上不时飘过一片树叶，静美，纯净。到了一个瀑布前，怡敏正好看到一片秋叶随风飘落，悠然飘入水中，随着瀑布坠落，然后，又随着潺潺的溪水前行。怡敏看着那片红叶有些发呆，不知为何，她想起《阿甘正传》里那片羽毛，那片漂泊的秋叶会落到哪里？这一路又会有怎样的故事呢？

“你还记得大二的时候我们班去香山看红叶吗？”假胖子走到怡敏身边，问她。

“记得。我还记得真胖子送了一片红叶给林晚。”怡敏笑着说。

“记性真好。可惜落花有意，流水无情。”假胖子叹了口气。

“不如今天我送你一片红叶吧。”怡敏说着，从地上捡起一片红橙橙的枫叶递给假胖子。

“谢谢！好荣幸。”假胖子有点吃惊，伸手拿过那片红叶。

“一定当珍稀动物一样保管。”他说着，脸上露出了一丝笑容。

怡敏笑了。她觉得他还是大学那个爱开玩笑的假胖子，说话没一点正经。

下山的时候，大家坐缆车。怡敏和假胖子坐一辆。缆车上可以纵观全景，能看到幽蓝如宝石一般的湖水。水里倒映着各色斑斓，山水相依，亦真亦幻。怡敏不由感慨，“好美。”山风吹起她的头发，发梢拂在假胖子的脸上。

“你也好美。”他看着她。两个人靠得很近，他们的唇碰到了一起。怡敏闭上了眼，有一种温柔从他的唇传递到她的唇，只是他很快抬起了头。

“真希望时光能够倒流。”他看着山下的风景。

“这样的时光不好吗？”怡敏笑问，他没有回答。怡敏转开头，看着那绵延的山峦。

很快就是感恩节了。怡敏工作上一直忙，感恩节前一天才想起什么安排都没有。她一直都在想着假胖子，忍不住就给假胖子家里打了个电话，却没有人接。她有些失望，“他会去哪儿呢？”她觉得他好似有点让她捉摸不透。上大学那阵，她一开始没怎么注意过他，快毕业那阵才发现他其实是个蛮有趣可爱的家伙。她隐隐知道他对她有好感，只是她那时心里想的念的都是久柯，再装不下别人。是自己现在的样子变得他不喜欢了吗？可是那天在缆车上他还说她好美。那个吻，好似还留在嘴角。又或者是他还在观望，不敢表达自己呢？如果是这样，要不要主动出击？怡敏思前想后，实在不得要领。她叹了口气，也许，爱情就是这么百转千回的一件事吧。爱上一个人可真是一件要命的事。

度过了那个寂寞的感恩节，怡敏又开始上班了。那天她又去了天虹吃饭，阿芳见她有些郁郁，不免又问起。

“你觉得女追男好吗？”怡敏问。

“为什么不呢，姐，你是自由身，喜欢上谁大胆去追，我就不行。”阿芳说着，脸上竟有几分落寞。

“唉，你也是父母逼的。阿章对你好吗？”怡敏同情地说。

“阿章人不坏，就是老防着我。我也理解，他以前被一个人骗过婚，拿了绿卡没多久就跑了。”

阿峰从布帘子后面探出个头，“阿芳，上菜了。”阿芳进去了。怡敏坐在那儿，心里还是乱如麻草。

过了感恩节，就进入了 holiday season，公司明显节奏慢了下来，大家也不怎么加班了。怡敏一个人，家里没什么事，每天还是做到很晚，威尔逊看在眼里。

怡敏这一阵和假胖子通过几个电话，主要是为还钱的事。

那天怡敏把最后一笔账打进假胖子的银行账户时，高兴地说：“终于还清了，无债一身轻。我们互不相欠了。”

“唉，我这千年债主的头衔也没了。”假胖子说。

“那不好吗，你愿意做债主啊？”

“我愿意被人亏欠。”假胖子说。

“感情上的，还是金钱上的？”怡敏在电话那头问。

“都是，我宁愿别人负我。”

“这样给你一种道德上的优越感吗？”怡敏笑了。

“也不是吧，从小就是这么被教育的。都成了习惯。”假胖子说。两个人那天聊得深，怡敏觉得，假胖子是愿意和她聊天的。她觉得他是喜欢她的，她仿佛又看到了云层背后的一抹阳光。

转眼就快到新年了，怡敏早听说时代广场的新年特别热闹，会有水晶球坠落仪式。今年又正好是世纪之交，她很想去看。如果是和假胖子一起度过这样特别的时刻，那该多美，她鼓足勇气拨通了假胖子的电话。

“新年夜要不要一起去看大苹果坠落？”怡敏心里像揣着一百只兔子。

“好啊，真胖子也说要从波士顿过来看大苹果，千年一遇的机会啊。”假胖子说。

“太好了，毕业后就没见过曾刚呢。”怡敏松了口气，高兴地说。

“嗯，另外……”假胖子顿了一下，还是说出了口，“另外还有我的女朋友。她从奥斯汀飞过来。”

怡敏觉得地球在那一刻不转了。

“为什么我看上的男人都在异地有个女友！”怡敏在心里狂吼了一句。

“你相信历史总是无耻地重复吗？”怡敏说。

“你说什么？”

“没什么，咱们新年夜见。”怡敏挂了电话，眼泪就要涌出来。她强忍着没掉下来，颓坐在那儿。怪不得他总是若即若离，怪不得他感恩节不在家。她想，自己怎么这么不长脑子，这样的事发生了一次，居然还会发生第二次！

新年夜那天怡敏精心打扮了一番，还用了很少用的睫毛膏和眼影。她不太会化妆，眼影涂上去乌了一团，又用棉球擦了。折腾了半天，她颓然地看着镜子里那个有些陌生的脸，心里竟是几分辛酸。28岁了，她记得小时候去参加少年宫的一个新年活动，主持人问台下的小朋友，“谁能告诉我到了2000年你多大了吗？”她一下子就算了出来，手举得高高的，主持人点了她：“那个扎辫子穿红衣服的小同学。”她穿过人群，站到舞台中央，脆生生地说：“到2000年我就28岁了！”2000年，那时候在她心目中是多么遥远。然而，现在，她就站在2000年的门口，一脚就要迈进下一个世纪了。

“要这么难为自己吗？一定要去吗？”她在心里问自己。但是她知道她一定会去，她生性好强，她要看看自己输给了谁。她坐了地铁到约定的一个意大利餐厅，离时代广场只有几个街区。他们三个都到了。真胖子高兴地老远走过来，给了她一个大大的拥抱。真胖子一点都没变，还是胖乎乎的脸，像个泰迪熊。

“怡敏同学还是这么雄赳赳气昂昂。”真胖子打趣说。

“是吗？”她苦笑了一下，难道自己是打了鸡血，专门来斗鸡的吗？

怡敏走到饭桌旁，假胖子和他旁边的女孩都站了起来。

“介绍一下，这是怡敏，我的大学同学。”假胖子开了口，眼睛却没有看怡敏。

“这是肖楠，我的女朋友。”他看着肖楠说。那个叫肖楠的笑了，伸出手，“你好。”怡敏也伸出手，脸上强做的笑容连她自己都觉得假。

怡敏问了几个问题，算是把肖楠的情况搞清楚了。她是清华计算机系毕业的，和假胖子在 UT Austin 认识的，她比怡敏他们晚一年本科入学，现在转行在 UT 商学院念电子商务的博士。她样子不错，但是怡敏觉得她的脸太长，眼睛太小。怡敏知道自己是忌妒她，心里又把自己嘲笑了一把。

服务员过来问他们喝什么饮料。肖楠点了健怡可乐。

“我要一杯红酒。”怡敏一咧嘴，“今天新年。”

“好，我陪你喝。”真胖子说。

“假胖子眼光不错嘛。”怡敏喝了一口红酒，半真心半带着醋意说。假胖子假装没听见，倒是真胖子在一旁附和，“那是，隔壁的女生本来就不多，又被我们撬了一个。估计隔壁的男生都气晕了吧。”

“来，祝贺我校又胜一局！”真胖子举起了酒杯。

“还是为我们两个学校的友谊地久天长干杯吧。”肖楠笑笑地说。

吃过饭已经是晚上八点多了，四个人走到时代广场。这才发现根本就进不去，放眼一看乌泱乌泱都是人，周围都是栏杆和警察，好多人一大早就赶过来了。

“我还以为八点已经很早了。”假胖子拍着脑袋。

怡敏心想，不看也好，省得看着你们两个闹心。

这时正好有一群要回时代广场边上旅馆的同胞从旁边经过。假胖子朝他们走过去，他要做什么？

第二十四章
你记得跨青溪半里桥
chapter 24

情歌没有镜头

闪现在微弱的门缝里

我的眼睛眼看就要离开

水果的视线

我的眼睛

被爱情的火焰吞灭

——巫昂，《情歌没有镜头》

假胖子到底鬼点子多，原来他走过去是跟领队的套近乎。领队的向警察报人的时候就多报了四个，这样他们几个就跟着那一群同胞们混进了55街区的地方。但是根本也看不到舞台，还好能看到个显示牌。

四个人就在寒风中一边等着，一边慢慢地往前挪。

天气冷得要命，怡敏一边搓着手，一边冷眼看着假胖子和肖楠。那个肖楠也是个聪明人，怡敏又什么都写在脸上。她一眼看出怡敏的心思，故意拉着假胖子的手，不时抱抱他，亲亲密密的。怡敏看得难受，心里越发恨自己要来赴这个局。

好不容易熬到了十一点半，人越来越多，他们四个也移到了51区的地方。天上有直升机，周围有震耳欲聋的音乐，倒是颇有气氛。终于快到十二点了。所有的人从一分钟开始倒数。59，58……5，4，3，2，1。水晶球迅速地下坠，“Happy New Year！”人群一起高声欢呼，天上飞舞着各色彩纸，像雪片一样飞扬。音乐响了起来，是那首《友谊地久天长》。周围的人都在互相拥抱，假胖子和肖楠也站在那儿拥吻。怡敏想起九年前的那场新年舞会，最后一曲也是《友谊地久天长》。她在别人的臂弯中旋转，他站在一旁看着她。而现在，他在别人的怀抱里，她近在咫尺看着他。

“真是风水轮流转。”她心里生出了一种沧桑，鼻子有些酸。

天上有各色烟花在黑漆漆的夜空中绽放，烟花，跨世纪新年夜的烟花。她不由又想起了初识久柯的那个新年夜，也是四个年轻人，两男两女，在后海的酒吧看烟花，好像是那么遥远的事情了。烟花易冷，流年似水，旧爱新欢都成过眼云烟。怡敏看着黑青色的天空，默默流下了泪。

真胖子走近她，给了她一个拥抱，“新年快乐！”

“谢谢！”她偷偷把眼泪擦干。

散场了，仿佛变魔法似的，聚集了几万人的广场一下子就空了。尽管怡敏表示自己一个人回家没问题，真假胖子都不放心，最后决定真胖子陪她回家。

“怡敏，你今天真不该来，干吗要跟自己较劲。”两个人上了地铁，真胖子开了口。

“连你也看出来了。”怡敏惨然一笑。

“唉，其实……假胖子一直都很喜欢你，就是不敢说。你那时候又喜欢一个歌手。他知道你喜欢金庸的书，有一次你生日，还特意买了一套《倚天屠龙记》想送给你，可巧那天你不在，他又原封不动地拿回来了。”

“原来是他！”怡敏心里有些颤。大四那年她生日，苦等久柯没来，最后和林晚去了圆明园。回来后小辫子阿姨说有人找她，她一直都不知道那个人是谁。

“其实你去了法国后他也想联系你，后来听林晚说你找了一个法国帅哥，他又打了退堂鼓。”真胖子继续说。

“现在你喜欢上了他，他身边又有人了。唉，看来你们两个还是缘分不够。”真胖子叹气。

“缘分是个什么鬼东西。”怡敏轻声嘟囔。

“不过，假胖子比我幸福，至少你现在喜欢他。林晚从来没正眼瞧过我。”真胖子又叹了口气。

“天涯何处无芳草。”怡敏拍了拍真胖子的肩膀，这话是说给真胖子的，也是给她自己打气。

过了年，开始上班了。怡敏得了一个 Rookie Award，威尔逊说是他好不容易争取来的。他给了她一个花岗石底座水晶玻璃的奖杯。

“最重要的是有现金鼓励。等几天会有一张支票。”威尔逊笑着说。

“太棒了。”怡敏微笑，真是东边不亮西边亮。

怡敏给雷曼兄弟的 Catharine 打了个电话，“我请你吃饭吧。要谢谢你帮我做成这笔生意。”

“都是你自己努力的结果。不过正好周末无事，一起吃饭倒是个不错的主意。”Catharine 回说。两个人约在 SOHO 区一家泰国餐馆吃饭，这个地方环境很清爽。

Catharine 中文名是陈盈盈，也单身。那天她穿着 Stuart Weitzman 高筒过膝靴，白色翻领羊绒衣，浅灰色的铅笔裙，外面套了件深灰色的大衣，手里还拎着个配色的乳白色香奈儿包包。怡敏先到，坐在那儿看着她款款而至，不由眼前一亮。

“条件这么好，怎么就单了？”怡敏问。盈盈除了个头矮一点，要模样有模样，要气质有气质，脾性儿也好，是那种上得了厅堂，下得了厨房的。

“唉，高不成低不就呗。纽约像咱们这种女人多了。一抓一大把。”盈盈又问她，“你呢。你条件也挺好的啊。”

“是啊，我怎么一晃也成了大龄女青年呢。”怡敏想，这时间还真是过得快啊。转眼之间，周围的男人就都跑光了。

“纽约的男人一个个都精着呢，都只想做短线，谁也不想做长线给套住了。”盈盈撇撇嘴。

“欲望都市，人心也浮躁。”怡敏感慨。

“咱们这个年龄段的，女人比男人多上两万。再扣掉同性恋和无家可归人员，就更少了。”盈盈有些无奈。

“怪不得他们不想结婚。挑花眼了。”怡敏点头。

“其实没有男人，女人一样过。”盈盈笑着说。

“那要看是什么样的女人，像你这样比任盈盈还美还聪明的，男人对你是锦上添花。但是对于那些恨嫁一族，男人是雪中送炭。”

“哈哈，金庸可是把任盈盈列为理想妻子对象之一啊，瞧不出你拍马屁功夫也是一流啊。”盈盈大笑。

两个人聊得尽兴。怡敏那天回到家里，却是冷清，好晚了还无法入睡。纽约是个不夜城，她坐起来，看着外面的灯火，好像第一次觉到了这个城市入骨的寂寞。她走到阳台，春寒料峭，厚厚的寒气扑面而来，她不由打了个冷战。她突然就想起了假胖子，他在干什么呢？她心里头有一丝丝难受，照以往的经验，这难受且得等上一阵子才会减轻减弱。原来把一个人装进心里容易，把一个人从心里去掉却那么难。

她想起加州时间还不算晚，就给林晚打了个电话。

“得，他暗恋你一场，你为他失恋，你们两个扯平了。”林晚说。

“我他妈这算失恋吗？压根都没开始。”怡敏立马回了一句。

“唉，开始了又如何？我这样不是更糟糕？”林晚有点黯然。

“唉，男人都他妈的靠不住，最后还得靠自己。”怡敏感慨。她突然想起N年前自己说过类似的话，不觉又笑了。

“大小姐，今天你可是说了两句脏话了，我都给你数着呢。”

“也就在你面前说，在别人面前可是淑女一个。”怡敏又笑了，心里突然就畅快了许多。

海婷在伯克利的日子过得快。海婷和陈迪都是农村出来的读书人，互相知根知底，在家都说家乡话，婚后的日子倒没有太多冲突。陈迪在南湾的圣何塞州立大学念计算机，离伯克利有些远。他早上去，晚上回。海婷念博士，课不算紧，她傍晚回到家，把饭菜做好，先把两个人第二天中午的饭菜留出来——到第二天热一下就解决了中饭。两个人吃了晚饭，晚上接着念书，日子过得平静，像微风在天鹅绒上轻轻拂过。莫念衡很快毕业去了微软。有时候，海婷从工程学院灰白色的楼前走过，会想起他们曾经有过的那些愉快的交谈，她的心里会有涟漪，像是平静湖泊上的一丝微澜。

那个春天的早上她去实验室，突然觉得有些恶心，在路边就吐了。她想起来例假都晚了一星期呢，心想不会是怀孕了吧。

海婷和陈迪用的是安全期避孕。不安全的那几天用避孕套。可是陈迪有几次着急也没用，还好都没怀上，这次难道中招了？

回家一查，果然是怀上了。

海婷想想自己也快三十了，心下就决定要这个孩子。她这几年念博士虽然清苦了一点，但是学业上还顺当。就是两个人都还在念书，经济上窘迫了一些。

“你又念书，又生孩子会不会太累？”陈迪问。

“都能过来，你看林晚一个人都这么过来了，我们两个人怕什么。”

海婷后来从怡敏那儿知道了林晚的事。

“是啊，年底我就毕业了。找到工作就好了。”

两个人这么一合计，决定要这个孩子。海婷怀孕倒顺当，就是老是脚抽筋。那天半夜她小腿肚又抽筋了，疼得直冒冷汗。“陈迪，你帮我揉揉。”陈迪忙起床，把手抵在她脚底，揉了好一阵。慢慢地，海婷才好过来。海婷想林晚真是不易，自己身边有个肩膀可以靠，到底还是好些。

陈迪只没想到工作一下子就变得难找。他还记得去年这个时候，几个中国人聚在休息室吃中饭的时候，那个大嘴巴的李清还说美国还需要一百万高科技工作者。怎么眼看着高科技就不行了。去年毕业的那拨人每个人手里都有好几个 offer，今年毕业的还只有两个找好了工作，有一个还是有绿卡的。眼看着感恩节就要到了，陈迪还是没找到工作。

圣诞节前一天海婷生了个男孩，取名叫陈顺龙。小小的产房里，海婷抱着小 baby，心里温柔欢喜。陈迪也高兴，尤其看到是个男孩，心里头因为没找到工作的不快也减少了几分。

“唉，就是还没找到工作，怎么办？”陈迪发愁。

“不急的，总有办法，现在公司都快放假了，也许明年就好了。”海婷安慰他。陈迪勉强笑笑。

“你看大龙是个旺爹的面相，没准过一阵就有好运气了。”海婷笑着说。这回陈迪笑了。

“多好的圣诞礼物啊。”海婷看着小 baby 说。

孩子生出来刚满月，海婷就开始着手准备博士资格考试了。她知道系里考试要求严格，实验室有一个老印考了两次都没过，她心里不敢大意。经常一边喂奶，一边看书。她也是个好强的人，心里有股劲，这样的日子也不觉得苦。

到了第二年春天，陈迪总算在硅谷的一家小公司找到了一份工作。待遇不是很好，但是说可以办绿卡，陈迪和海婷都长长地舒了口气。

转眼春去秋来，又到了秋天，玉溪五岁了，开始上学前班了。开学没多久她拿回家一张条，说是每个人填一张紧急联系单。

“爸爸妈妈的地址都要填。爸爸住在哪儿？”玉溪问。

“他住在北京。”

“他为什么不和我们住？”

林晚顿了一下，说：“我们离婚了。”这些年她跟周围的邻居朋友都是这么说的。

“为什么要离婚啊？”

“因为他在北京有个家。”

“他为什么不要尔湾的家呢？”

“你为什么有这么多为什么啊？”林晚稍稍有点烦躁。玉溪不再作声，她只觉得妈妈脾气不如以前。她小的时候，妈妈多有耐心啊。有一次玉溪自行车的小推动轮坏了，林晚带着她逛了半天商店买轮子，回家就给她换了。玉溪又可以骑了，她骑到 Maggie 家，“看，我妈妈修好了我的自行车。”

“你妈妈真棒。我妈妈不会修东西，但是我爸爸会。”Maggie 又问，“你爸爸在哪啊？我从来没见过你爸爸。”

“他在北京。”

“你见过他吗？”

“我不知道。I don’t think so.”玉溪突然声音变小了。

玉溪回到家问林晚，“Mommy，我见过 Daddy 吗？”

“当然见过，你们还有合影呢。”林晚拿出那次周鸿飞到洛杉矶的相片，玉溪拿着看了好久，“可是我都不记得他的样子了。”

“你那么小，怎么会记得？”

“我好想再见见他啊。”玉溪还是看着那张相片。

“快了。”林晚像是自言自语，她的绿卡快下来了。有了绿卡，进出美国就方便了。林晚想，绿卡拿到了，她就带玉溪回国一趟。

晚上玉溪睡了，林晚一个人在后院的露台上坐着发呆。夜里凉气很大，林晚身子一哆嗦。她回到房间，找了个小夹克，又踮着脚，从最高一层的橱柜里拿出一包烟——不知道从什么时候开始，林晚开始抽烟了。她大概是有一点想念那样的味道，但其实更多的是因为她太寂寞，太孤单。家里有个事，都没人商量。她觉得自己那时候到底年轻，不知道那样的决定要意味着这么多的孤苦。她心里闷，好似也只有抽烟才能排遣一下。她坐在月凉如水的夜里，烟圈在空气里一点点散开，一点点消失，只剩一点清淡的味道。

她抽完一支烟，抬头看到天上的月亮，心想，又要到中秋了。她和玉溪两个人已经孤零零地过了五个中秋。北京的夜晚好像是好久好久以前的事情了。她想起前几日翻看《桃花扇》，苏昆生最后唱的是《哀江南》——“你记得跨青溪半里桥，旧红板没一条，秋水长天人过少。冷清清的落照，剩一树柳弯腰。”林晚觉得有一滴清泪流了下来。

第二十五章
“9·11”，今夜无人入眠
chapter 25

这是悲伤盛开的季节

人们都在棉花下面睡觉

雪把大地

压出了更苍老的皱纹

——王小妮，《我看见大风雪》

纽约的学校也刚开学。那天是9月11日，那个早上似乎和平常的日子并无两样，怡敏照例走路去坐地铁上班。地铁站离她公寓只有五分钟的路程，一路上到处可见背着书包的小朋友们。她抬头看见天空是清澈高远的蓝，似有似无地点缀着几缕白云。一个金头发的小姑娘和她一起过了人行道，她的眼睫毛特别长，怡敏忍不住看了她好几眼。“今天天气真好。”小姑娘冲她说。的确，纽约最好的季节就是秋季。

怡敏上了地铁，广播上说世贸中心这一站不停，她还以为是照常的维修，就在前一站市礼堂下的车。她上班的楼离世贸中心只有一条街。快到世贸中心时，怡敏看见周围好多人都在抬头看着天空。她也抬起了头，看见世贸中心1号楼顶有浓浓的黑烟。“世贸中心着火了！”旁边一个小伙子说。“里面的人可怎么办。这么高的楼。”怡敏想。突然，她想起陈盈盈就在1号楼里面的雷曼兄弟上班。得给她打个电话，怡敏疾步往自己的楼里走去。就在刚走到楼前时，她听见旁边一个黑人妇女大叫“飞机，飞机！ Oh my God！它们飞得那么低！”她抬起头，看见了这辈子永远也无法抹去的一幕：一架飞机正以全速向世贸中心2号楼撞去。顿时火光冲天，紧接着是一声巨响，接着漫天的碎石纸片铺天盖地般落了下来。怡敏下意识地捂着头，马上被人群推搡着进了楼。她的办公室在二十五层，办公室里已经乱成一团。她走到自己的小 cubicle 马上给陈盈盈打电话，可是怎么也打不通。她马上又想起假胖子，他也在世贸中心附近的一座高楼里，他的电话也不通。

“我的儿子！我的儿子！”是威尔逊的声音。威尔逊家住在新泽西的 Short Hill，他的儿子在世贸2号楼的幼儿园。他是个工作狂，每天一大早就来上班，儿子都是妻子负责接送。他在一遍一遍地拨着电话，但是怎么也拨不通。大家都在安慰他，也许孩子已经出来了。

“不行，我要去找他。”威尔逊叫喊着，冲下了楼。怡敏看着他的背影，只能暗暗祈祷他的孩子没事。

会议室里有一个电视，此时已经挤满了人。电视里 ABC 电台的 Peter Jennings 正在报道，“Things turn from bad to worse and to terrible。”怡敏心一紧，原来是恐怖主义袭击，事情远比她想的糟糕。她刚才看到的就是飞机撞击2号楼的情景。接着电视上传来五角大楼被袭和另一架被劫持的飞机坠毁的消息。情况越来越糟了，但是大家都没有想到，更糟的还在后头。

大家一边隔着玻璃看着不远处世贸中心的大火，一边看着电视转播。突然，怡敏听到一连串的闷雷，这次比飞机撞击的那一声更响更持久。2号楼顶部烈火浓烟之中升起了一团团灰色的蘑菇云状的浓烟，然后是一阵阵噼里啪啦的声音。所有的人都不敢相信自己的眼睛，世贸2号楼倒塌了！滚滚浓烟夹着碎砖，像龙卷风一样席卷而来，眼看就要到怡敏这座楼了！

“还不快跑！”有个人喊了一句，所有的人都如大梦初醒，惊慌失措地奔跑起来，怡敏拿了小包往电梯那儿走。

“不能坐电梯！”一个同事吼了她一句。怡敏觉得自己都没有思维了，机械地跟着大家下楼，二十五层，好像永远没有尽头，永远有转不完的弯。好在大家虽然惊慌，并没有推推搡搡，大家互相安慰着，走着。仿佛走了一个世纪，他们终于走到了一层大厅。下面已经挤满了人，人越来越多，气氛越来越紧张，人群里有人在哭泣。有人开了门，顿时一股浓烟冲了进来。“快关上！”旁边有人呵斥。过了好一会儿，警察拿着喇叭说：“如果有人想离开，现在可以走了，大家要马上离开曼哈顿。”

怡敏和另外几个同事决定撤离，几个人互相照应着出了大楼，冲进了滚滚烟尘。整个世界仿佛都被撕扯成碎片，地上已经积了厚厚的一层粉尘，连树上、垃圾桶上都是，漫天的纸片、碎片像雪花一样飞舞。天空是灰的，能见度极低，几个人搀扶着往唐人街的方向走。怡敏还想照一张相片，被同事呵斥，“快走，你不要命了！”没走多远，又是一阵阵巨响，伴随着一股强大的气流。怡敏回首，正好看到1号楼也在顷刻之间悲壮地倒塌了，万千繁华，瞬间灰飞烟灭，一种绝望和悲凉从怡敏心底涌起。那一幕，就刻在怡敏脑海里，怎么也挥之不去。

然后，她跟着人群没命地狂奔。地铁停了，公交停了，所有的交通都瘫痪了，电信不通，这个城市在一瞬间就变得那么脆弱。沿途都是衣服褴褛逃亡的人群。人头攒动，到处是尖锐的警笛声。人们哭泣着，彼此安慰着，那景象犹如科幻片里的世界末日一般。怡敏那天穿了高跟鞋，脚上打满了泡，也只能艰难地往前跑。好在经过一家小店的时候，一个非裔的店主给了她一双拖鞋，还给了她一个大大的拥抱，“Now America is united. We have each other.”他说。怡敏心酸地点点头，道了感谢，换上拖鞋，继续一瘸一拐往前走。她一边走，一边想，假胖子怎样啊，陈盈盈怎样啊，威尔逊和他儿子没事吧？

走到布鲁克林大桥的时候，桥上已人山人海。怡敏觉得从来没有这么疲惫，但还是咬着牙往前走。好在一路上有志愿人士递水和一些小食品，怡敏才有力气继续往前走。不知道走了多久，她终于走到了公寓门口，她站在公寓楼前，差点要哭了出来。

回到公寓，一看表，这一走，就是七个小时。电话里已经有好多留言，有林晚的，有阿芳的，还有假胖子的。怡敏把假胖子的留言听了好几遍，按了回拨键，电话还是不通。她又想给家里和林晚打电话，都打不通，每次电话都是“对不起，所有的线路都在使用，请稍后再拨”。好在网络还是通的，怡敏打开 email，看到海婷和范健也发了 email 询问，她回了信，又给林晚发了个 email。她犹豫了一下，还是给假胖子也发了个 email 报平安。

她打开电视，再次看到飞机撞击世贸大楼的情景和高楼倒塌的画面，只觉得惊魂未定。那一整夜，怡敏都无法入睡，脑海里一遍一遍回放着飞机撞入大楼的瞬间和大楼在她眼前倒塌的情景。“是的，我还活着。”她心里在战栗着，原来，生死不过是瞬间的事情，生和死隔得如此之近。她走到阳台，看着曼哈顿的方向，悲从心起，纽约，今夜无人入眠。

到了 9 月 12 日下午，电话才通，她给家里打了报平安的电话。怡敏的妈妈吓得一夜没睡，听到怡敏的声音就哭了起来。怡敏又给陈盈盈打电话，谢天谢地，电话接了起来，“我还活着。”陈盈盈一开口就哭了，怡敏的眼泪也忍不住哗哗地流了下来。

飞机撞击 1 号楼的时候，陈盈盈正在楼里，她感到楼身摇晃得厉害，然后，她跟着人流加入撤退大军，三十九层，她走了将近一个小时。

“地上到处都是扔掉的漂亮高跟鞋，Jimmy Choo，Stuart Weitzman，Christian Louboutin，到处都是手提电脑。”陈盈盈是个名牌控，“可是跟命比起来，这些都算什么？”

“我有一个沃顿的校友在2号楼的摩根大通，一直也联系不上。他太太已经绝望了。”陈盈盈说着，又差点哭了。

两个人又互相安慰了好久，怡敏放下电话，心里难受。

怡敏又想起阿芳也给她留言了，就给她打过去。

“姐，你没事吧？”是阿芳着急的口气。

“没事。昨天走了七个小时，曼哈顿的情况糟透了。”

“没事就好。”阿芳停了一会儿，说，“姐，我跟你说个事，我不去天虹了。”

“噢，怎么了？”怡敏问。

“我准备离开纽约。”

“为什么？阿章同意吗？”怡敏问。

电话那边沉默了一会儿，阿芳终于说了话，“我和阿峰……他要我跟他去圣地亚哥。他庇护的案子输了，还好有递解令可以暂时不被遣返。正好他有个堂兄在圣地亚哥开了个旅行社，需要导游，他怕再被抓起来，准备去加州。你不要告诉任何人，我当你是亲姐才跟你说。”

怡敏沉默了片刻，说：“阿芳你多保重。”她放下电话，心里唏嘘感慨。

电话又响了，她接了起来，是假胖子。她心里一颤，自从新年聚会以后，两个人一直没有通过话。

“你还好吧？”假胖子问。

“谢谢，还好，收到你的电话留言了。”

“我也收到你的 email 了。我那天等渡船就等了五个小时。”顿了一会儿，假胖子又问，“你那边还有水电吧？”

“有，都还好。只是现在困在家里出去不了。”

“有什么我能帮上的尽管说。”又顿了半晌，假胖子开口说。

“谢谢。”怡敏接着话。之后就是一阵沉默，两个人都不知道说什么好。

“多多保重。”还是假胖子打破了沉默。

“你也是。”怡敏挂了电话，坐在那儿，心里难受。她一直还牵挂着他，当灾难来临时，她心里第一个想起的是他。但是，也只能放在心里。夜色里，她看着曼哈顿，忧伤一层一层袭来。她和假胖子隔得不远，然而，她和他只能在这座沦陷的城市里独自疗伤。她想起《倾城之恋》里的范柳原和白流苏，因为一座城的沦陷而走到一起。原来那些传奇浪漫的故事到底只能在小说里出现，现实生活里是断不会出现的。那一个星期，怡敏每夜都无法入睡。

她突然记起皮埃尔以前送她的一瓶薰衣草精油，忙翻箱倒柜找出来。皮埃尔说过，失眠可以用薰衣草。果然有用，慢慢地她终于能在纽约的黑夜里入睡了。

怡敏没有威尔逊家里的电话，心里只能默默为他的儿子祈祷。

又过了一周，公司发了 email 说员工可以在家上班。威尔逊发了个长长的 email。他那天跑到儿子幼儿园在的 2 号楼前，外面已经有很多警察了，他们不许他再进入楼里，让他在楼外等着。他焦急地等待在外，有人从高楼的窗户里跳下来。周围一片哭声。他心里充满了巨大的恐惧和焦急，但是却一直没有看到儿子。等到 2 号楼轰然倒塌，警察敦促所有人撤离，他不得不加入撤退的大军，但是一直在曼哈顿待着。到了下午四点多，他接到一个陌生电话，是他妻子无比疲惫的声音，还好，他们都活着。平安的消息在未曾设防的时候突然降临，一直没有流泪的他忍不住泪水滚滚。

他儿子平常都很乖，大人把他放在幼儿园，他从来不会为和大人分离而哭，那天也不知道为什么，怎么都不肯进教室，拽着他妻子的手就是不让她走。她正想哄他进教室，听到了一声巨响。她马上抱起孩子往外跑，到了大厅又随着人流出了世贸中心。当时回新泽西的 path 已停，她就带着孩子躲在了百老汇大道离铜牛很近的一座大楼里。危急时刻，周围很多人倾力相助，有人给孩子零食吃，有人帮助联系家里人。虽然电话信号不好，终于还是打通了。当威尔逊终于看到儿子和妻子的时候，三个人紧紧抱在一起，一家人的泪水流在了一起。

“我在那一刻才意识到生命中什么是最重要的，家庭、孩子，好好珍惜身边的人吧，你永远也不知道，明天你们还会不会在一起。”威尔逊在信的最后说。

怡敏看得泪花直泛，真好，他们一家人平安无事了。可是，那么多的家庭因为这次灾难永远地失去了亲人，那种痛又如何平复？

林晚“9·11”那天正在开车，她平日听的都是古典音乐台，那天电台里主播说：“我们平常很少报告新闻，但是这个消息太大了，纽约被恐怖主义袭击，美国境内所有飞机都迫降。”林晚一惊，马上转到 public radio，她心里第一个想着的就是怡敏，到办公室马上给她打了个电话，可是没人接。下午她从学校里接了玉溪，在车上不停地念叨：“怡敏没事吧？”

“是上次来我们家,给我泰迪熊的怡敏阿姨吗？”玉溪坐在后面问。

“是她，她在纽约。”林晚回说。到了家，看到怡敏报平安的email，林晚才放下心。

“9·11”是个转折点。美国高科技的泡沫早就开始破裂了，“9·11”犹如沉重的一击。“9·11”之后很多公司开始裁员,林晚的公司也在裁员。

第二十六章
骤雨将至
chapter 26

依旧是石头，但已不再坚固。

依旧是火焰，但已不复温暖。

依旧是水，但既不柔软也不流逝。

——欧阳江河，《玻璃工厂》

林晚躲过了冬天的第一轮裁员。

到了第二年春天，公司情况一点也没有好转。她知道自己虽然干得不错，可是覆巢之下，岂有完卵？要是这个项目砍了，整组连锅端，她岂能幸免？她一个人，要付房贷，要是工作没了，房子就付不起了，各种日常开销也是问题，连健康保险也会跟着没有。最糟糕的是绿卡马上就要办下来了，工作一丢，绿卡就办不下来，她怎么回国？又一想，裁了干脆海归回国，美国也不待了。只是有了绿卡，就多了个选择，有退路到底好些。这样一想，又是着急。那些天她心里焦虑得很，睡不好，吃不香。她觉得自己像是大海里漂着的一叶孤舟，偏又碰上了暴风骤雨，命运的狂流，到底要把她推到哪里去？

第二轮裁员来了。林晚那天去公司看到不少人被保安陪着出了公司门，里面有好几个老中的面孔，她心里慌，一上午什么事都做不成。下午她又陆续收到一些同事告别的 email，兔死狐悲，她心里又为他们难过又为自己担心。到了下午快五点，都还没人喊她或者是打电话，她心里松了口气。后来，林晚才知道自己是侥幸躲过这次裁员。这次裁员 20%，她的名字都上了裁员的名单。幸亏她老板 Monica 想了个主意，给他们产品客户打了电话，说他们这个组好几个开发人员会被裁掉，裁掉就没法做下一代产品了。这是公司的一个大客户，马上给他们 VP 打电话，说这个产品的开发人员谁也不能动，不然就不买他们产品了。就这么着，才把林晚和他们组另外两个开发人员从裁员名单上撤了下来。

陈迪就没那么幸运了。那天他到了公司，公司的 email 怎么也进不去，他就知道不妙。没多久老板喊他到办公室去。"非常抱歉，迪，因为你是刚进来的，只好挑了你。你其实做得很不错。"老板是个印度人，说的英语口音很重，陈迪平常都听不太懂，这回倒是听得清清楚楚。老印递给他一个信封，说是公司失业赔偿金和领取政府救济金的表格。陈迪打开一看，其实是公司要求员工不诉讼的协议书，签了字才给一点赔偿金。而且他没有绿卡，政府失业救济金也不能领。他心里暗骂资本家黑心，但也只能乖乖签字。他回到自己小隔间收拾了几件东西，就被保安护送着出了公司大门。

正好那天海婷还没去实验室，看到陈迪拿着个纸盒子进了门，心里就明白了大半。

"不急的，再去慢慢找吧。"海婷说，陈迪没吭声，海婷走过去拍拍他的肩，"饿不着人的，我会做馒头，你看美国的面粉多便宜，再说还有我的奖学金呢。"

陈迪脸上露出一丝苦笑，"就是绿卡才刚刚开始办。"

"你再找找，不行你先转成 F2。"海婷说。旁边的大龙才一岁多一点，正开始学走路，他蹒跚着走到陈迪面前伸出手要他抱。陈迪抱着儿子，脸上露出了一丝笑。

怡敏的工作也不稳当。做销售的人员，一般是最先受冲击的。做销售的每个季度都有销售配额，如果没有达到，就得走人。夏天的时候，威尔逊偷偷告诉她，她在裁员名单上，让她在公司内部先找找，一个月之内如果找不到，就得走人了。

怡敏马上在公司内部网站开始找。她发了好多个email，有些老板还算好，说是现在限制，没法招人，有些根本就不回。找了两个多星期，怡敏还没找着下家。怡敏那天心情低落，一个人跑到中央公园。是个阴天，成荫的绿树静默在灰色的天空下，公园边沿便是城市的skyline。那些绿树和高楼重叠又重叠，投影在浅灰的天空上，柔和素淡，竟有几分中国画的意境。中央公园就如纽约的肺，它呼吸着这个城市的焦躁和杂乱，吐纳出一片片清新和安宁。怡敏慢慢走着，走过一大片浓密青翠的草地，到了一个喷泉旁边，喷泉中央是一个带着翅膀的天使站立其中。她突然看到喷泉对面一个熟悉的身影，便走了过去。

"阿芳！"她惊讶地叫了出来。她看到阿芳推着一个轮椅，上面坐着个上了些年纪的男人。

那个年轻女子抬起头，看到了怡敏，"姐！"她脸上露出一种奇怪的笑容。

"这是阿章。"她跟怡敏说。轮椅上的男人脸色有些憔悴，他对怡敏笑了一下，笑容很快就收回了，好像有根橡皮筋在后面把笑容给拽了回来。

"阿章你在这儿坐一会儿，我跟我姐说会儿话。"阿芳把怡敏拉到了一边。原来就在阿芳准备和阿峰私奔到圣地亚哥前几天，阿章中风了，送到医院，还好抢救了过来，但是腿脚都不利索了。

"我实在狠不下心把他一个人扔在这儿，阿峰一个人去了圣地亚哥。"阿芳神色黯然。

“阿芳你是个好人。”

“我不知道我还能不能算好人。我只知道我这么扔下他，我良心不安。都是命吧。”阿芳叹气。

怡敏想起了林晚，她曾经说过类似的话，又是命，世界上真的有个叫命运的东西吗？命运是偶然中的必然，还是必然中的意外？命运是人生道路上一个一个的陷阱还是一座一座的迷宫？怡敏说不上来。分别的时候她拥抱了阿芳，“阿芳你多保重。”阿芳脸上露出一丝笑容。怡敏看着阿芳推着阿章往前走，他们走过一座小桥，然后走进一大片绿草地和一大片阴天里。

过了一个星期，有一个市场营销部门的老板给怡敏打电话了。这个老板以前和威尔逊很熟，并且刚打开中国的市场，需要中文好的人。怡敏和他聊得顺畅，马上又去面试。总算在一个月期限来临之前找好了一份工作，怡敏松了口气，又很有些担心，下一波裁员不知道能不能躲得过？

到了秋天，林晚绿卡的I-485终于下来了，I-485一下来，就可以自由出入美国了。玉溪上的学校和一般学校上学时间不太一样，有秋季假期。林晚订了九月底回北京的机票，想趁玉溪放秋假的时候回一趟国。

首都机场比她上次回国翻新了不少，新修的候客厅高大敞亮，林晚却觉得多了一分陌生感。出海关的时候耽误了一点，出来的时候，她们两个几乎是这一班飞机的最后几个乘客了。林晚在洗手间又弄了半天，用了口红，还画了眉。

“妈妈，你看起来怪怪的。”玉溪看着林晚。

林晚看着镜子，“有吗？”

“你平常的样子很好看啊。”

林晚不再说什么，她们出了通道，她一眼看见了人群里的周鸿飞。他看起来好像有些憔悴，但是看到她们，他笑了，很大的一个微笑。

周鸿飞低下头看着玉溪，“玉溪，都这么高了啊。”

玉溪把头埋下来，不作声。

“玉溪，叫爸爸。”林晚也低下头跟她说话，“你不是想见他吗？”

“爸爸。”玉溪小声地说，她觉得这个人看着倒不陌生，但是她还是没有办法和他马上熟络。她一个人跑到前头。

“她是慢热型的。”林晚看着鸿飞，有一丝尴尬。

“没关系。真不容易，三个人又能聚在一起。”鸿飞想说一家三口，终于还是没有说出来。

他们等到了一辆出租车，鸿飞把行李从行李推车上拿下来，“这么重，里面装了石头吗？”周鸿飞笑着问。“都是给七大姑八大姨的礼物。”林晚说，她时间忙，临时从 costco 买了一堆的鱼油、维生素、开心果、腰果和化妆品。上了出租车，玉溪坐到最里面，林晚便坐在中间。车子在北京的车水马龙里穿行，林晚看着车外的高楼和人流。周鸿飞看着这一对母女，清秀，安静，样子神态都如出一辙。他心里有了好多的怜惜，“你的手还是那么瘦。”他把林晚的手拿过来，放进他的手心。林晚一颤，回头看着他，嘴角露出一丝笑容。

晚上他们就在宾馆的餐厅里吃。周鸿飞点了好几个菜，可是玉溪和林晚都没有什么胃口。他们便回到宾馆房间里。玉溪在那儿看动画片，林晚和周鸿飞就坐着说话。

“小家伙好瘦。”周鸿飞一直看着玉溪。

“她不好好吃饭，总是吃零嘴。脑子倒是好使。”林晚也看着玉溪。周鸿飞就在纸上写了几道题。

“玉溪，看看你会不会。”玉溪走过来，很快就做好了，然后把纸递给鸿飞。鸿飞很快地浏览了一下，“都对了。这孩子聪明，像你。”

“像你吧。”林晚笑了。

“她长得还真像我爸爸。”鸿飞想起了故去的父亲，心里有些黯然。

“你的孩子，当然了。”

“可是我都没有照顾她。”周鸿飞叹气，“她成长的路上，我是缺失的。”

“还要缺失多久？”林晚问，眼睛却还是看着玉溪。

“我也不知道。”周鸿飞简短地回了一句。

林晚不再作声，像是揭开一个没好透的旧伤疤，她心里有一丝丝的痛。鸿飞把她的手又拿了过来，她下意识地抽了出来，周鸿飞不再说什么。他拿出一个锦盒，里面是一块翡翠玉，和林晚的很像，也是一只小老鼠，是玉溪的属相。鸿飞后来特意去了一趟昆明，同一家店，买了这块玉。四块玉，给他生命中最重要的四个人。

他不是没想过离开北京的家，去洛杉矶找林晚、玉溪。但是他知道自己做不到。他工作上还算顺利，前几年评上了副教授，实验室也做得不错。如果出国，从头再来，谈何容易！何况这几年他妈妈身体不好，都住在他家。晓岩是个大气的人，虽然和他母亲有各种过节，但是他母亲真生病了，还是她忙上忙下地照顾。她是个好媳妇、好妈妈。玉泉聪明，学习也好，在别人眼里，这是个幸福的小家。他没有勇气打碎它。他心里头像有把锯，拉来拉去，拉到哪头都难受。也许最简单的就是维持原状，什么也不做。他于是什么也不做。只是他知道自己两边都亏欠，而人做了亏心事并不是件好受的事情。有时候，黑夜里，他醒过来，看到身边的晓岩，猛然想起海那边还有一对母女，那种不可置信的感觉迎面袭来，让他不由心惊。

快十二点了，鸿飞跟他们道了别，就回去了。林晚躺在宾馆的床上，熟悉又陌生的白床单，似曾相识的夜晚，她看着身边的玉溪，无法入睡。

第二天白天林晚带着玉溪去儿童剧院看《白雪公主》。舞台布景很美，玉溪看得眼睛一动也不动，散了场，她还盯着舞台看。

“妈妈，真好看，可是为什么没有王子啊？”

“没有王子也一样过啊。我们平常没有爸爸不也是一样过吗？”

“是啊，你还把我的自行车修好了。”

林晚想，可不是，这些年她一个人学会了好多事，小到换灯泡，大到给车子换电池，换轮胎。有一次她还心血来潮，把车库的水泥地弄成小石子地面，这可是个不小的工程。做好了之后，好几个朋友问她哪家公司做的，都不敢相信是林晚自己动手做的。

晚上的时候，周鸿飞又来了。他们去了王府井，林晚并不喜欢热闹，可是好像也没有什么去处了，玉溪倒是喜欢，盯着五颜六色的糖果和小点心看，鸿飞买了三串糖葫芦，他们一人一串，可是玉溪吃了一口就扔了，“妈妈，好酸。”

“不会啊，我觉得挺甜的。”林晚诧异。

“你是你，我们标准不一样。”玉溪撇了下嘴。

“就是，多简单的道理。”周鸿飞笑了，“咱丫头还挺会想事。”

在王府井逛了一圈，回到旅馆，已经很晚了。玉溪又累又乏，很快就睡了，两个人又聊了一阵。林晚靠在鸿飞肩上，她又闻到熟悉的香烟味。

“还在抽烟？”

“现在抽得少了。”

她从他的口袋里掏出一包烟。

“还是这个牌子？”

“是啊，习惯了。你们明天就回四川了。啥时回来？”

“也就两个星期，我的年假不多。”

“好像又不能送你们。”周鸿飞犹豫了一下，还是说了。

“没事。我打个的就好。”林晚这么说着，心里却有一些难受。

“你爱我吗？”黑暗里，她又轻轻问了一句。

第二十七章 浮出水面

chapter 27

她被推下水去

压倒一片成熟的水草

鱼儿如标点符号般惊起

她和她的故事

沉默地睡了几个世纪之后被捞了起来

——严力，《永恒的恋曲——维纳斯》

“傻孩子，你知道的。”周鸿飞伸出手臂，抱住了她。她的脸颊贴在他的胸膛，能听见他有力的心跳。他们紧紧地抱着，仿佛一松手，就会失去彼此。他低下了头，搜索着她的唇。他们的身体重叠缠绵在一起，翻转流连，诉说着积攒了无数个日日夜夜的思念和折磨。那样的夜晚有太多的柔情和浪花。 过了十二点了，他还没有回家。

林晚第二天带着玉溪飞到家乡的小城。小城变化不大。街道上车子多了一些，到处都是汽车按喇叭的声音。林国强有好几年没见玉溪了，见着小外孙女特别高兴。

“小香蕉回来了。”他总是喜欢这么称呼玉溪。玉溪问林晚他们为什么这么说。

“因为你外面黄，里面白。外表是中国人，里面其实是美国人。”

“那我到底是中国人，还是美国人？”

“你就认为自己既是美国人，又是中国人吧。”林晚说得很没有底气。其实很多时候，她觉得自己既不是美国人，也不是中国人。她觉得自己是浮萍，是风中的蒲公英，没有根，没有身份，也没有自己的领地。她不知道是因为人在异乡的缘故，还是她自小如此，尤其是母亲去世以后，她总觉得没有依靠。玉溪听了却不作声，林晚叹气，这孩子心思有些重，像她自己小时候，是不是也像鸿飞小时候？

林晚没想到再回北京就没见着周鸿飞了，她在回北京前一天收到他的一个 email。

周鸿飞的 email 很长。“……原谅我这么多年一直这么自私地拖着你们。你该开始你的新生活了。不要再多等了，我一点也不值得你等。有机会我会来看玉溪的，她是个聪明敏感的孩子。我没有资格请求你的原谅，我亏欠得太多。也许我们一开始就是个错误。抱歉我这次不能再见你们了。你们都好好的……”

林晚上了飞机就睡。为什么回美国比回中国要快，为什么去中国叫回，去美国也叫回。林晚想不清楚，她一路地睡。飞机到了洛杉矶上空，快降落的时候，她能看到地上的房屋和道路，甚至高速公路上的车辆。林晚的眼泪无声地流了出来，她知道，她要一个人在这个地方走下去，没有目标地走下去，路的尽头是和路的开始一样的孤寂。许多年前的那个秋天蒙太奇般地切换到她面前，她的头有些眩晕。像是有一个个钢圈，飞出去，碰到坚硬的墙壁，又弹回来，准确无误地砸在她心窝里，她心里一阵一阵地痛。她觉得她得使出浑身的劲，让自己站住，不被它击倒。

周鸿飞那晚带林晚和玉溪去了王府井，再从酒店回到家都过了半夜，他没想到庄晓岩还没有睡，她坐在客厅的沙发里。他开了门正看到她，吃了一惊。

“你今天晚上去王府井了？” 晓岩问他。

周鸿飞吓了一跳，他没有作声。

“到屋里说吧。”玉泉和鸿飞妈妈睡一个房间，晓岩不想惊动她们。两个人进了卧室，把门关紧。

“你不是说你去木樨地陈飞章家吗？”

…………

“你和一个女人和一个孩子在一起？”

…………

周鸿飞想，这一天还是到了。晓岩小声地抽泣起来，“我做错了什么？”

“不，你什么都没有做错。”

“一定是做错了什么。苍蝇不叮无缝的蛋。”晓岩抬起头，“是不是我和你妈关系没处理好？”

周鸿飞没想到晓岩如此冷静，又如此自省，心里又惊又愧。

“她是谁？”

…………

“请告诉我，我不会去找她的，但是我要知道自己的对手是谁。”

周鸿飞叹了口气，这个秘密在他心里憋了太久，一直压着他，他好像需要一个人和他分担这份重压。他一口气把他和林晚这么多年的来来往往说了出来。“今天我都说了。我以后再也不会说这些了。”

晓岩静静地听着，她心里像插了把尖刀，他说得越多，那把刀刺得越深。他一点点地说，那把刀一点点地推进。她想大声呵住他，不要再说了！但是她又无法阻止自己听下去，她想知道所有的故事和细节，她宁肯心里痛也要听下去。他兀自说着，从十年前的秋天他第一次遇见她，到十年后的这个秋天，他、她和他们的孩子在北京相逢。弹指一挥间，十年的时光，像是地下的暗流，没人知晓地流淌着。没有一个人倾听过它的流逝，没有一个人愿意回首那些令人心痛的往事。但是，它一直在流淌，即便你捂着眼睛和耳朵。

“你爱她吗？”晓岩在黑暗里问，她心里有了一种不安全感，这是她以前从来没有过的感觉。她觉得自己像走在虚空里。

“你不要问这个问题了吧。”周鸿飞过了好久才回答。

“那么就是爱她的。”晓岩的泪水在脸上默默地流，“那你还爱我吗？”

“你相信一个人可以同时爱两个人吗？我是个软弱的人，我没有办法拒绝她。”过了许久，周鸿飞才接过话。

“我不知道。”

“我现在慢慢相信一个人是可以同时爱着两个人的。”周鸿飞声音低了下去。

“她好看吗？” 自己居然成了爱情故事里的配角，晓岩嘴角露出一丝苦涩的笑。

…………

“她对你很好吗？”

…………

“她比我好在哪里？”

“晓岩，不要再折磨自己了。她比你年轻。除此之外，她也可能是你，你也可能是她。”

“你们的孩子都六岁了。”晓岩觉得自己像是一夜就经历了几个世纪，“我该怎么办？我该怎么办？”她不停地说，像是问鸿飞，更像问自己。

“我也不知道，也许你们两个到时候都不要我了。”周鸿飞颓然地坐在那儿，为什么会弄成这样。

“我以前以为这样的事只会发生在别人身上，但是它居然发生在自己身上，然后我就知道这样的事在谁身上都会发生。”晓岩像是悟到了些什么。

“我们的人生是不是太像一场戏了。”周鸿飞也兀自说着话。

晓岩没有接他的话，过了好久，她问：“你打算怎么办？”

“我不知道，在那个孩子没有出生之前，我觉得她不过是个插曲。但是现在我们之间有了一个孩子……只是我也知道自己是不会离开你和玉泉的，除非你要我走。”

晓岩不再作声，她一晚上都睡不着，她知道鸿飞也在翻来覆去。快天亮的时候，她昏昏沉沉总算睡了一小会儿。她做了个梦——她知道自己在做梦。她不知道为什么上了一架宇宙飞船，她一个人开的宇宙飞船，她不小心按错了一个键，飞船掉进了旋涡般的黑洞，在虚空里一个劲地下坠，下坠。她心里惊悚万分，一下子就醒了过来。她一把抓住旁边的鸿飞，“鸿飞，你不要离开我。我好怕。”她的眼睛里含着泪。

“好。”鸿飞在黑暗里抱着她。

“你和她断了，完完全全断了。你要答应我。”

…………

等了好久，鸿飞开口说：“好。我也不想耽误她。”

第二天早晨起来，晓岩头发晕，她看着镜子里惨白的脸——她看到了脸上的不安和惶恐。她有些害怕，“不，不能这样！”她仔细地梳理了头发，找出一套深蓝色的套装，她知道，在外人面前，她还得打起精神。她脑子里理性的部分在告诉她，这一关，怎么难，都得挺过去。

吃早饭的时候，周鸿飞看着她那样子，心里愧疚，“要不请个假，今天不去上课了。”

“身体不舒服就不要硬撑。”鸿飞的妈妈也说。

“不，我要去。”晓岩说得简短有力。鸿飞知道她的脾气，不再说什么。

晓岩什么也吃不下，强迫自己喝了碗豆浆，出了门。她坐在小巴上呆呆地看着车流，觉得周围到处都是暗物质，拽着她一点点下沉。今天和昨天的北京街头，似乎并无两样，而对于她，却是完全不同的两个世界。而所有的不同，则是因为这个早已存在的事实被她发现了。如果她不知道，那么她的世界还是依旧。她想起了那个寓言故事，掩耳盗铃，现在的她，还能做到假装这一切都没有发生吗？

她站在讲台上，看着讲台下的学生，像是看着一个个机器人——她自己也像是变成了一个还没有启动的机器人，脑子里一片空白，喉咙里却哽咽起来。她有些慌。

“同学们，我忘了带讲义，你们先自习一下，我马上回来。”她慌忙地走出教室，走到墙角，眼泪像雨柱一样流了下来。哭了好一阵，终于缓过劲来了。她擦干眼泪，深深地吸了口气，转身回到教室。

晓岩那几个晚上都睡不着，她觉得这一切太不可思议。她努力回忆她和鸿飞的这些年，他好像也并没有特别的不同。直到那晚她的一个远房表妹叫小红的给她打了个电话。小红说看到表姐夫在王府井，旁边还有一个年轻的女人和孩子。“他们……他们看起来像一家三口。”小红终于还是在电话里说了出来。

她只觉得不可能。这太荒唐了。一定是她看错了，一定是的。晓岩几乎是笃定的。但是夜那么深了，过了十二点了，他还没回。时间一分钟一分钟流逝，晓岩的心口一点点发痛。他终于回来了，她向他发问，她多么希望他亲口告诉她是搞错了。但是他却几乎一点都没有否认。他沉默了。她太了解他了。他是个不会撒谎的人，那么就是了。

她仔细回想他们这几年在一起过的日子。他似乎是不如以前那么关心她了，但是她也好像不如以前关心他了。她每天想得最多的就是玉泉，以至于她都不是特别关心他是否还关心她。他们就像最普通的老夫老妻，没有太多话，是的，他们的生活里少了些什么。少了甜蜜，少了心颤，但是这些东西不是在每个婚姻里都会慢慢熄灭的吗？每天要面对的是柴米油盐，鸡毛蒜皮。她知道自己离不了鸿飞，至少近期是这样，她凡事都喜欢问鸿飞，凡事都要找他商量，而他大多数时候的回答都是随便。她很不喜欢，但是下一次她还接着问，好像是一种习惯，一种一定要走的过场。她那一年在美国做访问学者，最受不了的就是一个人，凡事没个人商量。

但是自己的丈夫居然和另外一个女人纠缠了这么多年，而且还有了个孩子。她心里像是被一把铁钩子钩住了，一点点扯着，血迹斑斑，生疼生疼，带着苦涩。她心里头又气又恨，每天跟失了魂似的。她恨那个女人，那个她从未谋面还不甚清楚的女人。她想走到她面前，大声地质问她："你知道你对我和孩子的伤害吗？你知道你所谓的爱情是多么的自私和残忍吗？"

但是她知道她不会，她好强又隐忍。日常小事上没主意，遇到大事她倒是冷静了。她知道那是不理性的做法，她知道自己不会把这件事抖出去。可是她找不到人倾诉，也找不到人发问，只能一遍一遍在心里问自己，"为什么是我？为什么还有个孩子？”

她不知道，上帝是最喜欢开玩笑的，而它选择谁完全是扔骰子，没有任何一个人可以逃离。

自从年初被公司裁掉以后，陈迪一直没找到工作。本来大龙是送在别人家带的，他这一失业，孩子就成了他的事情。他不是个有耐心的人，带了两个月就有些烦，再加上一直没有找到工作，心里着实不舒服。那天他给大龙喂了奶，好不容易安抚好，扔在床上，可他才睡了不到一个小时就醒了，在床上哭着闹着。他一看，孩子拉臭臭了，他又给换了尿片，孩子这回给彻底弄醒了，也不睡了，到处走来走去。他找了些玩具，大龙才玩了一小会儿，就过来拖他。他以前只是早上起床、下班以后和孩子玩，觉得小孩子真可爱，怎么看都看不够。现在整天缠着他，那个可爱的娃娃怎么就成了烦人的东西。他皱了眉头，手里的书推到一边，心里像是塞了一堆烂棉絮，怎么也理不顺。

海婷回到家快六点了，她现在在写毕业论文，准备冬天的博士答辩，每天都忙得团团转。这天老板又给她提了很多意见，她心里有些烦，回家看到一脸阴郁的陈迪，就知道饭肯定没做好。两个人心里都不爽快，一晚上没有好脸色。贫贱夫妻百事哀，海婷心里有些凄凉。

第二十八章
告别纽约
chapter28

当我的紫葡萄化为深秋的露水

当我的鲜花依偎在别人的情怀

我依然固执地用凝霜的枯藤

在凄凉的大地上写下：相信未来

——食指，《相信未来》

晚上躺在床上，陈迪说："要不把孩子先送回国？我实在没有时间好好看书，怎么找工作？"

"咱们两个家里都在农村，条件那么差，你舍得把大龙送回去？"

"要不然把父母再接过来。"陈迪提议。陈迪的父母来过半年，倒没有大矛盾，但总是不那么舒服。尤其房子又小，他们待了半年就回去了。

"父母来了看到你没工作岂不是更烦心？ 再说咱们地方这么小。"

"那你说怎么办？"陈迪口气里带着烦躁。

"那就继续把孩子送出去。" 海婷说，"这样你可以安心复习。"

"唉，我现在不赚钱，还要花钱把孩子送出去，说不过去。" 陈迪低下了头。

"舍不得孩子套不着狼。你安心复习。再说你工作了一年，咱们也攒了点钱。"

两个人下定决心把孩子又送出去，陈迪每天跑到图书馆看书，复习，在网上搜工作。过了几个月，终于又找到了一份合同工。

十二月初是海婷答辩的时候，人生路上有几个关键的点，这个算一个。海婷心里知道它的重要性，头一晚，翻来覆去好久才迷迷糊糊入睡。她提前在店里订了很多三明治，为了省钱自己动手做了个水果拼盘。还把西红柿的皮整条削下来，一点也不断，又卷成一朵花，团在一起，做成玫瑰花的样子，摆在水果盘中央，特别打眼。

海婷的答辩在一个小房间，五个答辩委员一字排开，四个是本系的，另外一个是外系的。陈迪也特意请了假，忙前忙后，给海婷照相。海婷先把论文的内容大致讲了一遍，接着就是问答。有一个美国教授很认真，问了海婷好多问题。海婷有一点慌，但是她静下心，理顺了思绪。其实她心里都清楚，就是英语表达起来还是有一点困难。好在那个美国人也不在意她的口音，他一听就知道海婷是明白的。海婷的导师是个美国老先生，是纳米结构研究的专家，名声在外。他一向严谨认真，对海婷各方面都满意，唯一遗憾的是海婷英语口语不是特别出色。海婷回答问题的时候，他比她还紧张。

好在海婷事先做了好多幻灯片，弥补了她口语不够好的缺陷。五个人轮番轰炸了一个半小时，最后把海婷请出去，几个人在里面商量最后结果。海婷在外面焦急等待，不停地祈祷，心里从来没有这么紧张过。

门开了，海婷的导师脸上带着笑："Congratulations, Dr. Wang!"

海婷的眼泪差点要流出来了，她给了导师一个大大的拥抱。伯克利五年半的寒窗苦读，还有之前那么多年的辛苦，那些写会议 paper，写毕业论文熬过的漫漫长夜，好像在这一刻都得到了回报。陈迪也高兴地拥抱了她，"海婷，好样的！" 她像是山谷里的野百合，在没有喧嚣的角落里独自盛开，没有玫瑰的迷人，但是坚定执着，清远悠扬。

海婷拿到了 Los Alamos 国家实验室的博士后职位。学物理的一毕业就能找到教职的太少，一般都得做好几年博士后。这个实验室口碑非常不错，就是地方太偏僻，工作机会少。 陈迪试着给那个实验室 IT 部门发了几份求职信，也没什么回音。刚好招海婷那个人的太太在 IT 部门供职，她帮陈迪递了简历。这次回音很快，IT 部门面试了陈迪，觉得都满意，但就是不能付搬家费。这个倒还好，反正他们也没什么家具。虽然工资不算高，但是是正式员工。陈迪一直不喜欢他现在的合同工，一是不能办绿卡，二是没法融入组里。海婷没有绿卡，Los Alamos 实验室对外国国籍的研究人员背景调查得特别严。她做的不是超级敏感的核物理，但是也查了好几个月，到了三月份，才说没问题。他们就卖了不多的家当，一家三口，告别加州，奔了新墨西哥州的 Los Alamos 去了。

怡敏去年夏天转做市场，一开始不太适应，慢慢觉得还挺有意思。一是没有每个月配额的压力，二是有机会和各种人打交道，新鲜的人和事，有挑战，也有乐趣。市场开发有点像空军，指明大方向。而销售像陆军，各个击破。市场开发要做的事情很多很杂，既要分析产品的财务背景，又要分析消费者行为。要给老板提供战略意见，还要给销售人员提供市场导向。牵涉很多细节的工作和琐碎的事情，怡敏有得忙。

日子过得快，转眼怡敏到纽约就快有四个年头了。这之间她和一个 ABC 约会过。他样子不错，轮廓清晰，长得有点像假胖子。怡敏第一次看到他心里猛一跳。有一次两个人去尼亚加拉大瀑布玩，回来后他发了个 email，把汽油费精确到小数点以后两位数，然后跟怡敏说一人一半可好？怡敏给他寄了一张汽油费的支票和一张卡片，上面写了一行字，“Good bye and Good luck！”

怡敏加班时间多，白天忙，晚上的时候，尤其是周末的晚上，她就觉到了寂寞。好在有陈盈盈那一帮单身女人。陈盈盈有个 email 小组，叫“一个人的地老天荒”，都是一帮剩女。一帮人中有铁杆单身派，觉得一个人过挺好，也有观望派，心里还是渴望安顿和爱情。只是纽约城的爱情像泥鳅，怎么也抓不住。《欲望都市》里疯狂浪漫的爱情大概永远都不会在现实生活里出现。“You either get married or get a life 。”陈盈盈说，“let’s get a life。”她经常挑头组织活动。一伙人经常一起约了去看个百老汇的歌剧，或者一起周末去爬山，要不就是去参加个什么奇奇怪怪的 party。反正纽约最不缺的就是各种活动，各种新鲜。怡敏第一次去参加她们的活动时，还真吓了一小跳，纽约的单身妹子可真不少。

陈盈盈觉得纽约像个耐看的女人，怎么也看不够。“我无法忍受住在纽约以外的任何地方。” 陈盈盈如是说。她是个名牌控，香奈儿包包就有六个。“香奈儿的包每年都在涨价，你还不去囤一个？”她总是这么劝怡敏。她喜欢拉着怡敏逛商场，最喜欢去的就是五大道。“五大道都是旗舰店，名牌店的衣服颜色设计就是不一样，穿在身上有范儿，其实打折的时候也不比一般牌子贵多少。”她说起来头头是道。怡敏去了几次，店里的帅哥美女都穿着样品，倒是养眼，可她实在受不了男店员扭里扭气的样子，笑的时候还捂着嘴。

据说盈盈和前男友分手就是因为消费观念太不一致，前男友实在受不了她一柜子的高跟鞋。他不明白为什么她的衣柜里总是缺一件衣服。

“没办法，我看到好看的衣服就想买，好比男人看了漂亮的女人就想上。”她这么跟怡敏说的时候，怡敏笑喷了。

很快又到年底了，盈盈约了一大堆单身姑娘们进城去洛克菲勒中心滑冰。怡敏也去了，她好像好多年没滑冰了。怡敏看着滑冰场上一对对牵着手滑冰的情侣，突然想起许多年前和久柯在未名湖滑冰的情景。也不知道他断过的手有无影响，又一想，人家都是别人的老公了，自己操什么心。

正滑着，旁边又进来一对，再一看，居然是假胖子和肖楠，两个人牵着手，走进冰场。怡敏扭头想走，却听到肖楠在背后喊她：“你好，怡敏！”

怡敏叹了口气，回过头，“你好！这么巧。”

假胖子脸上有一点尴尬，不过很快回过神，“好久没见。”

“嗯，你们都好吧。”怡敏心想，这可不是冤家路窄。

“挺好的，我毕业了，也在花街找了份工作。终于不要异地了。”肖楠还是微微笑。

“真好。”怡敏简短地说，正好陈盈盈在那边叫她。

“不好意思，我先过去了。”怡敏说着就闪了。

“谁啊？”盈盈问。

“老同学。”

“长得不错嘛，怎么肥水流了外人田？”盈盈打趣。怡敏却不太笑得出来，“我先走了，今天有点累了。” 她有些恨自己没有勇气面对，但是想起上次新年夜的经历，觉得又何必呢，自己到底长大了些。她看了一眼他们的背影，头也不回地往前走。

经济仍没有太多好转。夏天的一天她刚到公司，老板就把她叫到办公室。

“很抱歉，公司营业额这个季度降了20%。你现在有两个选择，一是转到公司在北京的分部，二是不得不辞退你了。”老板开口道。

“我考虑一下。”

“你有两周时间。” 这个老板是个韩国人，说话硬邦邦。

怡敏点头，勉强露出一丝笑。

晚上怡敏打电话回家——她每个周末都照例给家里打电话。有一次她出去玩，没打电话，她妈妈着急得居然托老桂给她发email。

“你妈住院了。”一通电话，她爸爸张承就说。

“什么？”怡敏大惊。

“冠心病，可能需要动手术。”

“啊，这么大的事，你们怎么不跟我说？”

“她以前总是胸闷，没在意，昨天突然一下子喘不过气，进了医院。昨天忙了一天，我刚刚抽空眯了一会儿。”张承语气疲惫。怡敏突然觉得很内疚。她是独生女，家里的很多事情帮不了，两个老人都只能自己去做。以前她总觉得爸爸妈妈什么事情都能搞定。从哪一天起，他们也需要自己的照顾了呢？

“爸，我准备海归。”怡敏在电话那头说。她把公司老板跟她的谈话跟张承说了。本来她还想再找找别的工作，但是她妈这件事让她突然意识到，是回家的时候了。

怡敏把国内的工作安排顺当，这边的工作交接好，就是九月了。回国之前，有好几拨朋友请她吃饭，先是陈盈盈那拨人。

陈盈盈突发奇想，要组织“一个人的地老天荒”的女生们去看猛男秀，说是送给怡敏的有纽约特色的告别礼物，回国就看不到了。还要求每个人都穿红色的衣服，要怡敏离开纽约红红火火奔前程。怡敏想，这个陈盈盈鬼主意就是多，将来也不知道谁能收了她。

去看秀之前先是约在一家希腊餐馆吃饭。怡敏没想到来了十八个女生。其实不少和她也不是特别熟，估计主要是想去看猛男秀。不过怡敏还是挺感动，尤其是陈盈盈还专门买了张卡片，每个人都在上面写了些祝福的话。餐馆里过往之人用各种眼光看过来。想想看吧，十八个漂亮妞，穿了一水的红艳艳的衣服，在拼长的饭桌上坐了一溜，那场面是不是有点小震撼。

一行人吃了饭就奔猛男秀的地方去了。到了第六大道二十街的Avalon，大家都有些傻眼了：这地方原先是个教堂。估计也就是纽约的人胆子这么大，啥都敢做。排队的时候怡敏看到好几拨准新娘们，都是准备在结婚之前来一把最后的疯狂。送茶水的小伙子也是个型男，长得有点像布拉德·皮特，特别cute。陈盈盈拉了怡敏跑上去合影。猛男秀开始了。先是穿了海军制服的十一个猛男同时亮相，然后把衣服裤子一件件脱了，最后只剩个底裤。猛男们的身材真心好看，一看就是下了苦功夫练的。Six-pack、肱二头肌、背阔肌、肩胛肌、胸大肌灼然可见。底下的姑娘们都在尖叫，怡敏也不由看得心里荡漾。他们个个身手矫健，可以劈腿，单手俯卧撑，真的不简单。最后他们分别跑到每一桌，那些西方的女子笑嘻嘻地往他们裤头上塞钱，怡敏几个到底还是羞涩，只敢看，不敢摸。

散了场，姑娘们和怡敏一一拥抱道别。

“回国了你更不好找啊。”陈盈盈说。

“大概是吧。不想那么多了。”

“看看咱们几个谁最先嫁出去。”陈盈盈笑着说。

“不，要看看谁最后嫁出去。看看谁是咱们单身联盟里最后一个天使。”怡敏也笑了。

“再见！”两个人相拥而别，站在纽约秋天湛蓝的天空下，怡敏突然觉得眼角有一些湿润。

第二十九章 秋天的童话

chapter 29

告诉我，欢乐是什么颜色？

像白鸽的羽翅？鹦鹉的红嘴？

欢乐是什么声音？像一声芦笛？

还是从谡谡的松声到潺潺的流水？

——何其芳，《欢乐》

威尔逊请怡敏在曼哈顿吃了个告别的晚餐，是家法餐和泰餐结合的店叫 Vong，里面的装潢典雅，让怡敏想起了巴黎的那家“众神的食堂”。

“怡敏，你要找一个 mentor。”威尔逊说，“这样对你的事业有帮助。”

“噢，怎么找？”

“其实，公司里的高层你都可以主动联系，给他们发 email，要求简短的会面。”威尔逊说，“如果你有一个 mentor，这样的裁员没准也会帮到你，不至于这么狼狈。”

“谢谢你，我以后会留意。”

“慢慢来，回到中国好好干。我看好你。”

“下次你来中国找我啊，我带你去爬长城。”怡敏笑着说。

“一定的，不到长城非好汉。”

两个人告别的时候，威尔逊给了她一个拥抱，“祝你好运！”

“谢谢！”怡敏心里感动。这个城市，还是有好多温暖的回忆。

回家的路上，怡敏看着车窗外的纽约。她喜欢纽约的秋天，总让她想起故都的秋。哈德孙河岸的树叶一点一点地上了色，水光潋滟里映照着秋日的绚烂和明快。走在秋叶上，听着沙沙的响声，总让她想起周润发和钟楚红演的那部《秋天的童话》。秋天的纽约是属于纽约人的，夏天的游客刚去，冬天的游客未至，街道上清爽了许多，一切有如惊蛰般恢复了生机。怡敏想，在这样的秋日里告别纽约，真他妈再好不过了。

到了布鲁克林桥，车流很堵，怡敏想起来再过几天就是“9·11”两周年了。车子一步一步地移，似乎比两年前她徒步走过这座桥还要慢。突然，车流里开始有人鸣笛，接着大家都开始鸣笛，声音连成一片，响彻在纽约的上空。怡敏也使劲按着喇叭。那一刻，她和这个城市，和这个城市所有的人血肉相连，一起呐喊，一起发泄。纽约，纽约，一个让人无法不爱的神奇的地方。她见证了它最悲情最脆弱的时刻，她曾经和这个城市一起哭泣，一起悲伤。而今天，她是以这种独一无二的方式告别纽约。泪光蒙眬中，她又一次按响了喇叭，“再见了，纽约！”

南加州的秋天似乎是透明的，从夏天一下子就过渡到了冬天。那天在大华买菜，看到满桌子的月饼，林晚才意识到，秋天又来了。自去年秋天从国内回来后，她心里的幽怨结成了一个郁结，她大概也猜到了周鸿飞是在她和晓岩之间做了选择。她想写信问个清楚，email 写了好长一直没有发出去。鸿飞一直没有一点音讯，她恨鸿飞如此绝情，但是她的自尊心强，也不主动联系他。两个人就这么静默着，就像曾经很多次的静默，只是这一次，她知道，这大约不是火山爆发前的静默，而是一种冷得像灰一样的静默。刚回来的那些日子，她整日都很疲惫，居然硬撑着没生病。她想，大概老天爷怜惜她，知道她得照顾玉溪，又在换新房子。她在尔湾南边买了套独立屋，原来那套连排房也没卖，租了出去。

“妈妈，邻居阿姨给了我一袋凤梨酥。”玉溪那天跟她说。

“噢，你谢谢她了吗？”林晚问玉溪。

“谢了。你要吃一块吗？”玉溪拿出一块给林晚，林晚接过来，心里有一丝暖意。

下午的时候，她碰到了新邻居，是一对夫妇，年纪比林晚大十来岁。样子特别的和善。

“我叫喻冬兰。”她笑着说，“这是我的先生江泰文。”她先生和气地点了个头。林晚和他们寒暄了几句。

过了几天就是中秋。冬兰来敲门，“这是我们从台湾带回来的月饼，分一半给你们尝尝鲜。”林晚忙谢谢她，说自己也买了的。

“味道不一样。你也尝尝吧。”冬兰把月饼放在林晚手里。

很快就是万圣节了，小区里的好多房子面前都摆上了万圣节的装饰。有秋意盎然的草垛和一个个金灿灿的南瓜摆在上面，也有看着瘆人的骷髅、蜘蛛精。还有一家把整个屋子都弄成了个鬼屋，还配上恐怖的音乐。林晚看着那些吓人的东西，心想，东西文化的确有别。万圣节晚上，林晚在自己家门口摆了一大包糖，里面插了个牌子“help yourself”。自己就带着玉溪去小区里讨糖吃。到了冬兰家。看见冬兰和泰文两个人站在门口给小朋友发糖。冬兰看到玉溪来了，高兴地抓了一把巧克力给她。

一个周六林晚送玉溪去中文学校，回来的时候从冬兰家过，冬兰正好从外面散步回来。

“要不要到我家坐坐？”她面带微笑。

“好啊。”林晚无事，觉得冬兰面善，就顺口答应了。

冬兰家里有一种淡淡的檀香味，她的客厅正中摆着花果和几枝茂盛的富贵竹，上面是几幅佛像。原来她是学佛之人。冬兰烧了水，沏了两杯绿茶。地上有一些蒲垫，林晚坐在那儿，喝着清茶，听着似有似无的梵音，觉得房间里有一种特别的氛围，让人心安。

“我们以前住在北加州，公司总部在那儿，泰文又去那边开会了。”冬兰轻轻地吹了吹手中的绿茶。

“北加南加有何不同？”林晚问。

“北加气候早晚变化大，这边气候更暖和一些。”冬兰说，“这边气氛更轻松，更适合有孩子的家庭。”

林晚想问她有没有孩子，觉得不妥，没有开口，冬兰倒是主动开了口，“我们没有孩子。”

林晚点头，“其实这样也好。”

“嗯，都是因缘。孩子和你上辈子结了缘，这辈子就寻了你来。”

“你们没有亏欠，所以这辈子落得轻松。”林晚笑说。

“你有慧根啊。能说出这番话。”冬兰看着林晚。

“哪里，我就是慧根不够。没有通透，这辈子才来偿还的。”林晚叹气。

“不会。都是一个修行的过程。”

“坐在这儿聊聊天真舒服。”林晚低头喝了口绿茶。

“你以为我们现在才坐在这儿吗？也许我们几百年前就认识了，就这样坐着一起喝茶呢。”冬兰笑说。

“嗯，你们佛教里是相信前世今生的。”林晚点头，她想起小时母亲生病的时候，总带她去寺庙里烧香，庙里的香气和这檀香味倒是似曾相识。

两个人又聊了一阵，林晚心里舒畅了好多。看看时间不早了，就和冬兰告辞，去中文学校接玉溪。

路上玉溪问林晚，“Mommy，爸爸抽烟吗？”

林晚的手稍微抖了一下，“为什么问这个问题？”

“因为我们中文老师问我这个问题。”

“嗯，他抽烟。”

玉溪不再说什么。

林晚想起了许多年前的那个秋天，周鸿飞站在树下抽烟——那棵秋天的银杏树，然后她抬头看到他。隔着久远的时空，那一瞬间带着些许的薄凉击中了她，她心里觉得疼，好像是棉花里藏着的针，不知不觉细微微地刺进去，冷不丁就觉到了痛。

北京的这个秋天有几分清寒。

庄晓岩那天看着路上的红叶，想起一年前秋天的事，心里头一激灵。她这一年过得磕磕绊绊，体重迅速下降，很快退到了怀玉泉之前的体重。她原先一直想着怎么把那多出来的十多斤减掉。这倒好，不必费神了，她苦笑。很多个夜晚，她在黑漆漆的夜里醒来，再也无法入睡。她便坐起来，头伏在膝盖上，看着旁边似乎是在熟睡的周鸿飞发呆。她心里像是打开了潘多拉的盒子，各种滋味向她袭来。在最初的震惊过去之后，她对这个世界开始感到恐惧和不信任，屈辱感和挫败感也像寒战一般交替袭来，一阵阵冲击着她。原以为一辈子都会在一起的亲密伴侣都能背叛她欺骗她这么多年，这个世界，还有什么她能相信的吗？她从小学习好，能力也强，高中一直是班长，大学也是班干部，留校，升副教授，一路走得顺。这件事让她不得不重新审视自己，内心深处的怀疑和否定对她是一种致命的打击。而周鸿飞这一年似乎也比以前更寡言少语，两个人的感情还在洼地里徘徊，沟通也不顺畅。她心里又难过又憋屈，她开始考虑是不是该和周鸿飞离婚，她被这个念头折磨着。

晓岩这天上完课回到家想睡一觉，就躲在自己的房里。可是她人躺在床上却怎么也睡不着。有人敲门。

“妈妈。”八岁的玉泉在门外说话。

晓岩起来开了门。

“妈妈，你生病了吗？”

“没有，妈妈不太舒服。”

“不舒服就是生病了啊。你要去看医生，吃药。”

“嗯，我这样的不舒服不是吃药能治好的。”

“那什么能治好？我知道，爸爸一定可以治好。”玉泉看着晓岩。

“玉泉，你喜欢爸爸吗？”晓岩突然问玉泉。

“喜欢啊。我也喜欢妈妈。”

“你更喜欢谁？要是……你更喜欢跟爸爸在一起，还是妈妈？”

“要是什么？我喜欢和你们两个在一起。我们三个一直在一起啊。”玉泉头一歪，心里有点诧异。

晓岩看着玉泉，她的嘴角有一条小小的疤痕。还是玉泉三岁时周鸿飞去洛杉矶开会，她一个人在家带孩子，忙前忙后，一时没看住玉泉。她到处跑，摔了一跤，正好地上有个小玻璃片，把嘴角划了一条小口子。晓岩一直自责自己太不小心，给孩子的脸上留了个小疤痕，不然那是多么完美的一张小脸啊。要是鸿飞在家，多个人看着孩子，也就不会出这个事。她想，为了玉泉，她心里那口怨气，咽不下也得要咽下去。

她要是主动提出离婚，周鸿飞一定会奔了那边的娘儿俩，岂不便宜了她们。再说，玉泉成长的路上怎么可以没有父亲呢？而于她自己而言，他是她生命中唯一的男人，她的青春和岁月都是和他在一起的。她虽然恨他欺骗背叛了自己，可是心底却没有办法割舍他。

晓岩抱着玉泉，“是的，我们三个一直在一起。”

也是在这个秋天，怡敏告别美利坚，回到北京。老桂到机场接的她。车子上了四环开始堵。怡敏看着窗外的车流说，“现在的私家车真不少。”

“春天闹‘非典’那一阵，街上都没人，开车那叫一个爽。”老桂开的是一辆奥迪。

那场春夏之交的“非典”把北京城上上下下折腾了一番，一切都在这个秋天慢慢恢复生机，到处都是万物生长，一派盎然的样子。房价在2003年上半年跌了不少，“非典”以后一路飙升。怡敏因为要照顾父母，就打算先住在爸妈家，也没动过买房的心思。

去国多年，怡敏一开始有点不习惯。好像很少有人有女士优先这个概念。在国外，总有人给女士拉车门，尤其是在巴黎。然而北京显然是非常实在地执行着“男女平等”的政策。怡敏经常在公司大门、电梯口被撞得七荤八素的。最让人有点不爽的是排队有人插队。怡敏那次带她妈去做个化验，就有个中年妇女不声不响地挤到前头，怡敏说了好几句，她只当没听见。宋芝拉了拉怡敏衣角，怡敏也只能把气闷在肚子里。

公司在上地。怡敏觉得就跟小时候看的聊斋故事《精变》

似的，一眨眼工夫，荒郊野地里就变出了几进几出的大宅子。怡敏上大学那阵上地还是个偏僻地，就是些破破烂烂的小商铺，转眼之间，高楼林立，摇身一变就成了高科技中心。

虽然是同一家公司，北京这边的部门文化氛围却是截然不同，怡敏一开始小小地震惊了一下。她是产品经理，手下也管了几个小兵。其中一个叫 Sara 的问怡敏怎么称呼她。

“叫我怡敏啊。”怡敏笑了。

“没有英文名字啊？” Sara 问。

“没有啊。”怡敏诧异。

“美国人能叫出你的名字？”Sara 又问。

“让他们多念几遍就好了。可不能便宜他们。”怡敏笑了。

Sara 笑而不语。后来，怡敏发现除了几个海归的，几乎每个人都有个英文名字……

怡敏还是给自己起了个 Michelle 的英文名字，和 “敏”字念起来有点像。在国外近十年没取洋名，回国几个月的工夫就整一洋名，怡敏有些啼笑皆非。好在没什么实质性改变，唯一尴尬的是好几次同事喊她“Michelle”，她愣是没反应过来。

第三十章 彼岸似闻风铎语

chapter30

锋芒，像皑皑塞野的雪

在月的寒光下闪映，

喷吐冷激的辉艳；——斩，

斩断这时间的缠绵，

和猥琐网布的纠纷

——林徽因，《激昂》

怡敏也没想到这边人力资源的权力这么大，在美国基本上都是老板说了算，人力资源很多时候就是虚设。这边她想招个人，人力资源那边不点头就根本没戏。

她工作上也不轻松。国内做市场营销其实和她在纽约那些年做得很不一样，她很多都得从头学。最糟糕的是国内的人员变换得特别快，似乎每天都有人要辞职。她到公司没多久，手下的Sara就跳槽要走。怡敏还挺喜欢这个小姑娘的，就跟大头说看看能不能想办法留住她。大头一耸肩，“实在要走，也没办法。”怡敏诧异大头一点也不挽留，甚至表面功夫都不做一下，心里暗自思量，这可真有点不通人情啊。

年底的时候公司开联欢会，去了一家农家小院吃饭，怡敏肠胃不好，晚上回到家就吐了一地，赶紧到医院，吊水。医生说是食物中毒，倒没有大碍。怡敏在病床上刚躺了一会儿，大头就赶过来看她了，还带了一个新鲜鲜的水果篮。这浓浓的人情味又让怡敏感动，这要在北美，哪有人来医院看你。怡敏心里感动，她觉得自己也不过去国十载，但是许多东西都搞不懂了。像是隔了一层轻纱，一切都变得既熟悉又陌生，既真实又虚幻。

这是个迅速生长、昼夜奔腾的大都市，她觉得似乎每天都得提着根弦，一刻不停地旋转着。

不过回国最爽的就是吃得好。公司离联想很近，怡敏早上经常去联想的食堂吃早饭。各种糕点、小菜、稀饭、油条、豆浆、豆花，咸的、甜的、辣的、酸的，要什么有什么，还有大叔站在那儿给你现做煎饼果子。纽约也算是大地方，什么菜系的中国菜都有，但是味道到底不如国内来得地道和浓郁。怡敏是个吃货，就这么一家科技公司的小食堂，就把她给整舒坦了。她觉得，就冲这吃的，海归就值了。

回来没多久怡敏带着她妈妈宋芝去看专科医生。主治原医生年纪不大，做事情倒是沉稳，是老桂的女朋友的闺蜜的前男友。他说现在要考虑是支架治疗还是做心脏搭桥手术。支架的好处是不需要麻醉也不需要开刀，但是技术不够成熟。而心脏搭桥开刀技术比较成熟，但是创伤大。两个都有利有弊。怡敏问宋芝自己的意见。宋芝有些害怕动大手术，觉得还是支架好。怡敏想想也好，先做支架治疗。

到了第二年春天，宋芝的情况没有太多好转，每天晚上睡觉还是觉得胸口闷，经常喘不过气。她和原医生再一商量，决定还是得动手术。手术前，怡敏入乡随俗给原医生塞了红包，原医生执意不肯收红包，看怡敏态度坚决，只好收了。

宋芝手术顺利。手术后原医生把红包又退给了怡敏，怡敏不知道是因为拐七弯八认识他的缘故还是碰到了好医生，心里着实感动。只是那一阵马上就要春节了，公司事多，怡敏每天忙碌得像只蚂蚁，下了班还要赶到医院照顾妈妈。那天她趴在她妈病床边就睡着了，醒过来看她妈吊的葡萄糖水都快没了，赶紧喊护士来换，好一阵忙。终于歇停了，怡敏暗想自己要是有个兄弟姐妹多好，多少能分担一点事，做决定也有个人商量。她第一次觉到了独生子女的窘迫和孤独。

好在宋芝各方面恢复得还算快，过了一个星期就出院了。

宋芝出了院没几天就是怡敏生日。那天张承买了个蛋糕给怡敏贺生日。怡敏心里一跳，自己都 32 了，这时间怎么过得这么快！

“怡敏你都 32 了。还是多想想自己的事吧。” 宋芝一边切蛋糕，一边说。蛋糕很好吃，香甜，但又不是特别甜，不似美国商店的蛋糕，甜得发腻。怡敏一边吃一边应付着点头。

“我的一个老同事的邻居的大侄子，在国内也是念了 MBA 的。和你背景很像，不如你们见见？” 宋芝试探着问。她也知道要尊重孩子的意见，到底心里放心不下，尤其自己身体又不好，总想把怡敏这件事给处理了。

“我这周比较忙。”怡敏搪塞。

“那就下周？” 宋芝问。

“我得查查我的 calendar。”怡敏回国有一阵了，有时候说话还是不由自主带了英文。

“行，你这周三之前给我个准信。” 宋芝知道怎么跟年轻人迂回。

“这还有 deadline 呢。妈，我觉得你适合去做项目经理。”怡敏笑了。

张承一直没说话，听了怡敏这话倒是乐了，“你妈管了我一辈子，总算现在逮着个新目标了。”

怡敏一听也扑哧乐了。

怡敏到底没熬过她妈一次又一次和她磨，再想想自己的确也不小了， 终于答应去见这个 MBA，名字叫罗魁武的。第一次相亲安排在肯德基。怡敏在美国极少吃肯德基，觉得是垃圾食品。但是肯德基似乎在国内口碑不错。

罗魁武长得很斯文，瘦瘦的个子，和他的名字正好相反。怡敏想，好家伙，和假胖子起名字是一个思路啊。她突然想起来，她和假胖子好久没联系了，连回国都没通知他，这哥们儿也不知道怎么样啦。她这么想着，就有点走神。罗魁武问她要点什么，她半天才回过神。罗魁武样子顺眼，两个人聊得也还顺畅，尽管这哥们儿有些言不由衷。

“我只要找个脾性好的。” 罗魁武开口就说。

“噢。”怡敏微笑。

“听说你在外企？待遇还满意吧？” 罗魁武开口又问。

“不算很满意。我当时也没有太多选择。公司裁人，要么走人，要么来北京分部。”怡敏实话实说。

“噢。”罗魁武似笑非笑地咧了一下嘴，又问，“你现在房租贵吗？”

怡敏心里头咯噔了一下，他是想套出自己是买房还是租房吧，不过她还是诚实地回答，“我现在还跟我爸妈住。因为我妈妈身体不好，要照顾她。”

“你妈妈生病？什么病，不严重吧？”

“冠心病，刚做了心脏搭桥手术。”

罗魁武眉头稍微皱了一下，嘴里却说：“你倒是个孝顺孩子。”

最后分手的时候他没说下次什么时候见面，怡敏更不会说了。两个人挥挥手就散了。怡敏走在路上，想，这个人大概一辈子也不会再相见了吧。后来宋芝告诉怡敏，说小伙子觉得怡敏条件不错，就是年龄大了点。

“他比你大一岁，还嫌你大。”宋芝愤愤不平。

“得，这个人精着呢，把我的不动产、工资待遇、家庭成员重大疾病都问了个遍。估计嫌我硬指标不够好。”怡敏撇撇嘴。

怡敏只没想到过了一个月，她妈又找了个人，这回是她老同学的二舅妈的侄子。怡敏被宋芝磨得没脾气，最后还是去见了面。这位是个话痨，把自己的情史详详细细地过了一遍，动不动还问怡敏：你说说我们咋就没成呢？怡敏觉得自己成了知心大姐，帮他从家庭背景、成长历史、心理疾病好一顿分析。

回来的反馈是这位倒不嫌怡敏年龄大，但是觉得她念的书太多。他自己是本科毕业的，怡敏是个海归，怕两个人以后有隔阂，交流不畅。怡敏想，得，自己知心大姐白做了。又一想，原来自己的黄金时代已经一去不复返了。转眼间，她就成了桌子那头被人挑挑拣拣的剩菜了。怪不得陈盈盈说，回国更不好找。

又过了几个星期，宋芝笑呵呵地跟怡敏说，她今天去了个千人相亲会，相中了三位小伙子。

“你不知道，好多老头老太太，估计都是给孩子相亲来的。十分钟一个，轮桌聊，效率倒是快。”

怡敏都听傻了，她妈也是念过书的人，如今为了女儿什么花样都肯试。也是，谁让自己一下子就变成积压已久的底货呢？怡敏心里多少有点愧疚，但是她总觉得这种事急不来，而且，她觉得相亲好比把自己当成个商品，不得不用苛刻世俗的标准来重新评估自己，她有些不自在。她决定还是搬出去住，省得老妈总是唠叨。再说这么多年她一个人住习惯了，回来跟爸妈住还真是有点不自由。看看宋芝最近身体也好了不少，她开始找房子了。她给老桂打了个电话。

“好可惜，你去年回来时候不买，现在涨了好多。”老桂遗憾地说。

“那没办法，谁知道房子会涨这么凶。要不我再等等吧。”怡敏叹气。

“别，你可别等，再等只会更高。”

“那你推荐一下。”怡敏问。

“你上班在上地，就买回龙观附近的。”老桂寻思了一会儿说。

老桂今年刚出来和一个朋友合伙开了个房地产公司，专门卖大别墅。就推荐了自己另外一个朋友的楼盘，回龙观的云趣园小区。怡敏去那儿看了几套样板房，觉得周围交通还不便利，又有点犹豫。可巧怡敏有个朋友要出国，房子空出来，两居室的，里面装修一应俱全，连家具都是新的。房子在五道口，交通方便，离上地也很近，说是就可以租给怡敏。怡敏也嫌买房子麻烦，到时候还得装修，就租了她朋友的房子，到了夏天就从家里搬出去住了。

夏去冬来，转眼就是冬天，南加州的冬天很干燥，也是最容易生病的。林晚这几天特别着急，玉溪连着发了好几天高烧了。她平常发烧，林晚就给她喂退烧药。 可是这一次连着四天烧还没退。那天晚上林晚给玉溪吃了药，看她还是有些热，就没有关窗，结果第二天玉溪一早起来就喊脚疼。林晚请了假带她去看儿科医生，医生也不敢马虎，一听都发烧发了五天了，脚又疼，赶紧安排她去附近的儿童医院住院。林晚一听要住院，在车上眼泪就一串串地往下流。 她定下神，准备先回家拿几件衣服，在门口正巧碰到冬兰。冬兰看她眼睛红红，问起来，才知道玉溪要住院。

“不要着急，回头我给孩子求佛。”冬兰安慰她，林晚点点头，去房间里收拾了几件衣服就带玉溪去医院了。

到了医院第一天就是做各种检查，可啥也没查出来，到了第二天，总算是高烧退了，脚还是疼，下不了地。那天下午林晚坐在床头看着熟睡的玉溪，心里一片茫然。

有人在敲门，声音很轻，林晚开了门，是冬兰，手里还提着一个保温杯。

“这个是红豆粥，你吃点东西吧。自己先得打起精神来。”冬兰把红豆粥递给林晚。

“谢谢！”林晚心里感激，她拿起保温杯里的粥，刚递到嘴边，眼泪就流了下来。

冬兰忙拍拍她的肩，“没事，没事，都会过去的。”

“嗯，我知道，人生为什么会这么苦？”林晚叹气。

“人生无常，无常故苦，但是无常又是常态，无常即常。”

“嗯，我得好好琢磨一下你的话。”

“其实不要想太多。不要为将来的事预支烦恼。孩子的爸爸呢？”冬兰又说。

“孩子的爸爸在北京。”

“噢，怪不得还没见过孩子爸爸。”冬兰点点头。

“其实……”林晚顿了一下，看着熟睡的玉溪，压低了声音说，“她是个私生女。”

“噢。”冬兰又拍拍林晚的肩膀。林晚把自己和周鸿飞的事情和孩子的身世简单说了一下，她从来没有和怡敏之外的朋友说起这些事，她也不知道为什么就觉得冬兰让她信任，让她忍不住把自己的事情都说了出来。

“唉，大概你们前世欠了情债，这一世来还。贪嗔痴，是苦之根源。人有情执，有贪欲，这是我们摆脱烦恼的最大障碍。是身如焰，从渴爱生，最难的是放下执念。”冬兰叹息。

林晚抬头看着她，彼岸似闻风铎语，像是蜡烛花被剪了一下，她心里有个小火苗噌地闪了一下。“我其实现在不知道该怎么办。孩子的爸爸大概也不想离婚，而我又放不下。”

“你是不是舍不得？”冬兰问。

“是，毕竟是这么多年的感情在里面。一直都觉得和他是有缘人。难道缘分说散就散吗？”

“一切有为法，皆是因缘和合而生。一切有为法，如梦幻泡影。缘起时起，缘尽还无。”冬兰看着林晚。

说话间，玉溪醒了，林晚看着她，若有所思。过了两天，玉溪又可以下地走了，虽然是踮着脚尖走。医院里什么都查了，什么也查不出来。医生就说可以回家了。过了一周，玉溪又活蹦乱跳了。林晚一颗心才算完全放下来。大概生命中任何一件事都有它的意义，一场莫名其妙的小意外，一次坦诚的交流，林晚觉得她心里的门像是打开了一条缝。她仿佛看到了一丝光亮。

第三十一章
别了，美利坚！
chapter31

我回到我的城市，熟悉如眼泪，
如静脉，如童年的腮腺炎。
你回到这里，快点儿吞下
列宁格勒河边路灯的鱼肝油。

——曼德尔施塔姆，《列宁格勒》

Los Alamos 国家实验室在新墨西哥，冬天冷得刺骨。一转眼，海婷到这儿快两年了。新墨西哥是戈壁和冰雪的世界，很有些荒芜和孤寂， 冬天更是冷。在加州待了那么多年，头一年的冬天，她还真是不适应，冷得天天缩家里。到了第二年，有了经验，干脆出去滑雪。新墨西哥的两个滑雪胜地 Taos 和 Angel Fire 都离 Los Alamos 特别近。 两个人为租衣服还是买衣服算了老半天，最后算下来如果滑两年，每年滑五次，还是买衣服划算。从特别的滑雪衣、滑雪裤、滑雪袜，到滑雪的头盔、眼镜、手套，整套装备一个人也得两百美金了。海婷有点心疼，但是在新墨西哥不滑雪简直是暴殄天物啊。想想好多住在得州的都是开十多个小时过来滑雪，他们可是得天独厚了。

圣诞节后的一天，他们和几家中国人约了，一大早开到 Taos 雪场，把大龙放在一个小孩子学滑雪的儿童营里，海婷和陈迪就上了缆车。白雪皑皑的山就在眼前，雄伟又神秘，海婷心里颇有些怯意。再看看，周围那些身轻如燕的高手像一道流星一般闪过，甚是轻盈，她心里不由羡慕。 她慢慢学着平衡，走动，下蹲，慢慢移到一个小坡，想往前移，但是那两只长长的雪板就像不是锁在自己脚上似的，一下子就摔了一跤。这样反复练习，反复摔跤，到了大下午，终于可以滑动一点点了，要结束时颇有些意犹未尽。到了下午去接大龙，他一个小孩子倒是可以四处滑，比自己强不少，看来小孩子学东西的确快。

晚上，几家人聚在 Taos 的一家寿司店，这家寿司店店面小，可是名声在外，生意极好。据说饭团都是当天做，不放冰箱，温暖香软。摆得精致如艺术品的一大盘寿司刚上来，门口进来几个人。海婷旁边的徐老师压低声音说，“那个穿蓝衣服、戴眼镜的就是李文和。”海婷不由得仔细看了他几眼，花白的头发，瘦小的个子，脸上倒是镇定。

李文和间谍案是1999年出来的，那时候华人圈子里都在说这个事。大家都知道他冤，但是除了几个小型的抗议，大家能做的也特别少。饭桌上，几家人聊起来都觉得 Los Alamos 实验室查得太严了。实验室里所有的地方都禁止拍照，禁止录音。徐老师叫徐果梁，出国之前是吉林大学的老师，大家习惯叫他徐老师。他是做流体力学的，说起来做个报告都要申请查半天，工作时间不能超过某一个点，如果需要超过，要提前报告。海婷是外国人，连工作牌背景也是红色的。而且因为是外国人，所有实验室外的讲座，发文章，都必须要在实验室内部先审批。

“还有，咱们的电话都是被窃听的，给家里打电话可要小心。”徐老师又压低了嗓子说。

海婷心想，这个地方到底不是自己的地盘，处处被别人防着，真不是长久之地。

新墨西哥的日子简单也平静，海婷慢慢习惯了那一望无际的荒野和寂静。生活自然是不如加州方便，最近的中国店都在 Santa Fe，开车要四十五分钟。有时候开车去 Santa Fe，长长的公路上就他们一辆车子，她就想起了 John Denver 那首“country road，take me home”。是的，这个寂寞的荒野深处有她的小家。周围中国人不多，反倒关系特别紧密，逢年过节都要聚在一起，搞 potluck party。吃过饭，孩子们一堆，女人们一堆，男人们一堆。其实只要有一个温馨的小家，有爱你的人，住在哪儿又有什么区别呢？到了第二年春天，海婷又怀孕了。最高兴的就是大龙。

那天吃饭的时候，他又追着海婷问，“妈妈肚子里的是妹妹还是弟弟？”

“那你是想要弟弟还是妹妹？”陈迪逗他。

“弟弟吧，这样我的衣服可以给他穿，可以省不少钱呢。”大龙眨巴着眼睛说。

“瞧瞧，咱们平常省吃俭用，大龙从小就得真传。”海婷感慨。

“谁让咱们从小穷惯了，留学生的日子又拮据，只怕将来有好日子都不会享受了。”陈迪笑了。

“咱们现在欠的债都还清了，以后不要太省。大龙要什么玩具都给他买，要让孩子有一种富足感。”海婷说。

“勤俭节约不好吗？”陈迪笑了。

“我现在不这么觉得了。我觉得要让孩子从小要什么就有什么，将来就会有信心，觉得没有什么自己办不成的。如果他自小要得到一样东西那么难，长大了会畏难和自卑的。”海婷想起了自己，“你看我总是没自信，就是因为从小就觉得自己起点低。”

“嗯，起点低就得更努力，这样也没什么不好。”陈迪回答说。那天两个人倒是对孩子教育和自身成长做了一番反思和讨论。海婷觉得两个人虽然有一些出入，大致思路还是一致的。

女儿陈桦乐是年底出生的，比大龙小四岁。那个冬天，四口之家在小小的公寓里度过了圣诞节。新墨西哥的冬天居然可以冷得如此凛冽，但是小房子里却温暖如春。那暖意让海婷心里踏实，是的，这是她要的生活。

国家实验室做博士后不能超过三年，冬去春来，到了下一年春天，海婷在 Los Alamos 就要满三年了。美国物理系有终身教职的位置不好找，海婷找来找去也没找着。海婷只好又硬着头皮去找博士后的职位，也试着问了一下她北大原来的老板，都没有位置。何去何从？海婷心里焦急。那天她收到了她在伯克利的导师的一个 email。原来国内复旦物理系的一个教授叫丁未闻的在她导师那儿做访问学者，知道复旦要招一个终身教职的教授，正好也是纳米这个方向。她的导师就把海婷推荐给了丁未闻。海婷和丁未闻电话上聊得很不错，很快回国面试。虽然有一些迂回曲折，最后复旦的纳米实验室还是决定给海婷终身教职，并且丁未闻还出力气帮海婷弄了一个国家“青年千人计划”的指标，这样研究资金和待遇上都还不错，而这一切居然都在夏天来临的时候搞定了。

只是他们的绿卡还在办。

“算了，这个绿卡也是个鸡肋，办了还要半年回一次美国，多不方便，不如不要呢。”海婷开口。

“唉，要是当年不被裁掉，有了绿卡，会不会就不会回国了。”陈迪叹气。

“人生是没有办法假设的。这样也好吧。我爸妈老是催我回国，他们在美国住不习惯。”海婷每次和家里通电话，王厚仁总是催着海婷回国。

陈迪在国内的工作还没有定，但是想想上海经济繁荣，他又有美国公司的经验，应该不难找吧。两个人突然就很向往国内的生活，就像当年向往来美国一样。多好，人生的道路上总是有各种向往，让人可以一直兴冲冲往前走，哪怕前头的路也是杂草丛生。

新墨西哥的夏天酷暑难当，盛夏的一天，海婷一家告别新墨西哥，告别美国。海婷清楚地记得天空无比的澄明，有云彩一片一片飘扬在天际。云朵投影在荒野的草垛上，在地上留下浅浅灰灰的云影。飞机起飞的时候，大龙使劲盯着窗外看，而小乐乐还一直在睡觉呢。飞机穿过云层，高空上的流云像硕大无比的棉絮，海婷每次看见，总想起小时候看过的聊斋故事《翩翩》，仿佛只要抓一把，那云就可以做成暖暖的棉衣。她入神地看着机翼下的城市、高山和荒野——和八年前第一次见到时一样广袤无边。八年了，她的青春和奋斗留在了这里，她曾在这里哭泣，在这里欢笑，又在这里结婚，生子，养育了一双儿女。而这片土地却依然沉静地伫立于此，似乎一寸一方都没有变化。这是个美好富饶的国度，只是它那么好，却不是自己的，无论怎么努力，总是不能靠近。海婷叹气，别了，美利坚！

夏天的南加州不冷也不热，清清爽爽。那天林晚带着玉溪去踢足球，拿了张折叠凳子坐在那儿看书，不时抬头看看玉溪。

“你也看《纽约客》？”旁边坐着的一个美国人问她。

她抬头看到那个美国人，“是啊。”她回答得简洁。

“我订了《纽约客》，里面有一个中国来的叫李翊云的，写的文章很有意思。” 美国人又说。

“噢，我和她是同一个大学毕业的呢。你也看《纽约客》？”林晚很诧异。她喜欢写字，自己有一个英文博客。心底的烦心事都写在英文博客里。

“真的啊！” 那个美国男子眼睛亮了，“她写的中国是真实的中国吗？”

“怎么说呢，的确和真实的中国有一点点出入。也许有一点文学上的夸张，但还是颇具代表性的。”林晚回说。两个人闲谈着，孩子们球也踢完了。一个金发的小姑娘向他走过来。

“爸爸，我们走吧。”小姑娘拉着她爸爸的手。

“我叫斯蒂文，很高兴认识你。”分手的时候，那个男人说。

“我叫林晚，也很高兴认识你。”林晚客气地说。

到了下一周，两个人又碰上了。一来二去，林晚搞清了他是一个单亲父亲，离了婚，和他前妻对孩子有共同抚养权。他和他前妻住得近。孩子虽说是跟着母亲住，平常接送这个活动那个活动的，倒是斯蒂文做得多。

“你一个人很辛苦啊。”斯蒂文说。

“你不也是吗？习惯就好。”林晚笑笑。

斯蒂文约林晚出去吃饭的时候，林晚犹豫了一下答应了。其实这几年也有人向她示好，她也努力试着交往，总是不能入心，大概她心里一直没有放下。那次和冬兰谈过之后，她心里蒙上的一层灰网像是被揭开了，她觉得要试着打开自己。

那是个还算愉快的约会，斯蒂文是一个小公司的财务主管，人很聪明，很有幽默感。林晚觉得她好像很久没有畅快地笑过了，只是好几次，她都开了小差，想着要是对面坐着的是鸿飞多好。

周鸿飞坐在桌子旁边写论文。他抬起头，看到天色有些暗。不知道从什么时候开始，天空不再那么蓝，甚至是秋天这样美好的季节。

他有些怀念住在玉泉路的日子，抬起头就能看到蓝天，还有鸽哨响脆的声音。他们是几年前搬的家，晓岩那时候坚持要在农大那片买一套商品房。三居室的大房子，住得敞亮了很多，但是上班远了些。

他听到玉泉在旁边的房子里哼着歌，这几天国庆休假。他想玉泉天天待在家里，估计有点闷吧。

“玉泉在吗？”有人打电话问，是个男孩子的声音。

“是凌飞。”玉泉接了电话，“他喊我下楼玩。” 凌飞是玉泉在北大附小的同学。

“那你去吧。”鸿飞拍拍玉泉的脑袋。

“那我走了啊。”玉泉下了楼。

鸿飞走到阳台上看到楼底下小小的两个人叽叽咕咕，心想，青梅竹马说的就是他们这样的吧。他突然想起上次林晚母女俩回国也是秋天。好快，转眼就是三年了。这三年，他还是和林晚有联系，但都是有关玉溪的事，他们之间不再有亲密的话语，不再用各种俏皮的小昵称，也不再分享彼此的喜乐和烦恼。鸿飞有几次想问问她还好吗，又怕她多心，也不再问起。林晚前两年话语极少，偶尔有一些，也是说玉溪的一些小成绩，玉溪画的画得奖了，玉溪进了天才班了。但是只是就事论事。这一年倒是好些了，话多了些。周鸿飞想，她大概是走出来了吧，这样也好。只是想到她也许开始了新的感情，心里又有一丝酸。

“我出去见个朋友。”晓岩从里屋走出来，穿戴齐整。

“好。”鸿飞想问去见谁，又觉得不妥。

晓岩站在门口， 想等鸿飞说个再见，但是他一直站在阳台上，看着楼下，头都没回。她心里叹了口气，带上门，下了楼。

鸿飞其实也想等晓岩说个话，但是两个人都没有开口。他听到晓岩下了楼，到了楼下，又和玉泉两个人站在那儿说话。他在楼上远远地看着她，这几年，晓岩脸上的笑少了很多，额头上、眼角都有了皱纹，他心里有一丝愧疚。

他和她好像一直还没有走出那个坎。她经常查他的手机，有几次回来晚了，她仔细盘问。他很无奈，但是想想，是自己最先打破了彼此之间的信任，又能怪谁呢？晚上，他和她各自睡在一个床角。他能听到她辗转反侧，她亦如此，他们之间的亲密感越来越远。他觉得自己从来没有这么孤独过，两个女人他都辜负了，而现在两个女人都离他远远的。他、她，还有她，都在自己厚厚的茧里挣扎，到哪一天才能破茧而出呢？

第三十二章 时光的站台

chapter32

在夜的站台等时光的列车

所有的抵达都姗姗来迟

而一切启程都刻不容缓

这一夜 我就这样被囿困于牙买加

——应帆，《这一夜我被囿困于牙买加》

晓岩是去见一个老朋友，叫王希，她喊王姐。还是她在美国那一年认识的。她去的那个学校叫RPI，是东部一个很不错的私立学校。RPI在Troy，在纽约州首府Albany附近。她是冬天去的，Troy整个城市藏匿在一片雪白之中。满天的白雪，周围安静得没有一点声音，像童话世界一样，有一种出尘不俗的静谧和庄重。

她那时刚到美国，人生地不熟，王姐和几个基督徒在学校附近的一个地方发邀请帖。“晚上到我们教会的迎新晚会上一起聚餐吧。”王姐样子和善，特意拉着晓岩说。晓岩恰好无事，晚上就去了，教会准备了丰盛的晚餐。分手的时候，王姐知道晓岩还临时住在一个朋友家，就握着她的手，“愿主保佑你早点找到房子。”晓岩那之前从来没有接触过基督徒，她心里感动。

那之后周末不忙的时候晓岩会去他们教会聚餐。她心里也喜欢王姐这些人，知道她们是真好。只是这么多年的科学熏陶，她一直没有办法接受上帝造人的说法，所以只能算是半信半疑。后来回了国，没有机会接触基督徒，就更没法信了。

这次王姐是来北京玩，两个人约在北大附近的一家“便宜坊”烤鸭店吃饭。

“这一晃就十多年，你倒没怎么变呢。”晓岩笑说。

“怎么会，头发都白了。六十好几的人了。”

“老林这次没回来？”老林是王姐的老公。

“他前几年过世了。是胰腺癌，从发现到走只有几个月的时间。”王姐叹了口气。

“对不起……”晓岩没有想到，她记忆中的老林是多么爽朗乐观的一个人。

“我现在好多了。主一直在眷顾着我。两个孩子都上大学自立了，我一个人倒是可以到处玩了。”王姐笑了，“你还好吧？”

“嗯……”晓岩想起自己一摊子的事，神色黯淡，但又觉得无从说起。

“愿主保佑你。”王姐看她的神色不对，就握住了她的手。那温暖传递到晓岩的手里，晓岩的眼泪突然就涌进了眼眶。这些年，她在外人面前维护着一个幸福的小家的样子，连最要好的朋友和家人都不知道她的痛、她的苦。可是今天，在一个久别重逢甚至是不那么熟悉的老朋友面前，她突然就不想再装下去了。

“我很不好，很不好。”她的眼泪流了下来。

王姐递了纸巾给她。

“我老公……他出轨了。”晓岩接过纸巾，眼泪却还是止不住，“还在外面有了个私生女。”

“可怜的孩子。”王姐又握住了晓岩的手。

“我不知道该怎么办，有时候，我想干脆离了算了。可是，有时候，我又舍不得，也没有那个勇气。”晓岩看着不远处烤鸭架上一只只油光发亮的鸭子，眼里充满了迷茫。

“唉，他是个迷途的羔羊，试着用爱去化解吧。”

“可是，爱，好像是好遥远的事情了。”晓岩抬起头。

“不会，我们每一个人都有爱的能力。爱从来就不会走远。我觉得你们之间需要沟通。”王姐说，“找个机会和他好好谈一次。”

“我们之间好像说不上话，他把自己心里那扇门关掉了。我宁肯他开口和我吵。”晓岩眉头皱了起来。

“有时候，不知道真相的人是幸运的人，而假装不知道真相的人是幸福的人。晓岩，你要做的是像对待一张白纸一样对待他。”

晓岩默默点头，王姐说的都在理，可是能不能做到又是另外一回事，自己的出路到底在哪里？她像是走在长长的隧道里，那隧道口的光亮还似有似无。

海婷对于上海的记忆还停留在20世纪90年代那次并不愉快的出行。那是90年代中，陈迪带着她在豫园和外滩逛了一圈。她对这个洋气拥挤的城市没有太多好印象，如今兜兜转转却要来这里定居，想想命运的安排真有几分诡秘。站在2005年上海的街头，海婷觉得有些找不到方向了。上海的街道从来没有冷清过，上海的繁华从来没有没落过。现在的繁华更是如锦似缎，到处高楼林立，高架桥一座接一座，大街上人潮拥挤，姑娘们妆容精致，比起新墨西哥热闹了几千倍，热闹得让她觉得自己是个局外人。只有一次，她路过南京路，有一个老外站在昔日永安公司二楼的阳台上演奏萨克斯，曲调悠扬，让她不由想起伯克利校园里的歌手，心里才有了一分亲切感。

陈迪回国找工作并没有想象的那么快，好在他上海有不少老同学，帮他在一家做网络付款的外企找好了工作，公司在浦东的张江科技园。最大的问题是交通太不方便，他们还没有买车，要坐公交，再倒地铁二号线，单程就要一个多小时。陈迪每天天没亮出门，到家都快晚上八点了。家里的事一样都帮不上，孩子接送全是海婷一个人的事。好在大龙可以当华侨子女对待，上的是复旦附小，离海婷办公室不远。海婷爸爸王厚仁和妈妈黄淑英前后脚就赶到上海，说是要帮她带小乐乐，海婷想想也好。只是学校临时安排的房子实在太小，王厚仁成天唠叨厨房里都转不开身。海婷听不得他唠叨，准备在新江湾的雍景苑买一套房，陈迪不同意，说这么贵，一万多块钱一平方米，把这么些年的积蓄都垫进去了，还不如租房子划算。 两个人为这事闹了好多天，最后互相妥协了，买了一套小一些的，也是三居室的，到了第二年初就搬进去了。

怡敏从家里搬出去一个人住也有好一阵了，的确没人在耳边唠叨，可是回到家也没有现成的饭可以吃。生活就是这样，什么事情都是好的坏的绑在一起，打成一个大包给你。好在她一个人，经常就在外面吃，反正周围好吃的应有尽有。

春节的时候她和林晚通了个电话，知道林晚和斯蒂文住在一起了，心里暗暗为林晚松了口气。这么些年，她总算是走了出来，怡敏知道林晚这条路走得实在辛苦，她是想歇歇脚，歇歇心了。

“假胖子和真胖子都结婚了。”林晚接着说。

“噢。”怡敏条件反射似的应着。

“真胖子找了南大的一个姑娘，假胖子是和他奥斯汀的女友。”

怡敏想起许多年前，她和林晚早晨跑步，真假胖子抄近道从墙上跳下来，站在她们面前，那么青涩的少年，如今都长成男人的样子，找到了自己喜欢的姑娘，也终于离她们越来越远。

怡敏怔了半天，终于说了一句，“真不够哥们儿，都他妈肥了外人田。”

那天晚上她怎么也睡不着觉，就站在阳台上看灯火霓虹下的北京城。这个热闹又孤独的城市啊，那个对的人在哪一盏灯光下？他是不是也和自己一样在这个大都市的一个角落里等待？

北京的日子过得忙叨叨。老同学老朋友平常也都是各忙各的，除非有外地的回京才聚一聚。老桂的生意越做越大，女朋友越换越年轻，怡敏觉得这个铁哥们儿也不如年轻的时候交往那么痛快了。 好在又交了一拨新朋友，也都是些单身，和她背景很像，经常满世界地跑。美洲、欧洲、非洲、澳洲，巴西、挪威、肯尼亚、新西兰都去了个遍。有一次去丽江玩，她走过一块青石板的时候，脚下一滑就掉进了溪水里，本来水也不深，只是她掉进去马上又来了个屁墩就彻底湿透了。那帮狐朋狗友们马上咔嚓嚓立此存照，她把自己惨兮兮的样子发 email 给林晚和海婷，旁边题字“痛打落水狗”。她们三个现在建了个 email 小组，平常也不太通信，过年过节发个邮件，大家都知道彼此的信息。海婷拿了教授职称了，林晚在尔湾又买了一套房子了，怡敏换了一家公司了。怡敏觉得日子的流逝好像是和年龄成正比的，年龄越大，日子过得越快，小时候，觉得每一天都那么漫长，盼着放假，盼着上大学，盼着长大，可是现在突然就觉得日子怎么过得那么快，朝云暮雨，冬去春来，一年又一年，转眼就到了 2008 年的春天。

北京这几年到了春天风沙大，刮过好几次沙尘暴。怡敏以前是戴隐形眼镜的，现在也不太戴了，换了眼镜。她好多年没戴眼镜了，自己看着镜子里的自己都有点陌生，好像还有几分寂寞。这可不是她，她心里叹了口气。对于她这样的剩女来说，北京的形势比纽约还要严峻，国内的男人对于年龄非常敏感挑剔， 36 岁了，怡敏突然觉得自己不如年轻时候那么有底气了，她觉得自己没有勇气继续任性了，她心里也开始纠结，是不是好歹也得成个家？回国这几年她也断断续续谈了几个，但是总没有对上眼的。她又实在不愿意将就，就这么一直拖着。好像心里总有那么一个说不清楚的坎儿让她一再错过忠厚贤良，这到底是个什么坎儿？她工作还忙得要死，手下管的人多了，出差多了，加班多了。这么一来好像就更没时间考虑个人问题了。她觉得自己就像穿上了红舞鞋，停不下来了，一个人孤单单地转着圈。

5 月 12 日是星期一，下午怡敏正在开一个客户分析讨论会，突然就觉得楼晃了一下，“恐怖袭击？”她脑袋里突然闪出了这个念头。“是地震了？”对面的同事问。大家都停了下来，拿了手里的东西马上开始撤离。怡敏站在那儿还有点晕，往楼下一看，乌压压一片都是人。电梯都没人敢坐了，只能用楼梯。她也跟着人流往下撤，心里一遍遍回想起“9·11”那次撤退，永远也没有尽头的楼梯间，火光、碎片、尘土，梦魇一般的曼哈顿。仿佛昨日重现，她心里一阵阵发紧。给家里打电话，居然打不通，心里更着急了。她觉得走了好久好久，终于出了大楼，大家都在纷纷议论着，有人说是大兴的地震，有人说是四川。过了一个多小时，家里电话总算通了，张承和宋芝都没事。怡敏又想起林晚家是四川的，马上给她发了个 email。林晚急得不得了，眉山离汶川只有一百公里，家里电话一直都拨不通，好在过了几个小时电话通了，家里人都没事，她才放下一颗心。现在大家都知道震中在汶川，只是，谁也没料到这次地震伤亡那么惨重。

那一段日子，怡敏特别容易哭，一看到汶川地震的消息，尤其是图片就忍不住流泪。她后来只好强迫自己不去看这些新闻了。她又一次掉入了失眠的痛苦之中，有几个晚上好不容易睡着了却被噩梦惊醒。

伤感和失眠还没有完全褪尽，夏天就到了。奥运会开幕式那天，公司的一帮人约好了去三里屯 Village 一家叫“海上花”的酒吧看开幕式。大家一边喝酒一边看大屏幕上的直播。精美绝伦、独具匠心的开幕式表演实在好看。“这是个盛世。”怡敏想。最近一阵的阴郁好像也一扫而空。但是当姚明和汶川地震的小英雄林浩牵着手一起走出来的时候，她的眼泪突然又哗哗地流个不停。开幕式最后，烟花四起，在鸟巢上空大朵大朵地绽放，怡敏不由想起大三那年后海新年夜的烟花，想起时代广场千禧年的烟花。而现在，是 2008 年鸟巢的烟花，她入神地看着，似乎能从那瞬间的灿烂里看到过往岁月依稀的痕迹。她笑了，眼角还有一丝淡淡的泪光。

那天晚上她喝得有点高，回家一头倒在床上，突然就看见周围起了白烟，什么都看不见，着火了吗？她吓得赶紧从床上跳起来，拿了那个深蓝色的拉杆箱就去了火车站，那个火车站无比的破落灰暗。她坐在站台的木头凳子上等，终于来了一列绿皮火车，可是它居然不停，又来了一列，依然如此，火车一列一列地从她身边经过，就是没有一列肯停下来。怡敏急得都要哭出来了，她一急，就惊醒了。夜黑如墨，她坐起来，头有些晕。她已经站在人生第三十六个站台了，她错过了什么？还会一直错过吗？

第二天她查看 email，看到一个来自 Frank Fan 的邮件，打开一看，居然是范健。他回北京看奥运，问怡敏有没有空聚一下。怡敏离开旧金山的前几年，他们还时不时有联系，后来慢慢地就没了联系，怡敏想他大概找到心爱的姑娘了吧。隔了这么些年，又收到他的来信，怡敏颇有些诧异。

第三十三章 你还需要备胎吗？

chapter33

爱情是里尔克的豹

在铁栅那边走啊走啊

而你隔着铁栅

望着那豹发着绿光的眼睛说

等待，还是死亡

——叶延滨，《爱情是里尔克的豹》

怡敏和范健约在中关村的沸腾鱼乡一起吃中饭。这些天开奥运会，北京的天空格外蓝，交通也顺畅。怡敏到了餐馆门口，一眼看到范健，他脸上带着笑。她便想起十多年前第一次在旧金山机场见到他时，他也是这样笑着问她的“敏”是不是赵敏的“敏”。怡敏想，原来也有时光带不走的东西。她看着他，也露出了一个大大的笑容，“你好，范健！”

“叫我 Frank 吧。”范健笑着说，“换个名字叫。据说可以转运。”

“嗯，有道理，一命二运三风水，老祖宗的东西还是有道理的。”怡敏点头，不知道从什么时候开始，她也有点信这些了。

“所以奥运会 2008 年 8 月 8 日 8 点开始，8888，多有中国特色。”

“可不是，咱们中国人就讲究这个。”怡敏接着话茬。

“还记得莫念衡吗？他结婚了，还是找了个湖南姑娘。”

“噢，他人真不错的。”怡敏又问，“你呢？”

“我……我一直一个人。”范健脸上掠过一丝疲惫。

“噢。”怡敏应着。她想问问为什么，又想自己不也是如此吗？顿了一会儿，笑着说，“我也是，咱们同病相怜。伯克利的传统吗？”

范健一听，笑了，“我还以为你早结婚了呢。”顿了半晌，又问，“回国习惯吗？”

“有什么不习惯的。要相信一个人的适应能力。”怡敏笑说，“不过我好像一直都是在路上。回国这几年一有假就出去玩，反正一个人自由。现在就差月球没去了。”

“心都玩野了吧，怪不得一直没成家。”范健微微笑了。

“嗯，或者也是因为没有成家所以一直在外面游荡。好像是先有鸡还是先有蛋的关系，说不清楚。” 水煮鱼放的是生菜，怡敏看着盆面上一层红辣椒，陷入了沉思。她这些年一个人一直都没有买房子，好像定不下心。

“你现在还需要备胎吗？”范健也盯着那盆水煮鱼，他的声音不大。

怡敏抬头看着他，心里一动，嘴里却不饶人，“嗯，你知道吗？在北京都不敢要备胎，有盗窃集团专门偷备胎。”

范健眼里闪过一丝失望，“唉，说真的，我这次回来也是看看国内的机会。我一直想换个环境，我父母也一直希望我回国发展。”

“哦，北京欢迎你。”怡敏笑着说。

“唉，我知道那个，奥运会主题歌。”范健叹了口气，分别的时候，他拥抱了她，“我们后会有期。”北京的夜有些燥热，怡敏心里突然有一丝颤动。

深秋的时候周鸿飞母亲何佳蓉病症加重了，她有肾炎，拖了好多年，最后成了尿毒症。 那天鸿飞、晓岩带着玉泉来医院看她。

“奶奶，你好好养病，早点出院啊。”玉泉坐在床头跟她说。

“好。玉泉真懂事。”何佳蓉勉强笑着说。

晓岩和玉泉坐了一阵就先回去了，留下鸿飞陪着。

何佳蓉看着她们两个出了病房，跟鸿飞说，“我怕是熬不过这个冬天了。”

“妈，别胡思乱想。医生说最近有好转。”周鸿飞安慰她。

“医生？”何佳蓉哼了一声，脸上还是灰灰的，“命都是老天说了算，医生能做得了主？”

鸿飞听了这话，竟找不到话反驳。

何佳蓉接着说：“我心里亮堂得很。我这几天连续好几个晚上都梦见你爸爸。他到你小时候我们住过的红旗路的老房子寻我来了。他这个没良心的，早早就扔下我们娘俩走了，现在还有脸来找我。”她说着，眼泪像是要流了下来。她一辈子好强，到了现在，话还是不饶人。鸿飞握住了她的手。

“我其实走了也没什么牵挂的。玉泉是个聪明孩子，就是你和晓岩好像这几年关系都不太对劲。你跟我说实话，是怎么回事？”她身子虚弱，脑子倒是清醒得很。

周鸿飞的眼睛盯着母亲的输液管看了好久，一滴、两滴，像雨滴在溪水里，没有一点回响。他一直犹豫要不要告诉母亲玉溪的存在，毕竟是她的亲孙女。医生都发了五次病危通知书了，她母亲现在状况很不好，尿毒症引起了并发症，心血管不良，连消化道也出血，随时可能出现险情。

他顿了半晌，说：“是我不好，我对不起她。”他把林晚和玉溪的事情全盘托出告诉了她。老太太痴了好一阵，“原来我还有一个孙女。”周鸿飞拿出玉溪的相片给她看——他其实早就准备好了。

“长得像你爸爸。像，那眉眼太像了。”她摩挲着相片上的玉溪，“可惜我这辈子不能亲眼见到她了。”

她长叹了口气，“玉溪和你一样可怜，从小父亲不在身边。”

周鸿飞听了这句，泪花直泛，也不由长叹了口气，却是一句话也说不出来。

“你要对晓岩好一点，她是个好媳妇，她心肠好，我心里有数。是你做了对不起人家的事。”何佳蓉又叮嘱了一句，“你答应我，你们好好过。玉溪妈妈那边，你怕是要负了，这边就不要再负了。”

周鸿飞等了半天，点了下头。老太太闭上眼睛，不作声了。

何佳蓉是在两周后去世的，出殡的那天天气阴霾得很。天空雾蒙蒙的，能见度极差，车子在高速上堵了一个小时，开灵车的司机骂了句“这鬼天气”。

墓地选在昌平的德陵公墓，三面都是山，满眼苍翠，大家都静默不语。开始落葬了，鸿飞和晓岩都跪了地，玉泉也跟着跪地磕头。晓岩跪在那儿，想起老太太最后受的苦，又想起了自己，不由就哭了起来。玉泉也很想哭，可是她心里沉甸甸的，却怎么也哭不出来，只是看着公共墓地里缭绕的雾气发了怔。

回家的路上，玉泉悄悄地问晓岩，“人为什么会死？”

“因为我们不能老是活着。”

“人为什么要活着？”

晓岩看了玉泉一眼：“这么小就问这么多生啊死啊的。”玉泉不再作声，她看着车窗外，灰蒙蒙的一片，太阳也变成了一个红月亮，挂在那儿，让人搞不清是白天还是黑夜。

周鸿飞那天晚上一个人坐在沙发上发呆，他觉得他的眼泪已经在母亲去世那晚都流尽了。这些天忙着操办丧事，倒是一滴眼泪都流不出来了。母亲枣红色的骨灰盒放下去，落葬工开始封穴盖顶的时候他心里开始发痛，像是心被撕裂了，悲痛从里面渗出来，一点点漫延到整个身体。父亲快过世前夕，他刚拿到北大录取通知书，他把通知书递给父亲的时候，父亲只是很勉强地说了一个“好”字，就不再说什么。他心里很失望，他想象的父亲兴高采烈的情景没有出现。父亲的生命已经到了尽头，对于一个马上要离开人世的人来说，儿子的北大录取通知还有什么更多的意义呢？他眼里的悲凉和灰暗让鸿飞心一沉，那似乎就成了他以后生命的底色。而现在，父亲母亲都弃他而去。他心里突然就生出了恐惧、茫然和无助，一种孤零零被留在了这个世界上的感觉。他觉得身体里有一部分已经被挖空了，那一部分是用这个世界上任何东西都不能填补的空白和虚无。

凌晨的时候，他迷迷糊糊坐在沙发上睡着了，等醒过来的时候发现身上盖了床毛毯，晓岩坐在旁边看着他。鸿飞心里的悲痛还在继续，泪水突然又涌了出来，他抱着晓岩就哭了起来。晓岩轻轻地拍着他的背，像拍着一个小孩子，她摩挲着他的头发，泪水也忍不住流了出来。似乎这一刻，他们成了世界上最后两个孤儿，两个相依为命的孤儿。

范健夏天回美以后就和怡敏联系不少，主要是在怡敏的博客上。他知道怡敏有个博客以后几乎每天都去看。怡敏在博客上不过就是叽叽歪歪，说些胡吃海塞，天南地北，四处游荡的事儿。他喜欢看她在里面写的小破事，文笔不见得多深刻，但是很可乐，经常涮涮自己和周围的朋友。他其实最想看的是她的照片，她有时候兴致高了，会出个镜放张小照。然后他时不时冒个泡，留个言，觉得好像隔得倒是近了。他觉得，从文字里看到的怡敏比她本人要颓废一些，可是他好像都是喜欢的。

怡敏今年本命年，过得特别不顺，博客上的牢骚就特别多。她的公司是做金融软件的，美国闹金融危机，公司不可避免受了影响，最近被收购了，人心惶惶，她也想换个工作。怡敏想去的那家公司面试流程无比繁杂，光面试就面了五回，这一下就从夏日炎炎面到了秋风乍起。到了十月中能聊的人都聊遍了，她想该给个说法了吧。突然被告知部门老大跳槽了，所以这个职位是否还能招人需等待一段时间。过了两周说还是要人的，要给 offer。怡敏心里的小火花又给点燃了，可是等到十二月了还没信，忍了好久给人力资源的负责人叫李亚珊的发了个 email。居然了无音讯，后来还是猎头发了个信说连李亚珊自己都跳槽闪了，怡敏心里骂了N遍奶奶的，这半年就这么耗过去了。她在网上算了一命，说是要找个男人转个运，心里就盼着 2008 早点滚蛋，明年转个运。

年底的时候范健又回来了，他这次是回来面试。回美国前一晚怡敏和他约在三里屯 village。怡敏总觉得这个地名不通顺，屯不就是 village 吗？她跟出租车司机说地名的时候，司机大哥嘟囔了一句，“是不是就是三里屯酒吧街与工人体育场北路交界的地方？干吗整些个洋文。”“就是，不如把 village 翻译成魏丽芝？”怡敏笑说。她这么说着就想起张艺谋拍的《一个也不能少》里面的女主角叫魏敏芝，又想到张艺谋曾经的小情巩俐，而巩俐好像和她一样也是单身，然后她又突然想起当年如果接受了范健，她是不是早就脱单了，没准孩子都能打酱油了……他会是那个明年让她转运的人吗？她这么一番胡思乱想，车子就到了海上花酒吧。范健早到了。

怡敏自打上次和同事来过一次以后，就常来这个酒吧。酒吧老板人爽快，原来是做 IT 的，开的一家 startup 上市了，财务自由了，他也辞了职，开了这家酒吧。音乐、酒、朋友就是他现在的生活。其中的一个歌手身型有点像久柯，瘦高个，声音也低沉，怡敏看到他就有些时光倒流的感觉。不巧今天那个歌手没来，换了个新来的，圆圆的脸，穿着件运动服，其貌不扬，像是个……理工男。没承想这哥们儿还很有两把刷子，一开始唱的是齐秦的《花祭》。“太多太多的话 / 我还没有说 / 太多太多牵挂 / 值得你留下 / 花开的时候 / 你却离开我。”他的音准和节奏都好，还特别有一些沧桑感。怡敏听了突然颇有些伤感，那个和范健气质相似的人却唱出了十多年前那个人的感觉，如果有虫洞可以穿越到十多年前，她真想回到那时的北大，对那个没心没肺的自己说，“笑也好，哭也好，都好好珍惜吧，不管结局如何，这都会是生命里最清亮最纯洁的记忆——和青春有关的记忆。”

门口进来了两个拉拉，坐在离他俩不远的地方。一个长发飘柔，穿着白色的羊绒毛衣，牛仔裤，很文艺女青年的样子，一个穿着黑色夹克，帅气的短发有些自然卷。两个人一直不避讳，卿卿我我的。怡敏看了一眼，说，“北京真的很国际化了。”范健眉头却皱了起来，脸上有一丝难过。怡敏有些奇怪。他看了一眼怡敏，又看着那两个女孩子说：“我的前女友是个 lesbian。”

他那晚喝了不少酒，断断续续地说着他和他前任的那些事。他们是在 mitbbs 上认识的，常去一个论坛，一来二去就开始了。在一起好几年了她一直不肯结婚，有一次她的邮箱忘了退出来，他看到后震惊极了。原来她和她的女朋友在认识他之前就好了，迫于家庭压力才和他在一起，但是一直和女友往来。原来他不过是她的一个幌子。

“她说仿佛宇宙间有一种磁场，把她们吸引到一起，从此再也不能分开。你是学物理的，你说说是什么鬼磁场。”范健有些喝醉了，说的话都不着边际了。怡敏心里升起怜惜，小可怜的，怪不得要改个英文名字。怡敏把他扶到出租车上，到了他住的酒店，又把他扶进了房间。她想离开的时候，范健却一把拉住她，把她搂在了怀里。

第三十四章 人生没有赢家

chapter34

我还能如此清晰地记起从前

这真是奇迹：一个姓张的瞎子，在河流上

练习飞翔；一个姓李的木匠，在屋顶上

模仿狼哭；一个货郎，姓刘，摇着手鼓

——雷平阳，《记忆》

怡敏有些吃惊，但是她心一软，就没有拒绝，她似乎也无法拒绝——空气中酒精的味道让情欲蓬勃地生长。后来，怡敏努力回忆那一晚到底是情还是欲，好像分不太清楚了，也许，两个孤独寂寞的单身男女在一起，并不需要太多理由。那是2008年的最后一天，怡敏盯着酒店的天花板想，或许明年真的能转运?

第二年夏天将至的时候，范健回到北京，去了他春天面试的那家公司做一个技术小头目。他在离怡敏住处不远的地方租了一套房子。两个人各住各的，但是经常在一起。怡敏带他去家里吃过一次饭。范健走了以后，宋芝说，“这孩子不错，懂礼貌。老张你觉得呢？”她问埋头看股票的张承。

“还行啊，不过小敏不是一直喜欢帅哥的吗？” 张承心不在焉地说，他是个随性的人，怡敏觉得自己很是得了他的真传。

“长得丑一点有什么，反正帅又不能当饭吃。”宋芝急忙说。

“可是会遗传，影响孩子啊。”怡敏笑着说。

“怕什么，咱们家女性基因强大。你看你爸长得歪瓜裂枣的，你不也长得挺好嘛。”宋芝又说。

“嗯，老妈当年肯定是一枝花。”怡敏应和着。

“哎，我长得丑，当初是谁巴巴地找我辅导数学啊。”张承抬起了头。

怡敏笑了，笑得有些心虚，她突然觉得，要找到老爸老妈这么融洽的，恐怕没那么容易。她和范健在一起好像一直没有找到那种感觉，他是个典型的理工男，不是那么健谈，她和他说话总是不能找到一种心领神会的感觉。而且，她和他在许多方面并不那么合拍。但是这些真的有那么重要吗？她叹了口气，也许，真的该安定下来了，两个人买套房子，生个孩子，安安稳稳过日子，还折腾什么劲呢？自己都37了，范健各方面条件都不差，是个踏踏实实过日子的人，对她也是真好，自己还犹豫什么呢？

冬天的时候，范健和怡敏去京郊的一个滑雪场滑雪。怡敏在纽约的时候常去麻州西部滑雪，回国后好久没滑了，那天摔了好几个屁墩。范健技术不太好，那天居然闪了腰。晚上他趴在床上，怡敏给他上了红花油，他突然翻过身，拉着怡敏的手，“我们去登记吧。”

红花油刺鼻的味道还在空气中缭绕，怡敏突然有一点害怕。怕什么呢？她自己都说不好，她愣在那儿，一时不知道说什么。这个时候，她的手机不合时宜地响了。

“对不起，我接一下电话。”她松开范健的手，走到房间那头。居然是陈盈盈的电话。

“哎，知道吗？我马上要海归了，去上海！”她的声音里充满了对美丽新世界的向往。

“你不是不能接受纽约以外的任何城市吗？”

“没办法，谁让我的男朋友要回去呢？段思惟是上海人。” 盈盈又询问了一番国内的事情，怡敏也可着劲和她说话。等挂了电话，已经半个小时过去了。

怡敏放下电话，走到房间那头，跟范健说："你让我再想想。"

赶巧不巧，公司在上海建了个分部，问怡敏可不可以去帮一年的忙，把分部市场营销的架子搭起来。一年之后她可以留上海，也可以回北京。怡敏想了想就答应了。

过了元旦，她坐在北京到上海的飞机上，甚至都不敢看云层下这个城市。她在万里飘摇中闭着眼睛，心里的罪恶感和轻松感交织在一起。她的确有些想换个地方，换个环境，但是她知道自己潜意识里是在逃避范健给她的问题，一个说难也难，说容易也容易的问题。她在走之前把寄给他的信塞进了邮箱——她把当面说不出来的话都写在了信上。她说自己要去上海一年，或者更久，他如果找到合适的，就 move on 吧。她说得委婉又明白，他是个聪明人，如何看不懂？

怡敏到上海快一个月了，她心里是有些喜欢这个城市的，主要是做事情的人靠谱，有一说一。她记得在北京私人定制了个小木桌子，打了无数通电话，那个家具店老板才把东西送上来。在上海，她打交道的人从路边摆摊的阿婆到寄快递的小哥，个个守时守信。那天她穿了件新买的褐色立领皮夹克，街口便利店的黄阿婆见了她说，"侬今朝老好看额。"她知道大概是客套话，可是也没有理由不高兴，尤其那些吴侬软语听起来又是那么舒服。

海婷去年在上海又买了一个两居室，主要是和父母天天住在一起，免不了这样那样的摩擦，她有时候觉得都没法呼吸。正好他们小区有套两居室的房子要卖，房子装修老式，楼层也不好，但就这样比她三年前买的三居室都贵。好处是走路两分钟就能到他们原先买的那套房子。海婷和陈迪一商量，咬牙买了下来。

海婷那天请怡敏去她家吃饭，怡敏一进门看到两个娃娃在玩玻璃弹球跳子棋，跟她小时候玩的跳子棋一模一样。时代的面孔转变得太快，奇怪的是这种跳子棋一直没变。

海婷招呼着两个孩子喊怡敏。大龙十岁，个子都快赶上海婷了，小乐乐也有六岁了，眉目之间俨然能看到海婷的影子。海婷的爸妈在厨房里忙碌，陈迪在书房里看电脑，听到怡敏的声音也出来高兴地打招呼。

“来来，这里要抱一下的。”海婷张开了手，“都好多年没怎么和人拥抱了。”

怡敏笑了，“那可是洋人的陋习。”一边说着，一边拥抱着海婷。

“稍微胖了点啊。不过现在正好，你大学那阵太瘦了。”怡敏松了手说，“小日子太舒服点了吧。老公孩子热炕头。”

小乐乐是个乖巧的孩子，看到妈妈和怡敏拥抱，跑过来也要拥抱怡敏。怡敏忙蹲下来和她拥抱，她小小的软软的身子，怡敏抱着，心里有一丝温柔掠过，她忍不住摸了摸她柔软的头发。

“唉，记得我上大学那阵献血都不够格，太轻了。” 海婷笑了笑，“咱们也有十年没见了吧。” 海婷回国后有一次去北京开会，正好怡敏到上海出差，两个人不巧就错过了。

“真快，十年了。”怡敏叹了口气，十年，人生有几个十年。“你现在多好，大教授，还买了两套房子，里里外外一把抓。别的不说，你这两个孩子真让我羡慕。”

“唉，都是看起来很美。这么多年，我总算明白了一个道理，上帝其实是最公平的。那些所谓的人生赢家，他们受的苦、受的磨，一点也不比普通人少。”

海婷不是个喜欢诉苦的人。其实这么些年，她一点也不容易。她现在是纳米实验室的主任，相当于一个小老板，手下的烦心事一出接一出。科研经费不好拿，每年都得为这个操碎了心。手下的研究生，经常跑了直接去投行，或者转学到国外。家里头，上有老，下有小，都得照顾。去年陈迪的妈妈得了老年痴呆症，连陈迪都不认识了，还走丢了一次。他们只好把她从老家接到上海，请了专门的护工，住在另一套房子里。王厚仁夫妇又住回到这边大房子，一个屋檐底下，总免不了磕磕碰碰。陈迪回国不久就跳槽去了一家民营电商 IT 部门，算是个小头目，每天忙得跟个陀螺似的。他又是个大男子主义，很少做家务，家里事也不太管。海婷家里学校的事一把抓，更是忙得滴溜转。大龙和乐乐嚷着要去坐磁悬浮，都说了好几年了，他们两个也没抽出工夫陪他们去。

老人看病请护工要钱，孩子上个课外班银子是哗啦啦往外流，两套房子按揭要钱，弟弟妹妹动不动要借钱。她说起来是名校物理系教授，其实这些基础学科的大学教授，钱挣得一点也不多，银行里的钱总不见涨。有一次，她和一个商学院的金融教授聊起来，金融教授的工资是她的五倍不止。这些她都不太和外人说起。她知道，这世界上其实每个人都有每个人的苦，每个人的难。远的不说，就说她最羡慕的怡敏，这么多年一直都是单着，也没买房子。林晚长得那么好看，一路也走得那么艰辛。她想，自己该知足了。

怡敏想想自己这么多年的漂泊和折腾，想想自己的忙碌和不停歇，也点点头，"是啊，人生没有赢家。生活就是一个接一个的坡，你得不停地爬。"

"我是个乐观的悲观主义者。我觉得生活的本质就是苦的，每个人都在受着苦，但是你又不得不从琐碎和烦恼里探出来，努力呼吸。"海婷看着两个孩子，"好在生活还有美好和希望。"

“那么你骨子里是一个悲观主义者吗？生活的本质其实是白开水。没那么好，也没那么坏。”怡敏喝了口水。

“要我说，生活的本质就是活着。好了，你们好不容易见一面，怎么倒聊得有些伤感。来，尝尝我们老家的湖南腊肉，乡下柴火熏的。”陈迪招呼怡敏吃菜。

阳光透过窗棂照进屋内，照着棋盘上的玻璃弹球，折射出里面红色、黄色或是绿色的内质。它们闪着光，像是被时光不小心遗留下来的宝石。

还是鸿飞的母亲去世前两年的那个秋天，他母亲曾经回老家小住过一段，家里只留下鸿飞、晓岩和玉泉。鸿飞早就觉察到了他和晓岩之间的僵局，心想正好趁这段时间打破它。平常碍于他母亲的面子，他们表面上看着还算和顺。他准备趁这个机会一个人搬出去住，给自己，也给晓岩独处的时间好好理顺一下。他能感觉得到，似乎晓岩也有此意，有一次他看到她的书桌上有好几份售楼处的广告。晓岩在到处看房子，虽然她也没明说是要搬出去住。他前几天在西三旗租了一套房子，定金都交了。那天白天晓岩在上课的时候，他写好了一封信， 留在了晓岩的桌子上。 然后开始收拾东西， 打算在她回家之前离开。

周鸿飞在柜子底下找到了一个老相册。都是些老照片，有些都磨损褪色了。他看到了一张他和晓岩在未名湖边照的相片，是初夏，晓岩穿着白色短袖，深蓝色的裙子，他穿了件褐色的短袖，晓岩梳了两个长长的辫子，头靠着他，他的手轻轻地搭在她的肩头，他们都对着镜头微笑。那一份恬静和温馨隔着二十年的时光都能触摸得到。许多的往事突然就被时光机带了回来。鸿飞突然就有些心酸，那个马上要离开这个家的念头变成了一个魔咒，让他头疼，让他难过。他站了起来，走到阳台上，点燃一根烟——他已经很有一阵没抽烟了，阳光有些刺眼，他眯起了眼睛。烟里的尼古丁是没有镇定作用的，但是他心里一下子就平静了许多，平静得让他有一个错觉，觉得他和这个世界是可以和解的。

鸿飞吸完了烟，去了西三旗把房子退了。“定金就不能退了哦。”租赁公司的小姑娘说。他点点头。

鸿飞母亲下葬后的那天深夜，鸿飞和晓岩的眼泪流在了一起。两个人像是冬天里需要互相取暖的人，又慢慢靠近，觉得谁都不能把谁扔掉，毕竟在一起这么多年了。时光一点点雕刻着人的面容、思维和惯性。他们之间的情感似乎是和时间之藤缠绕在一起，没有办法剥离了。太阳每天照常照在他们的阳台上，照在阳台上幽青的吊兰上。日子仿佛又回到了晓岩不知道真相前的平静，平静得仿佛什么都没有发生。

怡敏那天在海婷家不太有胃口，回到家有些想吐。她有些奇怪，自己是嘴馋的，最好吃，海婷家的菜看起来可口诱人，她都没怎么吃。她脑子有些晕，从海婷家回来早早就睡了。

第二天起来，还是有些晕，还是想吐。“怎么回事……难道……”她心里一惊。

第三十五章 重复的光影

chapter 35

在此地，在国际的鸡尾酒里，

我仍是一块拒绝融化的冰——

常保持零下的冷

和固体的硬度。

——**余光中，《我之固体化》**

怡敏早饭也不吃，就去商场买了早早孕，匆忙忙再回到家，开始测试。

两条粉红的线。

她努力回忆是哪一次中的招。应该是在滑雪场的那个旅馆，好像是没怎么套好。她在床上坐了半个小时，心情倒是还平静，终于意识到该去上班了，还有一堆的事情等着她呢。她带上门，不知怎么就想起林晚，许多年前是不是和她一样的心境。原来历史真的会重复。

晚上她给林晚拨了个电话。

电话通了。

“我怀孕了。”怡敏开门见山，许多年前林晚打到巴黎的那个电话突然浮现在她脑海里，命运之手仿佛把多年前的那个场景复制，然后把双方的角色对换了一下。

“谁的？”

“范健。”

“你怎么打算？”

“准备生下来。”怡敏想了一天了，有一点她觉得自己想得很清楚——孩子是要生下来的。怡敏回国后听了威尔逊的建议，找了公司的一个副总经理做 Mentor，她是个能干的女人，年轻的时候怀了两次孩子都打了，想趁着年轻拼事业，后来怀上的孩子都成了习惯性流产，没有一个能保下来，到现在还没有孩子。怡敏和她后来都陆续离开了原来那家公司，但一直联系着。“千万不要为了所谓的事业耽误生孩子。”——这是她的忠告。怡敏都快 38 了，她一直喜欢孩子，甚至还动过从精子库里找精子做试管婴儿的念头。她知道过了这村没这店，再不生，以后恐怕就生不出来了。

“奉子成婚？”林晚问。

“应该不会，来上海之前他向我求婚，我到上海就有逃避他的意思。”

“原来你做了一回玉娇龙。”林晚道，“你想清楚，单身妈妈不是那么容易做的。”

电话那头顿了一下。

“也不算单身妈妈吧，我和范健住得近，两个人都可以照看孩子，比你的境况要好。”

“唉，结个婚有那么可怕吗？人多力量大，两个人互相配合，日子总会更好过一些的吧。你别那么矫情了。”林晚叹气。

“我没想到自己还真是一个矫情较劲的人。不知道有孩子时，我就已经决定和他断了。孩子的出现不该影响我对婚姻的决定。”

“唉，也许你低估了自己，或者说高估了自己。”林晚似是而非地说了一句。怡敏挂了电话，良久说不出一句话。她像是看到了命运的神光，在她和林晚身上都打上了类似的痕迹。

怡敏早就和盈盈约了在正大广场的望湘园见面。这是家湘菜馆，是海婷推荐的，说是味道很地道，尤其是剁椒鱼头，做得很正宗，环境也干净清爽。据说老板是清华毕业的海归。运气不错，她们挑了个靠窗的座位，能看到窗外的黄浦江。几年不见，陈盈盈倒是越发精致了，虽然眼角也有了些细细的皱纹。她指甲上还画了好看的花，一个指甲一个花式，都不重样。怡敏还是牛仔裤，平跟鞋。

“你怎么还是那样，女人要舍得在自己身上花本钱。”盈盈一张口还是那个爽利劲。

“嗯，本性难移，怎么舒服怎么来。话说没瞧出来你还是个痴情的，是哪路大神，能让你放弃纽约？”怡敏笑说。

“唉，其实也不见得他就有多好，谁让我们刚开始好。你知道，爱情就是生病，陷入爱情的人都是病态的，不正常。只有爱情退了烧，人才能正常地呼吸。”盈盈一开口就刹不住，“我这不正害着病吗？实在舍不得断掉，就跟着回来了。不过也是这个机会好，做私募，在美国那个玻璃天花顶可是实实在在的，要往上做，太难了。”怡敏看了一眼她，她一直觉得她是个物质女，不怎么想事，没想到她倒是个通透的人，世故又不圆滑，精明里又透着深情。

“你倒是明明白白的，我可还在犯糊涂。”怡敏把自己和范健的事跟她说了一遍。

“侬脑子瓦特啦！”陈盈盈估计是听多了她男朋友的上海话，一着急居然说了句上海话，“你这不是犯糊涂，你这是犯贱——敢情这哥们儿怎么起这么一个名字。”

“是啊，我就是脑子抽风了！”怡敏叹气。

“你准备把孩子生下来，一个人带？你到底要什么？”

“我要的就是生病的感觉，我需要爱情病毒。”怡敏叹气，“其实，我当初和他交往还是希望能结婚的。但是我们两个好像真的不是很合适。”

“怎么个不合适？”

“他什么东西都到处乱扔。我是比较爱整洁的人，有些受不了。我高估了自己包容别人的能力。”

“爱整洁你能有我厉害，我可是有洁癖的人。家里床单隔几天必换，可是段思惟脏乱差都齐全了，我不照样能忍？依我看，你还是不够喜欢他。”

“你说得太对了，就是不够喜欢。不喜欢一个人，很难朝夕相处。我原以为，只要找一个坦诚善良、品质忠厚的，总是可以搭伙过日子，但其实是行不通的，至少对我行不通。我害怕这样过一辈子。”怡敏觉得这一下自己思路算是理顺了。

“没想到你是个这么拧巴的人。”盈盈叹气，“你爸妈的意见呢？”

“我爸是个随性开通的人，随便我自己，我妈要我和范健闪婚，她劝了我好几个晚上了，我现在一看她来电话都不太敢接。”

怡敏准备一个月之后回北京当面告诉范健。那天，他们约在上地的一家饺子馆。饭馆装饰得有些不伦不类。墙上挂着中国风的装饰画，每一张桌子却都铺着白桌布，中间放了一个玻璃小花瓶，插了一朵花，说不上是月季还是玫瑰。范健看上去神色还算平静，心里却不好受。怡敏离开北京两个月了，对他来说比两年还要漫长。

“你做了逃兵。”范健点好了几样饺子，把菜单往旁边一推。

“也许是吧。我这次是要告诉你一个重要的事，我怀孕了，大概是我们在滑雪场那次怀上的。”怡敏脸色平静。

“我就要做爸爸了！”范健脸上露出了一个大大的笑容，那笑容里甚至带着丝孩子气，“你会把孩子留下吧？”

“不出意料应该吧，我都这么大了。”

“那么，我们结婚吧。”范健握住了怡敏的手，怡敏看着他的笑脸，准备的话突然就不太说得出来了。

她顿了好久，迟疑地说出了她的打算，“我……准备……还是，先一个人带这个孩子。”

“你不是开玩笑吧？”范健松开手，脸沉了下来。

怡敏倒觉得上帝开了一个小小的玩笑：这么多年，没有合适的人，可以在合适的时间、合适的地点和她相遇，就像一个玩笑，一个对她来说已毫无幽默感的玩笑。她突然意识到自己之前和范健在一起，有一个原因是惧怕女性的生物钟，怕自己如果不及时嫁掉，年纪大了生不出孩子。而现在，如果已经有了孩子，又有什么好害怕的呢？

服务生已经把第一盘饺子端上来了，是白菜猪肉，手工饺子上冒着一层雾气。

怡敏觉得那雾气似乎是在她和范健之间安了个帘子，隔着这层帘子，她总算有勇气说了句，“不是玩笑，我是这么打算的。”

沉默，两个人之间是一道深不见底的沉默。

第二盘韭菜猪肉饺子端上来的时候，范健总算又开口了，“你没有准生证，怎么办？”

“我想好了，到时候去南加州生。林晚在那儿可以照应一下我。”

“那户口呢？”

“到时候再说，最多上国际学校。”

“你简直是个疯子！”范健突然站了起来，“对不起，我今天有事，先走了。”他说着就头也不回地走了。

怡敏一个人看着桌上那朵花发呆，这到底是玫瑰还是月季？饺子还在冒着热气，没来由地，她想起她妈常说的那句“迎客的面条送客的饺子”。

怡敏早孕反应强烈得吓人，吐得稀里哗啦。人家怀孕了都是长肉，她倒好，还掉了几斤肉。晚上她躺在租来的小房间里，心里又在问自己为什么要这么折腾？她第一次有些动摇要不要生这个孩子。她那天在网上乱逛，不知怎么就看到了一个意大利小姑娘在唱圣歌，那稚嫩天真的眼神一下子又让她心里温情蔓延。孩子是必须要的，她又一次坚定了这个信念，但是一定要自己带吗？为什么不妥协？像现在要是身边有人端茶送饭，嘘寒问暖，该多好。她想如果不是人在上海，是不是早就妥协了。可是范健远在北京，她有几次真想给他打个电话，想想还是忍住了。自己把人家惹毛了好几次，还要再去招惹人家吗？还是算了吧。倒是范健给她打了几次电话，主要是询问孩子的事情。那天他得知会是个男孩时，忍不住说了句太好了。但是，除了孩子，他们俩又不太说得上话了。也许他们之间的缘分就是这个孩子，但是，也只是这个孩子而已。她就这么硬撑了七个月，中间把去美国的签证办好，跟老板说了到美国远距离工作一个半月，最后一个月就休假不上班了。

美国那边林晚帮她在尔湾大华附近租了个小公寓，走路就能到大华超市，买中国菜特别方便。林晚原说要怡敏去她家住的，怡敏不肯，她觉得人和人之间还是保持些距离好。没有一个人能放在显微镜下看，靠得近，彼此的毛病免不了要露出来。怡敏高中有两个女同学，关系非常好，后来却散了，据说是因为两个人一起开公司，公司上市了，两个人也成了陌路。

夏天只剩下个尾巴的时候，怡敏踏上了去美国的飞机。洛杉矶机场出海关的队伍很长，好不容易轮到怡敏，那个胖胖的黑人大叔问，“你来美国干什么？”

“旅游，购物，访友，生孩子。”怡敏知道美国的法律也没有说到美国生孩子就违法，再说她34周了，也没法装，所以一开始就没打算撒谎。

“生孩子，这才是你的真实目的吧？”大叔笑容不改，声音却大了起来，周围的人都看了过来。

“是啊，我没想撒谎。我实话实说了啊。”怡敏微笑地看着他。

大概是怡敏镇定的反应和微笑起了作用，大叔语气又收敛了一下，“很好，你没撒谎。许多妈妈只说是来旅游，却瞒着来生孩子的真实目的。”

接着大叔又问，“为什么来美国生孩子？为了孩子拿美国公民？”

“还真不是，我没有结婚，没有准生证，在中国没法生这个孩子。”怡敏坦言。

“还有这回事？”大叔明显对她同情起来，一边说着，一边就在她的护照上盖了章，“祝你好运！”

怡敏高兴地收好护照，出了旋转门，林晚早就等在那儿了，看见她脚上的人字拖，林晚笑了——怡敏最喜欢穿人字拖。林晚每次回国都会到北京转机，一是让鸿飞见见玉溪，二是她自己也见见怡敏。距离她们上一次见面也有三年了，但她还是那个她，那个她十八岁就认识的怡敏，尽管她现在的身体有些臃肿。

“越来越美了啊你。”怡敏看着林晚，她真的越来越有风致了。

“你的小嘴是越来越甜了啊。”林晚笑意盈盈，“你挺着个大肚子还是原来那个你，说话还是没个正经。”

从洛杉矶机场到林晚住的尔湾只有五十分钟车程，两个人说话间就到了林晚住的小区。小区绿荫片片，一栋栋精致的房子掩在大片大片的绿草地里。

“你这里是高档住宅区啊。”进了林晚家，怡敏说。

“还好吧，因为来得早，公司上市发了一笔小财，经济上没有压力。”林晚把怡敏的箱子拿下来，“而且那时候尔湾房子便宜，我买得早，还买了两个投资房。尔湾学区好，现在这些房子都老贵了。”

林晚陪着怡敏大致看了一下房子。林晚的房子是一个四居室的独立屋，两层楼，楼下有一个卧室，楼上三个，外面看着有些古旧，里面装修得很现代，一色的红木地板。房子后面就是一个自然保护区，黄黄的荒野和澄蓝的天连成一片。

“这房子真漂亮。你就是心细，会打算，我到现在还到处漂，没一点计划，也没买房子，哪像你，都成小富婆了。”怡敏真心实意地说。

“哪里是什么小富婆，中产阶级而已。不过，你在北京这么多年也不买房是怎么想的？”

“一直单身，没有安定下来，就没买房，现在房子贵得要命，还真买不起了。”怡敏叹气。

“看来你比较没房运。” 林晚说着给怡敏和自己一人沏了一杯绿茶，“我知道你是个咖啡控，不过你怀孕了，就不给你咖啡了。”下午的阳光从窗户照进来，被镂空的细纱窗帘筛出了一些淡黄的光影，温柔地洒照在每个角落，房子里有一股好闻的淡淡的清香。两个人坐在那儿，不由相对一笑，仿佛她们从来不曾隔了天涯，而是近旁的邻居，现在不过是串门来喝一个下午茶。

第三十六章 似是故人来

chapter 36

我静止而又饱满

被墨曲与嘎曲

两条分属白天与黑夜的河

不断注入，像一个处子

——阿来，《大地》

两个人正坐在那儿喝着茶，说着闲话，门开了，一个高高瘦瘦的小姑娘走了进来，穿着条牛仔短裤，长长的小麦色的腿，下面是双网球鞋。

“玉溪，怡敏阿姨来了。”林晚招呼着。

“阿姨好。”玉溪腼腆地打了个招呼。她刚放学，尔湾这个城市设计得好，很多学校走路就能到，她现在放了学自己走路回家。

“天哪，都这么高了，上一次见到她还是个小baby呢。”怡敏惊呼，她走过去，抱了一下玉溪，“都快和我一样高了。”她突然觉到了时光的不留情。玉溪笑笑，去自己房间了。

“是啊，明年就上高中了。孩子们大了，我们就老了。”林晚叹息。

“没有孩子，我们照样会老。”怡敏迅速作答。

在林晚家吃了饭，晚上怡敏就去了自己租的公寓，是带家具的短租房，比较贵，不过反正也不会住太久。怡敏有时差，睡不着觉，就站在阳台上，能清晰地听到5号高速公路的车水马龙。浅黄的一轮满月挂在天边，又大又圆。告别美利坚七年了，再次沉浸在这片月色中，怡敏突然有了种似是故人来的感觉。只是这一次，她怀揣着另一个生命，这感觉多少让她有些惊奇，仿佛她来美国是完成一个使命，一个神秘的不可知的使命。

一个月之后就是中秋了，中秋夜，林晚要怡敏去她家一起吃个晚饭，还特意要斯蒂文来接她。怡敏还有一周就要生了，行动实在不方便，不敢自己开车。

晚上吃过饭，玉溪上了楼去做功课，斯蒂文牵着那条叫特德的巴哥犬出去了。那狗还是斯蒂文搬过来的时候带来的，玉溪总央求林晚养一只狗，林晚嫌烦，一直没有答应。特德是只老狗，胡子都白了，前面满是皱纹，像在这世上过了几百年。它深褐色的眼睛深而大，像玻璃弹球一样闪着，眼神里充满安详和渴望。林晚不是个喜欢狗的人，看到它似乎也有一种一见如故的感觉。最高兴的就是玉溪，每天回家都要和特德玩一玩。

林晚和怡敏坐在院子后面闲聊着。月亮有些发黄，像是镶在天边的一块琥珀玉。

“你和斯蒂文还好吗？”怡敏问林晚。

“还好吧，他人不错，对玉溪也好。玉溪和他是好朋友。”

“我总觉得你只是喜欢他而已，并不是真的爱他。”怡敏看着林晚。

“噢，喜欢和爱有区别吗？”林晚问，“咱们阿敏还是感情专家呢。”

“久病成医啊。”怡敏笑了。

“还是北京大妞的那张贫嘴。”林晚也笑了。

“爱一个人是一辈子的事，爱过的人是不会忘记的。喜欢就是这一刻的事情，过去了，你就忘了。”怡敏吃了口月饼。

“嗯。大概每一个女人生命中都有一个男人，他伤透了她的心，让她几乎丧失爱的能力。对我来说，那个男人就是他。我好像都没有办法再爱上别的男人了。”

“你一定是前世欠了那个男人。”怡敏叹息。

“你还有爱的能力吗？你还爱你以前爱过的人吗？”林晚没有接话，而是反问了怡敏一句。

怡敏细细想了一下，说：“我没有爱过范健。对于皮埃尔，我得承认我喜欢和他在一起的感觉，尤其是做爱的感觉。他非常懂女人。我想我是非常非常喜欢他。假胖子我想我是爱过的，可是都没怎么开始，也就不会太难受。而久柯，我大概也是不爱了。时间会冲淡一切的感觉，我得承认我不是情圣。我还是会想起他，但心里不再有疼，也不再难受。我想我已经放下了对他的爱情。”

“你心里真是清清楚楚的。”林晚叹了口气，“真心喜欢你们北京姑娘，洒脱。”

“我不洒脱，我挺拧巴的。换了别人，肯定和范健结婚。说真的，他那名字该给我。”怡敏把弄着手里的杯子，“孩子生出来，小名就叫瓜瓜，傻瓜的瓜。”

“挺好，大智若愚的傻瓜。”林晚抬头看天，青灰色的云底之上是淡黄色的满月，端端正正地挂在那儿。“今天的月亮真是圆呢。”她喃喃地说。她平日里喜欢独坐在这后院，尤其是有月亮的晚上，抽着烟，听蟋蟀轻轻地鸣叫，任凭夜色一层深似一层慢慢地滑过。

瓜瓜是八天后在Orange 医院出生的，出生证上的名字是张友范，七磅整，胖乎乎的小脸，怡敏抱着他，“瓜瓜，妈妈以后有你做伴就不寂寞了。”说着，眼泪不知怎么就流了下来。林晚在旁边想起了她十多年前生玉溪的情景，那时候，她的父亲和继母还在旁边呢，这一下怡敏倒没一个亲人在旁边，她心里也不由得有一丝酸楚，忙用手去擦眼泪。

一个月很快就过去了，出了月子，怡敏就要回国了。她买了个背小孩的绑带，把小瓜瓜放进去，推着两个大箱子就和林晚道别，“以前是漂洋过海来看你，现在是漂洋过海生娃娃，买奶粉。”怡敏又说起了俏皮话。

“这才是你，那天看你掉眼泪我都难受了。”

“唉，以后的路还很长，我其实是很茫然的。”怡敏摸了摸瓜瓜的小脑袋说，“上大学时我把人分成喜欢金庸的和不喜欢金庸的，现在我觉得人可以分成明白的人和糊涂的人。我是属于糊涂的人。”

“不管你怎么分类，我们都是同一类人。”

“谢谢你，林晚。”怡敏笑了。

“我们之间还要说谢吗？”林晚拥抱了怡敏，“一路平安，到了北京给我个信。”

范健到机场接的怡敏，他似乎都等不及要看这个孩子。他有些笨拙地接过怡敏手中的孩子，轻轻地摸着孩子的脸，脸上露出了一丝笑，“像我。”

怡敏先是回了爸妈家，宋芝原本要责怪怡敏不肯和范健结婚，看到孩子，心里高兴，责怪的话也不太说得出来，只是一个劲地看着孩子笑。因为父母年纪大，她妈身体又不好，怡敏没好意思要他们帮忙，就找了个月嫂。她还住在租的一套房子里，两居室，在西二旗，离范健很近。范健也是两居室，和一个刚毕业的大学生合租。月嫂贵，还挑挑拣拣的，怡敏就把她家一个远房亲戚她喊三姨奶奶的请了过来。这个三姨奶奶倒是负责任，怡敏一下子就觉得得劲了。唯一不足的就是她耳朵有些背，怡敏总得大着嗓子和她说话。

海婷从 QQ 上看到怡敏发来的孩子信息和相片，心里感慨了好一阵。怡敏和林晚，居然先后都做了单亲母亲，而自己，似乎是三个里唯一走着正常道路的人了。怡敏刚怀上孩子的时候，她好一阵劝怡敏和范健结婚。她一直对范健印象不错，又或者因为他是莫念衡同屋的缘故？难道是潜意识里希望怡敏替她了却自己那份遗憾？这个想法多少有些无稽。当怡敏还是选择单亲母亲这条路的时候，她突然意识到为什么怡敏和林晚一直最要好——她们是心性上更一致的朋友。海婷心里稍微有一丝酸。

海婷是正月生的，她母亲骨盆小，生了一天都生不出来。那天不巧又下了雪。她家在一个小山冲里，路滑，天又冷，接生婆在路上花了好长时间。等她终于赶到海婷家的时候，她的头已经出来了，接生婆拉着扯着到了后半夜终于生了出来。她上大学的时候听怡敏说起和班上的一个男生居然是同一个医院生的，海婷就想，她们真是不一样，从生出来那一刻就不一样。她们在不一样的土壤里长大，说着不一样的话，穿着不一样的衣，走的路自然会不一样。而一个人又怎么可能选择自己的出身和环境呢？其实人生的道路又何所谓对错。也许重要的不是选择了哪条路，而是怎么在这条路上走得尽兴。海婷这么想着，心里释然了很多。她叹了口气，去阳台上给那盆杜鹃浇了水。这花还是两年前教师节一个学生送给她的，她看着就想起小时候家后面山上满山满眼的映山红。

深秋时，玉泉 15 岁了，已经是个亭亭玉立的姑娘，在北大附中上初三。她对自己要求严格，属于自推型的，各科成绩都很好，晓岩一直觉得她很省心。她喜欢琢磨事，爱看书，晓岩其实希望她学经济或者计算机，反正不要再是物理、数学这样的基础学科就好。可是玉泉似乎非常有自己的主意，她借了许多哲学书看，有尼采的《悲剧的诞生》、康德的三大批判。好在她虽爱思考，人倒是乖巧柔顺，晓岩听人家说的青春期的叛逆、顶嘴好像她都没有。晓岩虽然高兴她喜欢看书，但觉得她有些想法太古怪了，问的问题也不太着边际，似乎比她这个年纪的人想得要深一些，有时候会像一个先知般地自言自语。有时候，她会放下书，走到窗边，盯着外面看，一看就是十多分钟，像是要把这个世界看透。

“妈妈，你说人生的意义是什么？”有一次，她问晓岩。

“大清早的想这些迎风流泪的事干吗？人生的意义就是把每一天过好。”

“其实我觉得人生是没有任何意义的，人生的意义都是自己加的。”玉泉认真地说。

晓岩觉得似乎也无法反驳她的说法，她心里隐隐有些不安，笑着把话题岔开，“有时间你还是看看英文书吧，咱们不是说好要准备考托福，到时候申请美国的学校吗？”

玉泉笑说：“妈妈放心，我和凌飞都报了托福班。”

“那就好。”晓岩笑笑。

“凌飞今天还告诉我他认识一个枪手，专门写申请陈述书，一份三千块，然后其他的我们自己来。你不是还在美国做过一年访问学者吗？”

“凌飞倒是个没心眼的孩子。”晓岩思忖了一下说，“不过我们还是找一家大一点的留学公司吧，贵一点也就罢了，这笔钱不能省。他们从头到尾都帮你搞定。”晓岩早就在关心留学的事情。她很早去听了一个留学公司的分享会，听了几个被哈佛、斯坦福录取的牛孩子的经验，还特意打听了费用。如果是保证进美国前三十的大学是十万，如果是前五十的是六万。然后孩子从初三就要开始上 AP、IB 的课。还有各种课外活动一样都不能缺，总之就是一个砸钱砸时间费心力的事。可是晓岩想想，咬咬牙也准备拼这条路。她就玉泉一个孩子，她暗暗地希望她比那个玉溪出息。

而钱呢，是身外之物。晓岩总觉得钱财上亏损点，别的方面的运气才能长出来，这个世界上运气的总和就是那么多。她知道这个想法有些可笑，也没有说出来，只是说“拿钱买个心安”。鸿飞也同意。她和鸿飞钱不算多，总还是够用，尤其这两年北京房子疯涨，他们在农大附近的房子翻了好几倍。她那时候因为想和鸿飞离婚，在西三旗还买了一套小一点的二居室，现在价钱飙升。她想到时候玉泉真能到美国念书，她就把那套房子卖了，供她上学。她觉得命运真是太古怪，如果不是那时候三番五次动了离婚的念头，她断不会再去买一套房子的，哪晓得北京的房价跟断了线的氢气球，越升越高，高得都看不见顶了。只是她宁肯没这套房子，鸿飞也没这一出戏。只可惜人生没有办法彩排，上帝是唯一的导演，一出出戏里，会有谁出场，会在什么时候出场，会和谁同台，都已写好。你能做的，不过是照着他的吩咐把自己的角色演好。

玉泉高二那年暑假，一家人去了一趟美国，一来为观光，二来也是实地考察一下美国的大学。第一站到的是旧金山。玉泉从飞机上看着云层下这个美丽的城市——她看到了好几座桥，她有些搞不清哪一座是著名的金门大桥。

他们先去了斯坦福，斯坦福的校园优雅、大气、明亮。玉泉喜欢一进门的两排棕榈树，高大、茂盛，阳光透过羽状的叶子照下来，似乎也成了一缕一缕的，这是个浪漫的校园。玉泉喜欢上了，只是她也知道这个学校实在太难进。

晓岩走进那个著名的彩色玻璃教堂，里面有一些阴暗，她在那光尘中慢慢前行，然后静静地坐在一个角落。她看着高高的十字架和架在那上面的耶稣，低下头，合掌祈祷玉泉能进到一个理想的大学。她没有为自己祈祷，她觉得还是不要许太多的愿望，上帝一定都顾不过来吧。而且，她似乎还是没有办法说服自己上帝的存在。

第三十七章 成长的道路

chapter37

没有人看见草生长

草生长的时候，我在林中沉睡

我最后梦见的是秤盘上的一根针

突然竖起，撑起一颗巨大的星球

——戈麦，《没有人看见草生长》

下午他们去了金门大桥， 那天碰巧还有飞行表演。他们三个站在金门桥头的时候，三架飞机正好从桥上飞过，远处瓦蓝色的天空上留下三道笔直的白烟，丰富饱满，像是永远也不会消失。金门大桥高高耸立在飞机轰隆隆的声音里，庄严静穆，像一个圣坛。他们随着人流往前走，到了桥中心，玉泉看到下面幽蓝的水，蓝得有些发黑，水面上似乎也出现了无数个旋涡，不停歇地旋转。玉泉有恐高症，她忙抓住了晓岩的手。他们找了个人拍了张合影。玉泉站在晓岩和鸿飞的中间，“你们两个靠近一点嘛。”玉泉说。他们就靠近了一些，都把手搭在玉泉的肩膀上。三个人都看着镜头，“茄子！”照片里的玉泉微微笑着。

之后他们又去了东部，纽约和波士顿的几所常春藤学校都看了。哈佛，MIT，耶鲁，普林斯顿。晓岩觉得这几所学校都好，就是哥伦比亚大学在纽约城，离黑人区太近，她觉得不太安全。玉泉觉得倒还好，不知为何，她对这所学校很是钟情，到处能见到觅食的鸽子，跳来跳去的小松鼠，闹中取静，颇有一种世外桃源的感觉。哥伦比亚离茱莉亚音乐学院很近，她觉得可以时常去那里听听音乐会。

晓岩本来还想去她做访问学者的 RPI 看看，和王姐再见个面，无奈行程太紧，只好作罢。说起来这几年，王姐一直都在给她鼓励，给她安慰。她觉得心里温暖。

转眼冬天就来了，玉溪整个冬天都穿着短袖，最多晚上出去的时候套一件牛仔夹克。林晚每次要她加衣服，她只说不冷。“难道你们这些 ABC 就基因变异不成。”林晚诧异，南加州的冬天不能算真正意义上的冬天，可林晚还是觉得这里的晚上有时候冷得刺骨。那天她和玉溪去大华超市对面的“半亩园”吃饭，墙上挂着一首《半半歌》：“半少却饶滋味，半多反压纠缠。半工半歌半为钱，半人半佛半神仙。”她以前来过几次，都没有注意到这幅字画，正端详着，听到有人喊她的名字，抬头一看是以前的同事张向红。两个人原来在一个部门，张向红后来被公司裁了员，改行去做房地产经纪人，倒是做得风生水起，比做工程师收入高了好多。她旁边站着个高个女孩，一看就是她女儿。两个人聊起来，才知道向红女儿今年刚被哈佛提前录取，林晚忙祝贺她。

“其实没什么，她上的是私校，竞争没有公立学校厉害。你们上的 University High，一大半都是亚洲人，一个比一个拼。” 向红是个直率人。

“还是你们孩子优秀。”林晚笑说，犹豫了一下，还是问了，“你们上的是哪家私校？”

“San Juan Capistrano 的一所私校。就是比较远，单程就四十分钟。我老公每天负责接送。”

“这么远。你们真是尽职的好爸妈。”林晚赞叹。

“你们玉溪从小也是个神童，一路天才班，将来也是要上藤校的。”

“她差远了。”林晚看了一眼玉溪。玉溪不说话，继续吃她那碗牛肉面。

吃了饭出了餐馆，玉溪一个人走在前头，空气还是冷得让人发抖，寒风吹面，林晚打了个战。

第二天，林晚去网上查了一下附近的几家私校，张向红说的那所的确很好，可惜实在有点远。她也不好意思整天要斯蒂文帮忙接送，虽然他人不错，她心里头还是觉得他隔了一层。她挑了另外三所，实地去考察了一番，觉得新港的一所不错，离家也不远。晚上吃饭的时候，她把自己的想法和玉溪说了说，问她想不想转到那所私校。

“不转。”玉溪头也不抬地说。

“为什么？”

“我的同学朋友都是从小学一年级就开始的，我可不想离开他们。”

“可你们也不能一直在一起，上大学总是要分开的吧。我是怕你在公立学校太辛苦。”

“太辛苦？算了吧，你们中国父母就是这么功利，非得要上个什么藤校吗？”玉溪语气里带着不耐烦和一丝嘲弄。

林晚心里烦躁，想说她几句，看看旁边的斯蒂文，就强忍着把话压下去。玉溪匆匆吃了饭就上楼，林晚坐在那儿，饭也不太吃得下。这一年来，玉溪总和她顶嘴，小时候她那么懂事，现在跟换了个人似的。

“算了，teenager 叛逆期。”斯蒂文安慰她。林晚默不作声。

快放暑假了，林晚那天一大早就登录到学校的网站看玉溪九年级的成绩单。有一个 B+，是写作。林晚眉头皱了一下，她发 email 问张向红有什么好的写作老师可以推荐，张向红很快就回了，是个 ABC 老太太，在附近的一家州立大学教书，兼做写作课的老师。“她现在很忙，不怎么收学生了，你可以问问。”向红把老师的联系方式给了林晚。

林晚打过去，说了一下玉溪的情况，这个老师住 Fullerton，开过来要半个多小时，平常不怎么来尔湾。很巧她在林晚家附近有一个学生，她给了个时间，就在这个学生之后的一个空当，问林晚行不行，林晚想都没想就答应了。

晚上林晚把打印下来的成绩单给玉溪看，“都不错，就是写作稍微差了一点，要不要我们请一个老师？”她有些小心翼翼地问。

“不要吧。”玉溪撇了一下嘴，“这个老师给分就是挺严的。”

“请个老师总归没有坏处。”

“你是不是已经都说好了？”玉溪警惕地问。林晚不好说什么，只是不作声。

“你现在怎么这么奇怪了。”玉溪丢下一句上了楼。

第二天早上，林晚又提起这个话题，她是个有韧劲的人，“要不我们先试试？”

沉默。她们之间似乎非常容易滑进这种胶着不通畅的状态。尤其她们都不是善言的人。

“先试一次，不行就算了。”

“OK。”玉溪简单地说了一句就去上学了。 过了几天 ABC 老太太来了，玉溪叉着手，坐在那儿，听她讲，一句话也不说，只是偶尔点点头。她的脸上有一种冷淡和不在乎，那神情任谁看了都不会好受。老太太颇有耐心地讲完了四十五分钟，最后跟林晚说，算了，我下次还是不来了。林晚连忙向她道歉。

“不需要，我看你需要和你女儿沟通一下。”她说完就走了。林晚回到楼上，玉溪关上了房门，林晚在外面站了好一会儿，下了楼。

还是夏天从美国回来没多久玉泉就着手正式申请学校了。她是春天考的SAT，考了2370，很不错。留学公司帮着写各种申请资料，玉泉先写个中文版，留学公司找枪手翻译成英文。还有各种截止日，留学公司也帮着催促。

马上就是2012年的新年了，玉泉心里有些失落。班上好几个同学收到美国大学的提前录取通知书了。她提前录取申请的是斯坦福。明明白白把她给拒了。她想起夏天在斯坦福校门口那棵高高的棕榈树下还照了张相，心里很期盼能有机会再见棕榈，看来是水月镜花的一个梦了。她一心想着去美国念书，都没有心思准备国内的高考。而现在，提前录取没戏，其他的都得等到明年春天才能知道消息，那还要不要再重新准备高考呢？班上的张黎一心一意准备高考，每天都早早到校，很晚才下课。凌飞提前申请了普渡，普渡的规矩是申请一到就处理，合适就录取，凌飞十二月初就收到普渡的录取通知书了，现在整天在学校晃悠。总之两头的人都有计划，唯有自己两头不占。玉泉心里的焦虑像是地下温泉的热气，一串一串往上冒。

“当初不该嫌普渡不够好，要是申请了，至少现在有一个保底。”玉泉懊丧地和凌飞说。

“你各方面都比我强，急什么。”凌飞又安慰她，“你现在安心看看书，也不用太辛苦。我打赌你三月之前就有消息。”

“还有三个月。唉，真不知道咱们这么忙活为什么。”玉泉又陷入了沉思。她已经连着好些晚上睡不好觉了。要是去不成美国念书，自己这个状态，怎么参加国内的高考。像是有个黑沉沉的罩子，一直罩着她，她心里沉甸甸的。好在三月没到，她前后脚收到了哥伦比亚和加州大学圣地亚哥分校的录取通知书，心里的那块石头才算给搬走了。晓岩其实不太喜欢哥大，但是她知道玉溪的妈妈在南加州，就更不想玉泉去南加州。她没跟玉泉说这个缘故，只是委婉地说哥伦比亚是个藤校呢，玉泉就基本定了去哥伦比亚。凌飞又收到了纽约大学和加州伯克利的录取书。他决定去纽约大学。

“为什么不选伯克利？我觉得伯克利比纽约大学好。”玉泉问凌飞。那天下午，他们坐在麦当劳，一人一杯奶昔。

“因为离你近啊。作业不会了可以找你帮忙。”凌飞笑嘻嘻地说。玉泉淡淡地笑了。她记起上初中的时候，有一次班上去紫竹院春游，她忘了带中饭，凌飞把他那一份塞到她手里，玉泉不肯。“我最近在减肥你不知道吗？”凌飞笑了。玉泉也笑了。凌飞个子不高，但是一点也不胖。她把他当好哥们儿，可以聊天的好朋友，甚至是可以讨论人生的意义是什么的朋友。尽管凌飞对这个问题的回答似乎毫无逻辑，“活着就是活着的理由。”他人聪明，学什么都学得快，可是他似乎又不是太在乎分数和考试。

“我真想去一个地方，每天就是看闲书，听音乐，或者是发呆。”玉泉推开手里的奶昔，她真不喜欢麦当劳的奶昔，甜得发腻。

“世外桃源，还是外星球？”凌飞很快就喝完了手里的奶昔，“听起来有点像白日梦。”

“也许是吧。”过了许久，她说了一句。要去美国念书了，她却好像没有自己想象的那么兴奋。她目不转睛地盯着麦当劳的玻璃门看，她暗想，那门既在外面，又在里面，它既隔断了空间，又贯通了空间，这似乎给它的身份增加了一份不确定性，这份不确定性又让它有了双重的身份，就像有着双重性格的人。她就这么天马行空地想着，看着人一个一个地进来，又一个一个地出去，有人进出的时候，玻璃门就碰到门框上，发出一点咯吱的声音。

瓜瓜转眼就一岁半了。这一年多来真的算是苦乐参半。怡敏好像突然明白人为什么记不得两岁之前的事情了。上帝把这段记忆放在你孩子身上，当你伴随着他们从呱呱落地到开始蹒跚学步，你才重新参透这每一个小小里程碑的喜悦和不易。怡敏觉得瓜瓜像是帮着她重新捡起了那些最童真、最稚嫩的记忆。可是孩子是天使和魔鬼的混合体，瓜瓜一直都睡不了整觉，尤其是半岁前，有肠绞痛，哭哭闹闹，等好不容易把他哄睡了，她自己又睡不着了。很多个夜晚，她坐在终于熟睡的瓜瓜旁边，看着他的小脸小手小脚，听着他匀称的呼吸，心里有疲惫、不安和喜悦，这个生命带给她的是什么？上帝编排的剧本里为什么会多了他这个角色？这个角色对于她生命的意义是什么？她想不太清楚，就这么一直看着，她这样可以一直看很久很久。她觉得自己像是走在下着小雨的林间小路里，泥泞不堪而又清凉寂静。

三月下旬的时候，三姨奶奶回了一趟老家，那一阵怡敏一个人又忙孩子又上班，疲惫不堪。那天晚上好不容易把瓜瓜哄睡了，把碗洗了，又累又乏。她一屁股坐在沙发上，无聊地看着电视。广告，又是广告，为什么这么多广告，小时候看电视广告很少，如今真是泛滥。她换了个台，人突然就呆住了，是湖南卫视的《我是歌手》。羽泉正开始唱那首《狂流》，“北风在吹着寒冷的街道 / 街灯在拉开长长的影子 / 走过的路 / 爱过的人 / 仿佛越来越远 / 越来越难以抛开”。多年前久柯在 KTV 唱这首歌的情景突然就涌上心头，他闭着眼睛，声音那么有磁性，有穿透力，比羽泉唱得还深情，还动人。她痴痴地看着，眼泪突然就不能自已。那天是 3 月 22 日，怡敏记得很清楚——正好是她生日之后的两个月。

很快又到年底了，老桂四十岁大寿，请了一大票的老朋友、老同学，据说是要介绍他的新任女朋友。怡敏想想还是去了，她最近带孩子有点吃不消，想出去透口气，嘱咐了三姨奶奶照看瓜瓜，自己准备出门。刚要出门的时候瓜瓜又拉了泡屎，她手忙脚乱给他换了尿布，不小心裤子上蹭了些粑粑，等换了裤子到了眉州东坡的时候已经晚了一些。她找到老桂订好的包间，推开门，迎面看到了一张熟悉的脸。她怔在了那里。

第三十八章
重逢
chapter 38

静默是睡熟的莲花

对着夏天的太阳

是深山的一片落叶

跌落到无底的深渊

——刘湛秋，《静默是睡熟的莲花》

那个人是久柯，那个她以为早已忘记的人。他还是高高瘦瘦，黑了些，脸上多了些她不太琢磨得透的神情。他看见了她，却并不吃惊，站起来，走到门口，“怡敏，好多年没见。”他的眼光还是那样，一点不掩饰地看着她。那样的目光看得她有些紧张，她好像又变回了二十年前第一次见到他的那个小姑娘。只是，岁月的流逝毕竟不是毫无痕迹，她在这岁月里成长，变得粗粝，她定了定神，坦然而笑，“你好，久柯，好久不见。”

老桂也走了过来，一边拍拍她的肩膀，一边打着呵呵，把她领到老同学一桌。原来他请了好几桌，高中同学凑了一桌。老桂压低了声音对她说，“对不起，他来北京办事，我临出门前他打来电话，只好一起喊过来。”

“没事。”怡敏笑了。

高中同学也是好久不见，大家寒暄着。怡敏坐下来，眼睛的余光看着不远处另外一桌的久柯。那顿饭她吃得有些恍惚，她无数次想象过和他再相逢的情景——在她心底，她总觉得他们是会再相见的，她没有想到是在这样的一个场景。多年前他们第一次相见也是老桂生日，他鸡兔同笼地请了好几路朋友，他正好坐在她旁边，而今天，他们依然是因为他生日的缘故坐在同一个包间。他坐在不远处，却和她之间隔了二十年的时光。

老桂借着酒劲宣布他明年春节就要结婚了。

“果然男人比女人专一，40 岁、30 岁、20 岁找的都是 20 岁的姑娘。”同桌的一个老同学笑着说。怡敏也笑了，她看着老桂旁边那个终于修成正果的才 25 岁的小姑娘，蛋白质满满的脸庞，窈窕修长的身段，举止得体又大方，一看就是见过大场面的人。怡敏突然有些忌妒，忌妒她的年轻，果然年轻就是最好的资本，那么好的年纪，青春逼人，人生的路也许平坦，也许崎岖，但是有各种可能，各种新鲜。不像现在的自己，心里多多少少有些疲惫。

“岁月真他妈不饶人啊。”怡敏轻轻地说了一句。

吃过饭，大家都要散了，久柯向怡敏走过来，“我们说说话？”

“好。”怡敏应着。眉州东坡在一个大的商场里，二楼就是一家咖啡店。两个人去了那儿，她点了个摩卡，久柯点了个芒果汁。

“你喝咖啡晚上能睡得着？”久柯把摩卡递给怡敏，问她。

“还真神了，没影响。”怡敏这么多年一直有喝咖啡的习惯，大概是巴黎的日子养出来的毛病。她倒不怎么挑牌子，只要不是速溶的即可。

“你倒没怎么变。”久柯还是直直地看着怡敏。

“怎么可能，好在没有中年发福。”怡敏撇撇嘴，“你倒还学会拍马屁了。”

久柯笑了，“真的没变。这些年过得怎么样？老桂说你还是一个人。”

怡敏心里动了一下，他还会问老桂她的情况，顺口说，“不好不坏吧。有个孩子，两岁了。你孩子多大了。”

“13岁，是个女孩，上中学了。”久柯回说，“你1999年去纽约那一年生的。”

“你怎么知道我这么多情况？”怡敏有些吃惊。

“我问的老桂啊，哪像你，到了西方花花世界就把我忘了。”久柯笑了。

“我把你忘了？我在巴黎给你写了好多信，你一封都没回。”

“你给我写信了？”久柯吃惊地问，“我一封都没有收到。”

“没收到？我是问老桂要的地址，你在深圳的酒吧，好像是福田区。”怡敏也有些吃惊。久柯沉吟了一下，不再说什么。

两个人又聊了一阵，交换了一下彼此的情况。好神奇，二十年的时光居然能浓缩到几句话。他们聊得顺畅，怡敏奇怪和他像是昨天才见了面的老朋友，一点也不生分。

“留个QQ号吧。下次来深圳玩啊。” 分手的时候，久柯问了她的QQ号。

两个人在北京的夜色里告别，天气冷得刺骨。久柯伸过手，拥抱了怡敏。怡敏突然想起那一次在29楼前，他坐在自行车上把她搂过来的情景，心里有些慌乱，有些恍惚，时光难道不是直线行走而是回旋的吗？

晚上她有些睡不着，她倒没有心潮澎湃，但是他一直在她的脑海里，他的面容似乎比以前更憔悴，他的笑似乎还是那么坦荡，他的声音倒是一直那么低沉，带着磁性。她以为她早已忘记了他。原来时光只不过是在记忆之上铺了一层尘土，大风一吹，所有的记忆都露了出来。

几天后的晚上，她收到了他的QQ邀请，“在吗？我回到深圳了。”

她心里居然一跳。“在。”她回了话。

久柯的QQ ID是Joke，怡敏看着，有些发傻，她盯着他的QQ头像看了好一会儿，是年轻时候的窦唯——窦唯一直是他最喜欢的歌手。那时的窦唯还是个清秀的小生，还没有秃顶。想一想，岁月对久柯倒是仁慈一些，至少他没有秃头也没有长个大啤酒肚。

“孩子睡了？”久柯问。

“嗯。”怡敏打了个字，接着又问了一句，“还在唱歌吗？”

“很少唱了，听别人唱。”久柯的回答看不出太多的悲喜。

怡敏不由问，“你过得好吗？”

“嗯，怎么说呢，也好也不好。”久柯沉吟了半晌说。他有个可爱的女儿，他和妻子去年分居了，他犹豫了一下，没有跟她说。

怡敏拿起电脑桌前的咖啡，喝了一口，是的，也好也不好，这不也是她自己的生活吗？生活的本质就是如此吧。还可以更好吗？也许吧，也许还可以更差。她走到阳台上，看着天上的月亮兀自发了呆。怡敏有一次去耶路撒冷旅游，在那堵著名的哭墙不远处的一个长凳上坐着，旁边一个满脸皱纹的老人突然说了话，而且用的是法语，“在你生命中出现过的男人，不管是你喜欢的，还是喜欢你的，都会出现两次。”怡敏当时小小地吓了一跳。现在，范健和她有了个孩子，久柯又一次出现了，难道那个老人真的能掐会算？

海婷在上海本来是不想买车的，刚回国那阵地铁10号线还没有修通，他们经常坐公交，觉得再等几年，坐地铁方便。哪承想地铁修好了，却并没那么方便，从家到地铁站和从地铁站到复旦都要走好长一段路。地铁买票、入站也费时间。要是碰上下雨下雪天，更是麻烦，后来就只好买了辆别克君越。

周一上学她急急忙忙带两个孩子上了车，遇到一个开大奔的司机强行加塞儿，海婷趁红灯的时候与他并排，不由得心里愤愤，看了那个司机一眼，哪想到那男的特别嚣张，冲着海婷喊，“看什么看！”海婷一生气忘了脚下的刹车，顶上了前面的车。车里下来个细眼睛的中年妇女要求赔偿三百块。海婷一看都没有碰撞痕迹也要修吗？小细眼倒是不慌，说那就报警走保险，你有快速处理单吗？什么快速处理，海婷压根都没听说过，车子堵在那儿，海婷看看周围人的白眼，再看看车后面两个孩子，从钱包拿了三百块给小细眼。这样的大都市里，每个人内心都脆弱得不愿意承受一点点多余的麻烦。

她突然有些怀念新墨西哥的日子，具体怀念什么，她也不知道。

春天的时候，冬兰和泰文因为工作缘故搬回了台湾。时令已是夏末，冬兰家搬走也有一阵了，又搬来了一家中国人，是新移民，门口摆着一辆保时捷，一辆奔驰。林晚有几次从门口过，总想起在冬兰家里清坐品茶的时光，那檀香味，似乎还萦绕其间。这些年，林晚和她谈过好几次，她也借了些佛学方面的书给她看，林晚看了，觉得颇受启发，只是还从未想过要正式皈依成为一个佛教徒。冬兰说其实信什么都不重要，甚至信不信都不重要，重要的是自己心灵的成长。林晚听了深以为然。只是，她知道心性的成长并不是一蹴而成的事，生活里很多事情是怎么修行也整不清爽的。

林晚同父异母的弟弟大专毕业以后一直在家乡的小城待着，在市棉纺厂做会计。20 世纪 90 年代末买断后，就自己下海开了家电脑维修店，勉强维持生计。可是女儿林文虹不是读书的料，市里的重点中学也没考上。她弟弟托父亲林国强跟林晚旁敲侧击，看能不能把林文虹送到美国念高中，就住在林晚家。

林晚一开始没答应，她现在和斯蒂文住在一起，斯蒂文前妻老是出差，她一出差斯蒂文的女儿就过来住，林晚的父母来过几次，和斯蒂文总有些磕磕巴巴。要是家里又添口人，这错综复杂的关系就更难处理了。

可是林国强心疼儿子孙女，说了好几回，林晚都没答应。林国强少不得说起自己的病，上次脑溢血以后行动不灵便，现在得拄着拐棍了。

“我是半截入土的人了。文虹这样子最多考个三本，一毕业就失业。你弟弟也没什么本事，现在那家店子看着就要倒闭，所有的希望就在这个独生女身上了。”

林晚还是没作声。

“其实也就住四年，再麻烦也就是四年。我们已经把眉山靠泯江的那套房子卖了，你一分钱也不用出。我们每月给你付伙食费和房租。”林国强继续说。

林国强现在住在单位福利房，没有电梯，他现在腿脚不便，上下楼很不方便。江边那套房是电梯房，是林晚前些年出钱买的，本来是准备给林国强他们住的，现在他居然连这套房子都卖了。林晚叹了口气，她似乎是给逼到了墙角，没有选择了。她挂了电话，坐在沙发上发了好一阵呆。

林文虹是八月底来的。来之前，斯蒂文和林晚吵了一架。他觉得这样的安排实在匪夷所思。

“你自己的生活自己做主，你是成年人了。我们不是收容所。”他说话的时候，眉毛往上一挑。林晚听他这么一说，心里就有气了，“怎么就成了收容所了。她是我亲侄女。”

“可是这是我们两个人的家。你都没有征询过我一点意见。”

“那我若是问了，你会答应吗？”林晚跟着问。

“不会。”斯蒂文诚实地说。

“那么问你还有什么意义呢？”林晚撇了下嘴。

“有，至少证明你是尊重我的。”

林晚不再说话，她知道他无法理解中国人这些骨肉纠结，就像他无法理解她父母为什么舍不得倒掉过夜的剩菜剩饭，为什么中国人要吃狗肉。他们又一次陷入了冷战。

怡敏和久柯时不时会在QQ里聊一聊，说的也大多是些闲话。很少的时候，他会说一两句，“为什么爱会一点一点消失呢？原来也是有爱的。”他说得有些语焉不详，怡敏也不好意思多问。

久柯说的是自己的婚姻。他的妻子马兰羽是他以前唱歌那家酒吧老板的女儿。久柯唱得好，老板和他又都是东北人，很投缘。到深圳一年后的一天，他送兰羽回家，她家里没有人，夜色很深了。“留下来吧。”她轻轻地说，她的气息飘忽在他面前。城里的月光是有些暗淡的，但是掺杂了高楼的霓虹，似乎就有了些人情味。月光照在松软的床头，一切都变得不真实，只有欲望是真实的。她不算顶漂亮，但是身材好，又泼辣。他没有办法抵御她，他是个寂寞孤独漂泊在外的男人。他一直在漂泊，心在漂泊，身子也在漂泊，他在她身上找到了一块他以为可以落脚的地。跟了她，一切就能变得顺当。他知道自己不是个纯粹的人了。他对她掺杂了很多欲望，身体上的和经济上的。

兰羽大概也是知道的，可是她喜欢上了他。 他笑起来嘴角有点歪，唱歌的时候爱闭着眼，像是在冥想。她知道他心里有东西没有定下来。她一直不知道是什么，后来她收到那封从巴黎来的信。

好奇是只猫，她打开了怡敏的信。很自然地，她把怡敏的信扣了下来。

久柯当年到了深圳后一直盼着怡敏的信。他们两个断得不清不楚，彼此都没有明明白白地说分手。他总觉得她还会再出现的。但是他一直没有收到她的信，他打了个电话给老桂。

“怎么她还没有给你写信吗？我把你的地址给了她啊。”老桂在长途里说，“不如我再把她的地址给你，你给她写吧。她大概还在生气。”

老桂给了他一个奇怪的法文地址，他觉得他抄都会抄错，那是另一种语言，看起来像天书。久柯心里怅然。

第三十九章 破碎的婚姻

c h a p t e r 3 9

月亮落下，它们坐在黑暗中歌唱。

它们有古老、不变的曲谱，

从不歌唱世事变迁。

——胡弦，《蟋蟀》

久柯给怡敏写了封信，终于没有寄出去。后来他和马兰羽好了，觉得自己更没有资格给怡敏写信了。巴黎，那个他最喜欢的城市有他喜欢的人。可是，那些离他都那么遥远，就像那个法文地址一样给他一种陌生的局外人的感觉，仿佛和他生活的地方是两个世界。大概也是吧，20 世纪 90 年代中，世界还不是个地球村，中国和法国是地球两端两个绝缘体。

久柯和马兰羽两个人的关系时好时坏。他也是喜欢她的，喜欢她的泼辣劲，喜欢她好起来掏心掏肺的好，尽管他不是很喜欢她颐指气使的态度。她是家里的独生女，从小呼风唤雨。她是个有拧劲的人，她要的东西，就会使了蛮力气去争取。

还是 1999 年春天的时候，久柯给老桂打了个电话。“怡敏今年夏天要回国探亲。”老桂在电话里跟他说，“她 MBA 毕业了，要去纽约的华尔街上班。”MBA，华尔街，纽约，他觉得这些离他更远了。他原本打电话是想和老桂说说自己和兰羽的事，兰羽怀孕了，他不知道该怎么办，他私心里还保留着一丝对怡敏的期望。这通电话以后他心里彻底放弃了，他和她真的是两个世界的人了。她走得有些远，远得几乎要走出了他的视线。“五一”节的时候他和兰羽结了婚，秋天的时候他们的女儿梁思豆出生了。

久柯和兰羽的婚姻慢慢就出了问题，所有中年夫妻婚姻有的问题，他们都有。他们慢慢说不上话，也慢慢不关心对方了，他们因为芝麻大的事情闹别扭，互相抱怨。他们不缺钱，缺的是爱，爱，甚至都不是爱情——爱情是早就没有了，但是他们之间连爱都没有了。年轻的时候，吵啊闹啊，毕竟还有爱，因为有爱，可以忍受彼此各种各样的毛病，可以为对方妥协。可是如果没有爱，两个人脾性又不是那么好，矛盾就接二连三地出来了。她原先对他的崇拜早就消失殆尽。他不再唱歌，生意上也不精明，酒吧都是她在打点。她有时候语气里免不了就露出轻蔑的意味。偏偏久柯是个性子强的人，最受不了的就是这个。他宁肯她不爱他，可是她如果瞧不起他，不尊重他，比什么都难受。他们在深圳还有一套房子，去年女儿上了初中，他搬出去住了。

久柯没有跟怡敏说这些事，女儿梁思豆上中学了，是个敏感的孩子，她能接受他和另一个阿姨在一起吗？又何况，怡敏能再次接受他吗？人到中年，感情不免掺杂各种因素，如何能够轻松前行？

他们还是通着信，不过到了年底，就从 QQ 转成了微信。有了微信，他们似乎聊得更多了。微信是个神奇的东西，天涯海角的人都能给提溜出来。转眼之间，怡敏就加入了各种各样的群，大学群、中学群、小学群，现在，怡敏就等着幼儿园的同学把她给挖掘出来了。

斯蒂文是林文虹搬入林晚家一年后和林晚分的手。一年前林文虹住进来不久，林晚父母也住进来了。本来他们还有一间卧室做书房，这一来只好把书房改作林文虹的卧室，他们把书桌移到了主卧室，斯蒂文觉得很不自在。他觉得林晚没有放心思在他身上。他在她的 priority list

上大概是最末一名。他们曾经也有过许多温暖平静的日子。斯蒂文是个电影迷，经常周末就拉着林晚去看电影。他总是买最大桶的爆米花，林晚这些年看的电影比她以前看的总和还多。他们也经常去骑车，去走路，去遛狗。一边走，一边聊电影，聊小说。他一度以为他们是有很多共同爱好的，但是他不明白他为什么一直走不进她的最深处。她的心像是一个被围困的小岛，而那个岛和他之间隔着深深的太平洋，他没有办法逾越。

他们之间的冷战越来越多，也越来越久。林文虹是个有点缺心眼的孩子，有时候作业不会做，就要玉溪帮忙。斯蒂文有一次看到了，说了她一句，林文虹就不高兴了，跟林国强告状。林国强不说什么，可是一天都没给斯蒂文好脸色看，斯蒂文心里也不痛快。他觉得这一大家子的矛盾让他再也无法忍受了。

夏天快要结束的时候，老狗特德死了。特德得的是肺癌，最后给它注射安乐死。几个人就在宠物医院的小房间里看着它头一歪，大眼睛慢慢合上，那安详和宁静就没了踪影。玉溪开始哭，林晚也忍不住落泪，斯蒂文眼睛里露着灰暗。一个月后他决定搬出去住。

“我会经常来看你的。”搬出去那天斯蒂文对玉溪说。

“一定要搬出去吗？”玉溪说这话的时候，眼睛看着林晚。林晚把眼睛闪开。玉溪难过得要哭了，这些年，她和斯蒂文关系一直不错。

“好孩子，我们还是最好的朋友。”斯蒂文没有直接回答玉溪的问题，他给了玉溪一个拥抱。玉溪眼睛湿润。她喜欢他说的笑话，喜欢他模仿David Letterman说晚间脱口秀的样子。她怨恨地看了一眼林晚。

晚上，林晚一个人坐在后院里点了一支烟。月细如钩，轻烟渺渺。兜兜转转，她又成了孤单单的一个人。和斯蒂文住在一起之前，隔那么一阵，她总是不可抑制地想周鸿飞，心里焦躁，想得难受。她知道，那是思念，也是身体上的渴望。思念一个人是比喝了冷酒还要入骨的苦。和斯蒂文在一起这些年她好多了，日子平淡，至少减轻了思念之苦。她原以为和斯蒂文就能这么平平淡淡地走下去，哪知道，他们没这个牵手的缘分。她想起他们一起看过的电影，一起听过的英文歌，突然悲从中起，眼泪又兀自流了下来。她家后面就是自然保护区，郊狼低沉的号叫，穿越清凌的月色，传入耳来，格外地惊心。她呆呆地坐在那儿，目光越过后院几棵开败的桃树，望向了黑夜中的荒野，心中却是林黛玉那首《桃花行》："一声杜宇春归尽，寂寞帘栊空月痕。"

好在林晚事业上还算顺利。她做事情认真，老板派的任务完成得又快又好，就是不喜欢多说话。她老板 Monica 跟她说你光做得好还不够，你得让别人看见你做得好。林晚那年完成了一个项目之后，Monica 特意安排了一次 stakeholder demo，把公司部门几个大头请来，林晚做了个演示，老板们都很满意。加上她们组的那个芯片是给苹果用的，这几年一直赚钱，大老板就记住了她名字。后来 Monica 跳槽以后，二线老板就把她升成了经理，管着几号人。她现在的一个 peer manager 也是个中国人，叫向潘高。他心气儿高，总想往上爬。林晚有一次回国休假，时间长了些，向潘高就跟上头老板说不如让他临时代管她的项目。只是等林晚回来了，他还是一个劲地管着，每周照例跟上头汇报项目进展，跟林晚手下的几个人问这问那。林晚其实并不是个喜欢揽事的人，总觉得多一事不如少一事。她做个经理，钱没多多少，会议倒是多了好多，她又经常要接送玉溪这活动那活动，现在又添了个林文虹。她看这情形就索性跟老板说不做经理了，把手头的活干了就走人，也省得跟向潘高争来争去。老板看她态度坚决，就依了她。玉溪马上要申请大学了，她宁肯把时间花在玉溪身上。

只是玉溪根本不想要她来插手她申请大学的事。她今年11年级了。考了一次SAT，得了2300，林晚劝她再考一回，她只当没听见。林晚听说联系去国内偏远山区扶贫，写在简历上是非常好的义工经历，就跟玉溪提了这事，玉溪只是撇嘴，“你们中国人就会想这些投机取巧的事。”

“难道你不是中国人？”林晚脸上发烫，可是听了这话又生气。

“我不是中国人，也不是美国人。我是Chinese Amercian。”玉溪说完这话，径直上了楼。林晚想起多年前她跟玉溪说你既是美国人，又是中国人，如今她倒一样都不承认了，心里头不由一堵。看看手机，怡敏邀请她加入什么微信，她心烦，也没去搭理。

那天晚上玉溪回来得晚，她蹑手蹑脚开了门，想上楼溜进自己房间。

“这么晚才回来。”黑暗里林晚的声音响了起来。林晚坐在沙发一角，没有开灯，黑乎乎的一团。乍一看，玉溪还以为是特德。老狗特德没死之前，最爱蹲在沙发上，一声不吭。

“我和几个同学一起做一个社区项目。”顿了一会儿，玉溪又加了一句，“然后顺便一起去看了场电影。”

“我说过不要超过十二点回家。”林晚声音有些生硬。

“我本来也不想去。可是他们几个都去，我不好意思拒绝。”

“有什么不好意思。你自己的事情自己还做不了主？”

“我做主。”玉溪突然冷笑了一声，“我的什么事能做主？不可以去别人家sleep over，不可以去酒吧，不可以在身上刺

tatoo。你管得还不够多吗？”玉溪突然就跟火山爆发了一样。

林晚惊住了。她不知道玉溪心里有这么多怨恨，她一心一意地为着她好——太一心一意了。她顿了半晌，喏喏地说：“我都是为你好。”

“为我好？”玉溪脸上还是冷冷，“不必了，你自己的事情管好就好了。”

林晚心里又气又恼，玉溪上了楼。她颓坐在那儿，心里是无边的凄凉。她突然想起大学里看过的《金锁记》，天哪，自己难道一点点变成了曹七巧吗？她心里一阵阵发凉，凉到骨头里去了。

大学微信群刚建的头一个月还只是国内的几个同学，很快，国外的同学也加入了。那天怡敏猛然看到“曾刚”邀请“贾云成”加入了群聊的字样，心里一跳。她忍不住点开了假胖子的头像，只是个俄罗斯套娃。浅灰色的底色，深红色的套娃，穿着俄罗斯的服饰，戴着天蓝色的头巾，下面是一缕棕黄色的头发。怡敏曾经有过一套类似的套娃，还是大二时他们班去十渡春游的时候买的，好几个同学都买了。套娃都是一个套一个，每一个都比前一个小，每一个都类似前一个却是前一个的缩影，像是回过头看过往的日子，那些人眉眼都类似，却一点点模糊，一点点远去。

她盯着那个头像看了半天，也看不出个所以然。她又试着看他的朋友圈，但是什么都看不了。她意识到他们还不是朋友——微信意义上的朋友。事实上，他们在生活上大概也不是朋友了。她和他这些年鲜有联系，她只知道他和肖楠结了婚，最近似乎是在创业。其他的，她就不甚了了。他们是两条平行线上的人，就像《爱因斯坦的梦》里提到的两个平行时空里的人。她叹了口气，放下手机。瓜瓜在不远处玩拼图，他已经可以很熟练地拼出一个大恐龙了，“妈妈，看，我拼的翼龙，马上就要飞起来了！”

大学同学群有时候热闹，有时候冷清，很快怡敏把海婷加了进来，又劝着林晚用了微信。怡敏以前怂恿林晚用 QQ，林晚从来不听，这次怡敏催她用微信也颇花了一些时间。林晚终于入群的那晚，真胖子打了好几朵花。

“现在，咱们班三位女神都到位了！”

怡敏觉得女神这个词怪怪的，因为她总是不由想到神女两个字，而在古诗词里，神女是代指妓女的。怡敏妈妈喜欢阮玲玉，家里有一本《阮玲玉传》。怡敏记得其中的一个剧照就是阮玲玉主演的电影《神女》，那个电影说的就是妓女生涯。

怡敏不知说什么好，假胖子居然也复制了真胖子的话，还在后面又加了几朵玫瑰花。紧接着，好几个男生都复制两个胖子的话，欢迎的话一下就刷屏了。怡敏少不得去敷衍了几句谢谢。

然后她发现了一个好友邀请，而那个人居然是假胖子。怡敏第一反应是马上接受。但是她突然又有些害怕。害怕什么呢，她也不是很清楚，仿佛命运之神又给她寄了个包裹，而包裹里面是炸药还是巧克力，她全然不知，她有些害怕打开那个包裹。看看正好吃中饭的时间快到了，她关了微信就去吃饭了。

吃过饭马上就是开一个年终项目评估会，到了下午快下班的时候，她终于还是忍不住接受了他的邀请，但是半天那头都没动静。她突然意识到他大概在北美，这会儿还是凌晨呢。她一直是个好奇的人，她很想知道他过得怎么样。他和肖楠都是聪明人，日子该过得风生水起吧。她就把他以前的朋友圈翻了个遍，什么也没有，只是转发的几个创业公司的帖子。她还以为能看到几张照片呢，一张都没有，她有些悻悻。

第四十章 横亘的距离

chapter40

我跟随着你。这个黄昏我多么欢喜

整个这座五月的南山

就是我想对你说出的话

为了表达自己，我想变成野菊

开成一朵又一朵

——路也，《山上》

晚上三姨奶奶做了苦瓜摊蛋，瓜瓜一个小孩子居然喜欢吃苦瓜，一边吃一边跟着电视里唱《新闻联播》片头曲。那熟悉的声音一响，怡敏感觉一下子就穿越到小时候，好像对面坐着的就是小小的自己。家里也是经常这个点吃饭，一边吃饭，一边看《新闻联播》。多少年了，周围的一切都物换星移，年轻人唱的歌怡敏大多也不熟悉了，唯独这个曲子倒是顽固地一天天在同一个时刻响起。

吃了饭，怡敏瞄了一眼微信，假胖子居然发了个信息，“好久不见。”是啊，好久不见，怡敏心头突然一动，她一时不知道说什么好，只是回了句，“你在纽约？那边还很早吧。”

“是啊，我现在和上海的团队经常要开会，所以老要起早。准备干脆搬到上海算了。”

怡敏想，你搬到上海，老婆孩子怎么办，但是她没好意思问，就问了句，“你在做什么？”

“易人贷，是一个小 startup。我还是做数据模型，大数据分析。”假胖子又打了几个字，“你呢？”

“市场也做，销售也做，感觉自己现在像一个打杂的。”

那头假胖子又问，“你过得怎么样？”他等了好一阵怡敏这头也不回，他打了个“那我先开会去了”。

怡敏这头在追着瓜瓜捡地上掉的饭粒，又帮他把身上粘的饭都拍了，把地板扫了，过来再看，假胖子都闪了。她突然想起来，这个问题不就是她那时候问久柯的问题吗？久柯回答的是不好也不坏。是的，不好也不坏，好像是这么回事。

怡敏这些年在市场和销售两个领域跳来跳去，现在在一家小公司做，职位是市场营销副总经理，其实手下的人和原来在外企做的时候差不多。她觉得现在随便参加个活动周围的人都是 C-Suite 的人了，而这不过是意味着她在公司年头混得够久。她原来是颇有些宏图大志的，她一直记得威尔逊的话，记得他说看好她。她回国后很快找了几个 mentor，每个月都跟他们聊一聊。有一次有个 mentor 推荐她去参加一个女工程师大会，人很多，最后是一个 panel discussion。她看着那一排穿着鲜亮套装的女强人，心里突然就有些激动，也许，有一天，她也能成为台上的一员呢。她这些年也一直跟打了鸡血似的，想在事业上做出点成绩。只是好像到了一个瓶颈，怎么也突破不了。像她这样做市场销售的，有时候，免不了要喝酒。在中国做生意，不喝酒大概是做不大的。喝醉了，憨态可掬，人家才觉得你是真性情，觉得你够意思、够义气，才肯和你谈生意。怡敏回来后碰到好几次集体买醉的情况，她是个洒脱随性的人，知道国情如此，场面上的事她也能应付，只是到底没能完完全全认同这样的方式。

喝酒还算能对付，若是碰到娱乐场所，她就完全没辙了。有一次，她和几个男同事去杭州萧山出差，去顶层的餐厅吃饭，电梯停在第八层的时候她不经意看到一个特别场所。二三十个绝色女子穿着紧身高开衩的旗袍在那儿站了一溜，妩媚风骚，等着人挑。这种入夜以后的娱乐场所是专为男人设计的。怡敏知道那晚几个男同事和客户就去了那里，打的由头是谈生意。她虽然是那个项目的负责人，如此种种原因，也被划了出去。她知道，自己要往上做，各种各样的困难实在太多。

这几年她更没什么劲在事业上拼了，以前加班是家常便饭，现在也不怎么加了，也没法加，家里有个小娃娃呢。小公司不比大公司，每个人出勤老板都看在眼里，最近也有意无意提醒过她几次。她也顾不了那么多了。家里头瓜瓜虽然皮，到底还是个好孩子，虽然生病的时候闹心得很。她回来这么多年，最不适应的还是看病这一出。比如看个专家门诊要一大早去挂号，然后挂了号过几个小时后回来还得接着排队看这个专家。这不存心折腾人吗？

到了晚上瓜瓜睡了，她给林晚发微信，问她知道假胖子的情况吗。林晚正是早上，忙着给玉溪和林文虹做饭，也没及时回，到了中午休息才给怡敏回了个信，“我也是前几天跟真胖子私聊的时候听说的，假胖子前几年离了。”怡敏早睡了，第二天早上她看到这条消息，好不诧异。

“离了？怎么就离了？”怡敏眼前突然闪出肖楠那张脸。她总是微微笑，似乎手里拿了一手好牌。

“很奇怪吗？真胖子离了又结了。”林晚又敲了一行字。

“没瞧出来啊，真胖子，我这都还没开张呢，他倒二进宫了。”怡敏着实有些诧异，这些年，她们三个女生自己有联系，和男生们联系不多，要不是微信，都不知道每个人的生活发生了这么多的故事。

“多新鲜，小姐，我们都人到中年了。”林晚还是习惯性地这么称呼怡敏，这个从大学就保持下来的称呼。怡敏一看到这两个字不由笑了，多新鲜，自己都快42了。她被这个数字小小地吓了一跳。她看着手机，突然又想起哭墙那个满脸皱纹的老人的话，难道假胖子也会再一次出现？她心里猛一跳。

玉溪现在十二年级，马上就要开始申请大学了。她这几年和林晚关系疙疙瘩瘩，两个人之间交流少，有时候说说话，意见又都不一致，觉得还不如不说的好。

玉溪申请了东岸好几个学校，她大概是想离家越远越好。林晚要她申请加州大学，她也一直拖着。她申请的事情也不大和林晚说，连大学要写的陈述书都不给她看。那天她赶着Rice大学的申请截止线，弄到凌晨一点还没弄完。她到楼下喝水，突然看到后院有个人影，她吓了一跳，再一看，居然是林晚。她背对着玉溪，坐在寒风里，手里夹着一根烟，不知道是在看后院那几棵桃树，还是篱笆外的荒野。

玉溪看了，水也不喝了，慌慌张张就退回楼上，生怕林晚看到自己。玉溪以前从来没有看到林晚抽烟，她回到自己房间，心里涌起一阵悲凉，“原来她一直背着我抽烟，只是在晚上，她一定是怕我看到。”她像是猛然触摸到林晚的苦寂和伤怀。在人前，她是个能干沉静的人，好像什么都能搞定，只有在这样的黑夜里，她心底的脆弱才一点点浮出来，那轻烟里飘着的是她排解不开的愁苦。玉溪突然就难过地哭了，她小声地啜泣着，生怕屋外的林晚听到。

过了几天，玉溪从网上填了个加州大学统一的申请表，把加州的几个学校都申请了。她那天晚上吃饭时不经意提起自己申请了加州的几个州立大学，林晚听了，抬了头看玉溪，玉溪却一直低着头吃饭，也不看她。林晚心里突然就踏实了好多。这些日子，为着申请学校的事，她们两个没少闹，意见总是相左，这好像还是头一回玉溪听了她的建议。

到了年底，玉溪提前申请的几个学校都没有中，两个人都有些失望。有几个学校把她放在推迟的名单上，玉溪这几天忙着准备补充申请大学的资料，也不时要林晚帮她查个资料什么的。彼此交好的意向都清晰起来，只是两个人都不是善于表达的人。好在又都是慧敏的人，有些事情，不用说话也能明明白白感受得到。林晚这几年愁得最多的就是玉溪，两个人关系闹得那么僵，这比什么都让她难过。而现在，她像是看到了雪山的冰在一点点融化，心里暗暗松了口气。

那天玉溪查email，看到第一个录取通知书，Rice大学。“总算有个保底的了。” 两个人心里都踏实了。没几天玉溪最想去的康奈尔把她拒绝了。又过了几天，她拿到纽约大学的录取通知书，高兴地跑下楼告诉林晚。

林晚正在洗碗，听了这消息也高兴，“纽约大学在纽约城，地理位置比康奈尔好，将来找工作什么的都方便。”

“嗯。看起来纽约大学差不多是我能拿到的最好的学校了。不过学费挺贵的。”

“没事，妈妈供得起。最多卖一套尔湾的房子。” 林晚笑了。

“Mommy， 谢谢你。” 玉溪轻声说。

林晚看了一眼玉溪，眼泪突然就要流了下来。她转过身，继续去洗她的碗。

很快就到了一月底，怡敏生日到了。那天一大早她打开微信，看到她爸爸给她的一个微信红包，166，她爸老说要8不如要6，六六大顺，一个人要的就是平顺。

除了她爸爸的红包，就没有别的消息了，怡敏稍稍有些失望。哪料到没过多久就收到久柯的生日祝福：“阿敏，生日快乐。”怡敏妈妈老说要珍惜那些记得你生日的人。怡敏突然心里有些感动，他居然还能记得她的生日。

“你一直记着吗？早些年从来没有看到过你发的生日祝福。”怡敏敲了一句。

“以前也记着的，不过咱们联系不方便。”久柯有一次想给远在巴黎的怡敏写个生日卡，想想这封信到她手里都是一个星期以后了，她生日也过了，就没了动力写。

没过多久，又有了个微信提醒，居然是假胖子的生日祝福：“怡敏同学，生日快乐。” 这一会儿的工夫又蹦出个记得她生日的人。她想起自己在巴黎、在纽约那些孤零零过生日的日子，突然鼻子一酸，又不禁咧嘴一笑，老天爷这是怎么安排的，要么就都不理她，要么就扎堆凑过来了。

“谢谢，你也记得我生日啊。”怡敏敲了这句话，正要发出去，突然意识到，这不是暴露自己脚踏两只船的恶劣行径吗？赶紧把“也”字给删了。

“记得啊，大学那阵就记得。你生日不是1月22日吗？现在流行的说法，就是特别2。”假胖子回说。那套没送出去的《倚天屠龙记》他一直带着，有时候还会翻两下。

怡敏看着笑，正要回，想起了久柯那边还没回呢，赶紧切到久柯的窗口，“谢谢你记得。很暖心啊。”

然后，她把这句话又复制到假胖子的窗口。

“对了，我马上就搬回上海了。”假胖子又说了句。怡敏心里一动，这一下又近了不少。

把两位打发了，怡敏也得去上班了。坐在城铁里，她回头翻看微信里和两个人的对话，突然就有了一种自己在出演荒诞剧的感觉。这是一个多么充满喜感的滑稽场景，下次要是把两个人的窗口弄混了岂不露了马脚。又一想，有什么马脚可露，这两位都没挑明呢。自己一个拖着个油瓶的中年大妈，还是不要自作多情了吧。

怡敏就这么不远不近、不紧不松地和他们两个联系着。她有时候恨这距离横亘在他们之间，有时候又庆幸这距离可以让她好好思考，自己到底需要婚姻吗？瓜瓜刚生出来的两年，她一个人累得四脚朝天，真恨不得马上回头找范健结个婚。但是孩子慢慢大了，习惯了，马上要上幼儿园了，她也没觉得有多不好。她认真想想，婚姻不过是年轻时候买一个保险，成本是伺候着对方，将来等老了指望对方能回过头来照顾自己。可是将来实在不行就进养老院呗，至少瓜瓜能来看看自己吧。但是为什么，这么多人明明知道婚姻是个黑洞，是个围城，还要前赴后继地往里面跳呢。她被自己灰暗的想法吓了一跳。

初夏的一天，怡敏收到了久柯的一条微信，“我在北京，我们见见？” 怡敏心跳了一下，她好像没有能够阻止自己去见他的欲望。她把瓜瓜安抚好，弄到床上，已经快九点了。她叮嘱了三姨奶奶，就去了三里屯的那家海上花酒吧。舞台上那个身型像久柯的歌手正在唱歌，很动情，声音低沉。

“北京的酒吧更有情调。”久柯说。

“深圳的呢？”

“深圳的更有激情，更适合年轻人。”久柯回答，“我现在好像更喜欢北京的酒吧了，歌手更有实力。”怡敏也不懂这些，只是点着头。

“很多东西，还是旧的好。”他突然看着怡敏。

怡敏心里一跳，“旧的怕是因为隔得太久，不了解了吧。如果看清了，旧的怕是还不如新的呢。”

“也不知道哪个算旧的，哪个算新的。”久柯看着台上那个酷似他的歌手，幽幽地说，“我和我太太分居了。”

第四十一章

江月年年只相似

chapter 41

十年，然后又是十年，十年有多久？

影子的游戏，阳光的分裂，快乐的困兽

是谁在你的每一喘息后面步步追逐？

——廖伟棠，《十年》

怡敏愣了一下，半天没有说话。

她心里是喜欢他的，但是人到中年，似乎已经没了年轻时不顾一切的锐气。感情面前，她给自己披上一层保护衫。又或者，她觉得他多少有些不真实也不太现实。他们之间隔着二十年的时光留下来的积垢和这么远的距离。更何况，他毕竟还不是个自由的人。久柯看她半晌没有说话，有些失望，他笑一笑，又恢复了往日那种不在乎的神情。

分手的时候，怡敏犹豫了一下，还是说了，“过两天就是你生日了，我先祝你生日快乐吧。”

“你一直记着我生日？”久柯的眼睛有些发亮。

他抱住了怡敏，手轻轻地抚摸着她的后背。在这个湿热的夏日的晚上，纠缠了二十年的思念缠绵而来，他们紧紧地抱在了一起。怡敏心里猛然一热，温情、甜蜜、悸动，各种滋味混合在一起。她突然意识到，原来那爱一直都深埋在心底，只需轻轻一点就会喷发。

她像是明白了为什么那么多人会前赴后继地跳进婚姻这个大坑。爱情的荷尔蒙像是从高处一泻而下的瀑布，把每个人都冲昏了头脑，让他们觉得这个世界不一定什么事情都要算得那么清清楚楚，让他们觉得这世上还有可以长长久久的东西。她暗想，也许该试着和他重新开始？

马上就到了八月，大学群这几个月来一直热闹得很，大家在筹备毕业二十周年聚会。这一次好多同学都跳出来说要参加聚会。十年前的聚会，来的还主要是国内的同学。林晚和海婷还在美国，都没有回来。怡敏去了，虽然也和老同学聊得开心，可是就她一个女生，实在不痛快。海婷这次决定飞过来聚一次，也顺便带孩子来北京玩玩。怡敏好说歹说劝林晚回来，林晚一直是个不爱凑热闹的人，正好玉溪要去参加个小北大人夏令营，寻思不如趁这个机会三个女生聚一聚。上次十周年聚会的时候，她看了他们聚会的录像，每个到场的同学都说了会儿话，看着还挺亲切。

怡敏是聚会筹备组的核心，那一阵忙前忙后，又是订统一服装，又是订度假村，好一阵忙活，连和久柯的微信聊天都少了好多。

同学聚会的第一项活动是到系里的会议室开叙旧会。怡敏是筹备组的，早早就到了。八月初的北京炙热当头，正是最闷热的时候。她一进物理楼却感到一丝凉意。物理楼刚修的时候，还是北大招分最高的几个系。她记得那时候物理楼还算比较新的楼，如今却像个没落的贵族，灰旧黯淡，像是积了二十多年的灰尘。周围的理科楼群、逸夫楼都比它高大。只是这楼设计得好，冬暖夏凉。

林晚和海婷两人在中关新园住，就在北大东门，离物理楼几步之遥。上午十点不到，两个人就走路去了物理楼。林晚走近这座楼的时候想起了大三那年在周鸿飞的实验室做实验，她不由得多看了几眼五楼那个窗口。

怡敏见林晚和海婷进来，高兴得跑上去抱住她们。上一次怡敏和林晚见面还是三年前在尔湾，而林晚和海婷见面也是五年前的事了。

“真不容易，咱们三个好像还是毕业后第一次聚齐呢。”怡敏感慨。

没过多久，大家都陆续来了，老同学都高兴地问候寒暄。

“假胖子！”怡敏听到有人高声喊。她不由转过头，然后，她看见了假胖子。他站在门口，白T恤，牛仔裤，好像是多年前在纽约见到的那样，只是脸上多了皱纹，鬓角似乎还有几根白发。他似乎也在看着她。他旁边站着个跟他一样高瘦的男人，怡敏一时居然没认出来。

“真胖子！”林晚喊了一声。林晚这么一说，怡敏再一看，可不就是真胖子。可是他居然比假胖子还瘦，真胖子变成了一个假胖子，正应了那句假作真时真亦假。原来胖乎乎的脸庞瘦了下来，清俊明朗，浓眉大眼。而假胖子玉树临风的，还有那么一丝像胡歌。怡敏早听林晚说真胖子现在跑步，还组织个燕园跑团，一年到头满世界地跑半马、全马。这一看真人，还是小小地一惊，简直和当年判若两人啊。不过，她心里还是觉得真胖子当年胖乎乎像个泰迪熊的样子来得亲切。

“原来咱们班还有几个风韵犹存的帅哥嘛。”怡敏笑着说。

“当初咱们怎么都看走了眼。”林晚也轻声笑着说。

说话间，真假胖子已经向她们走过来了。

“三位女神好。”真胖子笑着说。

“女神好。”假胖子也附和着，眼睛却看着怡敏。怡敏突然有些不自在，是不是自己哪儿穿得不对劲啊。她突然有一些心慌。

叙旧开始，大家轮着圈说自己情况。一个年级差不多九十来号人，倒有一半出国留学，剩下的也基本都留在北京，现在又有好些国外的同学陆续海归。大家叙了旧就去北大著名的梦桃源吃饭。梦桃源的饭菜还不错，女招待员也没有传说中的桃花眼，看起来都还蛮老实的。吃了饭大家又去一体打乒乓球。友谊赛的时候，大伙儿挤对，结果怡敏和假胖子一组，林晚和真胖子一组，好一阵恶拼。平常都是好朋友，到了赛场一个比一个狠。怡敏想，这个年纪了，争强好胜一点也不减少年时啊。结果是林晚和真胖子险胜。怡敏看着对面互相击掌的两个人，心里叹了口气。

打完球，大家散了。她们三个还准备在校园里逛逛。那些熟悉的角落一一再次走过，怡敏不由感慨。二十年真的就这么哗啦啦地翻过去了。毕业的时候在燕春园聚餐的情景好似还是昨日的事情呢。靠 31 楼路上一排排的自行车也还和昨日一样，怎么一下子就成了故地重游呢？好在 29 楼还在，不过据说马上就要拆了。传达室里也不是当年的小辫子阿姨了，而是个短头发的阿姨。她们三个和她说了一番，她就放她们进去了。她们住过的 342 房间里有一位小女生，也欣然把她们请进屋里，估计已然熟悉了老校友回来朝圣的惯例。房间里只有四张床，桌子上摆了四个手提电脑，似乎在提醒她们这已经是另一个时代了。只有那上下铺的双人床似乎还和昨日一般。海婷便说：“现在再看这宿舍，实在不大，当年咱们六个人怎么挤下来的。”

铁打的营盘，流水的兵。校园永远是年轻的，虽然园中的人会一点点老去。三个人都颇感慨唏嘘了一番。下了楼正好有一对骑车的小情侣经过。女生坐在车座后，搂着男生的腰，怡敏看着那女孩青春纯净的脸庞，眼角突然有些湿润。她知道，她遇见的不只是一个青春少女，而是二十年前的自己。

林晚看了她一眼，不由说了一句，“人生代代无穷已，江月年年只相似。”

“你念的书真多，该上中文系的。”怡敏笑了。

“多乎哉？不多也，也就骗骗你这种不看书的人。”林晚笑着说。

“谁说我不看书，金庸的全套我都看了四遍了。” 怡敏头一扬。

“怡敏还是这么争强好胜。”海婷也笑了。

第二天是到京郊密云水库附近的一个度假村住一个晚上，接着叙旧。大伙儿说起教《热力学》的那个老师有点口吃，说的普通话带着江浙口音，大家都听不太懂。又说起那次去十渡，拿奥赛金牌的林逸摔了头，之后半路就折回去了。十渡的摊子上有个东北人在卖俄罗斯套娃，人手都买了一套……回忆总是温馨，那天晚上大家聊得有些晚。在主楼散了回各自房间的时候，假胖子和怡敏心照不宣地落在后面。夜色空寂，皓月当空，能听到不知名的小虫在低鸣。

“真是个好地方。能闻到桂花香呢。” 怡敏想起小时候爸爸妈妈常带她去朝内南小街阳照胡同的王叔叔家串门。他家三进的四合院里有桂花树、樟树、刺槐，夏天的正午有蝉鸣，到了黄昏就有蜻蜓出没。如今那些胡同四合院早就拆了，北京城里也难得听到虫鸣蝉叫了。

“这地方挑得好，你们几个组织者费心了。”假胖子看了一眼怡敏，“那啥，怡敏同学好像一直没怎么变啊。”他还是习惯性地喊她怡敏同学，怡敏听着心里挺受用。

“你说瞎话的本事倒是一点没变呢。”怡敏笑了，“还记得那一次去康西草原，我们一起去租马骑，你连人带马好一顿夸，结果那人给了我们好多优惠。”

“对，那次你骑在马上，结果马一仰头，你差点从马背上掉下来，还亏得我扶了你一把呢。”假胖子也笑了。

“记得物理楼守门的大爷也姓甘，到底是不是甘子钊的亲戚啊。”怡敏又问，两个人就这么叙着旧，好像有说不完的旧人旧事。怡敏突然觉得原来他们有那么多一起成长的痕迹啊，上大学那阵却是没有一点知觉呢。这么一路说着，很快就到了怡敏住的5号楼。怡敏心里一直揣着个问题，看看马上就要说再见了，站在那儿欲言又止，假胖子一下子就笑了，“你还有什么问题吗？”

怡敏心一横，就把心中的话说了出来，“听说你和肖楠分手了。”

“嗯，有好几年了。”假胖子脸上有一丝难过，他觉得婚姻像是海滩边沙子堆的城堡，看着华丽精致，海水一冲，就全散了。

肖楠结婚两年后去了德国的分公司，是一个非常好的机会。在婚姻和事业之间，她心中的天平倾向了事业。这个决定的直接结果就是两个人一直没要上孩子。回到纽约后，肖楠好不容易怀上孩子。三个月的时候，她出差在外吃的东西不干净，食物中毒导致孩子没有保住。那天在医院里，假胖子看着肖楠苍白的脸，心里像是开了个小口，伤感从里面慢慢地往外渗。那个没有保住的孩子在他们之间投射的阴影像是聚成了一个黑洞。两个人都小心翼翼地避开。假胖子前些年突然又掉进了创业的热潮。他和几个朋友在做大数据的startup，给投行提供数据服务。创业是个榨人心血、时间乃至金钱的黑洞。几个创办人在第一轮融资花光了以后决定每个人自己先投钱。肖楠坚决不同意假胖子把自己的钱投进去。那是个冬天，两个人的关系也进入了寒冬。最后，两个人在创业和孩子两个黑洞强大的吸力之下败下阵来。在离婚证上签字的那天，天是阴的，两个人心里也是阴天。

怡敏听了，呆了半天，说：“大概你们都太要强，又都太不懂得珍惜。”

“可能是吧。有时候，我想，也许那个孩子保住了，我们也不会离吧。”假胖子声音有些暗哑，“她后来和一个美国人结了婚，跟我都没有联系了。”怡敏突然有些后悔问起这个话题，两个人本来聊得挺好的，为什么要揭他这个伤疤？但是，她心里也知道，搞清楚男人离婚的真正原因，就像是了解他的来龙去脉。这个道道，是一定要弄明白的。一个人以前的轨迹基本可以预测他将来的行为。那么，她心里是把他列为候选人吗？她心里一惊。又一想，男人四十一枝花，假胖子估计现在身边又有人了吧。她这么想着，就不太说话了。

“这么些年你一个人也不容易吧。还有时间张罗聚会的事，精力真旺盛。”假胖子看她不说话了，开口问。

“还行吧，怎么都能过来。”怡敏笑了，“你们在婚姻里的人也有你们的烦恼。城外有城外的向往，城内有城内的疑惑。各有各的好，各有各的苦。”

“我现在和你一样都是城外的人了。”假胖子轻声说。怡敏心里一动，又不敢再往前探，站在那儿不知道说什么好了。

两个人就站在楼前那棵月桂树下，你看着我，我看着你，月光似乎在他们的脸上镀了一层动人的光彩，月桂树斑驳的树影又在脸上印出不规则的形状。他轻轻地拥抱了她，“我们常联系啊。”

“嗯。”怡敏也抱了一下他，心里有浪花一片片翻腾。

第四十二章
桃花朵朵花家舍
chapter 42

我爱高山的同时也爱着它的倒影

那美好的事物因此被我爱了两次：

洁净，湿润，岩石做成的手臂

白昼的强壮体魄隐藏着夜晚的秘密和种子。

——鲁西西，《序曲与怀念》

海婷回上海之前，三家人，林晚、玉溪、海婷、大龙、乐乐，再加上怡敏和瓜瓜在怡敏家里聚了一次，吃火锅。

“大夏天的吃火锅。”林晚笑了，“还记得咱们上大学那阵大冬天的吃冰棍。”

几个人都笑了，吃了饭，孩子们各自玩耍去了，几个大人说的却都是孩子。海婷说起大龙最近叛逆得很，她说话他也不听了。大龙在手机上玩游戏，听了这话，看了海婷一眼也不作声。

“其实没事。”林晚看看不远处带着乐乐和瓜瓜玩的玉溪，“聪明的孩子，叛逆只是一段时间，过了就好了。”

“你这是熬出来了，瓜瓜才三岁，我一个人且得熬着呢。”怡敏一边说着，一边给她们倒了杯果汁，自己还是喝咖啡。

“我不也是吗？”林晚想起自己，有些凄然，对海婷说，“也就你最美满了。”

“我吗？”海婷有些苦笑。她这一阵真是给弄得焦头烂额。海婷有个学生之前发了篇论文到Physics Review Letters，却不料最近被翻出来说是抄袭美国一个博士生的毕业论文。海婷是导师，也是作者之一，这一阵在圈子里闹得沸沸扬扬。然后居然有人写匿名信到系里说要全面调查海婷，从她的博士学位开始查有没有造假。海婷把这事一说，林晚和怡敏也直叹气，“真是人心叵测。”

“唉，不如我们都搬到一个岛上，像黄药师的桃花岛那样，远离这些烦心事。”怡敏笑着说。

“那不太现实吧，我倒觉得我们三个将来可以合开一个书店，卖文学书也卖武侠书。”林晚马上接了话。

“这主意不错！还要卖咖啡。”怡敏笑着说，“书店里到处都要摆满月季花，芬芳四溢。有书香、花香和咖啡香。”

“嗯，还可以不定期组织一些茶艺讲座、插花讲座和品酒会。”林晚又加了些东西。

“那我就负责数钱了。”海婷笑了。

“不如这个店的名字就叫‘花家舍’。”林晚很喜欢格非的《江南三部曲》，里面反复提到的一个暗合桃花源的地方就叫“花家舍”。她那时候还幻想着和周鸿飞去这样的一个世外桃源，那里到处是桃花朵朵。他们在落英缤纷里看书，喝茶，在一大片紫云英里漫步，闲聊。

“繁花绕舍，曲水流觞。这个名字好。”海婷拍手。

几个人叽叽喳喳说了一番，到最后又有些沉默了，似乎都陷入了各自的困顿。海婷要赶傍晚的高铁回上海，大家只得依依作别。怡敏和林晚一直把他们送到楼下。海婷和她们两个拥抱，脸上露出笑，“这几天太开心了，好像又回到了上大学那阵。你们都好好的，再见啊。”

“我们大家都好好的。”怡敏说，她紧紧地抱着海婷。林晚也紧紧地抱着海婷。海婷一家三口上了出租车，怡敏和林晚看着那车子汇入拥挤的车流，一会儿就没了影，两个人站在那儿都没了言语。暮色将至，太阳也成了暗红色，一缕残阳铺在暗灰色的天上，有些刺眼。

玉泉到纽约两年了。这天早上她起来后直接就去了116街附近的星巴克咖啡店。没想到队伍长得很，都快排到门口了。她点了一杯黑咖啡和一个羊角面包，找了半天也没找到一个座位。到处都是学生，人手一个手提电脑。或者就是四五个学生围坐在一桌，叽叽喳喳，在讨论着什么。她只好去高高的吧台坐着等。她喜欢星巴克，一进门就是浓郁的咖啡味，那是她喜欢的味道，苦涩但是耐品，比起麦当劳甜腻的奶昔，受用了许多。只是她不喜欢高凳子，高高地坐在那儿，总是不自在。“Yu Queen! ”店员不太熟练地喊着一个名字，她走过去，冲店员笑笑，拿起她点的东西。在纽约两年，她慢慢熟悉了老美对她名字的各种发音。“泉”的汉语拼音“quan”在美国人口里就变成了“queen”。 她把羊角面包吃完，拿着喝剩的咖啡，走出那座灰色的小楼。天空是深不可测的蓝，秋风卷起地上一片黄叶，在她脚边轻轻地旋转，这是纽约的秋天。

她有些疲惫地走进上世界历史的大教室。她提前了一点到，挑了个角落坐了。她最怕这种文科的大课。老师说的话，她听得不是特别懂，现在还好了些，大一的时候简直是听天书。她觉得以前在北大附中也有外教啊，那时候还能听得懂一些，怎么现在反倒听不太懂了呢？第一年简直就是受折磨，美国的本科作业多、考试多、项目多。尤其是这种文科课，动不动就要写一篇论文，而她最怕写这种长篇大论。

周末的晚上她和晓岩通了微信语音。

“你爸过几个月会去波士顿开一个光学年会，到时候去纽约看看你。”晓岩说。

“好啊。好久没见到你们了。”

“你还缺钱用吗？”晓岩问。

“不缺。谢谢妈。”

“你怎么跟我还这么客客气气的。你都好吧？”晓岩从小就不太弄得懂玉泉，她乖巧，听话，人又懂礼貌，谁见了都夸是个好孩子，说晓岩好福气，孩子这么省心。晓岩倒希望她再活泼一些，再闹一点，又一想，孩子是什么样，就什么样，真不必强求。只是她看见别人家的女儿总是挎着妈妈的胳膊，亲亲热热，心里有些羡慕。玉泉不这样，她似乎和谁都留着点距离。

和晓岩挂了微信通话，玉泉又去高中同学群看了一下。张黎去了北师大，学校就在以前辅仁大学的旧址，离后海挺近，他现在经常去那些小酒吧唱歌，真没想到他还有这个天赋。他在群里晒了几张他唱歌的照片。

“去参加《中国好声音》吧。”凌飞怂恿他。凌飞在纽约大学念的是数学，这种纯理科的系对他来说难度不大，他最近又迷上了摄影。自己买了个单反，他也发了几张他的作品到高中群。

“别说，你拍摄的东西还真特别有味道，你回国给我来几张写真吧。”张黎也在吹捧凌飞。玉泉也觉得凌飞拍得好，角度抓得好。有一张《法拉盛的黄昏》是他在法拉盛的中国城拍的。黄昏的阳光懒懒地照在店铺摊前那个老女人和她摊子上挂着的那些色彩喧嚣的大红大绿的旗袍上。她看着过往的行人，脸上有一点麻木和一丝卑微的笑容。玉泉觉得他们好像都找到了自己喜欢做的事情，开始慢慢绽放，比起来，自己倒是过得浑浑噩噩，没有什么激情了。

“玉泉，今天在我们数学系办公室碰到一姑娘特别像你，我差点认作你了。”凌飞又在群里说。

“哈哈，你是太想玉泉了吧。”张黎取笑他。

“真不骗你，她是个ABC，是我们系的大一新生。”凌飞着急分辩。

玉泉没什么心思关心这些事。她随便敷衍了几句，放下手机，躺在床上，心里还在发愁明天要交的作业。她这些天晚上都睡得不好，总是很早就醒了过来。

很快就是感恩节了。感恩节那天，凌飞在他的公寓里开了个party。他喊玉泉过来一起凑热闹。玉泉说要做世界经济历史的作业。她挑了一个比较冷僻的话题：“现代欧洲妇女经济地位变革史。”她准备从妇女的社会地位、政治影响力到经济生活几个方面来阐述一下。要求是写八到十页的报告，可是她才写了两页就什么都挤不出来了。她坐在电脑面前发了呆，顺手拿过手机，打开微信，高中群里居然有凌飞发的聚会的相片。玉泉看了一眼相片，起身拿了那件黑呢大衣，出门，打了个yellow cab，朝凌飞家奔去。

她按了门铃，一个陌生的男孩开的门，估计凌飞在忙。客厅本来就小，十来个人一下子就挤得满满当当。玉泉一眼看到一位姑娘，她的眼睛不大，鼻子直挺——她的确有几分像自己，或者说，像她的爸爸周鸿飞。她定定地看着她。

“哟，玉泉，你来了。太不容易了。”凌飞手里拿了瓶可乐和啤酒走过来，“你要喝点什么？”

“啤酒。”玉泉下意识地接过啤酒，眼睛还在看着那位姑娘。凌飞顺着她的目光看过去，“对，就是她，她就是我说的ABC，长得像你吧。我给你们介绍一下。”

玉泉跟着他走过去，那位姑娘正在和几个人说明天黑色星期五要去哪里买东西。

“来，介绍一下，这是我高中同学玉泉。”凌飞走近那位姑娘，“你们聊吧。烤的火鸡快好了。”凌飞说着就又奔向了厨房。

“你好！我叫玉溪。”ABC 姑娘露出笑容，伸出手。

“你好。”玉泉也伸出手，她心里怪怪的，“你爸爸抽烟吗？”她突然问。她想起爸爸常抽的烟就是玉溪牌香烟。

“好像以前有抽，现在不太清楚，我爸爸住在北京。”叫玉溪的 ABC 微笑，“你也是北京来的？”

“嗯。”

“我爸爸妈妈都是北大毕业的。”玉溪又笑着说。玉泉想起自己的也是，但是她没有说。她看着对面的她，心里异样的感觉越积越多，“你姓什么？”

“我姓林。”玉溪回答。玉泉哦了一声，又接着问了一个问题，“你是哪一年生的？”她知道问美国人这个很私人的问题有些唐突，但是她忍不住。

玉溪愣了一下，还是回答了她的问题，“1996 年。”

“噢。”玉泉不再说话，她喝了一口手里的啤酒，一种略带苦涩的味道涌入嘴角。对面的玉溪也不说话了，两个人站在那儿，空气似乎也变得凝滞。好在凌飞端出来刚出炉的火鸡，大家就都排着队去取火鸡吃。

玉泉拿了火鸡，一个人坐到沙发的一角，默默地吃。玉溪一边吃，一边和另外一个小伙子聊天。客厅里热闹嘈杂，玉泉却像是什么也听不到，她一直都盯着玉溪看，心里古怪的感觉越积越厚，还添了一丝不安。她吃过饭没多久就要告辞。

“多待一会儿吧。”凌飞有些歉意，“今天来的人有些多，都没时间陪你说话。其实有几个我都不大认识，估计是来蹭饭吃的。”

“没事，你真厉害，整这么大一 party，火鸡很好吃。我要回家赶 project。”玉泉又看了一眼玉溪，“我走了。”

“嗯，你别整天忙忙叨叨的，放松一点嘛。”凌飞拍拍她的肩膀，玉泉转身下了楼。纽约的冬夜冷得让人发颤，玉泉一哆嗦，不由紧了紧大衣。

玉泉接着回去写作业，但是坐在桌前，一句话都挤不出来。她只好在网上胡乱搜了些东西，七拼八凑的，放到她的文章里。快凌晨她才躺到床上，但是玉溪的脸一直在她面前晃。为什么她的名字里也有一个“玉”字？为什么她的名字是爸爸常抽的烟？为什么她长得还有几分像爸爸？她想来想去，翻来覆去，一直无法入睡，到了天快亮的时候总算睡了一会儿。

圣诞节前，她考完最后一门课，心里却一点也不轻松，她的专业是经济学，但是要学不少数学课。她原以为理科的课她没有问题，结果这个概率课她一直学得不顺手，期末考试最后一道大题她都没有做出来。到了月底成绩出来了，各科分数都不是很好。概率是个 B-，世界经济历史居然是 C。她从网上看到自己的成绩，心里灰灰的，她从小到大成绩一直名列前茅，现在居然掉到了差生的行列。 可是哥大的学生一个比一个聪明，一个比一个好强，她的英语又是弱势，比起来还是落在后面了。她心里像塞进了一吨铅，一头躺在床上，看着窗户发呆。

怡敏自从同学聚会后一直和假胖子在微信上有联系。好在两个人都是一个时区了，能说上话的时间也多了。因为真胖子二婚的年轻漂亮太太最近又添了个孩子，两个人不由得说了一番。

“当初真胖子准备离婚的时候要去算命，我说你还是不要去算去测了，你要是不测量，就是一个老婆，你一测量，老婆就分裂了，产生纠缠，至少两个老婆。”假胖子在微信里说。

“为什么？”怡敏有些没搞明白。

“测不准原理啊，一测量就变了。看来你当年《量子力学》肯定没学好。”假胖子敲了行字。

怡敏笑了，“大学学的那些东西早还给老师了。话说真胖子真够狠的，肯定是他喜新厌旧，把前老婆踹了吧。”

“唉，恰恰相反。是真胖子的前妻提出的离婚。”原来真胖子的前妻从网上认识了一个人，她是个很感性的人，和那个人一来二去就坠入情网，到后来还要把网恋进行到底闹离婚。离了婚以后，真胖子一度体重达到二百磅。

“我那时好一阵宽慰真胖子。”假胖子感慨，“好在后来真胖子奋发图强，开始跑步，彻底换了个人。说真的，我还真佩服他的毅力。后来他小子就成了花样大叔，倒追他的人不要太多啊。”怡敏心想，原来还有这一段曲折，都以为是真胖子负了人，哪里晓得真相恰恰相反。这世上的事情真真假假，亦真亦假，谁又弄得清到底什么是真、什么是假？

第四十三章 不真实的爱人

chapter 43

也许我爱的已不是你

而是对你付出的热情

就像一座神庙

即使荒芜

仍然是祭坛

——莱蒙托夫，《献给我不真实的爱人》

“唉，婚姻真是个靠不住的东西。周围婚姻破裂的人越来越多。”怡敏感慨。

“婚姻是能解决一些问题的。但是又会带来新的问题。”假胖子说，“不知道将来的社会婚姻制度会不会被废除。喜新厌旧是人之本性，婚姻制度其实是反人性的，所谓理性，其实就是违背人性。婚姻是为了保护儿童和弱者的利益。”

“制度是一方面，最重要的还是个人如何处理。我觉得短期内法律层面改观不会很大，但是人性层面的认识和觉悟会有变化。会慢慢接受一个多元的非传统的家庭或者婚姻模式。”怡敏一边想一边敲了几行字。

“什么模式？”

“比如说婚姻是有期限的。这样婚姻就像《三体》中的猜疑链理论中说的，大家都在暗处，不知道对方会不会想继续婚约，所以得花十二分的力气去经营。”怡敏想了想说，“也许会废除婚姻终身制，不过这样就有了很多不确定性哦。”

“有勇气面对不确定是一种成熟。生命的不可预知也是它的魅力所在吧。”假胖子也敲了一句。

怡敏心里突然敞亮了许多，这才是和自己心性精神在一个层次上的人。她和久柯从来没有聊得这么深入过。她对于久柯的爱更多的是对于青春的留恋——她是个念旧的人。他们断得不明不白，那段不了情一直没有好好地完结，她心里有个梗。只是这个假胖子，从来也不挑明，是怎么想的呢？

又到年底了，公司的事情突然变得多起来，怡敏被临时派去深圳出差，是一家新客户。怡敏现在的公司是做金融软件外包的，怡敏要带好几个技术销售的人一起过去做一个 proposal。三姨奶奶去年就回了老家，怡敏打电话和范健商量，准备把瓜瓜放他那儿几天。怡敏下午从幼儿园接了瓜瓜直接送到了范健的公寓，第二天清早就飞到深圳。这些年，她和范健关系一直还不错，经常互相照应着，有一次还一起带着孩子去景山游乐园玩。

到深圳时，正好下着雨，怡敏从飞机上看云层下的这个城市，竟有一种初到纽约的感觉。高楼大厦，灰色的天空，一切都似乎在灰霾里沉睡。好在第二天就放了晴，这个城市似乎从梦里醒了过来，绿色的行道树，清新的空气，干净整洁的道路，像是吃了返老还童的灵药，一切又都有了光泽和生机。

怡敏白天在客户那里做路演，几个同来的工程师忙着做协调。那家客户一直在压价，好在一个重要数据在 demo 前一个小时及时进入，怡敏觉得有了底气，下午的价格谈判一直不肯松口。客户觉得稍微贵了点，双方僵在那儿，准备明天接着谈。怡敏知道这样的谈判肯定辛苦，也不指望第一天就谈成，甚至这一趟都可能谈不成。晚上她给几个同事放了假，自己也放了假——她早就和久柯约了在 COCO 酒吧街的一家酒吧见面。一进门就看见一个女子在跳钢管舞，身材曼妙，从爬管倒挂到空中劈叉，动作难度真不小。不知为何，怡敏看着就想起了纽约的猛男秀。

“喝点什么？”久柯问。

“咖啡吧。”

“来酒吧还喝咖啡？”久柯笑了。

“不如来个爱尔兰咖啡。”怡敏突然想起了皮埃尔最爱喝的咖啡，一半是咖啡，一半是威士忌。

“这么多年，习惯了深圳吧？”怡敏握着手里的咖啡杯。

“算是吧，深圳是个很包容的地方，来了就是深圳人。”久柯笑着说，“要是你也在这儿就更好了。”久柯眼光不掩饰地看着怡敏。

怡敏有些慌张，如果是半年前，她还没有和假胖子联系上，也许会心动。她定了定神，笑着说：“我还是更习惯北京，毕竟家人朋友大多在那儿。”

久柯神色有些黯淡，他想了想，像是下了决心，突然就挑明了话，“那么，你觉得我们两个还有可能在一起吗？”

怡敏心一跳，心想，到底是久柯。她干脆也直截了当，“你的婚姻没有救了吗？”

久柯有些吃惊她的直接，想了想，诚实地说：“我曾经还想试图努力，但是你又出现了，我突然就不那么起劲挽回了。”

“人都是这样吧，总想把烂摊子甩了，重新起灶。但是如果根本问题不解决，新起的炉灶照样会出问题。”怡敏喝了一口咖啡，爱尔兰咖啡的酒劲比她想的更有力道，她抬起头，借着那个力道说，“我不想挖别人婚姻的墙脚。”

“我们的婚姻早就有问题了，和你没关系。”久柯皱了眉头。

“话是这么说。但是如果没有一个替代品出现，一般的人也不会离。”怡敏笑，她的确对久柯到底是不是自由人心有顾虑，但是，内心深处是不是也是因为假胖子的出现呢？她有些惭愧自己拿了这么一个冠冕堂皇的理由来掩饰最深处的想法。

久柯神色黯然，他直视着她，“看来我们还是没有缘分重续旧缘。”他这么一说，怡敏又有些难过，她没有搭话，而是看着台上唱歌的小伙子发了呆。久柯径直走到台上，跟乐队说了些什么，然后他开始唱那首《狂流》，闭着眼，嘴角带着一丝不羁：

没有人能挽回时间的狂流
没有人能了解聚散之间的定义
太多遗憾　太多伤感
留在心中　像一道狂流

那熟悉的歌声响起，怡敏的眼睛突然就有些潮湿，她是多么喜欢他低沉、带磁性的声音啊！还有他不羁的笑，她差点忘记了。她使劲地看着他，想挽回他哪怕一丝回眸。然而他的眼睛并没有看着她。

“我太太当年把你从巴黎给我的信都扣了下来。”久柯唱完歌，回到座位上，“我不想让自己遗憾。”怡敏心里一震，原来是这样！当年阴差阳错，两个相爱的人各奔东西，后来又是因为这样人为的原因断了联系，上帝的手似乎稍微有了偏差，但是命运的轨道是可以掰过来的吗？

分别的时候，他吻了她，他很用力，像是那会是他最后一次吻她，她也回吻着他。有多久没有放纵自己了？深圳的霓虹灯忽明忽暗，像烟花一样闪着亮着，是的，烟花，新年的烟花。再过几天就是新年了。

前一刻那个理性的怡敏突然就没了踪影，去他妈的理性思考，去他妈的更合适。她心里是爱着他的，虽然知道他也许没那么好，虽然知道他们大概并不完全是一条道的人。爱情从来就是说不清道不明，没有什么道理可言的。

回到北京，怡敏去范健那儿把瓜瓜接了回来。

“妈妈，爸爸现在总和一个叫笑青的阿姨在一起。你看这个乐高还是那个阿姨送给我的呢。”路上瓜瓜跟怡敏说，还把手里的乐高玩具拿给怡敏看。怡敏心里咯噔了一下，心里有那么一丝酸，还好，只是一丝，然后突然就很踏实了——她其实心里一直有些歉疚。她抬头看到天上的云彩是鱼鳞状的，一片片铺满了蓝色的天空，每一片都不太一样，但是每一片都那么美。

范健一开始颇花了些气力调整自己，怡敏拒绝了他的求婚，然后突然又做了父亲，孩子的妈妈却不是自己的妻子。他像是一个被甩到冰面上的陀螺，一切都不由他掌控，而生活的轨迹却被生生地改变。好在他神经足够坚韧，人也厚道，慢慢地也接受了这样的安排，但是也颇花了一段时间才准备好重新考虑自己的未来。他没有想到的是，自己还颇受欢迎。朋友介绍了好几个，都对他有好感。他每次都老老实实说起瓜瓜，没想到只有一个姑娘打了退堂鼓，另外几个都没觉得这是个事。只是一直也没有一个合他眼的。

范笑青是比他低好多级的师妹，还是本家，都姓范。他们是在一个校友微信群里认识的，她是生物物理系的，范健是计算机系的。那时候快过年了，范健开玩笑说家里催婚催得厉害，要租一个女朋友回家过年。她也半开玩笑地说，我可以帮忙，免费的。那次虽然没有去他家，两个人倒是聊得多起来。范健是合肥人，回到北京给她带了一大盒墨子酥。他们上大学的时候，东门一带的小铺子里经常有这种墨子酥卖，酥甜香脆，他一直很喜欢。那次两个人一起去了颐和园，坐在长廊上一边吃着酥糖，一边说起合肥那个遥远的城和中科大古老的校园，说起西门外黄山路上那家叫川徽的小馆子，蒜泥白肉特别好吃，还有扬州包子铺的包子，个大馅多，咬一口又松又香。他们说着说着，太阳就快下山了，照在十七孔桥上，灿烂迷人，中间的几个桥孔里更是金光闪闪。

“听说冬至的时候，每一个桥孔里都有光。”范健眼睛一直看着桥洞。

笑青看着他，“冬至的时候我们可以再来啊。”

“好主意。”范健转过头，看着她笑。

“一言为定。”笑青笑着伸出小拇指，“拉钩上吊，一百年不许变。”她笑起来眼睛弯弯的，好看。

范健也笑着伸出手，“拉钩上吊，一百年不许变。”

第二年春季课开始的时候，玉泉开始频繁失眠。她上一次失眠还是等美国大学通知书的时候，连着好些天睡不好。她脑袋里像绷着一根弦，不停地高速运转，怎么也松不下来。她想起小时候和爸爸妈妈去地坛公园逛庙会，爸爸总爱给她买一串冰糖葫芦，她最爱吃外面红红的冰渣糖。她又在想那门心理行为经济学课，花钱过多和攒钱过少是经济学家很难解释的美国人的特征，为什么中国人都攒钱？美国人就不愁？是中国人一直有危机意识，还是美国的福利制度纵容人们提前消费？然后她突然又想到自己的电费还没及时交，少不得又要交迟缴费了。她的思路特别活跃，跳跃性又特别大，一个主题跳到另一个主题。她真想让自己停止思考，好好地睡一觉，可是她的脑子像是一匹脱缰的野马，她根本驾驭不了。

她这些天疲惫极了，白天都靠喝咖啡撑着。二月的一天，凌飞来她宿舍看她。凌飞妈妈从北京来看他，给他带来了好多北京小吃，驴打滚、豌豆黄、蜜三刀，他匀出了一些，给玉泉带来了。

“现在的包装真是精致，不过好像没咱们小时候吃的那么好吃了。”凌飞挑了个豌豆黄给玉泉。玉泉接过来，却不太有胃口。

“你看起来好像很疲惫。”凌飞关切地看着她。

“我连着好些天睡不着了。”玉泉眼睛里充满了焦虑。

“你都在想什么呢？”凌飞看着她，“你就是想得太多。”

“我心里好像压着什么，像是沉在一个谷底，怎么也爬不上来了。”玉泉突然就哭了起来，“凌飞，你说说人生的意义是什么？”

凌飞一看她哭了，有些慌，忙走过去，搂着她的肩膀，“你还在想这个问题。”

“我以前活着是为了到美国念书，现在我到美国念书了，可是我一点也不快乐。不快乐的人生有意义吗？”

“不快乐就去找快乐呗。”凌飞安慰她，“你要不要吃些安眠药啊。先得睡得着觉。”

“我可不敢乱吃药。”

“要不要吃 melatonin？”凌飞说，“这个不需要医生处方就可以买到。”

玉泉点点头。第二天她去 Walgreens 买了一瓶 melatonin。那天晚上她觉得似乎好了些，可过了一阵，

melatonin 也不管用了。这个药似乎能帮助她尽快入睡，可是她照样很早就会醒过来，而醒过来后又无法入睡了。

周鸿飞是三月份来的纽约，他先去波士顿开了个光学的年会，顺道就来了纽约。春天的纽约到处都是惹眼的绿。他站在哥伦比亚大学 Carman Hall 前一棵绿油油的枫树下，四下打量着。这是栋暗红色的楼，上午的阳光照在绿叶上，泛着光亮。这个地球上最繁华的城市里有他的两个女儿，在相隔不远的地方念大学，她和她在这个城市里仰望的是同一方蓝天，她和她甚至可能先后坐过同一辆地铁，可是她们谁都不知道，这个城市里有她们的嫡亲姊妹，同一个父亲的嫡亲姊妹。难道命运要安排她们在这里相遇？他心里升起一种强烈的难以置信感和隐隐的不安。正思忖着，玉泉下了楼。

"爸爸！"玉泉见了鸿飞，心里又高兴又担忧。果然鸿飞仔细地看着她，"玉泉，你看起来很疲惫。"

"还好吧。"玉泉敷衍着，带他上楼去她的宿舍。

"你不要总想着拿第一。"鸿飞接过玉泉递给他的矿泉水。

玉泉心想，还第一，她都拿 C 了。她勉强笑笑，"没有啊，最近功课比较紧。"她是个省心的孩子，心里的苦闷从来也不愿意和父母说。初中的时候，她曾经也试着和晓岩说说自己的烦心事，可是晓岩似乎没什么心思听她说，她也就慢慢放弃，学着自己消化，自己承受。

第四十四章
藏匿的秘密
chapter44

喀布尔每条街道都令人目不转睛

埃及来的商旅穿行过座座市集

人们数不清她的屋顶上有多少轮皎洁的明月

也数不清她的墙壁之后那一千个灿烂的太阳

——阿富汗民谣，摘自《灿烂千阳》

“你一天能睡几个小时？”鸿飞问。玉泉想说她好些个晚上睡不着觉了，可是她不想让周鸿飞担心，一直以来，她似乎就是家里那个让气氛活泼快乐起来的人，她顿了一下说：“不多。”

“爸妈不在身边，你自己要多注意身体。”鸿飞看着玉泉，眉头皱了一下。

“妈妈还好吧？”玉泉岔了个话题。

“她还好。”鸿飞四处打量着这个房间，一个人的宿舍，刚刚放得下一张床和一张桌子。

他们又说了会儿话，就去了附近一家台湾牛肉馆吃中饭。鸿飞胃口倒是好得很，“这里的牛肉面好吃，我去过一次台湾，这家很正宗。”玉泉却没什么心思吃。

“你都没怎么吃。”鸿飞看着对面的玉泉。

“嗯，我早上吃得很饱。”

“下午我去看一个朋友。” 付了账，鸿飞对玉泉说。

“你在纽约有朋友？”玉泉突然警觉了起来，“以前没听你说过啊。”

“噢……是最近刚搬来的。”

“你朋友住在哪里？”玉泉眼睛盯着鸿飞。

“曼哈顿。”

“不如我开车送你过去。”

“不必了，你好好休息，你看起来好累。我打辆出租车过去很方便。”

玉泉不再作声。

出了饭馆，鸿飞拍拍玉泉的肩，“我时间紧，明天一大早的飞机回北京，你不必送我了。多保重啊丫头。”

玉泉点点头，她看着鸿飞上了一辆黄色的出租车，自己马上也钻进了后面一辆出租车，“请跟着前面那辆车。”她对司机说。

司机是个瘦瘦的黑人，他什么也没说，就跟上了周鸿飞坐的出租车。纽约是个大地方，他什么场面没见过。

车子先是上了9A高速，然后一直往南开。玉泉看着窗外的哈德孙河，河水有些浑浊，太阳光照在上面，在浅灰上抹了一缕红。车子下了高速，上了Greenwich街，然后停在Greenwich Hall前。周鸿飞下了车，穿过街，进了楼。玉泉也赶忙下了车，她过街的时候有些匆忙，以至于从一辆车子面前擦身而过。司机狠狠地滴了她一下，她吓了一跳。她过了街，躲在玻璃门后，不敢进去。她看到周鸿飞和前台的人说了些什么，然后坐在凳子上等。凌飞住在附近的一栋楼，玉泉知道这里几栋楼都是纽约大学的学生宿舍。

玉泉悄悄躲在门外，一动不动盯着门里面，她仿佛感觉到一种宇宙大爆炸之前张力和静谧混合在一起的紧迫。没过多久，她看见一个人走了出来，笔挺的鼻子、弯弯的眼睛——那个人是玉溪，是她在凌飞家见过的那个 ABC。玉溪高兴地拥抱了周鸿飞。隔着玻璃，他们说什么玉泉都听不见，但是她却明明白白看见玉溪脖子上的玉坠，玉泉低头看看自己脖子上的玉坠。他们上了楼。玉泉等了几分钟，也走了进去。“你找谁啊？”前台的人问她。玉泉答不上，只好讪讪地退了出去。她决定等在那儿，她不敢在里面等，就在外面坐着。春寒料峭，纽约的三月是有几分寒气的，玉泉呆呆地坐在水泥台阶上，一阵阵发冷。她看着来来往往的车辆，一辆接一辆，纽约的车子真多啊。

时间像是在油面上流动，缓缓地前行，一点也不流畅。天快黑的时候，她终于等到他们走了出来，玉泉忙低了头，把脸转开。他们没有看到她，朝着路口走去。暮色中，玉泉听到玉溪说：“爸爸，不如我们去吃牛肉面，我在加州常吃牛肉面。”“爸爸。”玉泉听得真真切切。是的，她叫他爸爸，他们也要去吃牛肉面。玉泉从来没有听爸爸说过他还有一个孩子，那么，那么，他不想让玉泉知道，那么，那么，她是他的私生女。怪不得她的名字叫玉溪，怪不得她甚至长得比自己还像爸爸。玉泉被这个推断击中了，她像是突然撞见了命运精心藏匿的一个秘密，震撼和难以置信深深地笼罩着她。 纽约的天空还是一如既往地深远，没有一丝风，这个世界没有因为她的世界塌陷而有一丝的不同。她呆呆地站在那儿，半天才挪动脚，朝着他们的反方向走去。她一直走到了哈德孙河边，太阳就要落山了，挂在河对岸的高楼之间，像是卡在了那里，一动不动。河水变得更灰暗了，有一丝丝残红掺杂其中，似乎还有一丝血腥味。

玉泉的失眠越来越糟糕，她像一个朝圣的人，每天都惧怕黑夜的到来，每天又都期盼它的到来。有时候，积攒了好几天的疲惫堆积在一起，她终于可以睡一小会儿，但是很快就醒来。那天迷迷糊糊中，她看到窗户突然打开了，她走到窗前，看到窗外挂着个软软的楼梯，她便顺着那梯子往下走，走了一阵再看看，那梯子却在云端，云层之下似乎有微弱的光芒，那是人间吗？那么她现在在哪里？正想着，突然就起了狂风骤雨，那楼梯在风雨中飘摆，晃荡，仿佛只需一点点力道，就会断掉。她吓得满头是汗，又急又惧，一下子就醒了过来，原来是个噩梦。她坐在那儿，心里的恐惧像黑洞马上要把她吞噬。她给凌飞打了个电话，电话刚一通，她就不可抑制地哭了起来。

“凌飞，我好害怕。我觉得自己要死了。”

“胡说什么。”凌飞在电话那头非常着急，“你不会是抑郁了吧？”

“我不知道。”玉泉小声说。

“你要不要去看医生？”凌飞犹豫了一下说。

“我不知道。”玉泉还是那句话。

“去吧。”

“嗯。”玉泉应了一声。

到了四月份，玉泉终于约了一个医生，是个菲律宾人和白人的混血，长得很好看，眼睛尤其漂亮，黑亮亮的。她问了玉泉一些基本情况，失眠有多久了，平常情绪如何，有没有特别想哭，有没有体重减轻，有没有觉得疲惫，对未来有没有什么打算。

“平常有自杀的念头吗？”她平静地问玉泉，像是在问她晚饭吃了什么。玉泉有些吃惊她如此平静地问这么残酷的一个问题。她其实有过一两次这样的念头，但都只是一闪而过，医生这么一问，她心里一沉，“有过。”

“你这是抑郁症，需要药物干涉。”她开了一个药单，递给玉泉，“慢慢加量，第一天、第二天吃半粒，第三天吃一粒。”玉泉从诊所走出来，上了地铁，地铁里人不多，她找了个座位，对面的一个阿拉伯女人低着头在看书，左边一个学生模样的男孩戴着耳机听歌，右边的男人一直在他的笔记本上敲着字。似乎每个人都知道自己要做什么，除了她。

她没有去药铺取药，而是径直去了那家星巴克，什么也没买，坐在沙发上发呆。

过了一个星期，她终于去拿了药。她的睡眠像是春天哈德孙河上的薄冰，一踩就破，又像是山谷里的迷雾，一眨眼就没了。她原打算夏天去找个公司实习，所以春季就选了四门课，再加上还要去面试实习，整个又忙又乱。加上睡眠不好，睡不着的晚上她想着明天还有那么多事，心里就慌，就更睡不着了。她觉得自己像一张拉得满满的弓，那根弦随时会断掉，又觉得自己像时下的股市，随时会崩盘。她心里积了厚厚的一层焦虑和压抑，有一次坐在星巴克的店子里不觉就哭了起来，一个服务生看到，过来关切地问她怎么回事，她忙擦了眼泪说没事。

六月份的时候她选的那门政府工业法规得了个 F，她看着那个黑黑的 F，像是看着一纸宣判书。她虽然有所预料，但是看着荧屏上没有一点表情的 F，心里发虚发慌，一种从未体验的耻辱感和羞愧感涌上心头。她一头栽在床上，心里麻麻的、冰凉凉的。她觉得自己像是走到了悬崖边上，只需一阵山风就能把她推下悬崖。

从深圳回来后，怡敏在久柯和假胖子之间犯了愁，怡敏想起了自己当年曾那么决绝地离开皮埃尔和范健，原来是她爱他们爱得不够。而现在在久柯和假胖子之间久久难以定夺，原来是她两个都爱。她想起海婷在伯克利的时候在莫念衡和陈迪之间举棋不定，如今自己到了同样的境况，才真正意识到她那时候说的“我宁肯没有选择”。她忍不住在三个人的微信群里发问。

“当然是假胖子啊，老同学知根知底。”海婷不假思索地说。

“听起来好像假胖子更靠谱。不过这个都是看缘分，你和久柯也是情缘未了。”林晚说，“不过，估计假胖子周围的女孩子不少吧。”

“那个久柯也差不多吧。要我说你挑的男人都不是很靠得住呢。”海婷敲了行字。

“靠得住的她都不喜欢。”林晚笑了，“要不早就嫁了。”

“嗨，要我说男人都靠不住，到头来还是要靠自己的啊。”怡敏打了个大笑脸，“听天由命吧。没准两个都成不了。”

没过多久，假胖子出差到北京，他说是来跟北京的天使投资人沟通，商量公司B轮融资的事。

周末假胖子约了怡敏、瓜瓜去野长城玩。假胖子说自打大学毕业就没爬过长城了，怡敏也是好几年前陪以前的老板威尔逊一家爬了一次。所谓野长城，就是没怎么修缮的长城，只是一小段，却颇有野趣。山很陡，小瓜瓜手脚麻利，一个人走在前头，怡敏和假胖子在后面倒是气喘吁吁。假胖子伸手拉怡敏，怡敏迟疑了一下。第二次又碰到个陡坡时，假胖子不由分说就拉了她的手，“上大学那次我们班去爬香山我还拉了你一把呢，现在怎么倒这么腼腆了。”假胖子笑着说。到了山顶，山风习习，倒有几分凉了。山峦叠嶂，满山的绿，不同层次，清清浅浅的绿，那破旧不堪的野长城伫立在一团绿之中，又有几分像圆明园的残垣断壁，怡敏看得入神。

“有没有点像纽约的catskill mountain？”假胖子突然问。

“不像。Catskill是一片金黄，而且还有水呢。”

“像的。不同的季节、不同的时候而已。这里还没有等到最好的时候。”假胖子又说。

“我们错过了最好的时候吗？”怡敏眼睛转向了假胖子。

“最好的时候还没有开始呢。”假胖子从地上捡起一片叶子递给怡敏，“给你，你上次在纽约的catskill送给我的红叶我一直收着呢。”怡敏接过碧绿的叶子，不由心动，假胖子来得正是时候，难道是上天替她做了选择？

中午他们三个一起去山脚下的农家小院吃了顿饭。野山菌炒肉，还有板栗炖走地鸡，外加一个青油油的油麦菜，几个人都吃得香。下午他们又带着瓜瓜去农家地里喂小羊、小鸡。假胖子还抱着瓜瓜去摸圈养的小猪。瓜瓜以前哪见过这么些好玩的东西，一整天都特兴奋。回家的路上，一开始还唱着两只老虎，马上就睡着了。车子到了怡敏的公寓，天已经黑了，瓜瓜还没醒。

“我把他抱上去吧。”假胖子说着就抱起了他，一直抱进屋还没醒，怡敏把他放在他房间的小床上，盖上被子，他还睡得呼呼的。回到客厅，看见假胖子正盯着桌子上的一缸金鱼看。

“你还有心思养这个？”假胖子笑，“精力真充沛。”

“还有花呢。”怡敏笑了，指了指阳台上几盆含苞的月季，“其实都是我单身的时候养的，养娃可比养这些费劲多了。”

“你总是这么有精神头。”假胖子看着怡敏，怡敏最怕别人夸，一夸她就不知道说什么好，一时站在那儿有些尴尬。假胖子已经走了过来，轻轻抱住了她。他轻轻地在她的唇上吻了一下，“Butterfly kiss。”他笑着说。怡敏有些羞涩，转过了身，他一把将她扳了过来，“French kiss。”他的唇和舌已经压了下来，他的气息迎面而来，怡敏心里的欲望在那气息中蓬勃而出，她抱住了他。他们一路纠缠，进了怡敏的房间。房间里有一股香醇的咖啡的味道，城里的月光轻曼缥缈地洒在这人间，这高楼、这房间，月季花在月色清辉里酝酿，柔情荡漾在房间的每一个角落。他用的力气很大，紧紧地抱着她，她都有些喘不过气来了。“轻一点嘛。”她的声音轻得只有她自己能听见，但是他听见了。他放松了气力，轻轻地抚摸着她，她的手臂，她的后背，她的每一处领地。她缠着他，绕着他，亲吻着他的脸、他的耳垂，他们如饥似渴地找寻着对方，找寻着那条路，一切都是那么美妙、那么柔软，他们慢慢地悠悠地找寻着，行走着，终于在一道狂流中合而为一，沉醉在最温柔的碧水清流里……

第四十五章 命运的轮回

chapter 45

一切都是命运

一切都是烟云

一切都是没有结局的开始

一切都是稍纵即逝的追寻

——北岛，《一切》

还是年初的时候，晓岩同玉泉通过一次微信，问她暑假要不要回国。她还是大一的暑假回去的，都有两年没回去了。玉泉说夏天怕是要去实习，没法回国了。

六月的一天，她收到凌飞的一条微信，“我今天碰到玉溪，她说收到高盛的实习通知书了，下周就要去高盛实习，我记得你也申请了高盛？”

玉泉才想起上次去高盛面试，一直也没有结果。凌飞这么一说，她就给高盛那个招人的经理发了个邮件。

第二天她收到了经理的回复，说是这次招的人不多，希望下次有机会合作。玉泉关上电脑，心里像是灌了铅。她突然就想起了奶奶，“奶奶现在在哪里，她一定不用担心晚上睡不着觉，也不用担心功课拿 F。”她闭上眼，眼泪如珠子一般滚落下来，奶奶的样子突然浮现在她眼前，“难道我要死了吗？”一想到死，她心里就有一种尖锐的疼痛，痛到窒息。

玉溪夏天没有回洛杉矶，她要去高盛实习。玉溪学的是数学专业，那时候林晚和她商量是学数学还是学金融，两个人破天荒地一致认为要学数学，都觉得这种基础学科学的东西扎实，金融那些都是耍花枪，捡起来容易。但是找实习的时候，数学专业的弊端就露了出来，很多华尔街的大公司根本不招数学系的学生。好在高盛一贯是“不拘一格招人才”，在校园里基本就是海选，玉溪才有机会拿到校园面试机会。

面试她的是一个快三十岁的男子，名字叫陈明汇。他那天已经面试了一大堆人了，面有倦容，看到面容清秀的玉溪走进来不由眼前一亮，人也精神了。他从概率到统计，从金融到编程再到智力题，轮番轰炸，玉溪都一一从容作答，再加上她地道的没有一点口音的英语，陈明汇脸上终于露出了一丝笑容，“你是今天唯一一个全部答对的，等下轮电话面试吧。”接下来一个小时的电话面试玉溪逮着机会说了一通投资价值预测模型，说实在好多也是临时从网上搜的，好在她能说，从数学公式讲到金融含义，从模型的合理性谈到局限性，说得跟她真懂似的，把电话那头的人侃得晕乎乎的，就拿到了去公司总部面试的机会，她面试的部门是投资分析部，一天八个人马拉松似的对她轰炸，到最后她觉得脑子都要炸了。好在他们几个都觉得她各方面知识扎实，人看起来和他们很合拍，能融入这个团队，最后就给了她暑期实习的机会。

那天她进了高盛的高楼，迎面见到了来学校面试她的那个叫陈明汇的，他正在复印一份文件。

“早上好，玉溪。”他跟她打了个招呼。

“早上好。”玉溪不知道该称呼他什么好，如果是按美国人的习惯，她该叫他明汇，可是在中国文化里，又似乎太亲近了。好在明汇并没有意识到她措辞的犹豫，把她领到了她的 cubicle 前，随后又从他的办公室里拿了一台崭新的苹果手提电脑给她。

“你就用这个吧。你先熟悉一下高盛自己的一个开发系统，SecDB和Slang。SecDB就是security database，Slang就是security language。”

玉溪连说好，她捣鼓了几天，算是搞明白了一些。SecDB就是一个数据库平台，而Slang就是在这个平台上使用的语言。她一早听别的人说起过这个神秘的SecDB。现在看来，不过就是一个NoSQL数据库。原来SecDB是存储方法的结合，而Slang就是存储数据结构的语言。她想，果然金融的很多东西都是花架子。

到了周五的时候，陈明汇带着组里的几个人在公司的cafe吃饭。玉溪上一次面试的时候就注意到他的英语有一点点口音。

“你是大陆来的？”玉溪问。

“对，我是。是因为我的口音吗？”明汇笑着问。

“是。我妈妈也和你一样，有一些口音。她也是大陆来的，来这边念研究生。”玉溪平素并不是个话多的人。

“噢。”明汇没有接她的话，而是接着问她SecDB用熟了没有。玉溪说还好，不难学，并把自己对SecDB的一些体会说给大家听，“高性能的并发读写特征，还有Key-Value的组织结构，我觉得其实和NoSQL数据库是一个思路。”

明汇看了她一眼，“有意思，看来你数据结构学得不错。”

不久就是一个模型分析论证会，陈明汇是主讲人，他虽然英语有口音，思路却特别清晰，一边讲着模型，一边就在SecDB里面写着程序，用调出来的数据证明他的模型。模型列好了，数据也调出来了。同事Michael在底下交头接耳，明汇一个粉笔头扔到他头上，“Michael，有什么意见吗？”Michael

抬起头讪笑，“没有，挺好的。” 玉溪不由多看了明汇几眼，这个人，聪明机智，做事也有范儿。

投行的辛苦玉溪以前早有所闻，但是自己到了里面才真正有所体会。晚上九点能回宿舍就算不错的，好在纽约大学离高盛不远，地铁几站路就到了。那天她在忙一个信用衍生产品的分析报表，很多不熟悉的金融术语和模型弄得她头大，看看快十点了还没弄完。她又看看明汇的办公室，门一直关着，亮着灯。不知道从什么时候起，玉溪发现自己的目光总是不由自主地投向明汇的办公室。

“玉溪，你还没下班啊？”明汇站在她的 cubicle 前了，他身材挺拔，站在那儿像一棵白杨树。

“噢，你不也是吗？ Michael 催着我把这个做好了给他。”玉溪看他过来了，心里有些慌。

“是给富国银行的那份报表吧，那个会议推到下周了，你不用这么赶了。”

“早说啊，这个 Michael 真够 pushy 的。”玉溪心里松了口气。

“回家吧。”明汇说。玉溪收拾了一下东西，两个人一起下了电梯，走出楼，天上繁星点点，闪闪烁烁，玉溪抬起头，“这么多的星星。”

明汇也抬了头，“可不是，这么多星星，看起来它们都隔得好近，可实际上都是上万光年的距离。”

“能在纽约城看到星星，也不容易。”玉溪说，“我家在洛杉矶南边的尔湾，那里的星星很多。”

“我家是北京的，北京的夜空几乎很难看到星星了。”明汇又说，“你叫 yuxi，哪两个字？”

“玉是 jade 的意思，溪是 creek。A creek full of jade。”

“玉溪，好听的名字。”明汇若有所思。玉溪从不觉得自己名字好听，听他这么说心里很有些高兴。

两个人说着话，不一会儿就到了地铁站。分手的时候，玉溪心里突然有些惆怅。

一天中午，玉溪出去匆匆买了一份三明治，准备接着干活，正巧在楼前看到明汇。他侧着身子，眯着眼，手里夹着一根烟。他抽烟，和她妈妈一样，是个抽烟的人。玉溪心里有涟漪泛起，在他抬头看天的那一刻，玉溪觉得自己的心沦陷了。她连忙上了楼，坐在电脑前，却什么都想不清楚。明汇终于上了楼，从她的 cubicle 前走过，她闻到了他身上一股淡渺的烟味，她的目光一直追随着他的身影，直到他进入办公室。她的目光又回到自己的电脑上，但还是理不出头绪，她长长地叹了口气。

玉溪到处搜有关陈明汇的信息，她从脸书上搜到了一张他的相片，一张好像还是很多年前的照片，那时的他还很年轻，是个学生，玉溪盯着他的相片看了好久。玉溪知道大陆来的都在用微信。她知道林晚在用那个，林晚那时候要加她，她也只好注册了一个微信号，但是极少用，现在突然就想起来这个，可是她怎好意思直接问明汇要他的微信号？

她突然意识到她有明汇的手机号，组里前一阵在赶一个项目，明汇给了手下几个实习生他的手机号，说万一有紧急情况可以和他联系。玉溪灵光一现，在微信里加了他的号码，果然显示了一个头像，是一棵大榕树，浓郁的墨绿色树冠，她看了半天也看不出个所以然，也许本来就没有一个所以然。她没敢发出好友邀请，把手机扔到一边，又看着苹果机的屏幕发呆。

七月底的时候，公司部门去哈德孙河公园开了个 BBQ 聚会，庆祝这个季度部门业绩出色。长长的野餐桌上摆满了琳琅满目诱人的美食，熏鲑鱼、鳗鱼寿司、红鲜大虾，各种糕点、水果。玉溪拿了一盘，坐在河边的长凳上吃了起来，一会儿，Michael 和明汇也过来了，几个人边吃边聊着。

“Michael，去打篮球？”那边有人招呼 Michael。Michael 以前是校篮球队的，一听有篮球可以打，高兴地奔了过去。

长凳上只剩了玉溪和明汇。玉溪突然有些紧张，不知道说什么好了。倒是明汇很坦然，“你秋天什么打算，准备继续来高盛做实习还是回学校选课？”

玉溪其实也没怎么想清楚，她心里是想接着干的，大概因为可以时时见到他，但是她也没觉得投行就是她想做的。“也许吧。”她似是而非地答了一句，“不过我不太喜欢投行的节奏。”

“我们这儿还算好的，是做后台，不是前台，而且我们这个部门比起那些并购部门又轻松了不少。”明汇笑了。

“我不知道这种生活的意义，的确，这里的每个人都很优秀，每个人都充满锐气，都是精英，都拿高工资，过着优越的生活。但是其实每个人压力都很大，加班多，竞争激烈，心里大概都很疲惫。”玉溪看着潺潺的河水。

明汇看了她一眼，“是。除非你内心真的喜欢这个行业，不然其实就是金钱的奴隶。”他顿了一下，突然说，“其实我心里也疲倦了，每天累得跟狗似的，有时候，我真想去一个地方，没有工作的压力，粗茶淡饭，每天睡到自然醒，醒了就看看书，听听音乐。”

“一个没有人的孤岛，岛上到处都是鸟语花香，一个叫桃花源的地方。”玉溪看着他，她很想加上如果再有一个相爱的人就十全十美了，但她说不出口。

“是啊，一个世外桃源。”明汇也笑了，“你中文很好啊，连桃花源都知道。”

“马马虎虎，可以读，写就不行了。”玉溪笑了。

“你的名字很有意思，玉溪，抽烟的都知道是一个香烟的牌子，不过我其实想到的是玉溪那个地方。那个地方非常美，我去过呢，像一个真正的世外桃源。也许该躲到那里去。”明汇的话匣子一下就打开了，“不过，这也有些像白日梦。”

两个人不由相视一笑，像是在分享同一个梦想，一个不切实际的梦想。玉溪心里有一丝丝的温馨和甜蜜。夏天的风，懒懒地、暖暖地从河面上吹过来。

“又得浮生半日闲。”明汇轻轻说了一句。玉溪不太明白这句什么意思，也不好意思问，她突然有些懊恼以前没有好好学中文。

那一段日子，玉溪觉得上班成了一件特别开心的事情，加班也变得不那么令人讨厌，尤其是大多数的时候他也会在加班。他的办公室离她的 cubicle 不远，她头一抬就能看到那个房间的光亮。她觉得他看她的眼光也是温柔的，尤其是上次两人在公园里聊过以后，两个人心里像是有一个共同的小秘密——至少玉溪是这么觉得的，只是，她没有把握是不是只有她一个人这么觉得。

她忍不住又在微信里加了他的号码，这一次他的头像变了，变成了一树的桃花，桃花之下是溪水潺潺，花瓣都落到了水中。头像下还加了个标签：浮生若梦。她心里头突然有一丝颤，像是谜底被她看到了，又像是不小心撞到了别人的一个秘密。

初夏的时候，怡敏收到林晚一个微信，“最新情报，假胖子现在和他们公司一个‘85后’美女走得很近。你留点神。”

怡敏一激灵，“你怎么知道？”假胖子上次来北京之后，她和久柯基本断了，一心一意想和假胖子修成正果。

“真胖子说的。假胖子现在也很犹豫，就跟真胖子讨主意。是这个美女主动进攻的。”林晚回说。这个怡敏相信，假胖子平常创业忙得四脚朝天，肯定不会去主动撩人。

“但是真胖子怎么会把朋友卖了。”怡敏好不诧异。

“嘿，实话跟你说吧。你当初跟我和海婷讨主意，我马上就跟真胖子说了。真胖子马上告诉假胖子，假胖子立马就去了一趟北京。用真胖子的话说，先把人拿下来再说。”林晚在那头飞速地敲了一行字。

怡敏看着，不由笑了，原来是这么回事，她还以为是上天的旨意，原来都是老同学胳膊肘往里拐，帮着自己人呢。

怡敏又一想，自己一个中年大妈，还带着个拖油瓶，和“85后”美女比起来，哪里有竞争力。这几年总有热心人要给怡敏介绍对象，对方一听说她带着个学龄前孩子，就打了退堂鼓。又一想，假胖子没孩子，大概也想要个孩子，可是自己过了生育的最好年纪。他原来一直没挑明，大概也是有这个顾虑吧。她这么想着，又泄了气，就在微信上说，“天要下雨，娘要嫁人，我哪能做得了主？”

“这可不是你啊。你不是最好强的吗？”林晚又说，“你啊，也不要心气那么高，说点软话也没什么，毕竟现在假胖子是选择的一方。”

怡敏回道：“我再想想。”

“好吧，话我给你带到了，要怎么做看你自己啊。”林晚又敲了几行字。

第四十六章 人生的意义

chapter 46

坠散的纸片：一群鸽子翻飞，

开始变得比刚才活跃起来。

而在那样的高度，命运

实际上拼不出更完整的东西

——臧棣，《与风景无关，仅仅是即景》

怡敏放下手机，看着那几盆月季陷入了沉思，月季花开了，上次假胖子在的时候还含着苞呢。她一直是个唯物主义者，觉得命由我做，福由我求，但是这几年，又慢慢地有些信命了，自己都很自相矛盾。她整个晚上睡不着，翻过来覆过去都是假胖子的笑脸和俏皮话，他是发光体，嘴贫心热，自己亮也能照着别人亮，让人开心又让人踏实，她不想错过他。可是能怎么办呢？马上飞到上海？自己去了，和年轻貌美的“85后”站在一起，比较不是更加明明白白吗？再说家里还有个瓜瓜呢。怡敏想给假胖子发条微信，半天也不知道该说什么。

她第二天还是不知道该怎么办，干脆什么也不说，和假胖子还是和往日一样说话。倒是假胖子自己想起了老同学这一层，去问真胖子，真胖子只好承认自己泄了密。

晚上假胖子给怡敏发信了，“你知道了？”

“你是说‘85后’美女？嗯。”怡敏回答。

“现在的‘85后’比我想的厉害多了。我都跟她说我在北京有个女朋友。”假胖子赶紧撇清自己。

“其实你也动了心吧。年轻貌美，不然也不会找真胖子商量了。

也许你对我只是想完成年轻时候没有实现的一个愿望。”怡敏想自己当初不也是如此嘛，“可是我现在不年轻了，还有个孩子。”

假胖子那边停了好一阵，终于打出了一行字，“的确有这个缘故，但是不正是因为我们从年轻的时候一起走过来，所以有那么多共同的记忆和语言吗？我们每次都能聊得那么开心、透彻。”

“你这么能侃，哪个姑娘和你说不上话？”怡敏刚打出去这句话，就有些后悔，这不是在吃他的干醋吗？这么想着，就撤了这句。

“撤了什么？最讨厌微信这个功能了。”

怡敏打了个偷笑，不说话了。

“怡敏同学，你给我拿个主意吧。”

“真要我拿主意？”

“真的。”

“那好吧，看在咱们这么多年老同学的分上，你照顾一下我吧。”怡敏心一横，敲了一行字。

假胖子打了一行咧嘴笑的表情附和，然后敲了一行字，“嗯，听怡敏同学的，绝不吃里扒外。”他知道怡敏平素心气高，不轻易说软话。

怡敏笑了。

“说真的，远距离的确对关系有影响。我和肖楠当年就是分开太久了。咱们还是要努力搬到一起。”假胖子又敲了行字。

晚上海婷正在备课，突然灯就灭了，好像整个世界一下子掉进了黑暗。大龙正在拉小提琴，那琴声也就戛然而止。她心里忽然有了一丝小小的恐惧，恐惧这不期而至的黑暗，更恐惧突然降临的变故。

“怎么回事？”王厚仁在厨房里大声问。

“是不是忘了交电费？”海婷问陈迪。海婷那天嘱咐陈迪去交电费。

“糟糕！”陈迪一拍脑袋。国内水费、电费都得到不同的银行去买，而且是预付，到时间忘了付费，啪，屋里断电，毫无情面可言。

那时候在美国，一个银行账户足以搞定所有的收入支出。在中国就不同，一个人都有好几个账户，报账用一个，工资用另一个，交水、电、气费再加一个。银行与银行之间并不是畅通无阻，转个钱地址得精确到某支行分行甚至储蓄所。海婷刚回来那阵被这个搞得头大，现在总算适应了一点。

海婷找来了应急灯。应急灯的样子有些像她小时候家里常用的煤油灯，灯很亮，只是没有煤油灯的气味。她突然又想起了在美国和朋友去野营，晚上营地里点的也是这样亮亮的灯。她有些怀念那些岁月，青春的岁月。她海归这么多年，和国内某些方面还是格格不入，可是美国却离得更远了，远得像是隔岸观火的两个世界。

玉泉这个夏天一家公司的实习 offer 都没有收到，整个暑假她都浑浑噩噩的。凌飞去硅谷的谷歌实习了，又交了几个新朋友，每天都有新鲜东西在朋友圈分享。她待在这个繁华又落寞的城市，不远处就是华尔街，那里有她的同父异母的妹妹去了她想去却没有去成的公司。她整天都待在宿舍里，像是被这个世界遗弃了，她同世界唯一的联系是通过手机微信和晓岩每周的例行通话，还有凌飞偶尔的问候。

“这样的人生还有什么意义？我为什么要存在这个世上？”她在睡不着觉的黑夜里睁大了眼睛，这么问自己。每一天，她都像掉进了更深的深渊。前面的路，是漫长的黑暗。

到八月底了，马上又要开学，而开了学，将是更多的作业、项目和考试，以及更多无法入眠的黑夜、焦虑和压抑。抑郁像是一个甩也甩不掉的影子，紧紧地附在她的身上。她什么也不想做，那天她在网上乱逛，碰巧就出来一个美联航的广告。纽约到旧金山，单程只要一百九十九美元。

“真便宜。”玉泉暗想，她点了进去，顺着网站的指引，她很快就买好了一张票，一张单程票。她像是走进一片怎么也走不出来的玉米地，而那个玉米地的一个出口居然是旧金山，那个她曾经和父母同游的城市。

玉泉是晚上到的旧金山机场。她到了机场，给凌飞打了个电话，心里默默地期待他能接起电话。但是一下、两下、三下，他居然没有接。她心灰意冷，直接打了个 uber 到金门大桥。

夜色深沉，她走上桥头，桥上几乎没什么人，她挑了有自行车道的那一侧， 因为那里能看到太平洋。苍茫茫的太平洋望不到边，她想起小时候学的那篇课文，“在苍茫的大海上，狂风卷集着乌云。在乌云和大海之间，海燕像黑色的闪电，在高傲地飞翔。”但是眼前的太平洋沉静极了，没有一点暴风雨来临之前的凌乱。可是，它的每一个旋涡里都隐藏着不安。玉泉抬起头看到高高的金门桥的斜拉索在夜色中还是那么沉静安稳，她忍不住拿手机照了一张相片，然后分享给家人那个标签，这个标签只有极少的几个人，晓岩、鸿飞、外婆、外公，还有凌飞。

“这会是我发的最后一张相片吗？”她想到这儿，突然就流下了泪，她开始哭泣，眼泪一串一串地落下来。她不想死，不想。但是她觉得自己好像也没有太多理由活下去，没有一个人需要她，甚至连爸爸都有另外一个女儿。她心里像是布满了灰烬。

玉溪也是八月底的时候回的加州，南加州。林晚在机场接的她。玉溪上了车，看着窗外的城市和永不停息的405高速。离开不过半年，这个城市居然有一丝陌生。

“你看起来很累。”林晚看了她一眼。

“是吗？”玉溪不置可否。林晚不再说什么。晚上林晚做了玉溪最爱吃的大片牛肉，玉溪只吃了几口，就推到一边。晚上她一个人躺在自己床上发呆。

还是八月初的事了，那天她看到明汇匆匆从他的办公室跑了出去。下午一个很重要的会议他一直没来。然后她听到Michael说是明汇的儿子从幼儿园的高低杠上摔下来，把手摔骨折了。

“明汇的儿子？”玉溪心里一惊，她从来没想到过他是已经结了婚的人，而且还有个孩子。他的手上没有戴结婚戒指，玉溪一直以为他是单身。他的态度总是让她捉摸不透，有几次，她能觉到他在看着她，可是她回过头，他却突然把眼光转开。她和他，甚至连手都没有拉过，唯一有些暧昧的就是他微信头像的改变，但是，那又能说明什么？玉溪突然意识到自己的可笑。一定是自己一厢情愿了。

接下来的日子突然就变得很难熬。她心里沉闷得很，像是被人重重地推了一下，踉踉跄跄，差点站不稳了。她未曾和任何人说起过自己这段心事，只是她还是会不自觉地注视着他的办公室，她的眼光还是会不自主地转向他。而他，似乎还是会不经意地注视着她。有几次，他们的目光碰到了一起，两个人都慌慌张张地转开眼。她隐隐知道，他也是喜欢她的。但是，他却不是个自由的人，她像是走进了层层的迷雾，怎么也找不到出口。

玉溪还在床上胡思乱想，愁肠百转，林晚推门进来了。她给玉溪拿了新洗的被单，“知道你要回来，我特意把你的床单又洗了一遍。”

“妈妈，你们大陆来的人结婚会戴结婚戒指吗？”玉溪突然问林晚。

“有些戴，有些不戴。怎么了？”林晚狐疑地看着玉溪。

“没什么。”玉溪忙闪开眼。

林晚在她的床头坐了下来，“你是不是喜欢上一个结了婚的人？从大陆来的？”林晚是过来人，何况，她又是何等眼明心亮。

玉溪没想到林晚一下子就猜了个正着，心里直后悔自己问这么一个愚蠢的问题，但是她不是个会撒谎的人，就坐在那儿一句话也说不出来。

林晚突然身子有些发颤，她直直地看着玉溪，“命吗？”

她走出了玉溪的房间，过了好一阵，她又走了回来，手里拿着好几本日记。

“这是我从大二的时候开始记的日记。都是为了那个人记的，那个人就是你的爸爸。”她把日记本放在玉溪的桌子上，转身出了玉溪的房间。

玉溪摩挲着这些日记本，有缎面的，有硬板的，里面的纸张有些发黄了，像是埋在地下一百年的老酒，拿出来，混合了所有过往岁月的清冽、甜蜜、辛酸和苦涩。玉溪忍不住打开日记，林晚是个细心的人，一本本都做了标记。玉溪找到了最开始的那一篇。

那天上课前他站在教室门前，好像对周围的事物都没有一点察觉，只是静静地抽烟。教学楼的飞檐走瓦嵌了一个极好的背景。秋天的阳光懒懒地照着他，风里弥漫着淡淡的香烟味。他像是思考着什么，又像

是在欣赏这美景，金灿灿的银杏和绿极了的樟叶，悠闲且自在，
竟不知自己成了风景的一部分。

有些繁杂的字她不太认识，但是不妨碍她看懂里面的意思，她一页又一页地翻看着，像是喝着一杯杯的时光之酒。

玉溪心里像是有一条蜿蜒的溪流千回百转流过，那一道道的浪花、一次次的撞击在她的眼前重现。那些失意、孤寂、苦痛和短暂的细微的快乐，那些过往的烟云用文字刻在了纸上，也刻在了她心里，那些记忆的碎片像是突然就连成一片。遥远的北京的酒店的夜晚，飞机上哭泣的妈妈，背着自己抽烟的妈妈。“原来自己是个私生女。怪不得我的名字叫玉溪。”她看着看着，泪水不由顺着脸颊滚落。“玉泉？”她突然看到这两个字，原来玉泉是她同父异母的姐姐！难道命运从一开始就布好了这个局，然后让她们二十年后，在地球上最繁华的城市见证它的存在？玉溪心里一惊，站起身，走进林晚的房间。她的房门虚掩，林晚背对着她，只穿了一件黑色的吊带小衫，头发有些乱，她站在窗口，看着外面，手里有一根烟，空气里有一种轻渺的香烟味。

玉溪站在林晚的身后看着她，已是凌晨，天上有一弯月牙儿挂在那儿，寂寥单薄，月光照在她的身上，有如洒上了一层清冷的薄荷。林晚像是感觉到什么，她回过头，看着玉溪，眼神里闪过一丝慌乱。

“妈妈。”玉溪看着她，心里有些酸，嗓音里有一些哽咽。她极力掩饰自己，用平静的口气问，“那个玉泉是不是在哥伦比亚大学上学？”

“是的。”林晚问，“你怎么知道？”

“我见过她。就是去年在一个感恩节的聚会上。别人还问我们是不是姐妹。”

“这么巧？”林晚睁大了眼。

“我的名字有一个‘玉’字是不是也是特意就她的名字？”

“是。”

“给我一支烟。”玉溪说。

林晚递给她一根烟，玉溪接过她的烟，狠狠地抽了一口，一股辛辣涌上来，玉溪差点眼泪都掉了下来。

玉溪不知道，她们说起的玉泉此时正呆呆地站在金门大桥上，痴痴地看着太平洋。

电话响了，是凌飞的，玉泉没有接，还是麻木地看着水面，她想起白先勇那篇《最后的贵族》，那个白俄罗斯的琴师说：“世界上的水都是相通的。”是的，世界上的水都是相通的，这里的水会流到太平洋的彼岸，然后一直流到京杭大运河，流到她小时候住过的叫玉泉路的那个地方——她就是因此得名的。她记得小时候问过妈妈自己名字的来历，妈妈就是这么说的，然后又加了一句，“玉取其珍贵，泉取其水，你五行缺水，所以要有泉有水。”她喜欢这个说法，也一直是喜欢这个名字的，但如今她知道原来世界上还有一个和她如此相似的名字，玉溪，玉也是取其珍贵，溪也是取其水吗？

电话又响了，还是凌飞，玉泉看了一眼，然后把手机使劲地一扔，手机像一只折了翅膀的小鸟，一头栽到太平洋里，没有一点声响。

这是她和这个世界唯一的一线联系了，现在，这最后的一丝联系也切断了。她觉得她把全部的感情都掏空了，她对世界的热情也随着手机的消失一点点熄灭，而她自己，也像一堆微弱的火苗，马上就要熄灭了。

第四十七章 岁月是朵双生花

chapter47

燕雀不知鸿鹄，却是秋日同窗

在宿命的丛林

你变成我，我变成你。

——陈先发，《天柱山南麓》

玉泉一直站在那儿，不知道站了多久，半个小时，一个小时，她不知道，她已经没有一点时间的概念了。她就那么一动不动看着桥下黑黢黢的海水，仿佛过了一个世纪。风吹着她的脸，她一激灵，突然摸到脖子上的那个玉坠，是一个玉制的小狗，还是她周岁的时候周鸿飞专门从昆明买的，是一块翡翠玉，晓岩也有一块，是一个玉制的龙。是她们各自的生肖。现在她知道原来玉溪也有一块。玉泉的那块玉，晓岩是在她出国之前给的她，“玉泉，戴着它，玉是可以辟邪的。”“玉泉，玉泉。”她默念着自己的名字，眼泪又流了下来。

“妈妈，妈妈。”她又一次想起晓岩，轻声地呼唤着，她从双肩包里取出他们一家三口几年前在金门桥的合影，相片上，只有她一个人在笑。她看着看着就笑了，和着眼泪。风好大，夜很冷，他们说“最冷的冬天是旧金山的夏天”，果然如此。她再一次抬头看着金门大桥的斜拉索，夜色中的金门桥高耸入云，庄严得像一个祭坛。她把书包扔在地上，爬上了高高的栏杆。风更猛了，她扶着栏杆，闭上了眼睛。

“玉泉！玉泉！”她仿佛听到远处有人呼唤她的名字。她睁开了眼，不敢相信自己的耳朵——那一定是自己想象中的声音。她又一次闭上了眼睛。但是那声音越来越近，越来越清晰，她不由又睁开了眼。她看到了一个身影，个子不高，瘦瘦的，朝着她没命地奔跑过来。“玉泉，玉泉！”那人喊道，显然是看到了她，看到了高高地站在栏杆上的玉泉。那个人是凌飞。玉泉的眼泪如泉水一般涌了出来。

他跑到了她的身边，“玉泉，玉泉！”他向她伸出了一只手，“把你的手给我！”他有力地说。玉泉还在哭，身子在颤抖。她站在栏杆上，一只手扶着栏杆，摇摇晃晃的，像是墙头的花瓶，随时会摔下来。凌飞慢慢地走近她，“玉泉，玉泉，”他轻轻地说，玉泉的身子软软的，眼看着就要掉了下去，凌飞疾步上前，猛的一把捞住了她。她掉了下来，掉在了凌飞的怀里。她已经全身瘫软，开始大声哭泣，她使劲地哭，使劲地哭，哭得肩胛骨都发疼。凌飞紧紧地抱着她，“玉泉，玉泉。”他不停地喊着她的名字，像是要把她的魂喊回来。

过了几天，玉溪准备返校。林晚送她到机场。她想张嘴说什么，但是迟疑了半天，什么也没有说。

玉溪陡然看见她头上一根白发，心里不由生起怜惜，“妈妈，都过去了。”

“我也以为都过去了，但是我没有想到命运像是又绕回来了……”林晚叹息，“错误的时间遇到的人就是错的人，不管他有多好。”这些年，林晚一直在看佛书，有时候糊涂，有时候清醒。有时候，她觉得自己是有些偏执了，这世上适合你的人真的不止一个。只是她不知道，她这么想的时候，是清醒的时候，还是糊涂的时候。

“那么，你后悔吗？”玉溪看着她。

“不，我从不后悔。”林晚笑，“但是，我不希望你再受我受过的苦。”

“我需要一点时间。”玉溪咬了咬下嘴唇。痛苦如果是黑板上的字，一擦就能消失，该多好。

玉溪又一次拥抱了林晚，“对自己好一点，少抽点烟。”

林晚觉得眼泪都要掉了下来，她抱着玉溪，没有让她看到眼圈里的泪珠。

玉溪回到纽约给凌飞发了一个微信，“能见见玉泉吗？”她和凌飞平常联系一点也不多，但是他是她唯一知道的能联系上玉泉的渠道。玉溪突然就非常想见见她——她的血脉相连的姐姐。她记得上次在凌飞家和玉泉不长的交谈。她是个比较内向的人，玉溪觉得倒是和她很像呢。凌飞的回信很含糊，“再等等吧。”玉溪有些失望，原来她并不是如她一样想见到她，又或者，她还不知道自己有一个同父异母的妹妹？

玉溪是几天后在回宿舍的路上碰到的凌飞，他看起来行色匆匆。

“Hi，”她向他打了个招呼，“我很想见见玉泉。”她又提出了这个要求，她很想说，玉泉是她的姐姐，是她同父异母的姐姐。但是她觉得很难启齿，便顿在了那里。

“玉泉现在情况很不好。”凌飞神色很沉重，他看玉溪神情诧异，就把夏天金门大桥的事情跟玉溪说了。

“她要自杀？”玉溪心里一紧，“不，你必须带我去见她，她是我同父异母的姐姐。”

“你说什么？”凌飞吃了一惊。玉泉回来后情绪非常不稳定，晓岩和鸿飞都飞了过来，但是她什么也不肯说，每天只是沉默。玉溪也顾不了太多，就简略地把鸿飞、林晚和晓岩的纠葛以及她和玉泉的身世简单地说了一下。

“太不可思议了。”凌飞睁大了眼睛，“简直比电视剧还狗血。”他看了一眼玉溪，“对不起，我不是那个意思，我是说，简直比电视剧还电视剧。”

玉溪没有太计较他说话的口气，她只是想着玉泉。她喃喃地道：“不行，我必须见到她。必须，现在。”

“我先回去跟玉泉说说吧。”凌飞皱了皱眉头，“我得先和她沟通一下。”

玉泉坐在窗前，痴痴地看着窗外。不过是一个星期，却像是过了一辈子，一切就像一场梦一样，她搞不清她是不是还在梦里，搞不清是白天还是黑夜。晓岩和鸿飞都来了，晓岩的眼睛红红的，鸿飞的眉头就没有展开过。只有凌飞还有笑脸。是的，凌飞，是凌飞救了她。凌飞那晚在硅谷的一个朋友家看球赛，没有听到玉泉的电话。等后来看到她的电话，拨过去，玉泉却不接，再打过去，居然说你拨打的电话已关机。他看了一下她的朋友圈，心里倒吸了一口凉气，金门桥，一看就是手机拍的。她不是在纽约吗？怎么会跑到金门桥？这么晚，她在那儿干什么？ 他心里突然有了一种强烈的可怕的预感，他跳上车，没命地向金门桥一路狂奔。是上帝的旨意吧，他来的正是时候，他不敢想象他若是迟了一分钟，会是什么后果。

玉泉开学前注册了两门课，但是她这种状况根本没法上课。凌飞问了学校，只要她的医生开个病条，玉泉签了字，她就可以算病退，这样学籍可以保留，学生签证也不会有问题。可是玉泉像是要和这个世界彻底决裂，她不愿意在上面签字。凌飞犯了愁。

“今天我碰到玉溪了。”那天下午凌飞去看玉泉，似乎是不经意地说了一句。玉泉听到“玉溪”两个字，猛地抬起头。

“嗯，她说……她是你同父异母的妹妹。”

玉泉的神色有些冷，“我早就知道了。我爸爸上次来纽约的时候我发现的。我跟踪他去了纽约大学。”

“太不可思议了。”凌飞有些目瞪口呆，“你们家的事情太神奇了。”

“人生如戏。我们的人生比电影还要狗血。”玉泉冷笑了一声。

“她想见见你。”

“不必了。”玉泉冷冷道。

凌飞只得把玉泉的原话告诉玉溪。

“她一定很恨我吧。”玉溪神色黯然。

“唉，你这见面的事倒是可以缓一缓，我现在着急她的学籍。”凌飞把玉泉不肯签字的事情跟玉溪说了。玉溪突然眼睛一亮，“也许我可以替她上课，替她考试。你们不是说我们两个长得像吗？那些老美的教授根本分辨不出来。”

凌飞一拍手，这倒真的不失为一个办法，他知道有几个富二代自己不好好上学，考试就找枪手，“不过，有风险，真抓住了对你和玉泉都不好。再说，你自己不要上课了？”

“我知道该怎么做。”玉溪简短地回答。

玉溪先跟自己系里管理学籍的人说自己要去高盛接着实习，这一期就不选课了。然后她给明汇写了个email，说不再回高盛做实习生了，还是多修课早点毕业。明汇回的email很客气，希望以后有机会再合作。玉溪看了email，有些失望，失望他中规中矩的回信吗？ 她笑了，心里有一丝酸，高盛，明汇，似乎就要变成过去式了。这样也好，结束痛苦最有效的办法就是迅速斩断痛苦之源。她感谢玉泉给了她一个契机。

那个秋天，玉溪倒是在哥大待的时间多，她的专业是数学，玉泉的专业是经济学，这学期玉泉重新选了上一期没有通过的政府工业法规，另外还注册了一门微积分。政府工业法规偏文科，对玉溪这样母语是英语的孩子来说不是很难，微积分也还好。只是有几次老师喊她“Yu-Queen”，她过了好久才反应过来是叫“玉泉”，也就是叫她。在宿命的丛林里，她突然变成了玉泉，她有些唏嘘。

有一次，上完课，她偷偷地溜到玉泉的宿舍。玉泉现在情况已经好了一些，她坐在那儿看书，玉溪隔着门缝看着玉泉，这个和她流着相同的血的人，这个她现在正在扮演的角色，只是，她扮演的人却并不愿意和她见面。玉溪心里有些难过，她悄悄地下了楼，心里有几分失落，纽约的秋阳斜斜地照在楼前那棵枫树上，那树干上还挂着几片或红或黄的秋叶。

晓岩那天收到来自凌飞的微信邀请，有些诧异，当她接受他的好友邀请并得知玉泉的事情时，差点晕了过去。这些年，她和鸿飞平静地过着日子，玉泉又不需要太操心，她还以为老天开始对她露出了仁慈的一面，哪料到上帝之手还在不停地拨弄着是非，而这场劫难，比十多年前的那场来得更凶险。她和鸿飞飞到纽约见到玉泉时，玉泉刚吃了安眠药，睡了下来，她看着旁边的凌飞，眼里充满了感激的泪水，幸亏还有凌飞。

那天晚上，她就坐在玉泉的床前，看着她苍白的小脸，心如刀绞。傻孩子，傻孩子，她喃喃地说。她一直以为她是个坚强自立的孩子，不怎么需要父母操心，看来还是自己疏忽了，疏忽了她的心理健康，都不知道她心里有这么多重荷和压抑。她太敏感了，想得太多，对自己要求又高。晓岩陷入了深深的自责。尤其当玉泉竟然拒绝在病假条上签字的时候，她更是难过。但是想想比起孩子的生命来，这些文凭、身份又有什么意义呢。凌飞后来说是找到解决的办法了，她也没有细问。她在纽约待了一个月，先回了国，“如果玉泉情况还没有好转，我们就把她接回国。”她和鸿飞商量了一下，跟凌飞这么说。凌飞让他们放心，会和他们随时保持联系。

转眼几个月过去了,玉溪帮玉泉顶了一期的课,期考结束了。玉泉慢慢地也好了些，她原先一直失眠，现在吃了安眠药能睡得着觉了。那天她一觉睡到了六点钟，打开邮件居然是成绩报告单。她的两门课都拿了 A。这是怎么回事，她这几个月过得恍惚，根本没有多想上课的事情。她发微信问凌飞。“是玉溪帮的你，替你上的课。她自己这一期一门课都没修。”当她看到凌飞的回复时，心里像是突然给震了一下，她在桌子旁坐了好久，给凌飞回了个信，“我可以见见她吗？”

玉溪马上打了个 yellow cab 向哥大飞奔而去，她坐在车上看着窗外静静的哈德孙河，河水清冽，流向不知名的远方。她心里也像是有潮水一次次拍打过来，玉溪、玉泉，她们的名字里都有水，和哈德孙河一样，有很多很多的水，她们的身体里流着相同的血，比水要浓几百倍几千倍的血。到了哥大，她穿过校园里支持希拉里的集会人群，穿过青草地，飞奔上楼。她敲开了玉泉的宿舍门。玉泉打开门，看到了门外的玉溪，像是看到另一个自己。

“姐姐！”玉溪张开了双臂，她紧紧地抱着玉泉，眼泪含在眼眶里。她想起了《喜福会》最后一个镜头，女主角在母亲去世多年后终于找到因战乱而失散已久的一对双胞胎姐姐。玉溪看到了玉泉脖子上的玉坠，原来她也有一个类似的玉坠。“我们是一家人。”玉溪轻轻地说。

"妹妹……"玉泉喃喃地说着这个还有些陌生的词语，眼睛也潮湿了，"是的，我们是一家人。"

纽约冬天的天空很高，也很轻，却有着青灰的底色。像是有马蹄莲在灰霭的天空里慢慢绽开，她们都闻到了清香，那清香里似乎还夹杂着岁月残留的一丝苦涩。

第四十八章 命运的狂流

chapter 48

大半个冬夜读《春秋》

夏天就去不必抵达的西藏

我大声地朝你呼喊

在梦的对岸，睡莲

——格非，《睡莲》

怡敏是秋天搬到上海的，她没有买房子，就退了租，倒是简单，就是瓜瓜在上海找幼儿园颇花了些功夫。她先前犹豫了很久，主要是离爸妈远了，离范健远了。但是北京的雾霾实在太糟糕，只好逃离。而最重要的，可能还是工作。她的公司几年前正好在上海开了分公司，当初那个市场营销的架子还是她帮忙搭起来的，而假胖子的公司在北京没有分部。两个人一商量，就这么决定了。

她到上海没几个星期就赶上送陈盈盈回美国的聚餐。怡敏和盈盈微信里一直有联系，盈盈是去年和段思惟分的手。“这个世界诱惑太多。都说北美的男人老实，放他娘的屁。那是因为那里的诱惑太少。”陈盈盈居然说了句粗话。段思惟其实不能算个风流的人，但是他和盈盈没有婚约，不过是男女朋友。他的新女朋友叫白如意，是硬插了一腿进来的，长江商学院毕业的，金融圈才貌双全的白领精英。“那个姓白的眼光远，手段儿硬，依我看，段思惟也不过是她的跳板，她要的是钱和权，男人不过是她的工具。”盈盈如是说，“不过段思惟也拎得清，她有本土的资源和人脉。他们是彼此互为跳板。唉，这个圈子实在是利欲太多了。”盈盈有些倦了，她开始怀念纽约的秋天，纽约的五大道和网球场，“这边要过上和纽约同品质的生活，花费太高。金融圈是真正上流社会的圈子，太多肮脏，太多诱惑。”怡敏想，盈盈到底是个本性澄明的人。

怡敏没想到的是盈盈不是一个人回美国，而是两个人。她的新男朋友常欢比盈盈小七岁，身材挺拔，站在那儿像棵水杉树，聚餐会上盈盈站在他身边小鸟依人。两个人是在健身房认识的。他是健身教练。“他现在是我的未婚夫，可以拿未婚夫签证一起去美国。”

“你不怕他骗你的钱，骗你的色啊？”怡敏偷偷地跟盈盈说。

“我这么精明能让他骗了钱。”盈盈笑了，“再说，骗了色我也不吃亏啊。”

怡敏也笑了，“也就是你这么有信心的才敢姐弟恋。”

“其实我也不想太多，至少现在我们两个是真心相对，就像几年前我和段思惟也是，最后几个月变了味不能否定前几年的真情。”盈盈手上的钻戒熠熠发光，“常欢钱不多，但是肯花几年的积蓄给我买这颗 Tiffany。”

怡敏拥抱她，“我要是男人，一定娶你做老婆。你最大的本事就是能迅速复原，心里清清楚楚，外面快快乐乐。”

“这话我爱听，我就当真的了。”盈盈也拥抱怡敏，“到纽约去的话吱一声啊。”

感恩节前两周，怡敏从朋友圈里看到巴黎发生连环恐怖袭击的报道，死伤最重的巴塔克兰音乐厅离她当年念书的巴黎理工综合学院不算远。她马上去法文网站搜死亡名单，还好，没有皮埃尔。十四年前“9·11”的阴影再次压过来，那些都是前一分钟还活生生的生命啊。怡敏突然有些害怕，原来生命如此脆弱，死亡像飘荡在空中的幽灵，谁都会不小心落到它手里。

转眼就到了冬天。上海的冬天特别冷，不仅冷，而且潮，湿冷湿冷，那寒气像是有穿透性，冷得刺骨。王海婷这几天心绪不太安宁。前几天那盆杜鹃花不知什么缘故就死了，她看着突然就特别颓然。过几天是陈迪的生日，海婷想去给他买一件礼物，他冬天的大衣好像有些旧，也不保暖。出了门，天上下着大雪，漫天的雪花在她眼前飘摇。她有些茫然，也有些心慌，那心慌像是来自另一个宇宙，用一种她不熟悉的频率发射过来，她心里有了一种莫名的恐惧。她打了个出租车，去五角场的商场匆匆挑了件藏青色的羽绒衫就出来了。她有些气闷，站在路边想歇一会儿，刚好一辆出租车开过来，停在她面前。“去哪儿啊？”司机问。她说了地址，坐在后座，觉得车像是开在新墨西哥的荒野上，前面什么也看不见。她突然就有了一种不祥的感觉，特别想下车。但是已经来不及了。车子很快开到前面的一个路口，灯已经变黄了，那个出租车司机却猛然左拐，然后，直行的一辆卡车猛地撞到了这辆出租车上。车子给摔出去老远。血，殷红的血，流了出来，流在那件新买的羽绒衫上，也流在地上白色的积雪上。海婷觉得她像是飞起来了，她飞啊飞，飞到了家乡的小山冲里，漫天的大雪，就像她出生那天一样漫天的大雪……

陈迪赶到医院的时候，海婷还有呼吸，她静静地躺在那儿，身上插着管子，陈迪开始哭泣，他握着她的手，“海婷，你还记得高中的时候我们一起去衡山春游吗？满山的映山红，你站在花丛里，回头对着我笑，笑得比映山红还要鲜艳。你还记得你给我写的那些信吗？ 信里说等我们老了，退休了，就一起回老家，就在老家修一栋房子，房子周围到处都是红艳艳的映山红。你是个不守信的人……大龙还说要你去参加他的小提琴演出，乐乐还等着你给她做后天演出的小红帽呢。你说话不算数，你这个赖皮……”他就一直这么絮絮叨叨地说着，一边说一边摸着她的脸、她的手，她手上还戴着他从沃尔玛买的戒指，陈迪悲从中来，“我还准备给你买一个大的戒指，可是你一直说这个就好。你是个傻瓜，世界上最傻最傻的人。”他已经泣不成声，在泪光蒙眬中，他看到海婷的眼角也流下了眼泪，一滴、两滴，慢慢地、慢慢地落在她的脸颊上。然后，她旁边心电监护仪上的波形慢慢地、慢慢地拉成了一条直线……

那天南加州下了一场大雨——南加州的冬天极少下雨。林晚看见海婷慢慢地向她走过来。“林晚，我要去找一个叫花家舍的地方，那里每个人都悠闲自在，到处是灿烂的桃花和映山红。”海婷说着，就划着一条船走了。湖水平静如镜，水面上倒映着一朵朵盛开的粉红色的睡莲。“海婷！”林晚大叫，她一叫，就醒了过来，原来她打了个盹，看看表，美西时间上午十一点半，正是北京时间凌晨三点半。她心里特别的不安，到了下午，就从微信里收到怡敏的消息，“海婷走了，车祸。”林晚呆在那儿，眼泪夺眶而出。“海婷，海婷。”她一直一直地哭，眼泪无休无止。窗外的雨一直在下，沙沙地连成了一片，玻璃上的雨水也似乎变成了一张哭泣的脸，透过这窗户往外看，整个世界都变了形，只有天空还是青灰色的，黯淡失色，没有一丝光泽。

怡敏是在七天后梦到海婷的。在梦里，怡敏组织了一场文艺汇演，演出结束，大家转场去另一个房间参加招待会，一路闲聊。水榭楼亭间，海婷穿着件淡粉色的衣服，飘然而至，大家都高兴不已。假胖子、真胖子都前去问候海婷。海婷只是微笑，并不言语。其间几位男宾告辞，说要写感谢卡给怡敏，谢谢怡敏组织这个演出。怡敏暗自寻思，举手之劳，何足言谢。然后海婷也要告辞，她走到半山腰，回过头，轻轻地微笑，轻轻地挥手，然后清晰地说出“再见”。林晚和怡敏都站在那儿，假胖子和真胖子也站在旁边，一路目送她转入林间的小路，路上落英缤纷，粉红色的花瓣铺了一路，海婷就沿着那路往前走，不回头。怡敏看着她的背影，心里充满了忧伤，眼泪盈眶，哭着哭着就醒了过来，看看表，正是凌晨三点半。海婷是七天前的这个时候走的，今天正是她的头七。怡敏再也想不到，海婷是以这种方式和她道别的。许多年前，海婷站在29楼前挥手作别的情景仿佛就在昨日，她那么瘦削，身上却是重重的行李。上一次三个人聚会的欢声笑语仿佛还在耳边，海婷转身坐进了出租车消失在北京的街头，谁能料到，一转身就是一辈子呢？怡敏坐在漆黑的夜里，泪水默默地流个不停。

冬天终于蜕尽了颜色。随后便是春天，早春，暮春。然后是夏天，初夏，仲夏。转眼就入秋了，2016年的秋天。

9月11日那天，怡敏看到陈盈盈的朋友圈有几张相片，是新修的世贸中心转运站。白色的车站从外面看宛如一只展翅欲飞的白鸽，里面是挑高的屋顶，一根根白色的屋瓴整齐地排开，阳光像来自天堂，从高高的屋顶一倾而入，均匀地照在每一张过往的面孔上，一切都温暖宁静，仿佛十五年前同一地点上的那场浩劫不过是一场梦。浮生若梦，怡敏不觉又想起了海婷，心里一阵阵揪心地疼。

林晚一直想去看看西藏的楚布寺。冬兰曾送给她一本楚布寺的画册，寺庙之前是一大片的青稞丛，清澈的溪水从青稞丛中穿过。里面还有一张十六世大宝法王的相片，他坐在那儿拈花微笑。她这些年一直在海外中国教育基金会做义工。恰好基金会在找人去西藏阿里考察当地的学校，她决定去一趟西藏，去阿里，也去看看楚布寺。

她先到的北京，中间有些时间，就回了一趟北大。她是从南门进的，两旁的槐树依然郁郁葱葱，绿荫连成长廊。她记起二十多年前的秋天，初入北大，系里的新生接待处就摆在树下，高年级的男生踩着平板车，帮她把行李送到 29 楼门口。往前走一点，就是 24 楼了，她想起了大四那年，无数次站在楼下看那个房间熟悉的灯光，心里有些疼。再往下就是学三了，周末开学生舞会的地方如今已改成了百周年纪念讲堂，周围的柿子林也早已没了踪影。不觉中，她就到了未名湖。湖水清冽，秋风吹过，泛起丝丝涟漪。她在花神庙的地方看到了两个人，静静地坐在一张长凳上，看着湖面。林晚看了一眼那两个人的背影，从他们后面走过。林晚全然不知，那两个人正是周鸿飞和庄晓岩。鸿飞和晓岩坐在那儿，亦浑然不知有一个曾经改变了他们命运轨迹的人从他们背后轻轻走过。很多年前的夏天，他们俩坐在这张长凳上，照了一张合影，那时候，他们那么年轻，那时候，时光那么好。鸿飞一直看着那湖面，不知道什么缘故，他突然想起了一个人，那个他这辈子也无法忘记的人，他心里隐隐发疼。

林晚离开未名湖，从临湖轩那里绕到了一教。那棵银杏树还静静地站在那儿，站在一教的飞檐走瓦里。她停在那棵银杏树下，仰望那满树的金黄。细细碎碎的阳光有点晃眼。起风了，风卷起满地的黄叶吹过来，满身的清凉，上个世纪的秋风也从记忆深处卷起，一直吹到她的脸上，她仿佛都闻到了那风中淡淡的香烟味。她有一些疑惑，多年前那惊鸿一瞥的瞬间，她爱上的是树下抽烟的那个男子还是这秋天的气息？但是，这些仿佛都不重要了，她叹了口气，继续一个人往前走。

林晚从西藏回来，回美国之前在上海停留。她和怡敏在一家小咖啡店碰了头。怡敏和假胖子一直没有孩子。

“其实我知道假胖子那时候犹豫的很大一个原因是孩子。好在我们都想通了，准备去领养一个孩子。如果是男孩，就叫蛋蛋，笨蛋的蛋。如果是女孩，就叫莎莎，傻瓜笨蛋。”怡敏手里是一杯拿铁咖啡。

“这个好，有兄弟姐妹好，我出发前，玉溪特意叮嘱我去寺庙里给玉泉求佛保佑她早点康复。”林晚点头。

之后她们一起去了长安墓园，海婷就葬在这儿。天空很深，也很远，是那种深深的蓝，蓝得纯粹，海一样的纯粹，有白云悠悠而过。墓园一个角落有一棵孤零零的白杨树，一片浮云的阴影遮住了它，树下是一片片深紫色的紫云英。

“我现在明白了，其实人只能分成两种，活人和死人。”怡敏看着墓碑，脸上掠过一丝萧瑟。

“不，你说错了，肉体的死亡并不能代表这个人就死去了。我们还会说起海婷，就好比她出远门了，或者去了另外一个星球。而有些人，即便是活着，跟死去的又有何区别？我觉得人只能分成活过的人和没有活过的人。” 林晚也看着那墓碑。

“你说得对。”怡敏点头，“相信吗？海婷追思会上的相片，穿的是一件粉红色的衣服，和我梦到的一模一样。”

“冥冥之中有天意吗？我一直是信命的，有时候我觉得命运就像一道狂流，自己就是浪尖上的一朵小花，倏的一声，就没了踪影。”林晚神情黯然。

“命运的事情我管不了，它干它的，我干我的，不过是相逢一笑泯恩仇。”怡敏轻轻地说，这句话是久柯很喜欢的一个歌手周云蓬说的。他是个盲人，说的话却敞亮，怡敏一直记着。

林晚脸上露出一丝笑，她抬头看到白杨树上不知什么时候站了一只鸟儿，像是燕子，在那儿婉转地啾啾鸣叫，“那是海婷来看我们了吧。”怡敏也看到了。两个人就站在那儿，看着那鸟儿，眼泪不由又流了下来。

那一刻，世界都没了声音，但是她们分明又能听到狂流在天地之间奔腾。

图书在版编目（CIP）数据

狂流 / 二湘著. — 北京：北京十月文艺出版社，
2017.10
ISBN 978-7-5302-1698-9

Ⅰ. ①狂… Ⅱ. ①二… Ⅲ. ①长篇小说 – 中国 – 当代
Ⅳ. ①I247. 5

中国版本图书馆CIP数据核字(2017)第161391号

北京市优秀长篇小说创作出版扶持项目

狂流
KUANGLIU
二湘　著

出　　版　北京出版集团公司
　　　　　北京十月文艺出版社
地　　址　北京北三环中路6号
邮　　编　100120
网　　址　www.bph.com.cn
发　　行　新经典发行有限公司
　　　　　电话（010）68423599
经　　销　新华书店
印　　刷　三河市三佳印刷装订有限公司
版　　次　2017年10月第1版
　　　　　2017年10月第1次印刷
开　　本　880毫米×1230毫米　1/32
印　　张　13.5
字　　数　313千字
书　　号　ISBN 978-7-5302-1698-9
定　　价　39.00元
质量监督电话　010-58572393
如有印刷质量问题，由本社负责调换。

版权所有，未经书面许可，不得转载、复制、翻印，违者必究。